MEMORY HOUSE
记忆坊文化

BLOSSOMING IN
MY DREAM

极客先生攻略 上

拂衣 著

江苏凤凰文艺出版社
JIANGSU PHOENIX LITERATURE AND
ART PUBLISHING, LTD

目录 CONTENTS

W cafe

花裴走进W咖啡馆时，是下午3点25分。

随着羊皮高跟鞋撞击地面发出的"噔噔"声响，和玻璃大门拉开时引发的轻微气流鼓动，原本充满着慵懒味道的咖啡馆因她带来了一股利落又清爽的气息。

W咖啡馆坐落在刚运营没多久的S市创新产业园，在政府的规划扶植下，驻扎在园区内半数以上的是一些新兴科技类企业。科技从业者们大多崇拜乔布斯，于是身体力行地把对偶像的模仿渗透到了生活的方方面面，衣着打扮也大多复制自家偶像黑色T恤加牛仔裤的经典造型，看上去随意而休闲。因此花裴的登场，很快让一群正在刷手机等咖啡的男女青年悄然抬头，行起了注目礼。

眼前的女人有着接近170厘米的高挑身材，剪着齐肩短发，眉目清朗的一张脸上看不出太多脂粉痕迹，一条款式简单的及膝小黑裙让她看上去苗条而挺拔，浑身上下除了腕间的一块白色手表外，没有任何多余的装饰品。

和园区里大多数习惯了素面朝天的"程序媛"不同，这身毫不花哨的简约打扮因她明艳大气的长相和飒爽干练的气质，看上去充满了时尚高级的职业感，让人不由得揣测这是来自哪家大型企业的高管或者职业经理人。

只是比起其他神色严肃、走路带风的女性高管，这个女人看上去又实在太年轻活泼了些，眉眼精致的漂亮脸孔上神情灵动，似乎很难想象她板起脸来厉声训斥下属的模样。想来即便真是某家企业的高管，大概也属于靠着出色的个人魅力和业务能力，就能让下属心悦诚服、勤恳卖命的那类人。

"小姐，请问您需要点单吗？"

进门之后没多久，态度热情的服务生主动迎了上来，有些抱歉地冲花裴笑了笑："不好意思，现在刚好是下午茶高峰，堂食的座位有点紧张。您看您是外带，还是稍微等一下？"

"谢谢，暂时不用麻烦了，我找人。"

花裴轻声谢过服务生，抬眼朝内堂里打量了好一阵，正想拿出手机给顾隽打个电话问他究竟坐哪儿，靠窗的沙发上已经有人站了起来，踮着脚尖卖力地朝她挥了挥手："姐，这儿呢！"

"这家咖啡馆可真够热闹的，上班时间还这么多人。"

花裴连说了好几句"不好意思"，终于从等着打包的密密人群中挤过，落座之后先喝柠檬水喘了口气，才盯着对方膝盖上的笔记本电脑轻声一笑："太阳打西边出来了？你居然肯来环境这么吵的地方干活？"

毕竟以她对顾隽的了解，这小子从小娇生惯养，且热衷于各种小资情调，大学时代因为受不了集体宿舍的杂乱喧闹，第一个学期还没坚持完就跑到学校附近租了间公寓，早早地脱离了群居生活。哪怕眼下跟着朋友开始一起创业，公司才刚刚有点雏形，遇到需要熬通宵加班的时候，他也是经常跑到公司附近的酒店开个房，一边开着红酒放着班得瑞，一边敲键盘干活。

　　"在这儿等人方便嘛。"

　　顾隽朝她挤眼睛，英俊的脸上挂着小姑娘们最喜欢的那种带着一点耍赖，又有一点撒娇的笑容："倩倩他们公司前段时间扩容，需要的办公面积比之前增加了一倍还多，老板为了省钱就把办公地点搬到了创新产业园。这地方偏是偏了点，但有政策支持能省不少租金。就是商业配套暂时没跟上，附近也没什么像样的地方好待，我要接她下班的话，不就只能在这儿等了？"

　　"这才几点啊，你就等着人下班？"

　　"就……今天有特殊情况嘛。"

　　"啥特殊情况？还有，这次时间够久的啊！"

　　花裴在他支支吾吾的解释下，一脸认真地开始掰手指："追了得有大半年了吧？还真是可惜……"

　　"你也这么觉得是吧？"

　　顾隽难得遇知己，那张什么时候都笑眯眯的英俊脸蛋立马跟着她的叹气声哀哀地垮了下来："你说我有什么不好？长得帅，又体贴，虽说买房的钱家里是帮着出了不少，但车子和事业都是我自己赚来的，多少也算是个社会精英。可追了这么久了，倩倩她就是别别扭扭地不肯正式登门和我去见家长，你说她到底是怎么想的。"

　　"你还真是不放弃任何一个往自己脸上贴金的机会啊。"

花裴"扑哧"一声笑，挑着下巴画重点："我是说邬倩倩真可惜！那么可爱一个姑娘，怎么就被你这么个幼稚的家伙给缠上了？还牛皮糖似的甩都甩不掉，啧啧……"

"你到底是不是我亲姐！"顾隽脸色一黑，做咬牙切齿状。

"表的。"

花裴微笑着将两人之间的亲属关系更正，继而悠悠然地喝了一口咖啡。

虽说在外人面前，风度翩翩的顾家小公子在花裴这里永远只有吃瘪的份儿，但在顾隽心里，眼前这个女人无疑是比亲姐姐还要值得亲近和信赖的角色。

花裴比顾隽大三岁，从校园时代开始就是脑子聪颖而且特立独行的风云人物，属于一边逃课一边还能考出高分，让老师们又爱又恨的那类学生。

顾隽刚进小学那一年，因为衣着光鲜，又总是不知分寸地显摆他老爸从国外带回来的那些高级玩具，没过两个月就因为太过招摇，被高年级的不良少年堵在了校门口。

当年的顾家小公子还没经过什么历练，简单来说就是尿包一个，被几个人高马大的少年瞪着眼睛威胁了两句，就吓得"哇"的一声一边掉眼泪一边赶紧掏钱包。关键时候，刚好花裴翘课偷跑到学校门口的小书店里租漫画，看到眼泪一把鼻涕一把的小表弟被人围攻得满脸惊恐，她马尾一甩，立刻跑过去气势汹汹地和小流氓们理论。等到学校里的保安大叔收到消息，匆忙赶来解围之后，为了安抚心有余悸依旧抽抽噎噎的小表弟，花裴还一脸嫌弃地用原本用来租漫画的零用钱买了根冰棍哄他开心。

从那个时候起，花裴就成了顾隽心中无所不能的女英雄。

所以他从未想过，这么厉害的女英雄居然会在一路历经鲜花与荆棘，被打磨得愈加熠熠生辉，即将赢来爱情事业双丰收的时候，最终被人伤害得丢盔弃甲，溃不成军。

"说吧，这大热天的，你特地把我约这儿来干吗啊？"

一杯咖啡喝完，该闲扯的八卦也扯得差不多了，眼看顾隽还没有进入正题的意思，花裴轻轻敲了敲桌子。

"啊……是这样的，姐你听说过启翎创投吗？"

"启翎创投？大概了解一点吧。主要投资方向是高科技，互联网和环保类企业，近两年被他们扶植过的好几家公司陆续上市，眼下声势正猛，在业内也颇受好评。听说你们宸风网络接下来有融资计划，不也正在和他们接触吗？你怎么忽然想到问我这个？"

花裴一边随口答着话，一边侧头朝不远处的吧台方向看着。

过了下午茶高峰的咖啡馆，已经重新安静了下来，有服务员拿着投影仪和笔记本电脑走向了吧台左前方，似乎是在为即将开始的什么活动做准备。

"姐，你的消息还真灵通啊……这些行业新闻、公司八卦啊，什么都瞒不过你。"

顾隽打了个哈哈，一边偷瞄着她的脸色，一边十分谨慎地组织措辞："宸风之前是和启翎创投打过一阵子交道，他们那个团队吧，不仅眼光好，办事效率也很高。对了，和我接触最多的那个副总姓徐，今年三十三岁，也就比你大四岁。但人可是美国常青藤毕业，为人做事挺稳重，而且长得也精神……"

"所以呢？"

花裴越听越不对味，终于集中精神把头拧了回来，眼睛一斜："你啰里啰唆地说了这么多，是想干吗啊？"

"你看你，别把气氛搞得那么严肃嘛。"

虽然事先做满了各种铺垫，但面对花裴骤然间警惕得近乎带刺的态度，顾隽还是没勇气正大光明地把"介绍你们相亲"几个字说出口。酝酿了许久，他赔着笑脸找了个理由："徐总他们最近新投了家做智能音箱的企业，叫'悦享之音'。据说创始人团队还不错，可惜基本都是技术出身，所以就想给他们找个负责市场和品牌的CMO（首席市场官）。我想着你现在闲着也是闲着，对智能产品这块又不陌生，就说介绍你们认识认识。"

"所以你这是兼职猎头的生意做到我身上来了？"

花裴显然已经从对方的一脸尴笑中看破了真相，对这个临时拐弯编造出来的借口并不准备领情："可我才从美国回来没多久，还没打算找工作呢。"

"就算现在不找，先接触一下，了解了解国内创新企业的需求也不是什么坏事嘛。"

顾隽嘿嘿笑着，也顾不上花裴那副"你小子那点鬼心思早已被我看穿"的嘲弄表情，抬眼忽然瞥到了一个熟悉的身影，于是赶紧站起身朝入口的地方挥了挥手："徐总，这边！"

花裴有些惊愕地顺着他招呼的方向回首，一个穿着T恤、戴着黑框眼镜的男人已经朝着他们径直走了过来。

徐朗在赶赴这次约会之前，心里其实带着几分别扭的不情愿。

正是因为这种不情愿，他甚至还一反常态，十分不礼貌地刻意迟到了近二十分钟。

花裴这个名字，他在和宸风网络接触的过程中就陆陆续续听顾隽满是骄傲地提过不少次，等到双方的了解日渐深入，他和顾隽也成了朋友。从对方那些孜孜不倦的赞誉中，他对这个名字的主人也越发熟悉了起来——将满三十岁的职业女性，市场营销和品牌推广方向的一把好手，几年前作为长青科技的核心成员之一与创始团队共赴美国开拓市场，却在公司登陆纳斯达克之前最关键的几个月，突然卸下了市场VP（副总监）的头衔，两手空空地回了国。

至于回国的原因，顾隽没怎么多说。但作为投资圈内的资深从业者，创业公司在面对巨大的利益时，高管之间明争暗斗卸磨杀驴的故事，徐朗已经听得太多，心里自有一番揣测。

投资圈内人际关系向来复杂，徐朗在行业里混了这些年，见识过太多精于计算的狠角色。所以在他的构想里，花裴未满三十岁就做到了长青科技的全球市场VP，头脑反应和业务能力必定可圈可点，如今却在企业面临上市，即将获取巨额利益的最后时刻被清扫出局狼狈而归，必定会心怀不甘地想再抓住些什么。

而自己作为启翎创投最年轻也是最具实力的副总，大概会是她的一个不希望错过的选择。

只是内心深处，对花裴这种能在商业战场上翻云覆雨，巾帼不让须眉的女性高管，徐朗向来有敬佩、有欣赏，却从无亲近之意。在择偶标准上，他其实更倾向于那种拿着一份稳定薪水，工作时间规律，闲暇时候能在家里搞搞烹饪养养花，个性温婉柔顺的女孩。像花裴这种头脑机敏，行为大胆，在生意场上动辄就能引起企业震荡的女强人，在感情上他向来是敬而远之的。

因此，即使是作为顾隽私交甚笃的朋友，在对方态度积极地表示要给他和花裴之间拉个红线时，徐朗虽说顾及对方的身份和面子，没有立马拒绝，但赴约之前，已经设计了好几种不让双方关系进一步发展的方案——比如此刻近二十分钟的特意迟到，外加漫不经心的随意打扮，大概就能破坏掉八成以上职业女性对相亲对象的好感。

"实在不好意思，本来约好3点半见面，就该早点下楼的，结果临出门前接了个工作电话，一不小心拖到了现在，让两位久等了。"

落座之前，徐朗先和顾隽打了个招呼，再礼节性地朝花裴点了点头。

"徐总太客气了，你们公司事多我知道。"

顾隽赶紧打了个圆场，紧接着朝花裴挤了挤眼睛："姐，这是之前我跟你提过的启翎创投的徐总，徐朗。朗哥，这是我表姐花裴。"

他的称呼从"徐总"切换成了"朗哥"，立马带上了几分亲近的味道。徐朗的表情也柔和了许多，却依旧是职业性十足地伸手，顺带目光沉稳地仔细打量起了眼前的这位相亲对象。

"花小姐你好，之前听顾隽说起过你很多次了，今天终于有幸见面，很高兴认识你。"

"徐总你好。"

纤细白皙的一只手伸了出来，不轻不重地和他一握，同样是张弛有度的职业态度："我也很高兴认识你。"

出乎他的意料，眼前这个女人看上去比他预想的要年轻漂亮得多，从曼妙的身材和光泽饱满的容颜上，完全看不出即将三十岁的痕迹，陪着长青科技从创立到成功的一路磨砺，也没有给她带来大多女高管惯有的咄咄逼人或是精明圆滑的气质。此刻眼睛弯弯面露微笑的模样，看上去甚至带着几分少女般的淘气，像一只聪明狡黠的小狐狸，早已经看穿了他冠冕堂皇的借口下那微妙的轻慢态度，却正中下怀般乐于配合。

徐朗拣了个靠窗的位置坐下，先和顾隽做了一番简短寒暄。花裴脸上挂笑，神态安静地坐在那儿，眼睛却一直紧盯着不远处正在调试投影仪和麦克风的服务生，并没有要介入他们之间的聊天或是主动套近乎的意思。

"对了朗哥，你之前不是在帮悦享之音找CMO吗？我姐的情况也和你介绍过了，要不你们现在先大概聊一聊？"

顾隽显然注意到了花裴一脸神游的模样，赶紧给徐朗递了个眼色。

"嗯？"

对这个剧本之外的提议，徐朗感觉有些惊诧，但很快明白过来顾隽是在为他和花裴之间的交流创造契机，当即轻轻咳了咳："对了，花小姐，我听顾隽说，你之前是在长青科技工作？"

"啊……是的。"

话题忽然落到自己身上，花裴微微一怔之后才朝徐朗点了点头："不过我已经离职一段时间了，对长青现阶段的发展并不是太清楚。"

"这对企业来说是很大的损失啊，长青科技能在美国迅速打开市场并站稳脚跟，花小姐作为市场负责人想必做了不少贡献。"

徐朗推了推眼镜，在花裴一脸不置可否的浅笑表情下，终于还是没忍住好奇心："冒昧问一句，长青科技发展得这么好，花小姐怎么忽然想到要离职？就算是太累想要休息一阵，稍微忍耐几个月，等到企业上市拿到属于自己的回报再走，不是更好吗？"

"朗哥！"

坐在一旁的顾隽没想到他会直接抛出这么一个让花裴最难面对的问题，一时间急得脸都白了。

"徐总的问题算是推荐工作前背景调查的一部分吗？"

花裴还是微笑着，神情看上去并没有太多变化："说起这件事吧……其实挺不好意思的。长青科技在拿到盛泽融资的时候我只顾着高兴，忘了让公关部发新闻稿庆贺，就此惹恼了高层和投资方。所以上面一个不高兴，就把我给开了。"

这摆明了是一本正经地胡说八道，徐朗一时间僵在了那里，不知道该怎么接话。一阵轻微的尴尬后，顾隽赶紧开口打圆场："朗哥，我姐这次回来是因为想要照顾我外公。你也知道，老爷子他年纪大了，自从半年前摔了一次以后身体和精神都一天不如一天。我和姐姐都是他老人家带大的，所以姐姐才想着能够在他老人家走之前，多点时间陪在他身边尽尽孝道。"

"原来如此……"

这番解释虽然细细推敲下来破绽诸多，但徐朗终究还是善解人意地停止了追问："这么说来，花小姐也真是难得，毕竟要在事业和亲人间做出选择不是件容易的事。不过企业上市前的高层变动很容易引起变故，还好有盛泽保驾护航，长青科技终于顺利上市了，总算没有辜负花小姐之前的心血。"

"怎么，长青科技上市的日期……已经正式确定了吗？"

花裴猛地抬起头来，一直有些游离的神情终于因为这个消息而变得严肃起来。

"花小姐不知道？"

徐朗闻言有些吃惊："我这儿几天前就收到业内朋友发来的消息，如果没什么意外的话，相关新闻这几天应该已经铺天盖地到处都是了吧。"

花裴迅速抓起手机，将那几个她闭着眼睛就能敲出的关键字输入了搜索框。很快，"长青科技纳斯达克挂牌"的新闻报道铺满了整个显示屏。

她感觉手指有些发抖，努力镇定了好一阵才勉强点开其中一条链接。

洋洋洒洒的文字铺陈在那儿，充满了各种赞誉和溢美之词，在她眼前却都糊成了一片。唯一锁定在视线里的，只有文章开头那张创始团队集体庆贺的新闻配图。

康郁青站在人群的最中央，姿态非常挺拔。只是比起周边快乐得毫无掩饰的伙伴们，他的模样看上去很是稳重矜持，甚至带着几分微妙的落寞。

丘苓的身影也在照片里占据了一个重要位置。作为长青科技的投资方，以及出镜人员里为数不多的女性，她的笑容看上去耀眼而夺目。

历经了这么多年的艰辛跋涉，长青科技终于以这一刻为标志，在全球科技产业的舞台上拥有了自己的位置。

而康郁青一直以来追逐着的梦想，也终于就此变成了现实。

只可惜，这一切与她再无关系。陪伴着康郁青和长青科技登上这盛大舞台的，终究还是另外一个女人。

"花小姐……你怎么样，感觉还好吗？"

她长时间对着手机不发一语却脸色发白的样子，让徐朗有些担忧，他忍不住轻声探问了一句。

"很好啊！为什么不好？中国的科技企业能在美国纳斯达克的舞台上占有一席之地，这是多么值得骄傲的事，我得好好考虑该怎么给老朋友们发个微信说声恭喜，不是吗？"

花裴迅速收拾好表情，把手机揣进口袋站起身来，对着徐朗嫣然一笑："刚好咖啡喝完了，我去吧台续个杯。徐总看看还有什么想要的，我顺便帮你一起叫了。"

徐朗觉得有些意外。

很显然，在相亲这件事上，花裴并没有他料想中那样抱着急于求成的心情——至少在面对他时，因为不抱任何目的而显得情绪十分放松，甚至带着几分漫不经心。

初见面时对方的礼数看上去客套周全，但游离于外对他并无太大兴趣的信号也释放得很明显，这让徐朗意外之余略微有些挫败，甚至隐约开始后悔，对这场约会的准备工作，自己应该多花点时间。

"朗哥，怎么样，我姐漂亮吧？"

顾隽年纪尚轻，虽然在他那个三十多人的小公司里顶了个运营副总的头衔，多少也算是个正儿八经的企业合伙人，但依旧没能第一时间觉察到初次见面匆匆交流下，两位相亲对象之间释放的电波。眼见花裴已经走向了吧台，他赶紧凑身上前等着徐朗表态。

徐朗并不习惯于太过直白地对女性外表评头论足，只是很含蓄地笑了笑："花小姐看上去很年轻，如果不是有你介绍，只怕很难相信这么年轻的一位小姐之前会是长青科技的全球市场VP。"

"那是当然，我姐本来就年轻漂亮又能干，怎么着？难道之前你还觉得我是在坑你不成？"

顾隽像是意识到了什么，懒洋洋地翻了个白眼："朗哥，我跟你说，我姐读书的时候追的人可多了，要不是因为……要不是因为现在回国了，你可没这么好的机会。不过嘛……"

他偷瞟了下花裴的背影，压低了声音提醒："我姐这个人吧……看着和谁都能聊，其实脸皮挺薄的，而且性格又偏，所以我就没直接和她说是介绍你们相亲，只说是帮你们推荐CMO人选来着。后面怎么发展你自己看着办，兄弟我也只能帮你到这里了。"

"行行行！我知道了。"

徐朗在他一脸邀功的表情下有些无奈地赶紧点头，眼神却不由自主地追随着花裴婀娜的身影飘向了一边。

吧台那边，花裴已经点好了单，却没有急于回座，而是走到一旁兴致勃勃地和服务员聊了起来。差不多十分钟以后，她才端着两杯咖啡走了回来，落座之前却和顾隽比着手势，要求换到了更方便看投影幕方向的位置。

徐朗看她落座后脸色已然恢复如初，在听到长青科技上市消息那一瞬的复杂情绪，似乎都已经消化得干干净净，他不禁欣赏对方的心态调节能力，于是忍不住主动开口起了个话题："花小姐一直在关注那边的活动准备，是不是对W咖啡馆这个创业者沙龙的项目感兴趣？"

"徐总也知道？"

花裴看上去兴味盎然，伸手指了指尚在忙着调试投影的工作人员："刚才我过去问了问，才知道W咖啡馆每周三下午都会搞这么一个沙龙，免费提供场地和设备给需要融资的创业者做路演宣讲。据说是因为来这儿的投资圈朋友比较多，创新产业园里又驻扎着很多创业公司，搞了一段时间以后效果还不错，活动也就逐步形成了规模，现在在圈子里的影响力还挺大的。"

"还可以吧。"徐朗点了点头，"我和W咖啡馆的几个合伙人还挺熟，这个项目也小小地参与了一部分，花小姐如果还有什么需要了解的，或许我可以帮忙介绍介绍？"

"哎？咖啡馆也属于徐总的投资范围吗？"

花裴笑了起来："可是感觉这种项目，应该不怎么赚钱的样子。"

"我做项目也不都是为了赚钱，而且W咖啡馆不属于公司业务，纯属个人行为。"

抛弃了"长青科技"这个话题，花裴的情绪显然轻松了很多，微微笑着的模样让人如沐春风，十分具有感染力，使得徐朗禁不住想要和她多聊聊。

"花小姐应该知道，S市的创业者队伍无论从数量还是质量上看，在全国都是数一数二的。但很多有想法有干劲的创业团队，苦于没有资金支持，所以我和几个朋友商量了一下，就在创新产业园这里搞了这么个咖啡馆。很多投资圈朋友来捧场，常常会来坐坐，也吸引了不少创业者过来做路演，外加媒体朋友的宣传，久而久之也算是做出了一点成绩。"

"这么说起来，W咖啡馆可以算是一个小型的创业孵化器了，等到很多公司成功以后，领导人回忆起自己的创业史时，只怕都要谢谢徐总。"

花裴说到这里，想起了长青科技创业初期，康郁青为了公司明天能够继续存活下去，四下苦寻门路却一次次吃闭门羹的模样，眼神略微暗淡了一下，声音也跟着低了下来："只可惜早一点的创业者没那么好的运气，能遇到徐总这样有情怀的投资人。很多项目或许因为找不到合适的融资门路，还没成型就已经胎死腹中。"

"花小姐言重了。其实W咖啡馆只是提供了一个交流的平台，企业最后能不能存活，本质上还是取决于项目和团队自身。"

话题落到了自己所在的行业，徐朗的谈兴也越发高涨起来："创业者里不缺聪明人，却缺实干家，很多小年轻经常冒了一个想法，写了几页纸的BP（商业计划书），就着急出来圈钱，最后往往因为眼高手低，缺乏长期规划和执行能力，而导致项目流产，资金打水漂，这种案例我们这些年已经看得太多了。所以说在W咖啡馆，大家还是以信息交流为主，真正要谈到合作那一步，至少也得像小顾总他们的团队那样，多少做出点让人信服的东西来才行。"

"哎？朗哥你们怎么聊着聊着聊到我身上了？"

顾隽眼见他们已经进入了交流状态，而且看上去相谈甚欢，十分懂事地捏着手机站了起来："不好意思啊，我这儿还约了人谈点事，得先走一步，晚点直接过去接倩情下班，就不回来了。就是我姐回国以后一直没摇车牌，这地方又挺偏的，朗哥你看你们一会儿聊完了，方不方便帮我送一下她？"

"那是当然。"

徐朗知道对方是铆足了劲地给自己创造机会，他亲见花裴之后也算是颇有好感，当即态度积极地满口应承下来。

花裴自然知道自家表弟处心积虑地在设计什么狗血桥段，却也不想因为这些鸡毛蒜皮的细节你推我搡，显得太过矫情，当即不置可否地微微一笑，先目送顾隽出了门，才把目光重新落到了徐朗身上，十分诚恳地开口：

"徐总，我和顾隽从小关系就不错，所以长大以后他难免会为我这个做姐姐的多操点心，说话做事容易失了分寸。你们投资企业自然都有自己的想法和安排，如果他和你说了些什么让你为难，请别太介意。"

"花小姐指的是小顾总帮我们推荐CMO的事吗？"

徐朗为人精明，已然从花裴的言辞中，领悟到了对方不欲以此为由多加纠缠的态度，但好感已生，便不想就此放弃："其实即使不是小顾总推荐，以花小姐这样的资历和经验，也是很多企业愿意争取的高管人选。启翎既然选择了投资对象，自然也希望合作企业能够配置最合适的团队。所以如果花小姐不介意，我把悦享之音的信息给你简单介绍一下，你再作考虑如何？"

他分寸得当地摆出了一副公事公办的态度，花裴不好再多说什么。眼看着徐朗动作利落地拿出iPad调出资料，花裴正准备把头凑过去，四周忽然一阵骚动，她的注意力很快转移到了吧台侧前方的位置。

早已经准备好的路演区内不知什么时候摆上了一张桌子，随着投影幕上画面亮起，一个主持人模样的工作人员手持麦克风快步走上台去。

"各位朋友大家好，欢迎来到W咖啡馆。今天是我们创业者沙龙创办以来的第十二期活动。在过去的活动中，我们得到了许多投资人和企业家的大力支持，也为许多有创意有想法的创业者找到了有力的合作伙伴。今天，我们同样邀请到了许多有意扶植创新企业的投资人莅临现场，也希望即将登台做路演宣讲的创业者们能够从中找寻到最适合自己的伯乐。下面，我们有请今天的第一位宣讲人，幻真科技的企业负责人容眠先生。"

在主持人热情洋溢的介绍声中，一个身材挺拔的男青年怀抱着半个手臂高的人形机器人，缓步向台前走去。

"容总不先和在场的各位打个招呼吗？"

路演宣讲无异于一次自我推销，就算是平日里脸皮再薄、再不善言辞的创业者，为了在这段有限的时间里最大限度地展现公司实力和产品特性，都会铆足了劲地珍惜每一分钟和现场听众交流。有人为了抓紧时间，甚至还没等主持人的介绍结束，就直接抢过麦克风浑身鸡血地把产品前景吹嘘得天花乱坠，所以眼前这个宣讲者上台之后一路沉默的表现，倒是让经验丰富的主持人忍不住有些着急，赶紧出言提醒。

"不好意思，请稍等。"

青年低着头，把怀里的机器人放上桌后，开始专心致志地摆弄起了手机，似乎是在启动某个连接机器人信号的APP，其间既没有自我介绍，也没有半点要炒热气氛和现场观众交流互动的意思。

几秒钟后，随着信号的接通，机器人的眼睛里蓝光闪过，原本呈弯曲折叠状的四肢舒展开来，直立后的身体里同步发出了某种语调机械却显得憨态可掬的声音："大家好，我是Dream，很高兴能在这个下午和大家见面。现在是下午4点整，夜间可能有雨，请注意带伞，谢谢。"

"哎呀，这个机器人超可爱的。"

"你看你看，他居然还会举手行礼和大家打招呼啊！"

"这就是幻真科技研制出来的机器人产品吗？看上去还蛮有意思的。就是不知道除了说话报时和预报天气之外，还有没有其他什么功能。"

"后面不是有PPT吗？那就听听人家怎么说呗！"

低低的议论声迅速响了起来，许多原本低头专心敲键盘，一副事不关己模样的顾客也暂时停下了手里的工作，将目光投向了演讲台。

站在一旁的男青年略微观察了一下场内的反应，在众人热切的注视下，他一直有些冷冽的眉目微微舒展开来，像对待自己最宝贝的小孩一样，动作亲昵地拍了拍小机器人的头。

这个站在台上准备卖"安利"的创业者长了一副令人瞩目的好

皮囊，只是浑身上下散发出的那股淡漠疏冷又矜傲的气质，实在不太适合代表一个初创企业在一个需要热情鼓动的场合做宣讲——这是花裴对容眠的第一印象。

当然，有这种印象的应该不止她，只是大部分人的关注点更多地聚焦在了对方出类拔萃的颜值上。从青年抬起头正脸面对听众的那一刻起，咖啡馆里服务员和顾客们的议论声瞬间增大，甚至从有女同胞直接拿出手机频频拍照的情形来看，这位年轻的宣讲者自身显然比那个呆萌的小机器人更具吸引力。

青年看上去二十五六岁的模样，斜飞入鬓的眉毛衬着一双薄薄的单眼皮，鼻梁挺直，薄唇微抿，线条几乎完美的一张脸因为不苟言笑的神态，看上去冷冽而犀利。黑漆漆的那双眼睛里目色炯炯，在此刻宣讲的场合下几乎让人抓不到什么紧张或是亢奋的情绪，只有在偶尔垂眸看向桌面上的小机器人时，才会流露出一点温柔的亲昵。

和众多疲于奔命或忙于应酬而忽略了身材管理的创业者不同，他的筋骨结实却不壮硕，显然是长期运动才能塑造出的漂亮体格。一身普通的白色棉质衬衫和蓝色牛仔裤因为腰细腿长的美好身材，而被穿出了一种文艺又潇洒的气质。像是为了方便演示，衬衫袖口被他很随意地挽至手肘，裸露在外的小臂呈现出健康的光泽，偶尔扬起的动作，竟是带着几分禁欲般的性感。

也难怪现场的女同胞们反应会如此兴奋，这样的身材长相不去混娱乐圈真是够可惜的。花裴在心里暗自感叹了一句，终究是抵挡不住对方散发出来的耀眼光芒，抱着这种等级的帅哥不看白不看的心理，难得肤浅地抬头继续打量着，许久都没舍得把眼睛挪开。

"花小姐……这是对人形机器人感兴趣？"

徐朗觉察到她的注意力已经转移，也跟着抬头观望了片刻。只是作为一个醉心于事业而在感情方面略显迟钝的男人，他并没有精准地捕捉到花裴此刻关注的重点所在。

"啊……还行吧……"

耳边传来的询问声让花裴意识到了自己的轻微失态，她赶紧轻咳了一声，正襟危坐地收回了眼神："我之前服务的长青科技主要是做智能语音技术，中间也和一些机器人企业有过合作。为了更好地做技术对接，公司的CTO（首席技术官）还特意从法国购买过两台NAO到办公室里做研究，所以我对机器人产品也算有过粗浅地接触。这款产品看上去和NAO还蛮像的，都是双足人形结构，就觉得挺有意思……说起来，徐总和这家公司接触过吗？"

"暂时还没有。"

徐朗原本只是随口一问，听她头头是道地说了这么多，倒是有些意外："不过花小姐既然接触过NAO的话，那应该能理解，为什么幻真科技的这款机器人在大多数投资人眼里没太多价值了。"

"噢？徐总能详细说说吗？"花裴眉毛一挑，兴致勃勃地追问着。

"虽然我和幻真没有直接接触过，不过之前倒是和几位业内朋友聊过他们的产品。机器人产品类型复杂，对技术的要求又很严苛，需要投入的人力物力都很大，但短期内很难见效果。就目前看来，Dream缺乏核心的应用领域，也没有太好的商业模式，光从形态和技术上看，更像是NAO的低端复制品，所以并不被投资人看好。"

"这样啊……那还挺可惜的。"

花裴再次抬眼看了看已经打开PPT，准备进一步向在场人士介绍自家项目的容眠，有些遗憾地耸了耸肩："启翎创投如今可以算是国内投资圈的风向标了，尤其是在智能硬件和互联网领域。既然徐总是这个想法的话，只怕以后幻真的融资道路会走得很艰辛。"

"创业的路上总是需要不断地试错，就算在人形机器人领域暂时走不通，以后有了其他合适的项目，倒也不排除我们会有和幻真合作的可能。"

徐朗没料到她会真心实意地为这么个毫无关系的创业公司操起了心，好笑之余赶紧随口安慰了两句："不过幻真的这位创始人倒是挺有意思的，业内朋友对他的评价都还不错。大家都说他虽然个性冷了点，但是有头脑，有想法，难得的是，还有着非常卓越的执行力。好几家创投公司的朋友和他聊到最后都想直接把人挖走，听说条件给得也不错。不过这孩子性子傲，做事又挺执着，认定了他的人形机器人不放手，闭门羹吃到现在还在到处看机会，就是不知道要撑多久才舍得转型……"

"哈？"

花裴听他老气横秋地冒出"这孩子"三个字，实在是有些忍俊不禁："徐总，能被你称为孩子的小朋友，最多也就念高中吧。我看台上这位容总虽然年轻，怎么说也该二十岁往上吧？你怎么一开口就把辈分差距搞得这么大？"

"不好意思，职业病。"

徐朗微愣之下，很快笑着解释："做我们这行的都把初创企业当作小孩，看到有成长潜力的总希望它们能早点长大，实现自我供血。时间久了，难免会有做爹妈的心态。不过容眠他的确很年轻，现在也才不到二十七岁吧，正式创业之前在一家发展势头很好的互联网企业做技术，因为能力突出，已经做到了高管，原本前途无量。不知道怎么想的，赚了第一桶金以后就跳进了机器人这么个又烧钱又看不到头的行业，铆足了劲折腾到现在，看样子就没准备出来。"

悄然的议论声中，投影幕上的PPT已经翻到了最后一页，结束了简短宣讲的容眠把位置让给了下一位准备路演的创业者，抱着他的小机器人安静地退到了一边，目光偶尔抬起看向场内的几位投资人，似乎是在等待伯乐们的反馈和态度。

比起容眠言简意赅的发言和从容镇定的姿态，下一位登台的创业者显然是个经验丰富的演说家，PPT还没打开，就已经神采飞扬地描绘起了自家产品的发展前景，声音之激动，惹得麦克风不时发出阵阵啸叫。

重新喧嚷起来的环境中，无论是洽谈公事还是私事都不太适合。徐朗抬手看了看表，轻声建议："花小姐，今天下午的宣讲会估计一时半会儿结束不了。你要是不介意的话，我们换个地方一起吃个晚饭，我再把悦享之音的资料详细给你介绍介绍？"

"多谢徐总。"花裴脸带歉意地站了起来，"耽误你这么久的时间，实在觉得很不好意思。只是我今天还有点事，吃饭的话……可能要改天了。如果您方便，可以把对方的资料发我邮箱里，我看完以后尽快给您回复如何？"

这番拒绝虽然言辞委婉，态度却是干净利落。徐朗并不想初初见面就给对方留下一个死缠烂打的印象，当即十分爽快地点了头："花小姐既然有事，那就改天再约。不过嘛……这里位置比较偏，出门不好打车，不介意的话还是让我开车送送你，多少让我对小顾总有个交代。"

对方话都说到了这个份儿上，再加拒绝未免矫情。花裴嫣然一笑，低低道了声谢。两人刚刚并肩走出门口，却听到背后追来了一阵急促的脚步声："徐总，请留步。"

"容总？"

以徐朗在投资圈内的知名度，这样被人半路截下的情形想来遭遇过不少，他已然见怪不怪。因此此刻面对忽然追上前的容眠，他虽然有些惊异，却依旧保持着惯有的稳重表情："请问找我有事吗？"

"实在抱歉，原本不该在这种时候打扰您的。"

容眠显然注意到了他身边有位年轻漂亮的女伴，犹豫了一下才继续开口："我其实一直很想拜访您，可是之前都没有找到合适的机会，没想到今天在这里遇见了。所以就想冒昧问一下，是否能和您约个时间，向您介绍一下我们公司的项目？"

"你是说Dream吗？"

徐朗推了推鼻梁上的眼镜，口气委婉地回应着："其实你刚才的宣讲我都听到了，而且在此之前也从一些朋友那里大概了解过幻真科技。对你们公司的情况，我应该还算清楚，所以……"

他的话只说到这里，就礼节性地闭了嘴，但留白部分的意思已经不言而喻。容眠张了张嘴，像是想要再解释或争取些什么，话到嘴边却又倔强地咽了回去。眼神落向花裴时，他甚至还有些歉意地笑了笑，紧抱着机器人的一双手却因为巨大的失望而微微抖了起来。

花裴微微叹了口气，把头别向了一边，不太忍心看此刻对方脸上的失落表情。

眼前的容眠让她想起了几年前的康郁青。

没有什么事情比倾注了所有心血的梦想一次次被拒绝、被否定更残酷，可这样的打击偏偏又是大多数缺乏背景、白手起家的创业者必须遭遇和面对的。

对容眠而言，或许眼前的目标只是想让幻真科技和他的人形机器人项目，能够继续存活得久一点，再久一点。

可是对康郁青而言，在企业生存的问题解决之后，他还想让长青科技能够成功上市，成为像苹果和微软一样能在历史上留下鲜亮一笔的企业明星。

所以矜冷如容眠，如今可以低声下气地站在徐朗面前，只求能够争取到一个面谈的机会。

而自负如康郁青，也可以为了争取到在纳斯达克敲钟的机会，抛下他们一路走来的情分，选择另外一个女人。

她以为同甘共苦、携手相伴是感情走向婚姻的羁绊和见证，却没有料到整个青春岁月里无怨无悔的奉献，最后成了对方事业登顶的垫脚石。

很多时候，你和他谈感情，他和你谈成功。女人和男人所渴望的终点，终究还是两回事。

"容总，不然你看这样吧……"眼前的情形实在有些尴尬，徐朗在一片静默之中终于还是抛出了一个台阶，"我留个邮箱给你，你可以把BP发过来我再仔细看看，如果合适的话，我会联系你。"

"好的，谢谢徐总……"

容眠抿着嘴唇，像是经过几分钟的心理建设，已经从失望的情绪中恢复了平静。紧接着，他把抱在怀里的Dream小心翼翼地放在了地上，握着手机正认真记录着徐朗报出的邮箱地址，一个胖乎乎的小男孩带着满脸好奇，摇摇晃晃地凑了过来。

"妈妈你看……有机器人啊！"

"别乱碰啊！这东西可贵了，碰坏了咱可赔不起！"

紧跟在后的中年女人赶紧上前几步，牢牢抓住了小男孩意欲触摸的手，犹犹豫豫地站在距离Dream三步之外的地方，有些好奇地观望着。

容眠的眼睛一瞬间亮了起来。他甚至忘记了记录完邮箱地址后，应该再和徐朗客气两句。

"嗨，小家伙，你喜欢它吗？"

"喜欢！"

男孩子拼命地点头，挥舞着没在母亲控制下的另外一只手，努力地比画着："我前两天刚看了变形金刚，那里面的机器人都可厉害了！"

"你喜欢变形金刚吗？我也喜欢，而且我还喜欢高达。"

"高达是什么呀？"

"高达就是……"

这个问题回答起来一时半会儿有些困难，容眠想了想，很快划开了手机相册，弯着腰凑到小胖子眼前："就是这个，是不是很酷？"

"超酷的！"

小胖子彻底被他手机里的图片吸引，飞快地从母亲的手掌里挣脱出来，一张张地翻看着："那你的这个机器人是高达吗？它会不会变身？"

"它叫Dream，并不是高达，而且也暂时不会变身。"

容眠朝他勾了勾手，一直没什么表情的脸上浮出了一层骄傲的神采："不过他会跳舞，会唱歌，会给你讲故事，还会功夫，也挺酷的。"

"好棒啊！"小胖子嗷嗷叫着，"它会跳什么舞？现在能跳吗？"

"可以啊。"

容眠干脆直接蹲坐到了地上，打开Dream身上的电源后，同步启动了手机上的控制APP。

几秒钟后，白色的小机器人抖了抖身子，伴随着内置音箱里传出的音乐，姿态灵活地跳起舞来。小胖子半张着嘴看了一阵，兴奋地开始笑，继而姿态笨拙地抖着腿，跟随着Dream舞动的节奏开始左右摇摆。

"Dream看上去挺灵活的，平衡性和稳定性也很好，关节的驱动技术应该还不错。"

花裳被眼前快乐的场面吸引，一时没舍得走。欣赏了好一阵，她忽然想到了什么，正准备冲容眠开口，耳边忽然响起了女人的一声惊叫。

一直跟着音乐摇摇晃晃扭屁股的小胖子不知道踩到了什么，被绊了一下，原本就不怎么协调的身体猛地歪向了一边。还好关键时候，容眠眼疾手快地一把抓住了他的胳膊，才没让他摔伤自己，然而舞已经跳了大半，正准备偃旗息鼓的小机器人因为小胖子慌乱之中的一个蹬踏，被远远地踹了出去。

随着"啪"的一声重响，欢腾的音乐声戛然而止。小胖子踉跄了几步终于勉强站定，眼看着几米之外的地方，已然仰面倒下一声不吭的机器人，脸色顿时变得煞白。

"喂，你不要紧吧？"

容眠顾不得去查看机器，赶紧先一步蹲下来，拍了拍一脸呆滞的小胖子："伤到哪儿没有？有没有觉得哪里不舒服？"

"怎么没有伤到啊！你看看……你看看！我们家杨杨脚踝都肿了！"

原本失口惊呼着的女人，目光在那不知是死是活的小机器人身上转了一圈后，已经迅速拿定了主意，一边高声叫嚣着，一边脚步匆匆地把小胖子拽到了自己怀里："我得带杨杨去看医生，要是真出了什么问题，我……我可是要回来找你算账的！咖啡馆的门口本来就不准摆摊设点，你在这儿堆着些破玩具又跳又唱影响秩序像什么话！"

容眠显然没有和这种没事还好，一旦出事就着急甩锅耍无赖的家庭妇女打交道的经验，被对方声色俱厉地一阵炮轰，一时间根本没反应过来，最终只能皱着眉，眼睁睁看着对方一路骂骂咧咧地疾步远去。

倒是小胖子还惦记着那个不久之前给他带来快乐的朋友，一边被拽着小跑，一边频频回头："妈妈……那个机器人是不是坏啦？"

"闭嘴！"

女人有些慌张地赶紧禁止他再提起某些敏感词，脚步加快的同时不忘开口叮咛："跟你说过多少次了，上街就上街，不要到处乱看乱摸。那个东西多贵你知道吗？真要出什么问题被人讹一次，得赔多少钱啊？你小小年纪就知道惹祸，看我回去怎么收拾你……"

嘀嘀咕咕的教训声随着那对母子的远去逐渐没了声息，咖啡馆前的小广场重新恢复了平静。容眠轻轻吐了一口气，慢慢走到了Dream身边把它抱了起来，像看着一个备受嫌弃的小孩，脸上浮现出了苦笑的神情。

"花小姐，我们走吧？"

眼看闹剧结束，徐朗轻轻咳嗽了一声，扬了扬手里的车钥匙。

"徐总，请再稍等一会儿。"

花裴朝他点了点头，快步走上前去冲容眠一笑，算是主动打了个招呼。

"容总，我想请问一下，你们公司的这款机器人现在哪里可以买到？我刚才听了你的宣讲，又看了Dream的舞蹈表演，觉得挺有趣的，所以想要买一台。"

容眠的神色里带着几分惊疑和不确定："这位小姐，你的意思是……"

"你别误会。"

花裴从他飞快打量着的眼神里意识到了什么，迅速解释道："我不是启翎的员工，和徐总也是今天刚刚认识。生意上的事，我可能帮不上什么忙，纯粹就是觉得它有趣，所以才会过来问问，希望你别介意……"

"谢谢你。"

容眠的嘴角扬了起来，原本颇为淡漠的眉眼因为微笑而柔软散开，像冬日里满是冰雪的青松被银色的月光映照，充满了清冷却温柔的感染力。

那一瞬的笑容，美好得让花裴的呼吸都短暂停滞了一下。

"谢谢你喜欢它。不过很不巧，Dream现在还没有正式量产，销售渠道也还在建设中。如果你不嫌弃的话，现在这台可以先带回家玩玩。"

"这……不太好吧。"

虽然不清楚Dream的市场定价到底是多少，但作为高科技产品，想来也不会便宜到可以随手送人。无缘无故，花裴自然不愿受此大礼，当即委婉一笑："本来就是无功不受禄，哪有初次见面就平白无故收下这么贵重的礼物的？何况这个小家伙好像摔得不轻，我就算抱回家了，怕是也照顾不好呢。"

"这个你不用担心。"

容眠轻巧地摁了一下重启键："Dream没那么娇气，别说这种跌跌撞撞的小意外了，更严重的问题在调试过程中都遇到过。不过它很坚强，稍微休息一下就能复原。"

他指了指机器人已经重新亮起来的双眼："你看，现在不是已经没事了吗？"

"厉害了……这小家伙还挺结实的啊。"

花裴实在抵御不了眼前小机器人的一脸呆萌样，心里又已经有了打算，于是就着对方的热情顺势接在了手里，继而掏出手机："既然这样的话，我就先把它带走啦。不过容总，生意归生意，您看多少钱，我微信转给您？"

"行，那我们加一下微信吧，如果遇到什么问题也可以直接微信上问我。"

容眠想了想，大概觉得当着徐朗的面，送对方女伴礼物的做法实在有些唐突，于是很快添加了她的微信，在稍稍留意了一下花裴的姓名备注后，紧接着出示了一个收款二维码。

花裴随手一扫——支出金额0.01元。

"你这个定价……Dream要是知道了，会气到自动爆机吧。"花裴一脸啼笑皆非。

"这个应该不会。根据机器人原始三定律，在不违反第一、第二定律的情况下，要尽可能保护自己的生存。所以Dream是不允许自毁的。"

容眠把手机揣进了口袋里，后退一步朝她摆了摆手："花小姐不必客气。这只是台样机，许多功能配置还不完全，原本带出来就是想留给那些对它感兴趣的人看看的。如今能遇到一个真正喜欢它又愿意带它走的人，还是这么漂亮的一位小姐，我想它……一定会觉得很荣幸。"

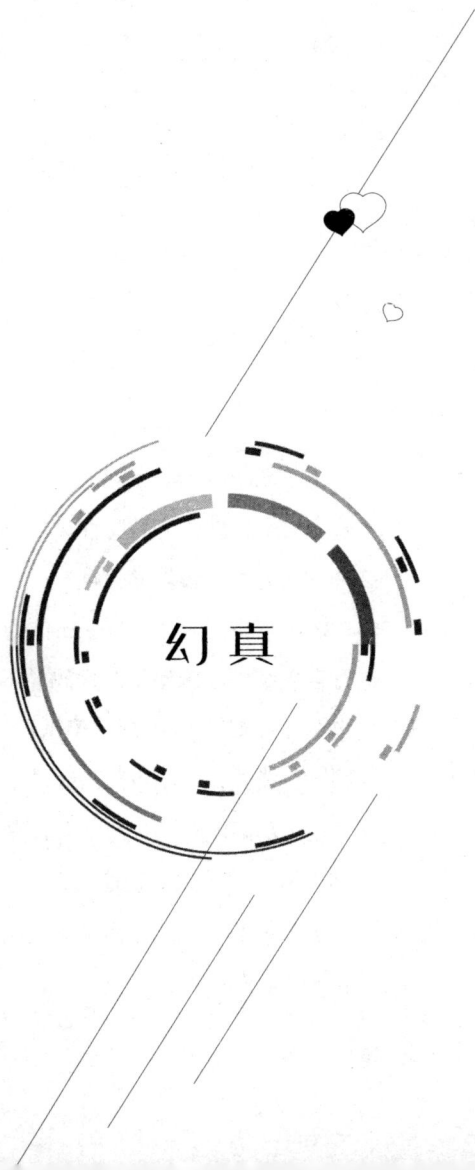

幻真

花裴把Dream带回家后，很是认真地摆弄了好几天。

为了更好地研究其特性，她甚至还专门登录幻真的官网，仔仔细细地看完了整套教学视频。

按照官方的介绍，Dream作为机器人的入门级产品，支持用户进行自主编程，即使是对代码并不熟悉的普通消费者，也可以在连接电脑或手机端后进行"傻瓜"版操作，通过简单的"记忆"和"回读"模式，给小机器人编排出各种舞蹈姿势。

这一功能比花裴预想的更简单高效，也更有趣，因此在接下来的日子里，她乐此不疲地摸索着，直到给Dream编排出了一套鬼畜版《小苹果》，这才心满意足地抱着自己的劳作成果再次出门，直奔和悦敬老院而去。

到达目的地刚好中午12点，花裴在上楼时正巧碰上了熟悉的护工。对方看她抱着巨大一个袋子走得气喘吁吁，赶紧上前搭了把手，顺便热情地唠起了嗑："花小姐又来看你爷爷啊？每次来都带这么多东西，你也真是有心了。"

花裴一路走来有点吃力，在对方的帮忙下终于喘了口气："他老人家最近怎么样啊？"

"挺好的，能吃能睡，人也精神！"

护工笑眯眯的，对自己长期照顾的老人这一家子亲属都颇有好感："昨天下午顾隽先生也来了一趟，给老爷子带了不少好吃的，还扶着他去院子里晒了会儿太阳。老爷子心情不错，就是老长时间都没把自家外孙认出来，晚上吃饭的时候还念念叨叨地问我他是谁来着，顾先生走的时候特地重复了三次自己的名字。你说这老爷子也真是的……"

"这样啊……"

花裴的眼睛垂了下去，轻轻叹了口气。

小时候父母忙于工作，她和顾隽都是花建岳一手带大的。一众儿孙之中，花裴因为性子皮，又向来胆大妄为，没少被老爷子拎着扫把追着满街跑。顾隽却是嘴甜又黏人，一直最得花建岳欢心。如今老人家年岁大了，本该是儿孙膝下其乐融融的时候，却因为记忆的日渐衰退，和最心爱的外孙闹到了见面不相识的地步，这让花裴心中五味杂陈。

"花小姐，我还得先去隔壁房间看看，老爷子那边你先过去，我晚点把饭送过来。"

"好的，麻烦许哥了。"

说话之间，两人已经上了三楼，走到了花建岳的房间门口。花裴从护工手里接回袋子道了声谢，轻轻推开门走了进去。

干净整洁的房间里阳光充沛，墙上挂着的大屏电视机正吵吵嚷嚷地播放着不知道哪个国家的足球比赛。花建岳靠着枕头躺在床上，目光怔怔地看着电视机里那些来回奔跑的人影。听到脚步声，他的目光偏移了一下，对着花裴客气地笑了笑，又缓缓地扭过了头。

"爷爷，今天感觉怎么样啊？"

花裴放下袋子，抽了张椅子在大床边坐了下来，眼见花建岳依旧紧盯着电视，丝毫没有要搭理她的意思，干脆伸手在对方眼前晃了晃："您有没有什么想吃的？我去小食堂里帮您加两个菜？"

似乎是因为电视上的画面被干扰，花建岳嘟嘟嚷嚷地不知抱怨了一句什么，终于把头拧了过来，对着花裴仔细打量一阵后，才满是疑惑地开口："你是……"

"我是裴裴啦，您的孙女儿……小时候被您揍得最多的那一个！"

这样的场面，花裴在回国后的这几个月里已经习惯了，于是赶紧做了个自我介绍，顺带拿起遥控器关上了电视机："老看电视对眼睛不好，要不我陪您聊聊天怎么样？"

"裴裴噢？"

老头儿自言自语地重复了一句，似乎极力回忆了一阵却还是没能搞清楚来人的身份。但面对花裴笑意盈盈的一张脸，又不好意思拒绝她的善意，于是十分配合地咧了咧嘴："好，咱们聊天……聊天……"

花建岳年轻的时候作风强势，一旦拿定了主意的事，很少有耐心听取别人意见，没想到年纪大了，性格里面尖锐强硬的部分被时光冲刷而去，整个人反而柔软了起来，变成了一个温驯顺从的慈祥老头儿。花裴坐在他身边，一边削着苹果，一边拣了些家长里短的琐事和社会趣闻跟他聊，老头儿瞪着眼睛，偶尔配合着哼哼一声搭个腔，却也不知道其中内容究竟听进去了多少。

一老一少就这么聊了半个小时，中途护工送来了午餐，两荤一素外加一个汤，从食材搭配到烹饪摆盘都让人看了颇有胃口。花裴招呼着他吃了饭，眼见对方眼睛一直偷瞄着电视，似乎并没有立刻午睡的意思，干脆起身拆开袋子，把Dream抱了出来。

"这是什么呀？"

花建岳对这个新鲜玩意来了兴趣，混混沌沌的眼睛泛出了热切的光彩，手臂也跟着胡乱地挥动了起来。

"这是给您带来的新朋友，来陪您解闷，以后您要是无聊了，就让它给您跳跳舞，讲讲故事什么的。"

花裴把Dream放在了用餐的小桌板上，开启了电源。随着《小苹果》的背景音乐响起，白色的小机器人四肢伸展着，蹬腿抖手地卖力跳起舞来。

"哎哟，这玩意好，花小姐你花了不少钱吧？看把老爷子给乐的！"

正在屋子里收拾卫生的护工看到眼前这一幕，赶紧凑了过来，一脸惊喜地观望着。

"许哥，这是台智能机器人，我给它简单地设定了一些跳舞和讲故事的程序，以后要是我爷爷无聊了，你就让这个小东西陪他玩会儿，别老让他盯着电视看。"

"好是好，可是这么先进的东西……我不会弄啊。"

"很简单的，就是要麻烦你帮忙下个APP，我再简单地和你说说怎么操作就行，保证十分钟之内搞定。"

花建岳已经完全被眼前的小机器人吸引，皱巴巴的一张脸乐呵呵的，花裴倍觉欣慰，赶紧帮着护工下了个APP，简明扼要地把操作流程交代了一番。

半个小时之后，在Dream耐心讲述着《三国演义》的故事中，花建岳逐渐困乏起来，合眼休息之前，却十分固执地示意要把Dream挪到自己触手可及的位置。花裴依照他的意思把Dream放在床头柜上，又等了一会儿，眼见爷爷已然心满意足地沉沉睡去，这才切断了电源，小心翼翼地帮他掖好了被子，又和护工仔细交代了一阵后，才慢慢地退出了房间。

陪着爷爷聊了这么一阵，时间已经到了下午3点。细碎的阳光透过玻璃窗，在敬老院的走廊上撒下了一片斑驳光影。大楼前的绿色草坪上，许多步履蹒跚的老人正在护工的搀扶下慢慢地散步晒太阳，一切看上去如此宁和安详，却又让人如此心情凝重。

花、顾两家对长辈向来孝顺，当初考虑到花建岳的身体情况，最终决定将他送到敬老院一边治疗一边休养时，也是不惜财力选择了S城里条件最好的这一个。和悦敬老院里各种软硬件设施十分优越，对身体机能逐步衰退，生活缺乏自理能力，儿女又都忙于工作无暇终日陪护的老人而言，能够在这里安享晚年，已经算是一个不错的选择。

可是想起昔日雷厉风行的爷爷，如今整日百无聊赖地躺在床上，靠着电视机的画面和声响排解寂寞的模样，花裴还是会忍不住觉得有些难过。

每个人的心里都住着一个孤独的小孩，无论他经历过怎么样的风光，拥有过多么大的成就，最后渴望的，无非就是能拥有一个相依相伴，说些家长里短的话，分享一些琐碎快乐的人。

她曾经很坚定地以为，康郁青会是那个一直在她身边，与她共度余生的陪护者。

可是现在……

花裴有些自嘲地笑了笑，回想起不久之前爷爷那一脸心满意足的表情，忽然觉得自己是不是也应该订上一台Dream，来陪自己聊天娱乐打发时间。

毕竟按照阿西夫莫三定律，机器人是不会主动选择背叛的。

走出敬老院的大门，花裴还没来得及打车，徐朗的电话却早一步追了过来。

那日在W咖啡馆见面后，他们只在微信上不痛不痒地聊过两次，随后因为徐朗接连奔赴外地出差，花裴也没什么继续深入交往的意思，双方的联系自然更加淡了下来。

花裴原本以为介绍工作的事，只是顾隽为了让双方有所接触而制造的一个冠冕堂皇的借口，在他们相互交换了联系方式后就算有始有终地告一段落。后续不再主动进一步接洽，她的态度也是清楚的，没想到徐朗却较起了真，朝她的邮箱里发送了好几次悦享之音的资料。此刻听对方在电话里认真探问她看完资料的意向，花裴不禁感觉有些汗颜。

"抱歉啊徐总，你之前发过来的资料我大概看了下，但这几天忙着我爷爷的事，还没来得及仔细研究……"

"没事没事……你是说花老爷子吧，顾隽他之前和我提起过。"

徐朗因为顾隽的关系，对她家人的情况并不陌生，在对花建岳简单问候了两句之后，继续热情地建议着："其实邮件能呈现的资料信息再怎么说也比较有限，想更了解一个企业，还是面对面坐下来聊聊比较好。只是我还在出差，短时间内都回不了S城。花小姐如果方便的话，我把对方企业的地址和创始人的联系方式发给你，你们约着早点见个面如何？"

"行啊，刚好我接下去也没什么事，就今天下午过去拜访吧，麻烦徐总了。"

虽然不清楚徐朗这番孜孜不倦地帮"拉皮条"是真的只着眼于工作，还是面对自己并不积极的态度，不得已下只能继续在原有的借口上做文章，试图进一步拉近双方的距离。但面对这样的热情，花裳实在不好意思表现得太过失礼，于是赶紧顺水推舟地满口答应了下来。

按照徐朗发过来的地址，花裳叫了一辆车，奔赴位于城郊的智创孵化园。四十分钟以后，出租车在一个厂房改造而成的loft园区门前停下。花裳下了车，抬眼看着眼前一栋栋灰扑扑的楼房，再对照微信里提示的"C区B栋403"的地址，只觉得有些头疼。

这种工厂旧址改建的办公园区占地面积极大，又不像常规的商务写字楼一样，在大堂处配有保安人员可供问询。纵横交错的道路看上去十分复杂，进行区域分割的指示路牌又不知道都藏在哪里。花裳左右绕了几个圈，始终找不到目标所在，接连问了几个路人，又大多是和她一样属于外来办事人员，并不清楚整个园区的详细规划。无奈之下，她正想着要不要给企业联系人直接打个电话，一辆装载着大束红玫瑰的快递小电动车朝她迎面驶了过来。

快递员和外卖小哥向来是一个区域里的活地图，花裳眼见救星立马精神一振，赶紧抬手拦截，冲对方打了个招呼："帅哥，不好意思打扰一下，请问你知道C区B栋具体在哪个位置吗？"

年轻的快递员见到美女问路，赶紧把车停下，嘿嘿一声笑了出来："真是巧了，我刚好要去C区B栋送东西，你跟着我走就行。"

花裴松了口气，脚步匆匆地跟在了小车背后。几分钟后，车子慢悠悠地停在园区东北角的一块空地上，快递小哥使着吃奶的劲把硕大的玫瑰花束抱在了怀里，又试着去捞后座上那个巨大的蛋糕礼盒。

"你别忙活了，这个我帮你拿吧。"

花裴看他动作狼狈，赶紧上前帮个忙。盒子捧在手里只觉得沉甸甸的，倒让她忍不住有些好奇："这是公司要开派对吗？还专门订了这么大个蛋糕？玫瑰花居然还是'野兽派'的……哪家公司福利这么好啊，居然这么奢侈？"

"开什么派对呀，这是小姑娘在追帅哥来着！"

"怎么？这些东西是……小姑娘送给男孩子的吗？"花裴闻言吃了一惊。

"可不是嘛，我负责在这片区域送快递，光这些东西就送了有大半个月了，收件人是个大帅哥，绝对错不了。"

快递小哥咧着嘴，一边费力地摁电梯，一边和花裴透露八卦："你说这年头的小姑娘真挺豁得出去，追起人来不管不顾，也不知道说点什么好。偏偏人家又不领情，之前拒收了好几次，后来看我天天送，就干脆随手扔在前台那里，看着也是挺心疼的。"

说话之间，吱呀作响的老旧电梯已经载着两人晃晃悠悠地攀上了顶楼。花裴被快递小哥的八卦勾起了好奇心，打算见识一下被这么强劲的鲜花美食攻势追求了大半个月的主人，究竟帅到怎样一个惊天动地的程度，因此迈出电梯后，继续捧着蛋糕盒子跟在小哥身后，也没着急告辞。

电梯正对的那个房间，正在埋头处理工作的前台小妹听见动静抬头瞄了一眼，还不等快递员开口，立马扭过头去，朝着走廊方向驾轻就熟地喊了一嗓子："容总，您的花和蛋糕又到了……我这是签收还是不签收啊？"

十几秒钟后，随着一声推门的轻响，几个手拿笔记本电脑的小青年一边低声讨论着什么，一边偷笑着快步走向了前台，像是刚刚结束了一场会议后听到了呼喊声，赶紧凑过来看热闹。

被拥簇在中间的男青年似乎在专注地思考什么，并未像其他同伴一样因为这带着绮丽色彩的召唤而分神，一直到脚步站定在前台附近，看着大门口堆放着的大束鲜花时，眉头才微微皱起。在同事们的轻声哄笑中，他一脸淡漠地抬起头，正准备开口，目光落向花裴时微微怔了怔："是你？"

"不是我！"

会在这里与容眠再遇，花裴也觉得十分意外。然而在对方带着探究的目光中，她来不及打招呼，先一步赶紧摆手申明："我纯属帮忙送货……你别误会。"

"误会什么？"

她那副手忙脚乱急于摆脱嫌疑的样子引来对方轻声一笑，在同事们的八卦目光中，容眠十分坦然地走到了她身边："没想到会在这里碰到，还真是巧。花小姐是过来办事，还是Dream出了什么问题，需要我们帮忙解决？"

"都不是，纯属在徐总那边欠了个人情，所以过来面个试。"

花裴耸了耸肩，抬眼看着前台后方铺满了各种logo的展示墙："所以说……这里就是幻真科技的办公室？"

"是啊。"容眠侧开身体，指了指那一片密密标识中属于幻真的logo："之前找了一圈，本来是想把办公室放在创新产业园的，但考虑到资金问题，最后还是落在了这儿。不过这样也挺好，虽然比较偏僻，但地方安静适合做研发，就是要和其他公司共用前台和一些办公设备，客户找起来比较麻烦。"

"创业期嘛，能有个固定的办公场所已经很不错了，至少比很多初创公司藏在居民楼里，把客厅当办公室要强！"

花裴一边说话，一边仔细地打量着眼前的logo。

在这一个个还不甚起眼的企业logo后面，都藏着创业者们最光荣的梦想。

可是谁也不会知道，在数年甚至数月之后，它们当中的哪一些会悄无声息地在创业道路上匆匆陨落，被历史的尘埃湮没，哪一些最终会登上历史舞台，成为被媒体和公众追逐的明星。

如今，康郁青的长青科技已经从它们之中脱颖而出，在纳斯达克的板块上占据了一席之地。

而容眠和他的幻真科技，依旧还在艰难跋涉着，为了这个logo能够继续存在乃至闪闪发光而奋力前行。

"我可以进去参观一下吗？"

这个要求脱口而出时，花裴为自己的唐突冒失感到有些吃惊。

可是，仿佛用这样一种方式，就能重温一下自己当年和康郁青并肩创业时，虽然充满艰难却也满是温情的回忆。

"当然……如果花小姐不介意的话。"

容眠留意到了她眼中的热切，毫无芥蒂地抬手做了一个邀请的姿势："不过我们的办公条件不是太好，可能要委屈你了。"

"是吗？可是我看不像啊。"

花裴有些调皮地指了指堆放在前台旁的鲜花和蛋糕盒子："办公条件好不好我不知道，但至少看上去企业福利挺不错，不仅人人有鲜花可赏，大概还有不错的下午茶？"

"这个建议听起来不错！"

容眠轻声笑了起来，继而朝依旧处于围观状态的同事们点了点头："去吧，这些东西也别浪费，蛋糕切了以后组织个下午茶，吃完了我们继续干活。"

容眠所谓的"办公条件不是太好"并没有太多自谦成分，等花裴走过前台真正踏进了办公区后，才意识到幻真科技如今的创业战场，比她之前想象的还要糟糕几分。

"B栋顶层分了三个办公区域，为了节省资金，幻真和另外两家企业合租了其中一部分，这样可以共用会议室、接待室、前台和一些基本的办公设备。不过现在会议室和接待室都正在使用中，就委屈花小姐先去我的办公室坐坐吧。"

容眠一边介绍着，一边带着她走过长而狭窄的走道，最后在整个办公区最深处的房间门前停下了脚步。趁他推门的间隙，花裴放眼看了看，属于幻真的办公区域是大片的长条形开放式办公桌，办公用品和调试中的硬件杂乱地堆放在一起，环境看上去拥挤而局促。员工们有的围聚在一起小声讨论问题，有的聚精会神地敲击着键盘，整体氛围看上去倒是积极又忙碌。

"吱"一声轻响，容眠推开了自己办公室的门，顺手把顶灯打开，花裴在看清眼前的景象后，站在门口狠狠倒吸了一口凉气。

通常情况下，独立办公室意味着使用者拥有更加宽敞舒适的办公环境，然而在容眠这里，这个认知显然是值得重新商榷的。

"怎么了，是觉得这儿太乱了吗？"

"'乱'这个形容词用在这儿，还真是够温和的……"

花裳小心翼翼地踮着脚尖，从满地的金属线、连接键和那些根本叫不出名字的小零件中走过，终于找了个椅子坐下后，才长长地舒了一口气："没想到你的办公室里居然藏着这么一个大型分尸现场，一时半会儿没做好心理准备。"

大型分尸现场？

这个比喻甚是惊悚，容眠随着她的目光朝地上瞥了瞥，好几台正待整修的Dream横七竖八地躺在那儿，有的少了胳膊，有的胸腔被打开，有两台甚至脑袋已经和身体分了家，却依旧深情款款地对望着。

"这可不是分尸，是很严肃的技能升级手术，花小姐没看过《美国队长》吗？"

容眠嘴角扬了扬，随手拿起一台胸腔裸露的机器人，在开启电源后轻声开口："Hello！Dream，能告诉我现在几点吗？"

蓝色的光芒闪过，经过简单数据处理后的小机器人迅速开口："您好，现在是北京时间下午4点20分。"

"哎？幻真这是准备开发Dream的语音交互功能？"

"差不多吧，不过现在还只是前期研发阶段而已。这个功能的实现需要智能语音和大数据方面的支持，这是我们下个阶段的主要研发方向。"

说到这里，容眠从桌面上拿起一个拇指大小的黑色小方块，递到花裳眼前："至于眼下，这个才是我们产品的核心竞争力。为了它，我们团队花了好几年时间在做研发，解决了电机、齿轮设计和控制算法的一系列问题，如今总算是幸不辱命，在公司依旧能够正常运转时顺利完成了。"

"这是什么？"花裴有些好奇地把东西接到手里，仔细地打量着。

"这个小玩意叫伺服舵机，它的存在决定了机器人身体的灵活程度。你现在看到的Dream的初代产品身上有16个舵机，所以它才会像真正的人类一样，各个关节可以360度自由转动，并进行舞蹈表演和拟人行为。"

"可是……据我所知，舵机在机器人领域的运用，已经算比较成熟了吧？"

虽然之前没有亲眼见过，但作为科技行业的从业者，对一些普适性的技术，花裴也是有所耳闻。眼下对着容眠满带骄傲的一张脸，她询问的声音难免带上了几分谨慎和犹豫。

"你说得没错，舵机研发对幻真来讲并不存在太高端的技术门槛。"容眠很是赞许地看了她一眼，进而解释道，"但是它的成本只有同类产品的十分之一。"

"舵机的成本居然能够降到这么低？"

花裴赫然一惊。在生意场上打拼这么多年，一个产品关键部件的低成本控制究竟意味着什么，她自然清楚。

"是的。"容眠点头，"日本的机器人舵机每个高达50到100美元，而幻真将舵机成本控制到了不到50元人民币，这其实得益于中国制造业的优势。所以我们团队现阶段主要在做的事情其实是降低成本，拉升性价比，让机器人产品能够商业化量产，最终成为普通人都能买得起的东西。"

说话之间，房门被叩响，已经把蛋糕切分好的前台小姐，笑容满面地把下午茶给送了进来。

花裴刚好有些饿了，拿起一块尝了尝，回想起快递小哥不久之前的碎碎念，不由得"扑哧"一声笑了出来。

"花小姐怎么了？"

"没什么，我就是想着，容总有机会的话得谢谢你这位送蛋糕的朋友，要不是有这么好吃的下午茶封口，今天听到看到的关于幻真科技的商业机密，说不定我一个不小心就会爆料给媒体。"

"能有媒体报道，对现在的幻真而言其实不是什么坏事。"

容眠抿了抿嘴角，口气听起来有些冷淡："而且，这些东西也不是我朋友送的。"

花裴愣了愣："不是朋友的话，难道是……粉丝？"

"所以花小姐的意思是，我现在已经可以出道了，是吗？"容眠看了她一眼，神色颇为无奈，"哪里来什么粉丝，送东西的人我根本不知道是谁。"

这个引发快递小哥和公司同事热切关注、行为举止一派轰轰烈烈的追求者在容眠心里竟然查无此人，花裴惊诧之余不由得赶紧出谋划策："其实想要知道是谁不难，快递公司那边总有记录，而且听说这种事也不是一次两次了，你有心要查的话……"

"如果花小姐吃完这次下午茶，身体出现了什么不适反应再查吧……"

容眠的嘴角勾了起来，难得带着一点调笑表情："如果没有什么危害，以后再有什么东西送过来，我倒是可以考虑不再拒绝签收。"

还真是……冷漠无情啊……

花裴捂脸作不忍状。

不过不难理解，像容眠这种颜值等级的帅哥，想来自小就习惯了各种异性的围追堵截和花样示爱，眼下这位执着的暗恋者就算靠着糖衣炮弹打持久战，也未必能够攻坚。

"你真的对对方是谁一点都不好奇？"

半晌之后，花裴出于女性的同理心，为那位可怜的暗恋者最后挣扎了一下。

"还好吧，只要对方没恶意的话，认不认识都无所谓。反正看上去我的地址电话对方全都知道了，如果真的有心要联系，总是能联系上的。像现在这样用各种幼稚方式来博取关注的做法，在我看来……其实还蛮无聊的。"

容眠说这几句话的时候神色有点黯然，也不知道是不是曾经经历过类似的事件，深受其苦。花裴见他并无兴致多聊此事，很快停止了调侃，不动声色地把话题重新转移至对方感兴趣的方向："对了，我听徐朗说你之前做的是互联网，而且做得挺不错，怎么想到要这么费劲地跑来做机器人？"

"因为喜欢啊！"

这个话题果然合乎对方的胃口，容眠的眼睛很快亮了起来："我从小就喜欢看科幻，对机器人尤其感兴趣。考完大学的那个假期出国玩了一圈，在国外亲眼看到了一些先进的机器人产品，就很想买一台回家玩。可是它们的价格实在是太贵了，所以最终只能作罢。即使是发展到了现在，一台NAO的价格也基本在十几万左右，普通爱好者根本买不起，所以我在赚了一点钱以后就想着，要不干脆自己来做吧。"

"那现在算是梦想成真了？"

花裴被他毫不掩饰的热情感染，顺手抱起了一台Dream，轻轻抚摸着它有些冰凉的手臂："感觉Dream的研发还是挺成功的，既然产品OK了，那么你们现在的销售情况怎么样？"

"不算太好。"

说到市场反应，容眠显得有些无奈："Dream的售价已经很便宜了，因为最核心的舵机技术就在我们自己手里，所以市场价格基本能控制在3000块左右，算是同类产品中性价比最高的。可是我们前期在一些专业智能产品的销售渠道进行试销的情况并不理想，所以目前公司一方面在加紧进度研发二代产品做技术升级，另一方面也在考虑怎么进一步宣传，把市场推广的力度再加强些……"

话说到这里，花裳还没来得及接口，随着"咚"的一声响，办公室的大门再次被推开，一个看上去年纪和容眠差不多大的小青年风风火火地闯了进来。

"容眠你在是吧？刚刚中介公司给我回复了，说你那套房子如果着急出手的话，价格大概在800万左右。我觉得吧，这价钱实在太坑了，要不咱们再等……"

第二个"等"字还没来得及出口，青年的眼光落在了花裳身上，瞬间收声差点没咬到自己的舌头，老半天才抽着凉气龇了龇牙："你这儿……有客人在啊？"

容眠看上去并不想在花裳面前谈论房子的问题，朝青年随手指了指："介绍一下，这是我们公司负责运营的同事，肖凌。"

"肖总，你好啊。"花裳赶紧放下手里的蛋糕，站起身来和对方打了个招呼。

"你好你好……别那么客气叫什么总，你叫我肖凌就行！"

这间杂乱不堪的办公室里忽然出现这么个漂亮时尚的女人，似乎是件了不得的大事，肖凌惊疑不定间，冲容眠悄声比画了一下："这位是……玫瑰花小姐？"

"挺聪明的嘛。"容眠冷着脸，"这位小姐是姓花，花裴。"

"噢……噢……花小姐你好。"

肖凌终于反应过来，眼前这位气质干练的客人应该和那个日日送花的暗恋者没什么关系，赶紧冲花裴点了点头，继而凑到容眠身边，压低了声音："我刚才和你说的那些你听到了没有？中介要我们今天就给他个答复，你要是觉得不合适的话，我就去把人给回了……"

"卖了吧。"

容眠把脸侧开，无意识地摸着桌子上的Dream，口气听不出什么起伏："这几天辛苦你多跑几趟，争取早点拿到钱把欠供应商的款先付了。另外，我的那台车，你有空了也放出去看看……"

"容眠！"

肖凌的声音扬了起来，看上去有点生气："房子的事哥几个拗不过你，真决定卖了就算了，你这是卖起瘾了，还准备卖车？如果接下去公司还没起色的话，你是不是准备卖身啊？"

"你看着办就好。"

容眠看上去像是早已经习惯了他的暴躁脾气，没有要计较的意思："公司的运营反正你说了算，而且卖身这种事自然是有经验的上，价格合适的话……要不先拿你去试试？"

"滚蛋！"

肖凌狠狠一声吼，在瞥见花裴一脸憋笑的表情后，终究还是意识到有外人在场，两人这么吵下去实在太不像话，当即喘了一口气，重新压低了声音："你既然有客人在，那就先忙着，房子的事我去办。另外车子你就别卖了，要去见投资人和客户什么的，没个车子也不方便，我和我妈商量过了，先把我那台车卖了再说。"

"别了吧。"容眠斜眼，一脸的看不上，"你那小破车买的时候还不到20万呢，现在卖了能值几个钱？"

"小破车怎么了，再破多少也能请个像样点的广告公司，帮我们出个案子不是？"

肖凌翻了个白眼，冲已然目瞪口呆的花裴咧嘴一笑，迅速退出房间，把门给拉上了。

"贵司的企业文化真是彪悍，高层之间掐起架来居然这么耿直？"

面对房间里重新安静下来的气氛，花裴打了个哈哈，眼见容眠只是微笑并不准备解释，干脆直接问出了口："你要卖房子？是因为公司吗？"

"是啊。"

容眠的样子看上去很坦荡，并没有要为这种山穷水尽的狼狈举动做任何遮掩的意思："产品研发搞了这么多年，好不容易推向了市场，我不能让公司倒在最后一步。反正我就一个人，用不着住太大的房子。这几年S城的房价涨了不少，卖了的话公司多少还能再撑一阵。"

看他这一往无前的架势，肖凌的揣测也不无道理，真被逼到最后一步，容眠指不定真的会卖身……

花裴长长地吁了一口气，抬眼看着眼前的青年。

他就这样面色沉静地摩挲着手里的小机器人，站在这间堆满了各种零件和半成品，杂乱得像个仓库一样的办公室里。细小的尘埃在他的四周飞扬着，耀眼的阳光透过玻璃窗，在他的脸上镀了一层淡淡的金色，让他即使在这样窘迫得近乎绝望的时刻，也显得如此耀眼而从容。

"花小姐不是还有面试吗？我是不是已经耽误你太久了？"

片刻的沉默之后，容眠像是想到了什么，冲她扬了扬手。

"啊……我倒是差点忘了。"

花裴看了看表赶紧起身，脚步走到办公室门前却又停了下来："话说……我能不能提个小小的请求？"

容眠一愣："什么？"

"即使我比你大上几岁，多少也算是一代人。你能不能不要一直对我用敬语，直接叫我名字就好，不然被人叫小姐叫多了，感觉有点怪怪的……"

"好啊。"容眠微笑颔首，"那大家以后礼尚往来，别太客气。你也直接叫我名字，别容总容总了。"

"这可是你说的啊。"

花裴做完铺垫，干脆站定了脚步，一脸严肃地看着他："既然说好不客气，我就直接说了。容眠，其实我没太明白，幻真为什么要在入市之初，就选择先切专业的智能产品市场？你自己也很清楚，Dream的初代产品主要优势在于降低了人形机器人的成本而便于量产，以及为后期的产品升级提供一个基本模型，在技术上的革新和突破并不多。这种情况下，你们的产品必然很难对那群以求新求异为核心需求的智能产品种子用户，产生太大的吸引力，销售上遇到困难也是意料之中的事。"

容眠略微思索了一下，反应很快："你的意思是，让我们改变目标人群和销售渠道？"

"没错。"花裴笑了起来，只觉得孺子可教，"那天在W咖啡馆宣讲，想必你也看到了，比起大多数成年人，小朋友们对这款机器人的兴趣显然要浓厚得多。那么你有没有想过，让Dream先切入以少儿为主体的玩具市场和教育市场，争取到这部分用户，换取让企业能够运作下去的资金后，再作下一步的发展？"

这样的建议其实容眠并不是没有考虑过，可他毕竟还心藏顾虑。

"你的意思我明白，可是花小……裴裴，你可能对这方面的情况不太了解。中国的玩具市场有很多仿人形机器人的山寨产品，几百块钱就能买一个回家。幻真在Dream身上投入了不少的研发力量，产品的技术含量和那些玩具产品根本不在一个层级……如果要去和它们竞争的话，我总觉得会不会让产品属性一开始就走偏了？"

虽然两人之间刚刚就"不再客套"达成了口头协议，但这临时改口，突如其来的一声"裴裴"还是让花裴脸上一烫，她缓了好儿秒才勉强收敛心神："所以我该表扬你有节操有追求吗？容眠，你仔细想想，且不说乐高之类的产品也在主攻玩具市场，而且其高端产品线的技术含量并不差，就算真要这么高冷地坚持理想做专业的智能机器人，你也得先考虑企业的存活问题吧？只有企业存活下来，才会有更多的时间和机会让Dream的迭代产品到真正的智能产品市场上去竞争，是不是？"

"嗯……"

片刻的沉默之后，容眠很是郑重地点了点头："谢谢你能和我说这些。你的建议，我会好好考虑的。"

离开幻真科技的办公室后，花裴步行下了两层楼，刚出楼梯间就看到了门厅敞亮的悦享之音的办公室。经过一番简短的自我介绍，她很快被前台小姐客客气气地领进了会议室。

不知是因为徐朗的特别推荐，还是花裴在长青科技的经历实在亮眼，悦享之音的核心团队在听闻花裴到达后，五分钟之内齐齐到场，并对她表现出了极大的热情。

　　"花小姐，实在不好意思，本来这次见面，我们的创始人言总想要亲自和你聊一聊的，只是见面时间定得有些仓促，言总他刚好外出，一时半会儿赶不回来，所以特别交代我们一定要把花小姐招待好。而且言总也说了，花小姐的履历他已经仔细了解过了，只要花小姐有兴趣，我们悦享之音随时欢迎您的加入！"

　　"几位太客气了，能接受悦享之音的邀约过来面谈是我的荣幸。"

　　面对几位科技宅毫不掩饰的期待，花裴只觉得有点招架不住。

　　按照徐朗的介绍，悦享之音的核心团队平均年龄不到三十岁，且每个人都拥有非常漂亮的技术背景。创始人属于二次创业，在创立悦享之音前和长青科技一样，主要在做智能语音方向的业务，并且取得了不错的成绩。如今开始做智能音箱，之前的业务积存下来的资源和经验自然而然就形成了良好的基础，所以公司成立不过一年有余，就凭借着一款叫作Buddy的产品收到了启翎创投抛来的橄榄枝。

　　花裴对这种以技术为核心竞争力，管理层结构较为单纯，人员又简单务实的公司向来有好感，面对对方的热情相邀，倒也放下了一开始只是应付一下的念头，开始认真考虑是不是真的可以加入试试。

　　只可惜聊到最后，核心团队中某位性情直率的男青年为了拉近双边关系，自顾自地将话题转向了长青科技，甚至畅想着花裴加入以后，可以试着牵线搭桥促进一下双方合作，尽早让悦享之音的产品进军国际。

　　花裴虽然知道徐朗为了避免对方刨根问底，将自己从长青离职的原因阐述得十分和平，但对方的这个意图还是让她心有戚戚焉。于是赶紧态度委婉地话锋一转，表示自己最近私事繁忙，对悦享的这份offer可能需要再考虑考虑。此后又耗了快一个小时，她才在对方反复强调的"我们期待您的消息"中挥手告辞。

　　从和悦敬老院到幻真科技再到悦享之音，这大半天的时间折腾下来，花裴累到精疲力竭。打车到家之后连饭也没顾上吃，扯了床毯子先在沙发睡了一阵。等到眼睛睁开，精神重新恢复过来，时钟已经指向了夜晚9点，花裴起身给自己泡了个面，顺手刷开了微信朋友圈。刚翻了没几下，十几分钟前容眠发布的一条状态赫然闯入了她的眼帘：

　　"新的朋友或许真的会带来新的惊喜。"

　　文字下方的配图像是拍摄于他的卧室，白色的小机器人Dream站在床头柜上，被几个高高低低的玩偶姿态亲密地簇拥着，蓝光闪闪的眼睛看上去一派神气。

　　这小子……看着总是一副高冷面瘫的样子，决策下得倒是很快。

　　花裴当即乐了起来，随手点开对方的头像发了条微信："看你的朋友圈，是已经做好决定了？准备让Dream进军玩具市场？"

　　"是啊。"容眠的消息瞬间回传，像是也在刷着手机。

　　"效率真高，给你点赞！"

　　为表赞誉，花裴毫不吝啬地发送了几个竖着大拇指的表情包，在对方一个省略号外加一个傲娇小人脸的回复下，她继续追问："想好先从哪家入手了没？"

这一次，"正在输入"的状态没有持续太久，随着叮叮当当的一阵铃响，对方直接把语音电话拨了过来。

"看你状态不错，还有心情刷朋友圈……下午的面试还顺利吗？"

容眠没有第一时间回答她的提问，倒是先一步关心起了她的面试情况。清朗温和的声音随着沙沙的电流声从电话那头传来，像是午夜里开出了一瓶上好的红酒，馥郁的气息在空气中弥漫着，此时最适合来聊心事。

只可惜他们之间没有心事可谈，只能用琐事和八卦来浪费这把性感的声音。

"别提了。"

花裴重重地叹着气，满是懊恼的模样："参观贵司的时间太久，结果把面试给耽误了。到了对方公司水都没喝上一口，直接被HR发了逐客令，想着也是心酸啊。"

"啧啧……"光听声音就能想象出容眠正因为她这一派浮夸的表演而满脸不屑，"我怎么没听出心酸，倒是听出了一派窃喜？说起来，悦享之音多少也是智能界的一匹黑马，A轮就被启翎追着投了6000多万，办公环境和福利都不错，据说马上就要把办公室搬到CBD了。这种企业多少求职者趋之若鹜，你却偏偏不领情。徐朗要是知道他的推荐这样被你嫌弃了，还不知道得多郁闷呢。"

"所以你的意思到底是我没眼光还是徐朗没眼光啊？"花裴轻轻一哼，"这事你就先别八卦了，反正我还没着急找工作，就算这次不能合作也没什么。倒是你啊，既然决定了进军玩具市场，有没有想好先从哪里入手？"

"差不多了吧……"

容眠的口气听上去虽是一派轻描淡写，但显然已经做了不少功课："你走了以后我拉着肖凌他们几个简单开了个会，大家都很认同你的想法，所以方向很快就定了。"他顿了顿，接着补充，"只是玩具渠道对我们来说很陌生，本来还说先花点时间做做功课，结果我们技术负责人陈然的高中同学，刚好在一家叫Toy Town的跨国大型玩具连锁集团工作过，就在微信上把他们中国区市场负责人介绍给了我们认识。而且我们运气还不错，刚好对方明天会来S城出差，就约了早上8点半，利用早餐时间去酒店餐厅里先见面聊聊。"

　　"明天？早餐时间？"

　　虽然知道现在的创新企业都办事效率奇高，但花裴还是被容眠这火箭般的推进速度惊到了，隔了半晌才意识到另外一个重点："你刚才说的那个Toy Town的中国区市场负责人……是不是叫Faye许？"

　　"应该是吧。"

　　容眠略加回忆，口气变得很肯定："我记得对方推送过来的电子名片上，印着的名字是许素怡，应该就是你说的Faye许……怎么，你们认识？"

　　"算是吧……"

　　花裴低低一声哀号："容眠你运气真是不错，新副本一开，直接就是hard模式！"

　　"怎么了，这位许小姐很难对付吗？"电话那头的人似乎被她夸张的口气逗得有点想笑。

　　"怎么说呢，Faye许生活中什么状态我不是很清楚，但工作上是出了名的严苛。用她之前的供应商的话说，就是鸡蛋里都能挑出骨头，然后变着各种尖酸刻薄的用词把你的方案喷得狗血淋头的那种。"

花裴说起业界八卦，赶紧躺上沙发换了个舒服点的姿势："许素怡之前是混奥美的，在广告界被各种甲方客户蹂躏多了，除了修炼出一身过硬的专业素养之外，脾气也跟着变得有点臭。后来被Toy Town挖角，先是做了××地区的市场负责人，因为业绩不错，前两年开始负责整个大中华区的市场和品牌工作。看她上任以后Toy Town在中国发展得如火如荼的架势，只怕是以后整个亚太区都会是她的。"

"听你说起来这么如数家珍……怎么着，你们是之前有过生意来往，还是你也很不幸地被她羞辱过？"

"我怎么可能给机会让她羞辱？"

这种有关职业尊严的事情自然不能无端背锅，花裴当即严正否认："我和她没有直接的生意来往，就是在几个峰会上碰过面，简单聊过两次而已。只是因为有共同的供应商和朋友，所以大概了解一些她的怼人史。"

"看你这铺垫……能和这么厉害的许小姐出席同一个峰会，想来花裴小姐姐你也并非常人。"

容眠轻笑着做完总结陈词，赶紧摆出了一副洗耳恭听状："所以说了这么半天，你是有什么特别建议给我吗？"

"建议啊……好像还真的有……"

花裴听着电话里的呼吸声变得悠长，显然对方正在聚精会神地等着她的反馈，于是做了个深呼吸，十分郑重地交代着："你明天记得穿好看一点，争取靠脸把她拿下！"

"这建议真靠谱，我谢谢你啊！"

"扑哧……"

花裴被他貌似被噎住的口气逗笑了，乐了许久才回归正题："好啦好啦，我们说正事。早餐时间最多也就半个小时，你准备拿什么东西去见她？"

"准备时间太紧张了，所以我打算直接把Dream的样机带过去，然后和她说一下公司现在的大概情况。"

"用什么说？你上次在W咖啡馆做路演的那份PPT？"

"是啊……有问题吗？"

"呃……"

花裴回想起他那份简单得让人毫无浏览欲望的PPT，只能尽可能委婉地做着建议："Faye许是广告公司出身，又一直在做品牌和市场类的工作，对陈述文件的要求应该挺高的。我和她工作职能相同，大概能明白她希望从你的介绍中重点了解到什么。不然这样吧，你不介意的话，PPT发我一份，我一会儿帮忙看看，有什么调整建议的话，微信留言你？"

"行啊，那就多谢了。"

花裴挂了电话，起身洗了一把脸，再拿起手机时，容眠已经把PPT文件传了过来。她打开电脑，将文件复制到PC端，一页页地仔细看了起来。

和大部分以技术人员为核心管理团队的创业公司一样，因为缺乏专业品牌和市场营销方向的职业经理人操刀，幻真科技的这份介绍文件看上去很是枯燥，不仅形式呆板、重点不明，一丝不苟的数字和理论陈述背后，也缺少了一份撼动人心的力量。同时，对技术过分聚焦，忽略了对整个大市场环境的分析和对产品前景的展望，让它看去专业有余而吸引力不足。

花裴在长青科技打磨了那么多年，和无数投资人以及合作伙伴交过手，对怎么在最短的时间内抓住对方的注意力，早已是经验丰富。因此，接下来的时间里，她一边登录外网查看行业资料，一边将整个PPT重新包装梳理，等到全部工作结束，她揉了揉发酸的肩颈抬头，才骤然意识到窗外的天色已经开始发白，她竟是全然忘我地干了一个通宵。

　　眼见时间已经接近早晨6点，花裴赶紧将PPT给容眠传了过去，顺便附上了一篇数百字的陈述建议。待到一切事情交代清楚之后，她简单地冲了个澡，钻进卧室倒在床上蒙头就睡。

　　自从和康郁青分手以后，她一直深受失眠的困扰，最严重的时候甚至需要吃上半片安眠药才能勉强合上眼睛。眼下虽说熬了一个通宵，却换来了一次难得的深度睡眠，等到又是半天过去，饥饿感终于将她从梦中唤醒，她这才懒洋洋地睁开眼睛，顺手捞过手机，准备点个外卖先把肚子填饱再说。

　　屏幕刚一亮起，来自容眠的信息早已经等在了那里。

　　"睡醒以后先吃点东西，方便了给我回个电话。"

　　花裴凝神一看，信息推送的时间是早上8点55分，这让她心里瞬间"咯噔"了一下。

　　按照她的经验，如果许素怡对幻真科技的方案感兴趣的话，双方交流的时间应该比预期的更久一些。可如今容眠在和对方见面后不到半小时就给她发来了微信，还是那么一副态度平淡无惊无喜的模样……

　　这大概不是什么好兆头。

　　花裴赶紧爬起身，先一步点开了容眠的朋友圈，准备再捞出一些蛛丝马迹。然而让她失望的是，对方朋友圈里的最近一条更新依旧是昨天夜里的那条，并没有出现任何新的消息。

这不甚明朗的态势让花裴的心情有些沉重，导致她在按照容眠微信里留下的电话号码拨过去时，声音不由自主地带上了几分小心翼翼的谨慎："你……已经谈完了？"

"嗯，谈完了。"

电话那头的回答言简意赅，声音听不出太多起伏，平静得近乎克制的态度让花裴把后面那句"结果怎么样"，硬生生地吞了回去。

"那个……我昨天忘了和你说，和Toy Town的合作其实一直都挺难谈的，我有好几个认识的朋友都在他们那里吃过闭门羹。毕竟是全球连锁的企业，姿态未免比较高，而且很多决策光靠一个中国区的市场负责人，只怕很难拍板。你们这次见面实在太仓促了，准备也不充分……不过商业合作嘛，风水轮流转，就算暂时不顺利，以后总有机会的不是……"

"谁告诉你暂时不顺利了？"

她绕着圈子说了一阵，一直没见对方有动静，还在想怎么做总结陈词，听筒里忽然传来了一声轻笑，像是对方看她搜肠刮肚献爱心的安慰表演看得很是兴致勃勃。

花裴从他骤然破功的愉悦态度中迅速反应过来，恶狠狠地咬着牙："你身上的中央处理器实在太差劲了，遇到好事连开心的情绪都要滞后这么久，看样子得回炉重造……赶紧老实交代，你是怎么拿下Faye许的？你们聊了多久？"

"也没太久，大概二十多分钟吧……"

容眠终于忍住了笑意，仔仔细细地和她交代着："早上我和几个同事一起过去的，见面后双方做了个简单的自我介绍，她就开始一边吃早餐一边看我们的PPT。中间问了几个产品相关的问题，就表示她那边觉得合作可以进一步推进。临走之前她拉了个清单让我们再准备一些材料，找个时间把我引见给Toy Town的CEO，洽谈具体的合作细节。"

"就这样？"

"嗯……就这样。"

"看看这效率……脸一旦长得好看，人生道路还真是一路开挂啊！"花裴的口气听上去又惊又妒，"Faye许这么挑剔的人，和幻真第一次见面居然用了不到半个小时，就态度明确地反馈了合作意向，你这颜值是让人不服不行。"

"别那么肤浅，说不定对方是觉得我身材还不错呢？"

容眠像是很少拿这种自恋的言辞开玩笑，话才说出口，自己先绷不住了，咳了好几声才继续开口："颜值是很重要，不过不是我，是你做的PPT。许素怡特别说了，我们的资料准备得很翔实，重点也很明确，所以节约了她很多时间。她还表示，幻真科技品牌市场团队的专业程度给她留下了深刻的印象，让她很直观地感受到了公司的实力。"

他说到这里，声音放轻了些，口气里带着几分温柔的歉意："花裴，昨天辛苦你了。我没想到你会亲自动手重新做了一遍。其实你如果觉得有问题，可以给我打电话，直接告诉我怎么改就行……"

"我这不是投桃报李吗？"花裴轻声一哼，"之前你跳楼大甩卖，以一分钱的价格把Dream塞给我，让我欠你这么大一个人情，遇到它生死存亡的关键时刻，我不卖点力怎么行？"

"原来如此……所以我这是投资眼光好，随便一笔买卖都是稳赚不赔。"

"喂！这位朋友，别太得意忘形了啊！"

在对方若有所思的自言自语中，花裴气哼哼地"喂"了两声。容眠想来心情甚好，对其后接踵而来的种种全无反驳之意。直到挂机之前，他才柔声交代着："这次承蒙你帮忙，让我们拿到了一个和对方谈判的机会，无论如何我都得谢谢你。这几天你先休息，一旦有了好消息，我一定会第一时间告诉你的。"

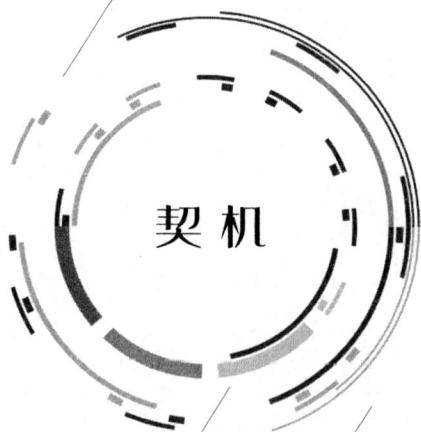

契机

容眠口中的"好消息"来得很快。和许素怡见面后没多久，他就带着Dream的样机和精心准备的资料飞了一趟上海，面见了Toy Town的大中华区CEO。

经过两周左右的细节探讨和讨价还价，幻真科技与Toy Town的合作条款最终敲定，首单出货8000台，量产结束后以一半采销一半代销的形式，直接进驻Toy Town在大中华区各大商超的店铺进行销售。

以Toy Town在全球的品牌影响力和中国市场卓越的渠道能力，对想要快速渗透玩具市场的幻真科技而言，现阶段显然没有比与之合作更好的选择。外加许素怡不知是在与幻真接触的过程中，对Dream这款小机器人越发看好，还是容眠的颜值对女性同胞的杀伤力太过凶残，这位以态度挑剔、作风严苛著称的女强人在双方合同刚敲定后不久，就领着自家市场团队拉出了一份Dream入驻Toy Town后的宣传计划，全渠道的推广资源一条条地罗列在那里，看上去手笔惊人，气势如虹。

如此前景光明的大好形势，对一直在生死线上挣扎着的幻真科技而言，无异于一件天大的喜事。合同敲定的消息刚传来，留守公司大本营一直坐立不安的肖凌立马自掏腰包，组织尚在奋战着的同事们热热闹闹地点了个海底捞外卖。待到周五晚上容眠回归，大家一合计，决定兄弟几个怎么着也得好好庆祝一下，顺带为后续的工作加油打气。

容眠在上海和Toy Town的各路人马斗智斗勇了半个月，从体力到精神都已经快要透支，好不容易回到公司喘口气，自然无心去听兄弟们吵吵嚷嚷商讨着的那些庆功细节，在隐约知道个大致方案后，赶紧点着头把他们轰出了办公室。刚靠在椅子上休息了没几分钟，他忽然想到了什么，赶紧翻出手机给花裴打了个电话。

花裴这段时间犹如追热播剧一般，时时关注着容眠的朋友圈动态，外加微信上的频繁联系，她对事情进展已经知道了个七七八八。因此在接到容眠的电话时，她的声音不自觉地带上了几分感同身受的喜气："我知道人逢喜事精神爽，遇到开心的事是要忍不住嘚瑟一下，不过容总你和Toy Town那边斗智斗勇了这么久，好不容易才回大本营，真的不准备先休息休息再来找我炫耀？"

"我还在公司呢，一时半会儿也走不了。"

容眠一边说着话，一边抬头看了看玻璃窗外依旧灯火通明的办公区："同事们收到消息后都铆足了劲在加班，就怕耽误了后面的量产进度，现在精神一个比一个抖擞，我怎么好意思在这个时候一个人先撤？"

"所以呢？"花裴笑眯眯的，"你现在把电话打过来，是想找我倾诉一下这半个月受到的非人折磨，还是因为要保持形象，不能在同事面前表现得太过兴奋，所以找我这个局外人来宣泄一下内心的喜悦？不管怎么样吧，今晚给你开辟热线专属通道，你想怎么嘚瑟，想嘚瑟多久，都行。"

"都不是……"容眠轻声打断了她的猜想，"我给你打电话，是想邀请你明天晚上一起吃个饭，不知道你有没有时间。"

"吃饭？"花裴一听来了兴趣，"行啊，去哪儿？吃什么？"

"就去我家吧，一起吃个火锅什么的……"容眠顿了顿，见她没有表示反对才继续补充，"因为前几天肖凌和中介那边已经谈好了，我那套房子到了下周就会正式转手，在此之前，准备最后充分利用一次，所以你想搞个什么样的主题派对都没问题。"

"这样啊……"

虽说和Toy Town的合作为幻真带来了不错的前景，但毕竟远水解不了近渴，公司当下面临的资金缺口还得通过卖房子的方式才能解决。花裴没想到去容眠家首次登门做客，某种意义上竟也是最后一次，一时间不由得有些惆怅。

她的沉默让容眠有些误会，于是迅速解释道："其实明天除了你和我之外，还有公司的其他一些同事在，而且他们都挺希望你能来的。"

"他们？"花裴有些好奇，"哪里来的他们？你们公司的人我也不认识几个呀。"

"就是肖凌、陈然，还有江宸这几个公司的核心团队成员……"

容眠轻声解释着："尤其是肖凌，你上次帮忙做的那个PPT被他膜拜了好久，一直跟我打听是从哪里找了这么厉害的高手，所以借着这次聚会的机会，大概是想朝拜女神来着。"

"我在你们团队里居然还有女神这种人设？"

花裴闻言作大惊状："忽然觉得压力很大啊……看来得仔细想想明天用什么造型出现比较好，才能不让大家太过幻灭。"

容眠没想到她会是这么一个反应，忍不住笑了起来："你随意就好，肖凌在你之前的女神是波多野结衣，我个人觉得其实也没什么太大的参考价值。"

花裴被噎住了，半晌之后才磕磕巴巴地开口："你……居然也知道波多野结衣？"

对方反应奇快，立刻反问："我为什么会不知道？"

"呃……"

虽然这个问题问得实在有点蠢，经历过青春期的男生，谁内心深处没一两个作为性幻想对象的热辣女神？但在花裴心里，总觉得容眠那一副神情漠然、满脸禁欲的样子，好像很难和这种话题扯上关系。

"那就这么说定了啊。"

容眠等了几秒钟没见回应，很是自觉地跳过了这个话题："记得一会儿把地址发给我，我明天下午过来接你。"

"OK，明天下午见。"

花裴挂了电话，只觉得和对方聊了这么一阵，心情很是愉悦。

这种安排在家里的小型庆功会，在长青科技创立的最初，她其实经历过不少。那个时候，通常是一群人在完成一个项目或是签下一笔订单后，就聚集到康郁青那间小小的公寓里，开着电视放着音乐，一边嬉笑打闹一边涮火锅。

　　那个时候她有恋人，有朋友，有事业，有梦想，虽然条件艰苦了点，但心怀憧憬，感觉充实而富足。

　　只是后来随着公司的发展壮大，康郁青换了更大更好的房子，就很少再把同事带回家了。庆功地点也在行政部的统一安排下，变成了五星级酒店或是高级餐厅。

　　因为预算的不断增多，聚会也开始有了各种有趣的主题。每个人都需要穿着正式的小礼服，画上精致的妆，说话之间轻声细语，就连盘子里的食物都得吃得矜持安静。虽然最后拍出来，挂上企业宣传墙的每一帧照片都华丽得犹如时尚大片，却似乎再也找不到最初那种随意又放松的心情了。

　　她一边回忆着，一边拉开衣橱看了看，几经翻找之下，最后还是干脆地拿了最普通的白色T恤和黑色铅笔裤，随手扔在了床头。

　　次日下午，花裴按照约定好的时间下楼，却发现小区门口早已经停了一辆白色途观。见她出现，安静等在驾驶室里的人很快推开车门下了车，朝她扬手打了个招呼。

　　"噢……这位先生，请问你今天是要赶通告吗？"

　　花裴略带夸张地轻吁了一声，毫不遮掩地朝眼前的青年上下打量了好一阵。

　　之前她和容眠见过几次面，每一次对方都是很随意的衬衫T恤加牛仔裤，即使在路演宣讲会上也是如此，几乎没有过什么刻意打扮的时候。所以在她的认知里，对方要么是恃靓行凶，仗着超高颜值不把潮流时尚和奢侈品名牌放在眼里，要么是崇尚性冷淡风格，审美和日常生活一样简洁的科技宅男。

然而此刻，眼前的容眠身体力行地推翻了她之前的揣测和认知。

他身姿笔挺地站在那里，穿了灰蓝色的薄款修身夹克和浅灰色的贴身休闲裤，掐腰设计和立体式剪裁，越发显得他腰细腿长、风姿俊朗，外加五官分明、轮廓优美的一张脸，简直跟各种娱乐八卦的偷拍报道里，那些摆好了造型等着上时尚大刊的模特明星没两样。

"毕竟是VIP接待嘛，要保证服务质量。"

容眠耸了耸肩，像是自己也觉得当前这一身花美男行头有点好笑："肖凌知道他心目中的女神今天要大驾光临，昨晚不知道从哪儿翻出来硬塞给我的，说是让我代表公司给你留个亲切点的好印象。"

"所以贵司的主营业务到底是什么？接待VIP居然需要出卖美色？"

花裴终于欣赏完了眼前的撩人美景，扯了扯自己身上那件相较之下休闲得有点过分的T恤："既然大家都搞得这么隆重，不然我上去换一身？"

"干吗要换，这样不是挺好的？"容眠赶紧朝她身前一挡，像是有点不好意思地抿了抿嘴角，"早知道你觉得别扭，我也不用听肖凌在那儿瞎忽悠了。"

他一边说话，一边随手把外套脱下来扔进了车后座，继而朝花裴做了一个"请上车"的姿势。花裴见他脱了外套后身上只剩一件白色衬衫，整个人干净又清爽，眉毛微扬意气风发的模样，比实际年龄看上去还要年轻不少，像个刚出校园不久的大男孩，心不由自主"咚"地一跳，赶紧别开眼睛跳上车去，目不斜视地坐上了副驾驶位。

车子行驶了半个多小时，在一个颇为安静的小区停了下来。花裴跳下车放眼一看，只觉得小区面积适中，地理位置闹中取静，一栋栋颜色素雅的灰色小高层住宅被成片的红花绿树掩映着，环境显得格外优雅怡人。容眠看她左顾右盼的模样也不着急上楼，带她绕着花园四下转了转："我怎么觉得你看上去还挺喜欢这儿的？"

"只说喜欢太客气了……"花裴长长地吐了口气，"这里地处S城的豪宅区，不仅周边环境好，生活交通什么的也都很便利。就现在S城这寸土寸金，房价一再狂飙的架势，准备个1000万都未必住得进来。你现在这么卖了，以后再想买回来就不是800万这么简单了。"

"应该是吧。"

容眠将目光落向小区里的花草树木，即使是已经很熟悉的景致，但因为即将到来的分别，难免流露出了些许眷恋："几年前我买房的时候，这儿还没那么火，房子总价才400万不到。没想到这才没过多久，就涨到近千万了。"

"别那么谦虚，几年前的400万可不是个小数目，你已经够厉害的了……话说你那个时候才多大啊？"

"二十四五岁吧……"

容眠的眼睛眯了起来，像是在回忆曾经最意气风发的青春：

"我读书比一般人要早一点，外加运气比较好，念大学的时候有几个相熟的师兄创立了一家互联网公司，就一直在里面帮忙，大学毕业以后也没有另找工作，继续在里面干着。刚好公司发展不错，我赚了一些钱，就在这儿买了房子。当时想着就算以后不住了，也可以当作投资，没想到几年以后还真派上用场了。"

"听你这口气，我怎么觉得卖房子这事你看起来还挺高兴的？"

"为什么不高兴，就当再投资一次。等Dream真正推向全球的那天，我再重新把它买回来就是了。"

"看看你这志向……难道这种时候不是应该豪情万丈地指天立誓说，等幻真成功上市的那天，你要把整个小区都承包下来吗？"

"谢谢你啊……幻真专注机器人行业，并没有考虑转型做房地产业务。"

两人一边斗着嘴，一边上了电梯。几秒钟后，随着电梯门的打开，一阵吵吵嚷嚷的声音从右手边那扇半掩着的房门里传了出来。

"人接到了啊……欢迎欢迎。"

听到推门声，原本凑在电脑前打游戏的一堆人，"呼啦"一下拥到了门口。除了花裳之前见过的肖凌外，还有两个看上去年龄稍微大一些的男青年，十分热情地主动和她打起了招呼。

"你们还真是挺不见外的……"

容眠身为主人家，却被人大张旗鼓地喊了一通"欢迎"，一脸无奈地挑了挑眉，继而指向了眼前的围观群众："肖凌你之前见过，我就不多介绍了。这位是陈然，主要和我一起负责技术的部分，那边那位是江宸，公司财务、行政和人事一摊子事，现在都是他在帮忙管着。"

科技企业里男性居多，幻真的高管团队更是可怜兮兮地连一个女性同胞都没有，几个男青年因为花装的到来多少有些激动，将她迎进客厅后忙着端茶倒水递零食，一个个殷勤得不亦乐乎。

花装性格活泼，言辞风趣，又在科技圈里混了好些年，对前沿的业界动态和桃红色的花边新闻都有大量的信息储备，聊了没多久，就和眼前这群人熟络了起来，迅速打成一片。

聊天过程中她很快了解到，那个性格活泼得有点二缺，敢在容眠面前跳脚，一口一个"滚蛋"，丝毫没把对方当老板的圆脸小青年肖凌，和容眠是大学时期因篮球而结缘的铁哥们儿；看上去礼数客套周全，行为举止一板一眼的陈然，则和容眠一样同是技术党，是拥有好几个技术专利的业界大牛。

至于一群人中唯一一个穿西装打领带，举止文雅，看上去画风迥异的江宸，来历就更特别一点。加入幻真之前他一直在一家已经上市了的知名金融企业做财务总监，工作稳定，收入丰厚，从未起过要创业折腾的念头。

只可惜老天见不得他这么安稳，于是安排了他唯一的宝贝妹妹江梓纯，机缘巧合之下和容眠打了个照面，女孩就此对容眠一见钟情，继而展开了不管不顾的热烈追求。偏偏容眠反应冷淡，对铺天盖地的热情从来没有松动的时候。江宸见不得自家妹子饱受相思苦，决定亲自出马和容眠聊聊，没想到几轮谈判搞下来，妹妹的事情没解决，他反而被容眠拐进了自己的创业公司。

一群人围坐在一起，聊了一阵当下的热点八卦，外卖小哥已经把之前点好的凉菜卤味之类送到了家门口。容眠收完外卖，眼看时间差不多了，卷着袖子打开冰箱，抱着一堆海鲜蔬菜之类的食材默不作声地走进了厨房。

"你们就……都不准备进去帮个忙？"

花裳正准备起身帮着做点晚餐前的准备工作，眼看其他人一个个稳如泰山地坐在原地，打游戏的打游戏，嗑瓜子的嗑瓜子，听厨房里切洗炸炒的声音一阵阵传来，也没有任何要挪挪屁股的意思，整个人都震惊了。

"我们都不会做嘛……进去也只能帮倒忙不是？"

肖凌显然有过相关经验，面对花裳的震惊表情，笑得一脸理所当然："咱们几个都是可怜的单身狗，老妈不在身边又没女朋友送温暖，平时吃饭都是靠外卖解决，哪有容眠这操持家务的本事？"

"哎？容眠他不也是单身吗？难道最近有新情况？"

肖凌的这番推诿之中似乎暗藏八卦，花裳迅速捕捉到重点，赶紧压低声音朝对方勾了勾手。

"嗨！他能有什么新情况啊，这半年每天都忙得跟狗一样，我看他都快性冷淡了，哪有时间谈恋爱？"

"性冷淡"几个字倒是很符合容眠任何时候都一脸淡漠的气质，不过作为一个能够脱口而出波多野结衣的人，那家伙应该也不至于禁欲克制到哪儿去。

花裳脑子里不由自主地放飞了一下，面对肖凌有些诧异的注视，赶紧轻声咳了咳："所以说，没有女朋友也能把自己的生活打理好啊，看看人家容眠，你们得好好学着点……"

"这哪能比啊？"肖凌懒洋洋地打了个哈欠，"容眠他毕竟是被叶小公主调教出来的人，还有什么技能搞不定？别说是做饭了，就算是……"

他话只说到这里，在陈然低低一声轻咳中骤然意识到了什么，立马闭了嘴，眼睛有点不自然地向前瞟了瞟。

"那个……不好意思啊，我就是随便闲聊一下，没什么别的意思……"

无人接腔的尴尬气氛里，肖凌抓了抓头，一直笑嘻嘻的脸上挂着几分紧张，含糊不清地解释着。

容眠不知道什么时候已经走回了客厅，听到肖凌的道歉也不说话，微微蹙起的眉目里，是那种拒人于千里之外的冷冽和疏离。

原本热火朝天的气氛变得有些尴尬，几个小青年面面相觑之下谁也不敢吭声。

许久之后，还是花裴清了清喉咙："那个……需要我们帮忙吗？"

"不用……"容眠轻轻做了个深呼吸，脸上的冰霜慢慢敛起，"菜都已经弄好了，你们谁帮忙把碗筷准备一下，大家准备吃饭吧。"

虽然只是简简单单的一顿火锅，但容眠显然花了不少心思。除了荤素搭配得当的各色食材之外，调料也精心准备了好几种。考虑到出身广东的江宸不太能吃辣，他甚至还专门调制了一份潮汕口味的蚝油芝麻酱，种种安排细致而贴心，处处都透露着与他高冷漠然的气质大相径庭的体贴温柔。

一群人被眼前的美味吸引，甚至没等到油滚锅开，已经你争我夺地抢成了一团，原本有些尴尬的气氛很快因为美食的滋养而重新热闹了起来。

"我说你们矜持点，今天吃饭有女士在场啊。"

陈然毕竟年纪稍大，眼看现场实在太过混乱，赶紧悉心提醒了一句。花裴趁大家一怔之下，眼疾手快地把一只觊觎已久的肥美蟹腿捞进了碗里。

"时机抢得挺准嘛……"

容眠眼含笑意地瞥了她一眼，顺便再姿势优雅地帮她捞了个虾。

"占领资源讲究快狠准，怎么说我也是专业的！"花裴毫不客气地大快朵颐，一脸扬扬得意。

"容我八卦一下啊！"

吃到酣处，肖凌敲着碗咳嗽了两声，朝容眠身边凑了凑："话说哥们儿你是从哪里找来这么牛气的一个大神啊？小弟我自认不加颜值这个外挂的话，搞PPT卖'安利'的水平也算是咱们幻真一哥了，结果那天被许素怡表扬了一阵，我这脸上还真是挂不住。和花裴做的东西一比，我那水准简直跟小学生似的。"

"微信上面找的。"容眠一本正经地接腔。

"微信？"

肖凌咬着筷子，认真考虑了一阵，在确认自家官方微信并没有开通招聘功能后，犹犹豫豫地继续追问："具体什么渠道？微信摇一摇？"

"你摇一个给我看看？"陈然对着他瞪眼。

"咳……"

花裴猛地被呛了一下，感觉自己彻底被这些科技宅的神脑洞打败了。

一顿火锅吃到最后，大家依旧不怎么尽兴，在肖凌的怂恿下，容眠又从柜子里拿出了几瓶私藏的红酒。反正是在这套房间里的最后一次狂欢，大家也没了什么讲究，拿着红酒当香槟，一边喷洒一边你来我往地接连碰杯。等到四瓶红酒最终见底，客厅里原本干净整洁的地板和沙发已经无一幸免，沾满了斑斑酒迹，连空气里也都是微熏的酒精气。

笑闹之中，一直言语不多默默喝酒的江宸脚步虚浮地挤了过来，拉着容眠的胳膊朝沙发一坐，神色带上了几分下定决心般的郑重："容眠，趁着今天高兴，我得和你说一个秘密……"

"老江你能有什么秘密啊？"

肖凌脑袋发晕，忽然听到"秘密"两个字，不由得一惊，说话时连舌头都跟着打了个结："你……该不是想要扔下我们跑路了吧？"

不怪他这么神经过敏，毕竟以江宸过往的资历，他一直是人才市场上的抢手货，不但被各家猎头觊觎着，就连之前老东家的HR也隔三岔五地试探他是否有回归的想法。半个月前，肖凌和容眠甚至还无意中见到有猎头给他发来几封热情洋溢的职位推荐信，年薪那一栏上写着的高额数字，让肖凌忧虑至今。

容眠被他拉扯着，有些趔趄地跌坐在了沙发上，除了裸露在外的小臂看上去微微有些发红之外，整个人倒还是保持着清醒。面对江宸的失态，他看上去同样有些疑惑，但还是先一步把对方扶稳，才轻声问着："有什么事……你说。"

"你知道……前段时间每天给你送花送蛋糕的人是谁吗？"

江宸紧紧地抓着他，像是怕他避而不答就此逃走似的，声音有点发颤。

这突如其来的问题出乎所有人意料，大家面面相觑，一时之间都有点傻眼了——任谁也没料到这种桃红色八卦的最后揭秘者，会是平时向来冷眼旁观，从来没有对此发表过任何意见的江宸。

"老江，看这样子你知道？赶紧扒一扒是谁啊，我们认识不？"

"是我们家梓纯……你们没有想到吧？"

江宸冷不丁地打了个酒嗝，脸上的表情不知道是哭是笑："我说她真是疯魔了，之前被你拒绝过那么多次，就是不死心，老在我这儿打探你的消息，还变着法子讨你欢心。可是你啊……你对那些东西从头到尾连问都没问过一句。正常人别说感动，好奇总会有一点吧？有时候我都怀疑，你的心究竟是不是石头做的？"

容眠轻轻吁了口气，伸手拍了拍他因为用力紧握而青筋暴起的手掌："江宸，抱歉。但我现在除了Dream和幻真，实在没心思关注其他事……你是知道的。"

"是啊，我知道，道理其实我都明白。"

江宸苦笑着："都不说你有没有心思谈恋爱了，你们之间根本不合适，她也不会是你喜欢的类型，这些话我其实早就和她说过。只是当哥哥的，看着自己妹妹为了个男人搞得那么痛苦，心里总不是个滋味……而且说实话，好几次回家看她坐在那里眼巴巴地等着我跟她说你的反应，我都想老子不干了！不是因为创业辛苦，而是跟着一个让自己妹妹那么难过的家伙干活到底算怎么回事？可是吧……一想到幻真一路跌跌撞撞好不容易熬到今天，我就……又屁回去了……"

话说到最后，江宸的声音变得含含糊糊，原本规规矩矩系在脖子上的领带也已经散乱着歪向了一旁。一屋子人都安静地沉默着，不知道该说点什么表示安慰，最后还是肖凌憋不住了，摇摇晃晃地强行挤进他和容眠之间，一屁股坐了下来。

"嗨，老江，你别这样嘛。你看我们现在不是连Toy Town这么牛的公司都拿下了吗？等过两年咱们公司上市了，你就是身家千万的大股东，到了那个时候，你想给梓纯找个什么样的男朋友找不到啊，还顾得上惦记容眠这个好歹不分、油盐不进的家伙吗？"

"你话说得轻巧，幻真哪那么容易就能上市？最近这两年能先保证活下来就不错了！"

肖凌这番插科打诨的玩笑终于成功扭转了江宸的注意力，一度有些尴尬的氛围重新松弛了下来："一家公司想要在A股上市需要持续盈利三年以上，另外还要有清晰的账务来往，外加上市培训做基础，你以为拍电视剧啊，喊两句就能上市了？"

"财务行政上的那些事不有你吗？至于盈利嘛……我们哥几个继续努力就是了。"

肖凌笑嘻嘻的，顺便朝站在不远处的陈然抛了个小媚眼："有句话怎么说来着？我们要相信奇迹嘛！"

"肖凌这话倒是说得没错，梦想是要有的，奇迹也是存在的。"

陈然站在一旁手足无措地紧张了半天，此刻终于松了一口气，跟着坐了下来："前段时间长青科技在纳斯达克上市的新闻，大家应该都看了吧。前些年我知道他们的时候，规模也就和幻真现在差不多大小，结果这才短短几年啊，居然已经混出国门，成为科技类创新企业的标杆了不是？"

"啧啧啧，看看老陈这表情，真是一提到自家偶像的公司就双眼放光！长青科技嘛……大家都知道是业界神话，我听说他们创始人不仅技术厉害，做生意厉害，而且年纪也没比哥几个大多少，今年好像三十岁没到吧？只可惜长青这几年把主战场都放在了美国，想和他们多交流一下也没机会，真是遗憾啊。"

肖凌迅速接口，表情看上去十分神往。

"康总是很厉害，不过不能否认盛泽投资在推动他们上市的过程中起到了关键性作用。"

江宸瞥了一眼始终一言不发的容眠，口气还是稍微有点呛："我听说长青科技后半程之所以走得那么顺，主要是因为创始人康郁青长得挺帅，在和盛泽接洽的过程中被集团董事长丘永盛的女儿丘苓看上了，所以才会福星高照，一路绿灯。"

"长得帅？有多帅？科技圈里还有什么人能比容眠帅？"

肖凌仿佛把容眠当成了吉祥物，自吹自擂上了瘾，当即伸手朝他脖子上一揽："老江的意思我算是听明白了。容眠你以后找投资人的时候，得先看看他们家有没有还没出嫁的姑娘，如果有的话就牺牲一下卖个身，说不定几千万美元的投资就砸过来了，咱们哥几个也跟着沾光不是？"

容眠笑了笑，依旧没说话，目光却悄然落向了窗边的那道身影。

一直积极配合他们各种玩笑和讨论的花裳，不知道什么时候忽然安静了下来，有些疲惫似的斜斜靠在窗前，手里捏着玻璃杯和半瓶酒，一边自斟自饮，一边神情放空不知在想些什么。

静静看了一阵后，容眠站起身，从一群开始为上市话题重新吵闹起来的醉鬼中间走过，站定在花裳身前微微弯下腰，轻轻拍了拍对方的肩膀："你怎么样了，是不是喝多了不太舒服？如果觉得太吵，我先送你回去？"

"谁说我要回去了？我还没喝够呢！"

花裴嘟嘟囔囔地哼笑着，抬头冲他看了半晌，忽然举起了酒杯："来……让我们为了梦想……干杯！"

像是为了配合她的号召，原本已经四仰八叉瘫坐在沙发上的肖凌忽地一下站了起来，开始放声高唱："最初的梦想，紧握在手上，最想要去的地方，怎么能在半路就返航？最初的梦想，绝对会到达，实现了真的渴望，才能够算到过了天堂！"

荒腔走板的歌声回荡在空气里，听上去又煽情又热血，简直充满了鼓动人心的力量。花裴咯咯笑着，不时鼓掌叫好，在容眠沉默地注视下，几乎要笑出眼泪。

这么放肆又失态的样子，她知道一定很难看。

可那又怎么样呢？反正大家都醉了，就算再难看，大概也不会有人知道。

而她满心在意的那个人，如今和她隔了整整一个太平洋，她所有的狼狈和悲伤，那人就更不会知道什么了。

满屋子的歌声和笑闹声究竟是什么时候停下的，花裴已经不记得了。

她只知道自己笑到最后，头疼得有些厉害。恍惚间，似乎有人凑在她耳边一直轻声问着什么，可她根本没有力气回答，所以最后只能哼笑着把自己蜷成一团，趴在了座椅的扶手上。

蒙昽中，她觉得自己被人打横抱了起来，经过客厅和一条短短的走廊后，吵闹声逐渐远离，紧接着，她被放在了一张柔软的大床上。

感觉到紧抱着她的人将自己放下后，似乎就要离去，花裴忽然手指发颤地，狠狠地抓住了对方的衣角。

不要离开我……不要就这样丢下我！

她在心里一遍遍急促而悲伤地呼喊着，声音从喉咙里发出来时，却变成了模糊不清的低声呜咽。

虽然康郁青从最初犹豫到最终决定和她分手的过程中，从头到尾她都表现得很平静，甚至连一句挽留或是哀求的话都没有说过，可是那些携手而过的光阴，那么多郑重的誓言和美好的记忆，又怎是说放下就能放下的。

或许她不要那么坚强，不要那么倔强，稍微表现得软弱一点，在对方眼前流流眼泪，追忆一下那么多年来他们相濡以沫的点点滴滴，康郁青说不定会就此动摇，甚至改变决定。

可是如果时光倒转，一切再来一次的话，她依旧还是会做出和当时一样的选择。

她的感情坚定而纯粹，所以眼睛里揉不得半点沙子。

苦苦哀求下的感情绑架，从来都不是她想要的。

即使明白这一切早已经无法改变，在她离去之前，丘苓甚至已经坐实了康郁青未婚妻的身份，可直到此时此刻，一旦听到"长青科技"和"康郁青"这几个字，她的心里依旧撕心裂肺般疼。

被她紧拉着衣角的人慢慢坐了下来，轻轻拍着她哭得发颤的身体，像是在哄一个满是委屈的小孩子。

对方的姿势是那么温柔，又是那么耐心，轻拍着的手掌充满抚慰人心的力量。远离了酒精味道的房间里弥漫着一股隐隐的香气，冷冽又干净，像是初初下过雨的松林。这样的舒适感犹如一味镇静剂，让她疼痛翻搅着的情绪，渐渐安静下来。

很快，花裴哭得有些累了，轻轻抽了抽鼻子，把自己更深地埋进了松软又干净的被子里，慢慢合上了眼睛。

神智再次恢复过来的时候，四周依旧朦朦胧胧，只是半敞着的房门那边隐约透进来一些光线。

花裴抬眼看着眼前并不熟悉的一切，回忆慢慢涌进了脑海。

她情绪失控地在容眠家的聚会上哭了一场，借着酒劲霸占了主人的床，在扯着对方胡言乱语了一通自己都记不太清的疯话后，一路天昏地暗地睡到了现在。

这让她恨不得立马抬手抽自己几个耳光。

"你醒了？"

她掀开被子想要下地看看情况，忽然感觉靠窗的地方有影子晃了晃，紧接着，有人扭身向她走来，低声探问着："感觉怎么样？要不要喝点水？"

"谢谢，不用。我……挺好的……"

花裴干笑了一声，总觉得这种环境里配上这种对白，有什么地方不太对劲。

"本来昨天是想把你送回去的，但那几个家伙也喝多了，我不太放心，最后只能委屈你先睡这里了。不过你别担心，房间门我一直开着，那几个家伙也没回去，都在客房里睡着。"

"你……不用解释啊，我没什么好担心的……"

花裴紧紧地拽着被角，磕磕巴巴地说到最后，干脆闭了嘴，心想这都是什么事。

"行……既然没什么事的话，你就再睡会儿吧。"容眠抿着嘴唇，朝她点了点头。

"你不睡吗？"

本能性的问句根本没经过大脑，声音才一出口，花裴恨不得把这话吞回去。

主卧里只有一张床，次卧和沙发想必已经被那几个喝得烂醉的家伙瓜分了，黑漆漆的夜晚，冲一个年轻异性发出这种容易让人产生联想的询问，简直是在作死。

"我不困，等你睡着了，我再出去看看他们。"

像是觉察到了她的窘迫，容眠一声轻笑，很快把身体转了过去，缓步走到窗前，凝视着眼前沉沉的夜色。

窗外隐约透来的月光将他笔挺的身形包裹成夜色中的一个剪影，从花裴的角度看过去，隐约能看到他弧线优美的侧脸和微微抿起的嘴唇。

他那样站在那里，沉默而挺拔，像是在安静地守候着，又像是在想什么不为人知的心事。

因风微微鼓动的衬衫里，却像是要长出翅膀，有坚定而不容置疑的力量在徐徐滋生。

一片沉默中，花裴抬起头，细细打量卧室里的每一个角落，从墙上挂着的抽象画，到柜子旁斜斜靠着的吉他，再到床头柜上放着的小机器人。

这里的一切都是容眠熟悉的，每一个摆件都陪他一起度过了最私密最放松的时光。

他原本可以继续享受这一切，住在这套舒适而敞亮的房子里，拿着稳定又丰厚的收入，听听音乐谈谈恋爱，过着大部分同龄人最羡慕的那种优越又轻松的生活。

可是不久以后，这一切都不再属于他。那些用心置办的物件有的可能会被丢弃，有的则会被搬到另外一个陌生而窄小的空间里，长久封存。

这个青年用着几乎破釜沉舟般的勇气，在更迭自己的人生，一往无前，不计成败，只是一心向着自己的梦想踏进。

而这一刻，他究竟在想些什么？

对眼前熟悉又舒适的一切，是不是会有一些不舍？

或许他只是想安静地站在那里，等待黑暗过去，天色终于亮起来的那一刻。

花裴躺在被子里，眼光最终落向了容眠的背影，静静地注视了许久，最终还是挡不住醉意的侵袭，在重新袭来的困乏中静静闭上了眼睛。

容眠正式搬家的那天，听到消息的公司同事都吵着要过来帮忙。然而最终容眠只是邀约了之前一起在家里吃火锅的几个兄弟到场。

毕竟和Toy Town的合同摆在那里，Dream第一次迎来大规模量产，公司还有一堆事情等着忙。

作为已经在对方家里吃过火锅蹭过床，而且暂时处于无业状态，有着大把闲暇时间的朋友，花裴自然当仁不让地加入了搬运工团队。然而让人意外的是，搬家当天除了那几张已经熟悉的面孔，她居然还见到了传说中的玫瑰花小姐江梓纯。

鉴于之前大半个月时间的送玫瑰送蛋糕，在整个幻真科技办公室里掀起了一场八卦风暴的高调示爱行为，花裴构想的江梓纯原本是个个性泼辣、性格剽悍的模样。没想到本人却是低调而乖巧，不仅样貌秀气，说话也是柔声细语，怎么看都是气质隽雅、家教甚好的大家闺秀。

不知道她是怎么得知容眠搬家的消息，又是怎么纠缠着江宸把她带来现场帮忙，然而在和容眠真正见面之后，江梓纯涨红着一张脸，一直躲在众人身后满是别扭，和之前轰轰烈烈的匿名示爱行为简直判若两人。最后还是容眠发现了她的存在，十分坦然地主动上前打了个招呼，小姑娘这才渐渐放下羞涩和忐忑，小声地和周围人搭起话来。

作为搬家大军中唯一的女人，花裴自然很快成了江梓纯的主要交流对象。在两个人忙里偷闲的对话里，江梓纯总是找着各种机会，拐弯抹角地打探容眠的兴趣好恶。

面对对方那些欲说还休的关心，花裴好笑之余难免感动。但这种事她毕竟帮不上忙，最终只能有些抱歉地表示，自己和容眠其实刚认识不久，并不是太熟。

一个人在对另一个人痴迷热恋时，无论怎样掩饰都是欲盖弥彰，只恨不能剖开胸膛把一颗心掏出来，让对方看到它因为爱情跳动得多么炙热滚烫。

所以，又何必觉得这个女孩子的种种行为好笑幼稚，当年她对康郁青满怀热切又心存忐忑时，何尝不是这副模样？

忙了一个上午，东西都清理得差不多了，趁众人在忙着打包的阶段，花裴凑到肖凌身边小声八卦了一句："我看梓纯性格挺可爱的啊，人也长得漂亮，容眠他怎么就不考虑考虑？"

"嗨！我都和你说过，容眠现在已经性冷淡了，只有对着Dream才会有感觉。"

肖凌显然对类似的事情早已见怪不怪，说起自家兄弟来毫不嘴软："更何况，容眠什么样的漂亮女生没见过啊，想当年他还在读书的时候，啧啧……"

他刚摆出一副追忆往昔的架势，准备大书特书，陈然和江宸已经推着好几个巨大的纸箱子走出了书房："赶紧的啊，这堆东西刚打包好，你们谁帮忙封一下胶带，一会儿一拨带走。"

"这都什么啊？"

肖凌朝那看上去沉甸甸的一堆东西，探头看了一眼，紧接着怪叫了出来："嗬！容眠可以的啊，居然搞了这么多书来装文艺青年。你说我自从毕业以后吧，除了专业书之外，一年到头连杂志都没翻过几本，他这几箱子书，够我看上十年了。"

"你先忙你的吧，这些箱子我来封。"

花裘刚好手里没什么事，左右找了一圈后，拿着一卷透明胶在纸箱前面就地坐下。因为肖凌刚才的那番感叹，她不禁有些好奇，于是封装前顺手把箱子里的书籍拿起来翻了翻。

和大部分她认识的科技从业者不同，容眠的阅读口味看上去十分庞杂，除了男孩子通常比较喜欢的军事、科技和历史类书籍外，箱子里也混杂着很多小说、诗集和漫画。其中，叠放在书堆最上面的是一本很有名的科幻小说《曙光中的机器人》。书角的地方已经起了毛边，应该是被反复翻阅过很多次。

作为一个科幻迷，阿西莫夫的大部分作品花裘在大学时代就已经津津有味地阅读过。比起作者更加出名的《基地》系列，这本《曙光中的机器人》中关于机器人"虽然没有自由的意志，却带来了希望"的主题内核，反而让她印象更深刻。

如今看来，这本书倒像是对幻真科技和Dream的一个隐喻。或许在很多个因为前景渺茫而难以入眠的夜晚，容眠就是在灯下一遍遍地翻阅着书中的字句，从中汲取着继续坚持下去的勇气。

这突如其来的脑补让花裴一时有些恍神，直到书房里又一个箱子被拖了出来，她才赫然一惊，赶紧收敛心神，把那些堆放凌乱的书籍加以整理，叠放整齐。几分钟后，随着她不断抽拿的动作，一张书签一样的长条形卡片从某本书的夹页里滑出，轻轻飘落到她眼前。

　　花裴把卡片捡了起来，仔细看了看，首先落入眼帘的是一幅漂亮的人物彩铅速写。画面上的女孩侧卧在草地上，双眼紧闭，嘴角的地方却俏皮地弯起，挂着显而易见的鬼马笑意。像是故意摆出了熟睡的姿势，却在心爱的人眼里留下一道纯真又诱惑的风景。

　　整幅作品虽然笔法有些稚嫩，构图也简单，却因为鲜活的配色看上去生机盎然，充满了情趣，想来作画者落笔时的心情应该很不错。

　　卡片右下角的地方是一个潇洒飞扬的落款——For my dream.

　　"花姐姐，你还在忙啊？先过来吃口饭啊！"

　　还没来得及仔细研究这张卡片究竟出自谁手，随着电梯门打开时"叮"的一声响，江梓纯拎着好几个外卖饭盒，小鹿一样满脸笑意地朝她小跑了过来。

　　"这大热天的，被派去当外卖员还这么高兴啊？"

　　花裴抬眼瞥到跟在她身后，同样拎着一袋外卖饭盒的容眠，心下已是了然——不知是出自江宸的刻意安排，还是她自己主动请缨，这一趟外卖买下来，她多少也算和心目中的男神单独相处了好一阵，难怪小姑娘就算已经满头大汗，却还是一脸喜气洋洋。

"所以能给个好评吗？"

容眠把饭盒在桌上铺开，随口解释着："现在是点餐高峰期，等外卖送过来估计都得好一阵，而且大家口味不同，肖凌爱吃辣，江宸和梓纯喜欢清淡。刚好我家附近有个还不错的馆子，就干脆跑一趟，面对面和老板交代一下，做出来的东西也不至于太糟糕。"

"行啊，服务挺周到的嘛。五星好评！"

众人听到声响，一窝蜂地围到了桌前，容眠眼看花裴依旧蹲在原地，不知道在摆弄些什么，端了个盒子走过去："那天吃火锅的时候看你爱喝汤，就特地帮你叫了一份，你先喝一点。"

"多谢啊。"

花裴站起来，顺手把手里的卡片扬了扬："你画的？看着还挺可爱的。"

"嗯？"

容眠凝神看了一眼，瞬间像是被什么东西烫到一样，很快把目光别开，声音带上了几分不自在的暗哑："这东西……你从哪儿找到的？"

"刚才帮你收拾东西，不知道从哪本书里掉出来的。"

花裴看他身体僵硬，脊背绷得紧紧的，就连眼角的地方似乎都因为某种突如其来的情绪，不自觉地抽动起来，她隐约意识到有什么不对，赶紧解释道："不好意思啊，我没想要翻你的东西，这个……我一会儿按原样给你放回去。"

"容眠、花裴，我说你们有什么悄悄话非要现在讲啊，赶紧过来吃饭！"

站在饭桌前已经帮他们把筷子都细心准备好的江宸，朝这边招呼了一声。

"来了。"

容眠头也没回地应了一句，有些歉意地冲花裴笑了笑。

"没关系，你就随便找本书塞回去吧。"他轻声交代完，最后又低低地补充了一句，"就是……别告诉我具体放在哪儿就行。"

这样的回答，背后似乎藏着一些至今尚未放下，却又不欲言说的往事。花裴赫然一惊，很快把卡片小心翼翼地放了回去，随后走到饭桌前加入了用餐大军，没再提起与之有关的任何事情。

吃过午饭，差不多又花了三个多小时，屋子里的东西总算打包完毕。等到一群人把东西搬上车，再一箱箱卸下堆放到容眠新房子的客厅里，终于结束了一天的忙碌，他们开始毫无形象地大喘气。

花裴就地而坐休息了一阵，觉得满身汗水差不多已经下去了，干脆站起身来，把这套房子里里外外仔细参观了一番。

想来是为了节约上下班时间，容眠把房子租在了智创孵化园附近的位置，步行到公司也就十分钟左右的时间。因为地处城郊，租金不算太贵，坐北朝南两室一厅的格局看上去还算舒适。不过和他之前那套位于豪宅区，通风敞亮的大房子自然是没得比。

花裴参观完毕，正寻思着就这房子的面积，眼下堆放在客厅里的东西多少还得扔掉一些，一直靠墙猛扇风的肖凌已经哀声叹了出来："容眠，我算了一下，你看你这么多东西也不是一两天能收拾完的。怎么样，要不要去我家先睡两晚啊？我客厅里的沙发位可以便宜点算给你，你帮着做两顿饭就行！"

"美得你，就你那狗窝？容眠宁愿睡马路也不会去！"陈然一脸不屑地朝他撇了撇嘴，继而神色肃然，"容眠，不然这几天你先把家里收拾一下，别去公司了。幻真那边我们几个看着，出不了什么乱子。"

"不用了，今晚只要把床铺好，有个地方能休息，后续的东西慢慢整理就行。"容眠低头看了看表，"忙了一天，辛苦你们了，要不我请大家出去吃个饭？"

"行了行了，和我们你就别客气了，晚饭我们自己解决，你早点休息。"

江宸站起身来，在江梓纯略带哀求的注视下，有些无奈地咳了一声："不过我看你这里一时半会儿开不了火，老吃外卖也不是个事，反正我家离你这儿不远，你这几天晚上没什么事的话……要不吃饭的事就去我家解决？"

"不用麻烦了，这里附近就有不少小馆子，另外还有外卖APP呢，吃饭的问题还是挺好解决的。而且你口味那么淡，我又爱吃辣，去你家吃饭我得多难受。"

面对这料想之中的客套拒绝，江宸倒没怎么再坚持。只是江梓纯捏着衣角，嘴唇微张着似乎想说点什么，最终又忍了回去的失望表情，让人看着实在有点不忍心。想来只要容眠肯首，她这个土生土长的广东姑娘就算每顿都吃水煮牛肉和炒辣椒，也会觉得甘之如饴。

话题聊到这儿，众人纷纷起身告辞。容眠刚把大家送到小区门口，花裴的电话忽然响了起来。在听到她接起电话招呼了一句"徐总"后，容眠的神色微微一凝，十分自觉地后退了几步。

十几分钟后，花裴挂了电话，抬眼一看人都走得差不多了，只剩下容眠还在一旁远远地站着，当即有些歉意地朝他挥了挥手："不好意思啊，讲电话讲了这么久。你赶紧回去吧，这儿叫车应该还挺方便的。"

容眠像是没听见一样，缓步走到她身边，口气听上去有些微妙："徐朗他……怎么这么晚了还找你？"

"现在也才9点多……其实不算太晚吧。"

花裴没有留意到他略带复杂的神情，一边点开打车软件一边随口解释着："之前他不是给我推荐了悦享之音吗？我原本没打算过去，后来因为被其他事耽误了，忘了第一时间和他反馈，前两天记起来才在微信上和他提了一句。结果悦享那边似乎还挺有诚意的，说他们的创始人亲自托他过来问问我是不是有什么顾虑，薪水和股份什么的都可以再谈谈，所以他就打电话过来问问我的意思……"

"那你最后怎么决定？"

"我没改主意啊。"花裴轻声笑，"不过徐朗可能是觉得有些事在电话里说不清楚，就说明天约个时间再当面聊聊。"

容眠沉默了一阵，轻轻哼了个声音出来："不想去就是不想去，你的态度不是已经很清楚了吗？还有什么需要当面聊的？徐朗他约个人还要专门处心积虑地找借口，也真是够辛苦的。"

"哎？"

花裴没料到他难得一次刻薄居然用到了潜在金主身上，倒是起了几分好奇心："徐朗他怎么得罪你了？难道是……你之前给过去的BP，他那边一直没有反应吗？"

"看到BP没反馈是多正常的事，启翎创投那样的公司被多少创业公司紧盯着，邮箱里每天收到的BP大概能有几十份，总要综合各方面的考量才会有下一步结果。"容眠看着她，脸色倒是很平和，

"如果因为这种事导致我对徐朗有什么看法，那估计我现在的仇恨值都得溢出了。"

"我就说嘛……"花裴原本也只是开个玩笑，看他一本正经地解释赶紧笑了起来，"那你干吗听到他的名字看上去有点不爽？说实话，徐朗虽然性格是严肃刻板了点，但人其实还蛮不错的。"

"评价挺高啊。"容眠眉毛一挑，"其实接触过的投资人当中，我也觉得徐朗还不错。就是看他想约人还要磨磨蹭蹭地用公事做借口，实在是替他着急。"

"哈哈哈……"

相识以来，容眠在花裴眼里从来都是淡漠禁欲、一心耽于事业的人设，即使面对江梓纯的疯狂追求，也是一脸淡定稳如泰山的样子，如今居然就徐朗的约会技能提出意见，实在让她大出意料。于是她当即摆出一副求知若渴的表情："既然容总这么有经验，那就说说约人应该怎么约呗？"

容眠轻轻笑了一下，注视着她的目光忽然变得深邃起来，黑色的眸子里仿佛有星光在流淌，轻轻的声音在月色晕染下显得格外柔和："花裴，下个月5号下午，你有空吗？"

花裴被这骤然而来的温柔一击搞得心跳加速，心想这人示范就示范，还真一秒入戏。轻微的慌乱之下，她赶紧清了清喉咙，尽量让自己看上去神态自若："有啊，我最近都没什么事。你这边要是需要人帮忙，我其实也可以……"

"那就这么说定了。"

容眠嘴角扬了起来，像是对这个套路下的结果颇为满意："下个月5号下午，我去你家接你。"

"嗯？你认真的？"

"是啊，我认真的。"

对方似笑非笑地看着她，深深的注视里仿佛藏着很多呼之欲出的情绪。那一刻，世界变成了被定格的最浪漫的电影画面，所有细节都被精雕细琢，深深地印刻进了她的脑海。

安静的沉默中，花裴只觉得脸发烫，有什么突如其来的预感让她再次心跳加速。

"车好像来了。"

片刻之后，两束迎面而来的灯光朝他们的方向闪了闪。花裴赶紧挥手拦下，匆匆拉开了车门。

临走之前，她毕竟还惦记着正事，想了想又摇下车窗："对了，明天我会和徐朗见个面。你看你的BP要不要给我一份，带过去让他再仔细看看？毕竟现在有了和Toy Town合作这个筹码，我想徐朗会重新考虑的……"

"不用了。"

容眠走到车前微弯下腰，面色沉静地看着她："谢谢你的好意。我相信如果是你专门去和他聊这件事，外加Toy Town这个砝码，他是会仔细考虑的。但市场上不是只有启翎一家投资公司可以合作，而且……"

"而且什么？你还有什么顾忌吗？"

"不是……"容眠轻轻吁了一口气，"花裴，我没有什么顾忌，也不是放不下面子，只是……我不希望你因为这件事，欠徐朗一个人情。"

"那行……晚安。"

花裴无暇再去琢磨这个回答背后的潜台词，有些匆忙地朝他挥了挥手。

可她知道，在这如水的夜色之中，容眠一直站在原地，像一棵挺拔的松柏一般，饱含着许多欲言又止的情绪，目送载着她的车辆逐渐远行。

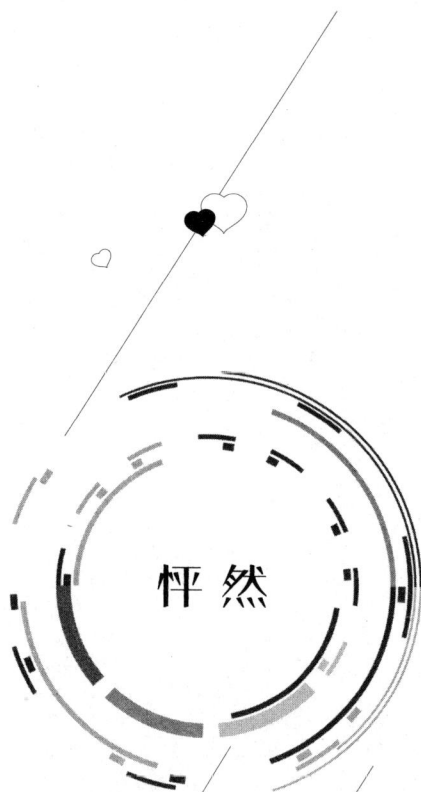

怦然

徐朗和花裴第二次见面，特地约在了CBD一家新开的法式餐厅里，而他本人显然为了这次约会特意精心收拾过。比起初次在W咖啡馆见面时休闲随意的模样，此次赴约时穿西装打领带，甚至还佩戴了钻石袖扣的造型看上去十分社会精英。

　　临行前，花裴为了确认地点，大略翻查了一下大众点评，鉴于出现在用户评论区里金碧辉煌的餐厅实拍图和浮夸的餐品价格，她十分应景地换了一条宝蓝色真丝套裙，整个人清爽而典雅。两个人并肩而立时，看上去男才女貌，仿佛一道颇为靓丽的风景线，因此刚进餐厅没多久，就迎来了好几道注视的目光。

　　徐朗做了细致的功课，在礼貌征询了花裴的口味后，十分熟稔地点了几个在大众点评上颇受好评的招牌菜。两人轻声细语地边吃边聊，过了四十多分钟，眼看最后的餐后甜品都已经上桌，徐朗还没有要切入正题的意思，花裴干脆先行开口道了个歉。

"徐总，关于悦享之音那边，实在是不好意思，其实他们开出来的条件都很好，团队什么的也很不错。只是我回国以后想要多休息一下，没想这么快工作，因为事先没和顾隽那边沟通好，浪费了你们的时间，我是真的挺抱歉的。"

"花小姐，"徐朗迅速打断了她，表情看上去有些踌躇，"其实……应该说抱歉的人是我，这事是我太莽撞了。"

"嗯？"这莫名的道歉让花裴一时间有些困惑，"徐总这话怎么说？"

徐朗捏着酒杯，前思后想了好一阵，才有些费力地解释着："因为悦享之音那边最开始反馈说你们之间聊得很愉快，看上去合作意向也很强，可后来我忽然收到了你回绝的消息，所以就觉得有些奇怪，想了解一下到底是什么让你忽然间改变了主意。刚好我有一个前同事最近跳槽去了盛泽投资，我就找他帮忙打听了一下长青科技那边的事……"

"所以呢？"

花裴的脸瞬间白了一下，本能性的防御口气里带上了几分讥讽："徐总就顺便帮悦享之音做了一次详细的背景调查？"

"花裴你别误会，我没有要探究你隐私的意思……"徐朗赶紧澄清，口气听上去却有些复杂，"我……我只是想要更多地了解你，让我们之间的关系能够更深入地发展下去。"

这个回答虽然听上去十分含蓄，但隐藏在其中的潜台词已经不言而喻。花裴没想到这个在容眠口中约个女孩子还要挖空心思找借口，为人处事看上去稳重又内敛的徐朗，会在第二次见面时就婉转告白，一时间不知该如何回应。

　　看她虽是默不作声，但几秒钟前浮现在脸上的讥讽之意已经平复了不少，徐朗鼓足了勇气继续开口："说实话，顾隽之前和我说想要介绍我们认识时，我其实是没太在意的。而且我这个人吧……读书的时候就比较闷，也不太相信什么一见钟情。严格来说，我们这才第二次见面，现在就和你说这些实在太唐突了些。但我只是希望你能够明白我的心意，在你愿意重新开始一段感情的时候，可以把我放在选择范围里，加以考虑……"

　　从小到大，花裴接受过很多来自异性的告白。即使是大学快毕业时她已经接受了康郁青的追求，并公然在校园里与他出双入对挑明了情侣关系，也还是有不死心的家伙大张旗鼓地在女生宿舍楼下用蜡烛摆出巨大一颗桃心，一边弹吉他一边高声示爱。

　　对如何拒绝那些高调浮夸的追求者，花裴自认早已得心应手，反而是徐朗这种老实人，真挚坦白地剖开一颗心捧在她眼前任由发落的样子，让她感觉有些愧疚无措。

　　"徐朗……"片刻的沉默后，她故作轻松地笑了起来，决定先不动声色地发张卡，把对方可能的进一步举动遏制住，"其实你这个人挺好的，我也很高兴能在回国以后认识你这个朋友。只是其他的事嘛……"

　　"其他的事反正时间还很多，你可以慢慢考虑，慢慢了解我。"徐朗举了举手里的红酒杯，像是已经明白了她的意思，"至于现在嘛……我就先心安理得地收下这张好人卡，以后你别因为这个和我避嫌就行。"

　　来自老实人的坦诚自带宽慰效果，徐朗毕竟在社会上有了这么久的历练，说话做事都甚有分寸，在表白心意的同时十分体贴地给双方留下了能够继续来往的舒适空间。花裴心下宽慰的同时，对徐朗的宽厚个性颇为欣赏，两人就着红酒又聊了近一个小时，才心情愉悦地告别。

和徐朗相亲这件事总算就此告一段落，顾隽被双方十分默契地给了一个"尚在接触"的答案后，也没有再多加折腾。接下来半个月时间，姐弟俩一门心思都放在了花建岳身上，接连相约着往和悦敬老院跑了好几次。

按照护工那边的反馈，进入夏日之后，花建岳的身体和精神已经一天不如一天地衰竭下来，从与人交流时一次比一次迟缓的反应来看，这个世界能让他记起来的人和事，已经越来越少。

与家人离别的时间，也似乎越来越近了。

顾隽从小顺遂，自懂事以来尚没有面临大灾大病生离死别的经验，面对已经连自己的名字都叫不上的外公，总觉得难过又惶恐，有时和花裴聊到这个话题，声音里都会不可抑制地带上哽咽。

花裴一方面要安慰心情低落的小表弟，一方面要变着法哄老人家开心，接连一两个星期探护下来，心力交瘁到累脱一层皮。等到周五晚上，容眠的电话打过来问起她的近况，花裴这才难得放松心情和他闲聊几句。

"听你精神不是太好，最近也没怎么发朋友圈，是出了什么事吗？"

"我倒是没什么事，就是爷爷他最近状态不是太好，所以往敬老院里跑了几趟。不过容眠，我还得多谢你，爷爷他现在每天都要听Dream说故事才会安心睡觉，一老一小相处得挺不错的，那关系连顾隽看着都眼红。"她说到这里，想着这段时间完全没问过幻真那边的情况，微微有些歉意，"对了，先别说我了，你那边的情况怎么样，量产还顺利吗？"

"还行，工厂那边在装配上出过一些小问题，不过都已经解决了。"容眠轻描淡写地笑了笑，忽然想到什么一样，"对了，肖凌最近还在烦你吗？"

"没有没有，这家伙最近可安静了。"

"是吗？可我看不像啊。"容眠显然有备而来，"肖凌最近做策划方案的水准，已经突飞猛进到连Toy Town那边都给好评了，你还敢说你没在背后当枪手？"

"那你还问？"花裴无语了。

之前在容眠家吃火锅的时候，出于对花裴的膜拜，肖凌十分主动地把她的微信和电话一股脑要了过去。添加之后，每次只要花裴一发朋友圈，他就会留言点赞互动得格外积极。花裴原本就性格开朗，碰上这么一个性子耿直又积极热情的小青年，也觉得甚是投缘，遇到对方偶尔在微信上向她求助请教，也是知无不言、言无不尽地尽可能给予支援。

肖凌身为幻真的首席运营官，主要精力都放在了对用户群的激活运营以及协助容眠管理日常工作上，品牌和市场建设方面向来是短板，但因为公司人手短缺，也只能硬着头皮顶上。只是他之前被一些广告营销公司天花乱坠地忽悠着，浪费了不少钱去做一些只见噱头不见成效的市场推广，吃过不少亏，眼下人际关系网里忽然多了花裴这么一个专业人士，自然是逮着机会就来求学取经，一点没把自己当外人。

前段时间刚好赶上了Dream进驻Toy Town之前的筹备期，除了生产之外涉及大量宣传物料的规划和制作工作。肖凌卷起袖子亲身上阵，带着手下团队做的好几版方案去和Toy Town的市场部门做沟通，结果东西还没送到许素怡手里，就被下面的经理以"方案质量不符合Toy Town向来的标准"为由，给毫不留情地打了回来。

有了前车之鉴，外加当下公司经费实在有限，肖凌几经考虑，放弃了外请广告公司的计划，转而在微信上频频骚扰花裴。

花裴忙碌之余见缝插针地给他提过几次建议，眼见修改成果依旧不尽如人意，干脆抽出时间亲力亲为地做了一份。为了让Toy Town更直观地了解Dream的卖点，她甚至还找了两个相熟的设计师朋友，帮忙做了宣传海报的demo，整版方案看上去简直比4A公司的比稿还要细致丰富。

结果东西发过去以后，一直在微信上狂拍她马屁的肖凌却忽然没了声音。

花裴担心是不是方案依旧不合Toy Town那边的胃口，需要调整修改，而肖凌不好意思再对自己开口，于是主动发了个询问信息过去。结果当天晚上，肖凌的电话直接打了过来，唉声叹气地解释了一通。

"不是我不想找你，而是我之前找你当外援的事不小心被容眠发现了，他把我好一顿臭骂，搞得我也觉得挺不好意思的，所以就没敢在微信上冒头。"

"容眠他不至于吧……"

肖凌那气哼哼的小口气，花裴好笑之余有些惊诧。在她的印象里，容眠虽然性子偏冷，骨子也带着矜骄的傲气，但并不是矫情的性格。在这种关乎公司发展的时候，对自己的相助理应不该这么敏感小心。

肖凌显然和她抱有同样的心思，在听到她询问缘由后，不由得立生知己之感，并且开始大力吐苦水："我也不知道他到底怎么想的，反正就是挺生气的，一直质问我怎么好意思逼你大半夜帮着改方案。我才解释了两句，说你是看我水平太烂主动要改的，他就抢了我的手机，差点直接把你的联系方式从我的微信里删了！后来看我也生气了，才不情不愿地解释说你不是幻真的员工，而且和大家只是朋友，借着这种关系一再麻烦你很不好什么的……"

"可案子总要交的，你们公司现在又缺这方面的人手，那他打算怎么办？"

"容眠说了，如果这次方案还不OK的话，就飞一次北京或者上海，找一家好一点的4A公司来帮忙。"

"没这个必要吧……"

花裴被他那莫名其妙的执拗劲搞得有些郁闷："我感觉这次方案在策略方面问题应该不大，最多就是具体的画面表现上是不是符合Toy Town惯有的风格，沟通清楚后调整起来也就是设计方面的事，何必去找4A花冤枉钱……再说了，作为曾经虐过无数4A公司的甲方爸爸，这点信心我还是有的。"

"就是就是。"肖凌连声附和，"反正这次方案总算送到许素怡手里了，我感觉靠谱。而且花裴，我和你说，你别看容眠现在大道理一套套的，看着特别人模狗样，其实之前为了公司，可没这么多讲究。当年江宸还没正式加入幻真时，被他套路着没少给公司打白工，你再看看现在，他紧张你就跟紧张自家媳妇似的，生怕我们把你给累着……这偏心也是偏到姥姥家了！"

花裴面对肖凌一言难尽的形容一时间也是无语，最后只能装作没听见一样叮嘱他再有类似需求，就走QQ和私人邮箱，尽量瞒着容眠别让他知道。

只是万万没想到，这偷偷摸摸的私下勾当还是被容眠觉察了。

　　"好像又欠了你一个人情，我得好好想想，这次该用什么东西还债。"

　　电话那头的声音听起来好像真在认真思考着："要不这样吧，明天我们参加完活动以后，我和你一起去看看你爷爷。你之前拿去的那台样机功能比较单一，现在量产基本完成了，Dream也增加了不少新功能，我拿一台新的给他老人家送过去？"

　　"不用麻烦啦，现在的功能已经够用了，再复杂一点，护工那边也搞不定。而且我爷爷对现在这台Dream有了感情，真给他换了，他还不愿意呢。"

　　花裴谢过他的好意，忍不住轻声笑了笑："你还别说，要不是你今天给我打电话，明天见面的事我差点就忘了。话说明天到底是个什么活动，需要我准备什么吗？"

　　"不用准备什么。"

　　容眠跟着笑了起来，声音里藏着几分让人期待的神秘："该准备的都已经准备好了，明天你只要带上自己，跟着我好好放松一下就行。"

　　虽然事先对这保密工作十足的活动做过诸多揣测，等到次日下午真被容眠带至目的地时，看着眼前一个个朝气蓬勃、满脸胶原蛋白的少男少女，花裴还是有些意外。

　　"请问今天的活动是要重返二十岁，再次感受一下校园时代的生活吗？"花裴抬头看着校门，神色有些感叹，"这还是我毕业之后第一次来学校呢，早知道就穿得年轻一点，冒充一下研究生。对了容眠，说起来我还不知道你是哪儿毕业的呢，之前念的就是和机器人相关的专业吗？"

一丝阴霾从容眠的眼中闪过，顿了好一阵，他才轻声接口："我和肖凌……是X大的同学，之前念的是计算机与信息工程。"

"X大？好地方啊。"花裴闻言一脸憧憬，并没有注意到容眠短暂的失落，"X大的校园环境全国一流，不仅有山有水，还紧邻着大海！我之前去X市旅游的时候，还特别去参观过，漂亮得跟旅游景点似的。"

"嗯，还不错吧……"

两个人一边聊着，一边走进了学校大门。作为S城最知名的一所高校，S大的校园规模虽说比不上X大，但环境也是闻名全国的。如今正赶上暑假，校园里少了许多来来往往赶着上课的学生，越发显得清静宜人。花裴在绿树环绕的湖边小径上慢慢走着，偶尔和几对姿态亲昵的情侣擦身而过，不禁再次感叹："说起来真是羡慕你们，最好的时光能在环境那么浪漫的地方度过，不说别的，光是谈谈恋爱也值了。"

"我怎么听这口气酸溜溜的，你大学时代的恋爱谈得很不值吗？"

"嗯？"

听到容眠的调侃，花裴微微怔了一下。

其实仔细回想起来，大学时代她和康郁青的恋情的确算不上完美，有关浪漫的部分更是乏善可陈，但是那些刻骨铭心的记忆，也都是实实在在的。

康郁青出身贫寒，性格颇为内向，虽然身材高大、长相英俊，但在当年那些花裴的追求者中依旧毫不起眼。比起那些能说会道又有丰厚财力做支持，能变着花样讨花裴欢心的竞争者，他做得最多的，无非就是每逢有课的早上，都会默默地给花裴带上一份热腾腾的早餐；大考之前把所有的笔记整理好，给总爱缺课参加社团活动的花裴备上一份……

这些看上去不太起眼的举动，从他对花裴动心开始，到毕业前两人正式在一起，他心无旁骛老老实实地做了整整四年。直到很久之后，花裴无意中问他究竟为什么能把同一件事一直坚持做那么久，康郁青的回答是：即使知道毫无希望，但也想用自己的方式给喜欢的女孩多一点关怀。

对这个鲜少参与各种活动聚会的沉默少年，花裴一开始并未过多留意，长久地接触后，却从对方稳重内敛的个性中看到了一往无前的勇气和决心，最终她选择了和他在一起。

只是这样的结果，也让周边大多数人跌破了眼镜。

因为条件所限，即使是在交往以后，康郁青也没有刻意制造过太多大手笔的浪漫场景，除了过年过节会约花裴看个电影吃个饭，大部分时间就是泡在图书馆里研读他的专业课题。等到毕业两年后，康郁青开始创立长青科技，他们之间连单独约会的时间也因工作繁忙而越发拮据。

当时的花裴才刚踏入社会没多久，正在一家世界500强快消品公司的市场部做一名普通小职员，一方面要努力赚钱共同负担两人最基本的家用，一方面还要随时切换成各种角色，去填补长青科技创业初期人手上的不足。

那段时间，她白天要面对世界一流企业的高强度工作，晚上下班后，就得马不停蹄地奔赴康郁青在某个城中村租下的充当办公室的农民房里帮忙，除了准备晚餐整理家务，很多时候还得筹备各种企划案。

长期的连轴转让花裳的精神和身体都处于过劳状态，外加饮食不规律，她在短短两个月里瘦了数十斤，整个人像是被风一吹就能倒。在她因为急性胃炎被送到医院后，康郁青停下了手里所有项目，特意去买了一枚小小的白金戒指，跪在病床边小心翼翼地给她戴上，抱着她哭了很久很久。

　　即使是在那样的时候，花裳也没有觉得这份恋情有多么不值，多么糟糕。

　　因为她坚信，当时光把所有的艰难磨砺成珍珠以后，这些都会是她和康郁青之间最值得珍藏的闪光记忆。

　　只是如今看来，这段恋情的糟糕结局，大概是从一开始就已经注定了。

　　"你怎么了？"看她神色微变，似乎是沉浸在了某段往事里，容眠伸手在她眼前晃了晃："如果是我刚才的玩笑勾起了你什么不太愉快的记忆……我道歉。"

　　"有什么好道歉的？"花裳并不习惯在一个比自己小上好几岁的异性面前暴露心事，于是赶紧若无其事地笑了笑，"我大学是在北京念的，你也知道北京除了清华、北大两所大学之外，其他学校校园面积都很小，建完教学楼和宿舍，最多只有一个操场能散散步。很少像南方的大学一样，有这么多绿植景观。外加北京的天气实在糟糕，能逛的地方有限，所以大学谈恋爱那阵，的确不像你们有这么好的待遇。"

　　"这样啊……"容眠眼睛眯了起来，一副若有所思的样子，"看你这么遗憾的样子……现在想要补偿一下吗？"

　　"怎么补偿？"花裳大笑，"你是机器猫吗？能掏个任意门出来，让时光倒流二十年？"

"说不定还真有。"容眠停住了脚步，声音放低了些，却带着不容置疑的味道，"伸手。"

"啊？"花裴愣了愣，本能地按照对方的要求，把手掌摊开，"干吗？"

容眠没说话，忽然间轻轻牵住了她的手。

花裴脑子里猛地一炸，只觉得牵着自己的那只手掌骨节分明，充满了强势温暖的力量。恍惚中，她试着将手掌轻微地向外抽了抽，却在对方随之加重的力道里，没有再挣扎。

感觉到她终于默许一般安静了下来，容眠重新迈开步子，拉着她的手慢慢向前走去。身畔的湖面上波光粼粼，不时有飞鸟展翅掠起。小径的两边是一棵棵高大的棕榈，成片的凉荫笼罩在头顶，夏日里带着暖意的风轻拂在脸上，一切都那么清爽而舒适。

不知什么时候，校园广播放起了一首十分应景的钢琴曲，花裴记得它的名字叫作《菊次郎的夏天》。容眠看上去似乎很喜欢这种清新活泼的曲调，面带笑意地聆听着，不时跟着轻声哼唱，阳光温煦的模样和平日全不相同。

没有人能拒绝他此刻散发出来的强大魅力，哪怕对方只是因为她贫乏失败的校园恋情而在同情性地给予"补偿"。

花裴被他愉悦的情绪感染，一直僵硬着的神经逐渐松弛下来。十几分钟后，随着路过的学生越来越多，容眠才慢慢松开了她因为紧张而有些汗湿的手，指了指眼前的体育馆："到了。"

矗立在他们眼前的是一栋颇为高大的建筑，四周站着不少意气风发的男孩女孩，一个个看上去满脸兴奋。花裴迅速收拾好心情，看着高挂在体育馆入口处的大幅宣传语，终于意识到了什么："这是……Robocup中国机器人大赛？"

"只是分赛区而已，不过也蛮多看点的。"

容眠仰着头，注视着眼前随风翻飞的刀旗："比起我们，现在的大学生有更好的条件接触到新的知识，所以常常会有一些让人瞩目的表现，我就想着带你过来看看。而且更重要的是……幻真给这次的参赛队伍提供了一些硬件支持，算是这次比赛的赞助商之一。"

"你这效率真不是盖的！"

花裴心悦诚服地给他点了个赞，她实在没想到这段时间幻真除了和Toy Town合作大力渗透玩具渠道之外，还速度飞快地和高校之间建立了合作关系，显然对教育渠道的拓展也在发力。

跟随着汹涌的人流，两人快步走进了体育馆。馆内虽然开着中央空调，但随着一阵阵热切的欢呼，气氛显然比室外还要热闹几分。花裴虽说早已听说过这个机器人领域最具影响力的赛事，但作为一个外行，对各个区域正进行得如火如荼的比赛除了觉得有趣之外，也看不出具体门道。

容眠看她满脸兴味盎然，不时探问着一些评判标准，干脆带她在场子里走了一圈，一边观看比赛一边悉心做着专业解说。

"Robocup最开始只有Soccer一个类别的比赛，后面慢慢扩展到了Rescue、Home、Work等多个类别。比赛形式也渐渐从纯软件算法更多地转移到硬件方面的比拼。很多人对机器人的认知，大概因为受到科幻电影的影响，觉得它应该是像Dream那样外观看上去和人类一样，但实际上，人形机器人只是其中的一个形态而已。很多时候机器人其实是没有所谓的腿或者四肢的，甚至从外形上看，你根本分辨不出它到底是个什么东西。但就是那些看上去奇形怪状的智能产物，能辅助人类解决掉很多问题。"

"这个我能理解。"容眠的解说深入浅出，理解起来并不复杂，花裴听了一阵只觉得津津有味，很是骄傲地表示，"毕竟我也是用过扫地机器人的人！"

话音未落，不远处的区域已经有人爆出了一阵欢呼，看上去是某场比赛在经历了长时间的比拼后终于决出了胜负。花裴赶紧凑身过去，抬眼朝人圈里看了看，好几台眼泛蓝光的人形机器人身穿球衣，站在一个类似迷你足球场的场地中央，手臂上下摆动着，像是正在骄傲地接受观众们的祝贺。

"这是Dream啊！"一堆形状诡异的机器人当中，骤然出现了熟悉的面孔，花裴不由得愈加兴奋起来，"是你们提供给参赛队伍的吗？"

"是啊。"容眠的口气里带上了几分骄傲，"做机器人是一件代价不小的事，尤其是在硬件搭建方面，更是需要大量的资金支持。相较起来，如果是纯软件算法的比拼，资金方面的压力就会小很多。所以肖凌在他一直运营的那个机器人爱好者的社群里，找了几支今天准备参赛的队伍，综合评估之后我们帮忙提供了硬件支持，而他们只需要在算法方面有所发挥就好。"眼看花裴满脸惊叹的模样，他轻笑了一下继续补充，"你别看肖凌在做品牌市场方面挺没章法的，在用户运营方面他可是大牛。早些年天天混迹在智能机器人的相关论坛里，账号都是元老级的。幻真最早的一批种子用户，也大多出自他那里……"

"不是……我不是想说这个。"花裴深深吸了一口气，"容眠，我是觉得你们在做的事真的挺了不起。对普通人而言，接触机器人是一个门槛特别高的事，就像你说的，大部分人对它们的了解都来自于科幻电影。可是幻真制造出了Dream，让很多门槛之外的

108

爱好者能够亲自触碰和感受它，甚至连我这样的菜鸟，也能用最傻瓜的方式让它按照自己的想法动起来……"

"但这其实只是一个开始。"容眠在她的注视下，脸上的笑意收敛了起来，表情变得认真而坚定，"现在我们出品的机器人功能相对还比较简单，但未来它会成为一个开放的平台载体，把所有的机器人爱好者聚集一起，实现真正的智能化，并创造出更多的奇迹。"他上前一步站在花裴身前，眼睛里带上了热烈的期许，"花裴，如果有一天Dream真的登上了世界舞台，到了那个时候，你愿意和我一起去瞧瞧吗？"

花裴抬起了头。

眼前的青年看上去是那么诚恳，又那么坚定，向来冷冽的眉目因为热切的期待而染上了炙热的光彩，浑身洋溢着势不可挡的决心和自信。

他还那么年轻，未来还有太多的可能性等着他去发掘，去实现。

而自己面对这样一个青年，面对这样热情的期盼和邀请，又有什么理由拒绝呢？

"好啊！"

她毫不犹豫地点了点头，目光和对方胶着在了一起："承蒙邀约，倍感荣幸。"

到了下午6点，比赛逐渐进入了尾声。散场之前主办方里有人发现了容眠亲临现场，很是热情地拉着他聊了一阵。花裴不便参与他们之间对未来合作的种种探讨，很是自觉地等在了一边。

场馆内的空气有些闷热，散场的人流拥挤而嘈杂，花裴在角落站了一阵，只觉得心跳频次有些紊乱，情绪莫名地烦躁起来。正准备和容眠打个招呼先出场馆透透气，口袋里的手机铃声却先一步响了起来。

来电显示上闪烁着"顾隽"两个字，通常意味着接下来的通话内容不是八卦闲聊，就是对方心血来潮变着法地来探究她和徐朗之间的感情进展。花裴接通电话刚"喂"了一声，电话那头已经传来一阵哭腔："姐，你在哪儿啊？方不方便现在来一趟和悦敬老院？"

"爷爷他怎么了？"花裴的脸"唰"一下白了。

"刚才我接到护工那边的电话，说外公他从晚饭那阵开始就不太对劲了。具体情况现在还不清楚，不过我爸妈和舅舅舅妈那边，我都已经联系过了，现在他们正在赶过去的路上……"

"行！那你先开车，我现在就过去，具体情况到了那边再说！"

花裴挂了电话，刚好容眠已经结束谈话走了过来，看她脸色发白神色慌乱的模样，赶紧一把扶住她："你怎么了？哪里不舒服？"

"容眠，不好意思，我得先走一步。"她努力控制自己的失态，匆忙解释着，"顾隽刚才给我打来电话，说我爷爷那边好像出了点事……"

"你别着急，我送你过去。"

"不用麻烦了，我自己打车就好。"

"你就别客气了。"容眠迅速打断了她的话，拉着她快步跑了起来，"活动刚散场，打车的人会很多，我开车送你速度会快一点。"

从S大到和悦敬老院要横跨两个区，眼下刚好赶上下班高峰，一路上车流都如蜗牛般在缓缓爬行。花裴坐在副驾驶位，紧盯着眼前一个接一个没完没了的红灯，嘴唇咬得紧紧的，只恨自己没法生出一双翅膀。容眠看她神色焦灼也不多说话，只是偶尔轻拍她发凉的手，像是在用这样的方式给予她无声的安慰和鼓励。

等车子开至目的地，已经是一个小时以后，天色完全暗了下来，熟悉的大楼立在灰蒙蒙的夜色里，看上去毫无生气。

花裴满心焦虑，甚至等不及容眠把车子开进停车场，刚进了敬老院大门就拧开车门跳下了车。容眠看她慌乱中连包和手机都忘了拿，赶紧把车停好，抓起她遗落在座位上的东西追了过去。

花裴赶至那间她熟悉的房间时，花建岳的床前已经站满了人。除了顾隽外，大人们的脸上也是神情凝重。听到她进门的声音，人群中有人沉着脸正准备发话，却被站在身旁的女人扯了扯袖子，最终还是没吭声。

花裴没料到会在这种场面下和自家父母撞见，一时间有些尴尬，毕竟从当初她舍下众人羡慕的世界500强企业的工作，执意跟着康郁青创业起，花柏川和顾婷就一直怨念颇深。在她最终决定赌上一把，以破釜沉舟的气势跟着康郁青奔赴美国时，花柏川更是拍着桌子愤怒表示过："要么你跟他走，要么你永远别回这个家！"

花裴知道自家父母从来都看不上康郁青，尤其是花柏川，总觉得自己女儿找了一个年纪小她半岁，家境又贫寒的男朋友是件特别不靠谱的事。创业期间她那次因为操劳过度而被急救车送进医院的特殊事故，曾惹得他大发雷霆。所以在美国的那几年，即使再苦再累，花裴只敢偷偷和母亲打几个报喜不报忧的电话，反复强调自己一切顺利，康郁青对她很好。

顾婷心疼女儿，又熟知丈夫的倔脾气，眼看这对父女始终较着劲，谁也不肯先低头，在中间煞费苦心地调节了好一阵。好不容易花柏川因为花裴的坚持态度而逐渐软化，甚至勉强透露出了等他们回国以后，大家坐在一起吃个饭商量商量婚期的意思，结果没过多久，就从顾隽那里听到了两人分手的消息。

又是失望又是痛心的花柏川为此大病一场，一肚子的愤怒不知道该撒在谁身上。花裴心灰意冷之下自觉愧对父母，所以除了回国那天在顾隽的陪同下进家打了个招呼之外，就赶紧逃也似的迅速在外面租了套房子——一方面是不愿面对父亲那恨铁不成钢的表情，一方面是防止母亲不断探问她和康郁青分手的原因。

被人抛弃已经够可耻了。

如果还要因此和昔日的规劝者站在一起，痛心疾首地反省自己当年的选择是多么幼稚，付出是多么不值，那才是让人更加难以承受的悲剧。

只是此情此景，她顾不上父母对自己落跑回国以后依旧逃避在外的行为究竟藏着多少怨念，在顾隽带着哽咽的招呼声中，快步走到了爷爷的床前。

床上的老人皱着核桃般的一张脸，眼皮微微抽搐，喉咙里偶尔发出"呵呵"的闷响，一眼看过去不知道究竟是在昏睡还是醒着。

"爷爷他……怎么会忽然变成这样？"

"听许哥说，外公今天吃了晚饭以后大概是想起来走走，结果还没走到门口就摔倒了。当时许哥正在走廊上打扫卫生，听到动静立马赶过来了，随后叫了医生。医生看过之后，说外公现在的状况主要是脑萎缩导致，他们会尽早出治疗方案，但是……"

顾隽说到这里，嗓子紧了紧，没再吭声。

但是花裴很清楚，眼前老人面对的，是因为衰老而无可解决的问题。

似乎是被周遭的说话声惊扰，原本意识混沌、满脸浑噩的老人在重重咳了两声以后，有些艰难地睁开了眼睛。顾隽看他目光游移，似乎在找什么，赶紧上前几步紧抓住他的手："外公，你醒了？"

花建岳混沌的目光在他身上停留了好一阵，慢慢咧了个笑容出来："你是……隽隽吧？都长这么大了啊？"

他这迷迷糊糊、识人不清的状态已经持续了大半年，顾隽已经很久没有听他叫过自己的名字，眼下这突如其来的亲昵呼唤犹如回光返照，温暖中却又带着让人惶恐不安的不祥预兆。

顾隽内心大恸，却又不敢哭出声，于是只能更加用力地抓着他的手，拼命点头："是啊，外公，我是顾隽。我爸我妈，舅舅舅妈，还有花裴姐，大家都在呢。"

青年的促声提示让花建岳意识到了什么，他的目光落得更远了些，嘴里念念有词地轻声确认着每一个人的名字。最后，当他把目光定格在房门方向时，神色变得有些疑惑："那边那个……又是谁啊？怎么不过来？"

众人顺着他的目光把头拧了过去。

房间大门的地方，身材挺拔的英俊青年拿着一个女士挎包和一部手机，神色安静地站在那里。

"请问你是……"

花柏川毕竟是长子，面对突如其来的外来者，虽然有些诧异，但依旧很是客气地问了一句。

"爸……他是我的朋友，刚才是他送我过来的。"

花裴赶紧迎了过去，简单的介绍后冲容眠满是歉意地点了点头："实在不好意思，我刚才太着急了，没顾得上和你打个招呼。"

"没关系。"

容眠把手里的东西递了过去，抬眼看了看病床的方向，轻声问："有什么需要我帮忙的吗？"

花裴还来不及说话，带着咳喘的询问声已经再次响了起来："裴裴啊，是小康来了吗？怎么一直站在那里，也不进来和爷爷说说话呀？"

这一声低低的呼唤，让在场的人神情都变得有些尴尬。

当年花裴和康郁青谈恋爱时遭遇了长辈们的齐齐反对，唯一一个站在他们这边表示支持的人，却是花建岳。按照老爷子的评价，康郁青虽然沉默寡言不爱说话，年岁也比花裴要小一些，但性格坚韧、处事稳重，属于只要有机会，就能豁出一切成就大事的那种人。

虽说康郁青在花家遭遇数次冷遇后，出于自尊，已鲜少再和他们往来，但他感恩于花建岳的认可和赏识，每逢过年过节，总会拎着点礼品去老爷子家里坐坐，陪他聊聊时政、下下棋什么的。

就在他和花裴决定远走美国之前，花建岳还特地请他们吃了个饭，席间频频嘱托他一定要把花裴照顾好。只是数年之后，老爷子当年对康郁青的性格和事业上的判断应验了，万万没料到的是，自己的亲孙女却最终成了被他断然舍弃掉的那个人。

"你爷爷……是在和我说话吗？"

容眠似乎没听懂对方究竟在说些什么，颇为疑惑地看了看花裴。花裴神色大窘，此情此景，她既无法解释这其中的关系，又不好意思立刻把人赶走。就这一会儿工夫，花建岳已经撑起身子朝他们招了招手："小康……别一直站在那儿，来，赶紧进来坐。"

容眠这下算是听明白了，虽然不知道对方口中的"小康"是何许人也，却依旧很配合地走到了床前。花建岳看到他像是颇为欢喜，目光在他和花裴身上转了两圈之后，颤巍巍地抓住了他的手："小康啊，你怎么好久都没来看我啦？还有……你和裴裴在一起这么久了，准备什么时候结婚啊？"

话问到这个份儿上，不仅花裴倍感难堪，连顾隽也坐不住了，赶紧凑身上前，试图打断老爷子喋喋不休的追问。

容眠显然已经从周边人慌乱的反应中，感受到了此刻病房里尴尬又窘迫的气氛。在一阵短暂的惊愕之后，他的神色迅速平静了下来，对着花建岳满是期盼的目光，轻声开口："爷爷，这事您别操心……等您身体好些了，帮我们挑个日子就行。"

"好啊……"

花建岳笑呵呵地看着他，像是对这样的回答很是满意："小康啊，裴裴跟了你这么久，吃了不少苦头。虽说之前她多妈对你有些成见，但我知道裴裴，她心眼实，喜欢上了一个人就九头牛也拉不回来。现在你们既然决定要结婚了，以后你要对她好一点。事业可以慢慢干，但家庭是一辈子的事……"

在老人家的谆谆叮嘱中，花裴只觉得耳朵里一片嗡嗡作响。在巨大的羞耻和难堪之外，她第一次真切地意识到，这个平日里很少和她聊及个人感情，看上去总是有些严肃的长辈，心中却始终操心着她的感情和婚姻。

可是眼下，这饱含期待的殷殷嘱托，也因为她失败的恋情而变成了一个笑话。

她甚至不敢抬眼去面对老人眼中的渴望与期许。

　　"花裴?"

　　隐约中，她感觉自己颤抖发凉的手被人轻轻握住，在老人带笑的注视下，容眠一直牢牢地牵着她的手，不停地应声点头。直到许久后他们之间的闲聊结束，容眠缓步走到了门口，才慢慢松开了紧扣着的手指，低声交代着："既然你们家里人都在，我就先走了。如果你有什么需要帮忙的，随时联系我。"

　　他说完话，十分礼貌地朝在场的长辈们点了点头，安静地退出了房间。花裴站在原地愣了片刻，顾不上父母一脸探究之色，赶紧小跑着追了出去："容眠，你等等!"

　　"嗯?怎么了?"容眠刚走到电梯口，听见她的呼唤声很快回头，"有什么需要我做的吗?"

　　"不，不是……"虽然并不想再回忆几分钟前那让人尴尬的场面，但花裴觉得在闹了这么个大乌龙后，自己还是有必要向对方解释一下，"我之前有一个男朋友……"

　　"我知道。"

　　"你知道?"

　　记忆中他们之间从未聊起过关于个人感情的部分，因此这个答案显然不符合花裴的预想："你怎么会知道?"

　　"这不奇怪啊。"容眠微微笑着，"你这么漂亮又优秀的女孩，之前怎么可能没有男朋友。"

　　对方不着重点地回答，显然是不准备对她那段不堪回首的感情史加以探究。花裴感激他体贴的同时，也不由得深深松了一口气："行，那我也不多说了。只是无论如何，我都得和你说声抱歉，刚才……实在是不好意思。"

"为什么要抱歉？"容眠的眉头拧了起来，黑色的眼眸上有琥珀色的光晕在流动，"花裴，我刚才没有应付你爷爷的意思。虽然这些话现在来说不太合适，但只要你愿意……以后我会好好照顾你的。"

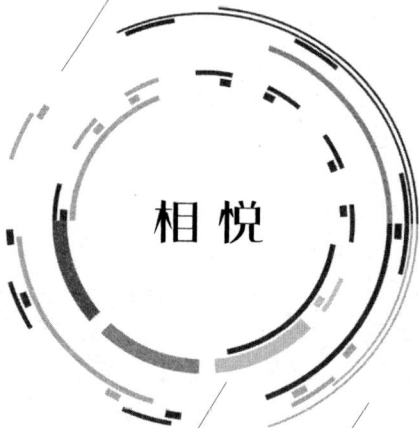

相 悦

花建岳这次短暂的回光返照并没有持续太久，那天夜里，在经历了和家人间的最后一次简单交流后，他就此昏睡了过去，直至三天后咽下最后一口气，也没能再醒过来。

　　老人家这一走，家人自然有很多后事要忙着操办。花家属于S城改革开放后的"移民"家庭，虽说花裴从小就在这座城市长大，但除了顾隽一家外，大多数亲戚都在外省。而花、顾两家的长辈都已经是六十岁往上的人了，悲痛中光是通知老家亲友、置办灵堂等，就已然让他们心力交瘁。

　　顾隽第一次经历亲人间的生离死别，一时间更是失了主心骨，除了跟在长辈们的身后做些力所能及的事情外，也不知道该如何主持操办丧葬大礼中那些复杂烦琐的事务。一派兵荒马乱之中，花裴只能咬牙顶上，成了操持花建岳身后事的主要话事人。

　　按照花家老一辈的规矩，老人过世后灵堂要在殡仪馆里摆足七天，各路亲友一一到场哀悼之后，遗体才会进行火化。摆设灵堂的七天里，则是无论昼夜都需要有人在现场留守，用以悼念死者，抒发缅怀之情。

　　S城的殡仪馆位于城郊，因为其特殊属性，周边颇为清冷，眼下虽已入夏，但夜间的空气依然有些凉薄，混着湿漉漉的水汽，黏稠得让人心情烦躁。花裘和顾隽心疼父母，坚决制止了他们的守夜行为，两个人在进行了简单分工后，决定轮番换岗值守。

　　灵堂摆出来的第一天，收到消息的外地亲友便已经搭乘各种交通工具陆续赶至，花裘一边忙着叩头还礼，一边忍着情绪安抚长辈，还要帮着安顿他们住宿休整的酒店，整整一天忙下来，连水都没顾上喝一口。等到黄昏时分人流渐少，她刚坐下喘了口气，灵堂的入口处，几张意料之外的面孔忽然出现在了眼前。

　　"你们怎么来了？"

　　花裘见到来人赫然一惊，赶紧想要招呼一下，刚一起身就觉得小腿一软，居然有些狼狈地跌坐了回去。

　　"你就别起来了！"

　　肖凌赶紧上前把她扶稳，继而轻声解释着："容眠下午去了一趟和悦敬老院，买了点东西说去看看你爷爷，可是没想到……刚好医院里的护工知道你们在这里办后事，大家收到消息就赶紧过来了。你说你，出了这么大的事怎么也不通知一声，我们几个多少能帮点忙不是？"

　　"我不是知道你们现在正忙着吗？而且……我能应付的。"

　　花裘嘴里接着话，眼睛却不由自主地偷瞥向了站在一旁的容眠。

按道理说，她刚回国没多久，昔日的朋友早已因她出国这几年久不见面而关系淡薄，如今在S城里，没有几个可以开口求助的同龄人，遇到这种大事，多少应该通知幻真科技的这些朋友一声。可是几天前在和悦敬老院里，容眠的告白来得如此突兀，即使之前她对对方不时流露的暧昧情愫已经隐隐有所预感，但真的听在了耳里，还是有些不知所措。

　　鉴于当时情况特殊，容眠并没有着急要答案，而是在她略显慌乱的反应下，很快默不作声地下了电梯。接下来的日子里，对方除了偶尔在朋友圈随手点赞之外，也没有主动给她打过电话或者发过微信，像是给她留足了时间对自己的告白加以考虑。

　　眼下，他忽然在这样的场合下骤然出现，花裳心中百感交集。

　　容眠远远地站在一旁，身上只穿了一件很简单的黑色衬衫，袖口挽至肘部，额头微微带汗，看样子像是得知消息和众人会合后，就马不停蹄地赶了过来，甚至来不及换上一套正装。像是觉察到了花裳有些复杂的眼神，他犹豫了一下终于缓步走了过来，把手里拿着的几个饭盒塞在她手里，温言开口："你先吃点东西，我和他们几个进去祭拜一下，然后再看看有什么能帮得上忙的地方，一起处理一下。"

　　花裳的确是累了，想着接下来还有整整一个通宵要熬，不再和他客气，打开饭盒逼着自己勉强吃了两口。一行人进入灵堂鞠躬祭拜后，不等花裳再开口，已经很是默契地围在一起，开始商量如何帮忙。

　　这一群人当中江宸毕竟年纪大一些，之前帮忙操办过家人的丧事，眼看灵堂中因为白日里的人来人往留下了一片狼藉，香烛纸钱即将耗尽，用来招呼亲友的茶点水果也所剩无几，赶紧联系了殡仪馆的工作人员把相关东西备齐，又安排了陈然开车出去采购了一些必要物品，自己则伙同容眠、肖凌，一起把里外的卫生打扫收拾了一下。等到一切就绪，差不多也到了晚上10点，花裴中间数度试图阻止无果，眼看他们终于忙完，赶紧一个劲地催着他们回去。

几个人眼看时间的确不早了，一边劝慰着，一边和她道了个别。花裴把人送到停车场后回了灵堂，正坐在椅子上，神思恍惚地看着内堂的蜡烛发愣，落在地上的灯影晃了晃，居然有人又走了回来。

"你……是有什么东西忘了拿吗？"

"嗯……"

容眠随口"哼"了一声，像是根本没在意她到底问些什么，却很快递了个枕头毯在她手里："刚才去车里翻了一下，还好备着这个。虽然比较薄，但勉强还能挡挡风，你想睡的时候可以用。"

"谢谢啊。"

花裴伸手接住，低头看了看。毯子收成枕头以后是一只神态蠢萌的狸猫模样，抱在手里感觉十分柔软，这种久违的舒适，让她从听闻爷爷死亡消息那一刻就绞痛到疲惫的心，跟着安静了些。

容眠左右看了看，拿起桌上的水壶烧了点开水把茶泡上，发现没有什么事需要继续忙活后，找了张椅子坐了下来，怎么看都是一副准备打长久战的架势。

"你怎么还不走？"

"大半夜的，你一个人守在这儿，我怎么走？"

花裴被他理所当然的表情噎了一下，赶紧解释："这个你别担心，顾隽他们刚才就是帮忙把家里的亲戚们送回去，晚一点还会回来的。幻真的交货期就是这几天了，还有一堆事要忙，你赶紧回去，我这儿没什么事。"

"那等他们回来了再说。"

容眠看上去并不想听她的唠叨："公司那边的事有肖凌他们几个顶着，能应付得来，我已经和他们说了这几天请假不去公司。"

对方这口气听上去毫无商量的余地，花裴没什么力气和他再起争执，紧了紧手里的抱枕，垂着眼睛不再吭声了。

入夜后的殡仪馆显得格外萧瑟，呼呼作响的风声里，偶尔会传来几声撕心裂肺的哭叫，在黑漆漆的夜色里听起来有些瘆人。

生老病死原本都是人生常态，花建岳年近九十岁才驾鹤西去，临终前也没有受太多苦，比起许多饱受病痛折磨，或是因儿孙不孝而郁郁而终的归灵者，其实已经算得上是幸运。

但对花裴而言，她从没有一刻像眼下这般，深刻体会到离别带来的惆怅和悲苦。

她发了一会儿呆，从口袋里摸出手机，一张张翻看着相册里她和爷爷曾经的合影。照片里的老人笑呵呵的，虽然面对新时代的自拍软件总有几分不自在的别扭，但还是努力配合着花裴，摆出各种搞怪的姿势。

可是这样的慈爱和亲密，随着他此刻的长眠，彻底从她的生命中消失了。

"你和你爷爷，关系很亲近吧？"

不知什么时候，容眠坐到了她身边，抬眼看了看手机上的照片，随即握住她有些微微发颤的手。

"长大了还不错，虽然我小时候没少挨他老人家的揍。"花裴轻轻地笑着，声音听起来有些恍惚，"去年差不多也是这个时候，爷爷身体和精神状态都还挺好的，家里人就准备给他过一次隆重一点的生日，顾隽还专门给我打了电话，问我回不回来。可那个时候公司在准备上市，忙得不可开交，我就让顾隽帮我包了个红包送过去，心想着等公司那边的事告一段落了，我再请个长假回来好好陪陪他老人家。可是等我真的回来了，他老人家已经不怎么能认出我了……

"在国外的那几年我一直很忙，为了公司，为了事业，一刻也不敢停下来。想到家人的时候，就觉得等有时间吧，还有时间的……可实际上，事情并不是你想象的那样，很多时候错过了就是错过了，再也没有机会回头……"

她说到这里，声音带上了抑制不住的哽咽。为了防止眼泪再次决堤，她轻声咳了咳，主动换了个话题："你呢？你和你爷爷关系怎么样？像你这样的小孩，一定从小就很受宠吧。"

容眠沉默了一会儿："我没有见过我爷爷。"

"不好意思，我没想到……"

"不用道歉，不是你想的那样。"

容眠冲她笑了笑，轻声解释着："我没有见过我爷爷，也没有见过我爸，他们可能还健康地活在这个世界上，但那又怎么样？大家永远都不会有机会见面了。"

这个回答里潜藏着关于容眠身世的隐私，花裳不便开口探问，于是只是加重了手里的力量，用力地回握过去。

"我爸妈认识的时候都很年轻，除了互相喜欢之外，根本没有做好组建家庭承担责任的准备。他们谈恋爱没多久，我妈就怀了我，可是我爸他们家压根没考虑过要接受我妈这个儿媳妇。过了没多久，我爸他们那边就全体移民出国了，走的时候招呼都没和我妈打一个。那时候我妈比我现在还小，未婚先孕，处处遭人白眼，最后打胎失败，勉强把我生了下来，后面的生活吃了不少苦头，而且因为带着我这么个拖油瓶，一直都没能结婚……所以裴裴，那天在医院看到你们一大家子人，还有你爷爷，我其实挺羡慕你的。虽然现在他不在了，但毕竟你知道，他自始至终都牵挂着你。"

"对不起啊……"

花裴没料到容眠会在这样的情形下，向她吐露自己家庭生活中最难堪的部分，一时间只觉得心下酸楚："那……你长大以后，就一直没想过要联系一下你爸爸那边吗？"

"之前有过吧，小的时候不懂事，意识到自己和别的小朋友不一样，身边没有爸爸这个角色之后，老缠着我妈哭闹。后来长大了，体会到了她的难处，反而放下了。既然他们放弃了我们母子，我也就没有再加纠缠的必要。只是……我妈就我这么一个儿子，又遭遇了这么一段艰难的人生，所以对我抱了很大的期待，只可惜……我终究还是让她失望了。"

"怎么会……"花裴认真地看着他，"你这么优秀又能干，一定是你妈最大的骄傲。"

"希望是吧。"

容眠笑了笑，眼看聊天间，她的情绪终于稳定下来，于是伸手拿过热水让她喝了两口，紧接着把毯子铺开盖在她的肩膀上："现在也没什么事了，你靠着我先睡会儿，毕竟接下去还有好几天要忙。"

反正自己最狼狈最糟糕的样子，之前已经被对方看过了，眼下没有什么再掩饰的必要，花裴略加犹豫之后，顺从地盖着毯子，头靠着他的肩膀闭上了眼睛。

这一夜因为纷扰的心情，她陆陆续续地惊醒过好几次，可每次只要身体稍稍挪动，容眠就会立刻抛开模模糊糊的睡意，迅速握紧她的手，低声询问着是不是有什么需要，直到她摇头重新闭上眼，他才会收起满脸紧张的神情。

待到天色初初泛白时，花裴彻底从梦中醒来，却发现自己不知道什么时候，已经整个人蜷缩在了对方怀里。这一次，容眠的双手紧紧抱着她，却像因太过疲惫没有醒来。即使在熟睡中，他的脊背依旧挺得直直的，像是希望怀里的人能够靠得舒服一点。

花裴抬起眼睛，在这张年轻又英俊的脸庞上静静地注视了很久。

这一刻，她的内心深处像是有什么柔软的情绪，随着对方微微颤抖的浓密睫毛在悄然滋生。

那种感觉因为康郁青的离开，已经在她生命中消失了很久。

可如今，这个有力又坚定的怀抱，让她感受到了久违的温暖和安宁。

过了七天的守灵期，在与家人经历了最后一次简短的告别仪式后，花建岳的遗体被送入了火葬场，一直疲于奔命处理后事的花、顾两家，也终于进入了休整期。

不眠不休地忙碌了好几天，顾隽整个人看上去憔悴了不少，一向干干净净的脸上攒起了青青的一圈胡楂。所幸他那个平日里总是害羞不肯登门的小女友邬倩倩，关键时期不再避嫌，跟着跑前跑后忙了好一阵，多少给悲痛中的顾隽带来了一些慰藉。

除了邬倩倩之外，另一个让花、顾两家长辈侧目的对象，却是容眠。

按照花裴含糊不清的介绍，他的身份只是"回国以后认识的一位朋友"。可整个丧礼期间，这位"朋友"陪在花裴身边不离不弃各种奔忙的模样，实在让人不得不对他们之间的关系心生怀疑。

　　有了康郁青这个前车之鉴，花柏川对这种年纪尚轻，看上去还有大把时光可供挥霍，并不像是要安下心来过日子的小青年，自然并无好感。而顾婷作为女人，则觉得容眠这种凭颜值足以进娱乐圈发展的男孩子，就算自己没什么花花肠子，身边的诱惑只怕也是无止无休。

　　做爹妈的私下里交换了一下意见，都觉得如果这就是女儿归国后新发展的恋爱对象，那只怕是极其不靠谱。二老正寻思着该怎么找个机会对花裴加以规劝，在守灵第一天夜里返程时，亲眼见到这两人姿态亲密、相拥而眠的顾隽，却出人意料地先一步介入了其中。

　　那天是花建岳离世后的第二个星期五，花裴的精神状态已经略有恢复，于是下午抽空出门，采购了一些香烛纸钱之类的东西准备给老人家过三七。东西买完刚找了个咖啡馆坐下休息，还没来得及点单，手机里忽然传来了肖凌的微信："小姐姐，你最近在干吗呀？没出什么事吧？"

　　肖凌向来喜欢一惊一乍，花裴没太在意："没出什么事啊，我挺好的。你怎么这么问？"

　　肖凌瞬间秒回："那你表弟怎么黑着一张脸，忽然跑来找容眠？我还以为你出什么事了呢。"

　　啊？

　　这个情报倒是出乎花裴意料，于是她赶紧把电话拨了过去。肖凌想来也是一头雾水，语速飞快地给她做前情摘要："下午我和容眠去了一趟工厂检查大货，快到公司的时候他接了个电话，就把车子绕到公司附近的一家茶馆，先一步下了车。茶馆门口有人在那儿等他，看样子应该就是你表弟。不过脸色看着挺臭的，我在车里主动和他打了个招呼，他也没理，所以才来问问你……"

给花建岳守灵的那几天，幻真的这群人朝殡仪馆前后跑了好几趟，和顾隽也算简单打过招呼，混了个脸熟。但灵堂毕竟不是社交场合，彼此之间没有深聊过。按照花裴对自己小表弟的了解，实在想不到他有什么事会不和自己打个招呼，就直接跑去找容眠。她越想越觉得不对劲，打了两个电话给顾隽也没人接，干脆找肖凌要了那家茶馆的地址，打了辆车直奔智创孵化园。

车子到达目的地时，依旧还是上班时间，茶馆的大堂里零零星星坐了几桌人。花裴看了一圈也没发现目标，赶紧拉着服务生问了一下，才得知两个人原本在大堂里坐着，后来像是因为起了些争执，怕说话声音过大影响到其他客人，刚刚已经换去了露台上外摆的位置。

顾隽虽说从小被娇宠，有些小小的王子病，但脾气向来温和，容眠在不相熟的人面前淡漠疏离，更不是容易和人起冲突的性格。就这么两个连熟人都算不上的家伙居然能起争执，花裴不由得越发诧异。

在服务生的指示下，她放轻脚步走向露台，刚把落地玻璃门拉开了一半，右前方那张巨大的遮阳伞下，已经传来了顾隽略显急躁的声音。

"容眠，我这次过来不是找你吵架，我只是想告诉你，我姐那人心眼实，虽然活了快三十年，但感情上还是单纯得很。大家都是同龄人，你处在创业期需要人帮忙我能理解，但是你是什么人自己心里清楚，能不能离我姐远点，别玩弄她的感情？"

容眠站在遮阳伞的阴影里，比起神情激动的顾隽，他整个人看上去要从容得多，就连回应的语调也是不疾不徐："我是什么人？听上去你似乎很了解我？"

顾隽被他带着不屑意味的回答噎得脸色青了好一阵，一直忍耐着的态度随之激烈了起来："你是什么人我不清楚，但别以为身边就没人知道。"

在容眠略带疑惑的眼神里，他狠狠地咬着牙："我实话告诉你，我女朋友也是X大毕业的，就比你小两届。之前在我外公的灵堂上她一眼就认出你了，你在学校里的那些事……她都和我说了！"

"噢？是吗？"

容眠一直波澜不惊的脸上迅速挂上了一层阴霾，神色看上去格外冷冽："X大的学妹我见过不少，倒是很少遇见这种见到学长不光明正大打招呼，反而偷偷摸摸在背后嚼舌根的。"

"你！"

顾隽原本不想撕破脸，因为顾及花装的面子，说话留着几分情面，此刻被他冷冷一击，当即跳了起来："有你这种学长又不是什么光荣的事，见面了躲都躲不及，谁愿意上去打招呼？再说了，为了个女人争风吃醋，打架闹得全校皆知，哪件事不是你自己做过的，我女朋友还冤枉了你不成？把人肚子搞大了也不负责任，说跑就跑，动作倒是挺快的。现在摇身一变顶着个CEO的旗号，在我姐面前装情圣纠缠不休，你不就仗着自己脸长得好看吗？之前的黑历史就当不存在了？作为一个男人你能要点脸吗？"

"顾隽！"

一触即发的紧张气氛中，花裴快步走上前去，厉声喝止了顾隽口不择言的激烈叫嚣。容眠原本已经冷着一张脸把拳头捏得"咔咔"作响，似乎就要动手，见她忽然出现，迅速侧过身去，狠狠咬着牙把头扭向了一边。

"姐……你怎么来了？"

顾隽没想到她会忽然出现，立马消停了下来。

"你说我怎么来了？"花裴没好气地瞪了他一眼，"你现在还真是长本事了，都开始帮我出头了？"

"姐，我不是那个意思……"

"行了。"花裴如今没空收拾他，神色严厉地朝出口方向挑了挑下巴，"你自己先回去，晚点我再找你算账。"

"那你呢？你不走吗？"

花裴沉着脸不说话，没有要搭理他的意思。顾隽难得被她这么冷脸对待，知道自己冲动之下这番口不择言的申讨，大概真的是惹恼了她，于是不敢再多问什么，最终犹犹豫豫地慢慢退了出去。

空气终于安静了下来。

花裴轻轻叹了口气，眼看容眠始终背对着自己，挺拔的脊背微微颤抖着，显然在极力压抑着满心的激动和愤怒，干脆上前几步绕到他身前："不好意思啊，顾隽他不懂事，说话做事都不过脑子，我这个做姐姐的替他给你道歉。"

"你……不用道歉。"容眠在她的注视下，终于把眼睛抬了起来，"他其实没说错什么。这些事……迟早要告诉你的。"

"嗯？"

花裴极少见到他浑身僵硬满是窘迫的模样，轻轻歪了歪头，努力让气氛变得轻松些："既然你有话想说，那我听着就是。"

"你之前不是问过我，是哪里毕业的吗？那个时候，我告诉你我和肖凌是X大的校友……"容眠自嘲似的笑了笑，"事实上，我的确是在X大念了四年书，和肖凌也做了四年同学，但是在大学毕业前的最后那段时间，我因为和人打架被拘留了三个月，留下了案底……所以最后其实没有拿到毕业证……"

"原来如此。"花裴略微想了想，神色不变，声音却放得更轻了些，"能告诉我为什么和人打架吗？"眼看容眠的表情变得有些扭曲，她赶紧补充说明，"没关系，我只是随口问问，如果不想说也没问题。"

"其实没什么不能说的……"青年的喉结上下滚动了好一阵，才略带嘶哑地重新开口，"因为我当时的女朋友遇到了一点麻烦，我不想看她被人欺负，冲动之下就动了手。"

"那后来呢？出了这么大的事，她没有帮你和校方解释一下缘由吗？"

"没有什么好解释的，人的确是我打伤的，这是改变不了的事实……而且从我进看守所开始，我们之间就没有再联系了。"

"这样啊……"

花裴没想到一脸高冷，看上去什么时候都文质彬彬的青年，居然还有这么一段与人逞凶斗狠的过往。眼看他说完之后有些忐忑，像是等着被发落，她忍不住笑了笑："听起来你还挺厉害的嘛！搞得跟热血漫画似的。当时具体是怎么个场景，一对一单挑还是多对多群殴？"

这种细节好像并不是问题的关键所在，花裴语速飞快地问完了这几句，自己也觉得不妥，赶紧抱歉似的解释："对不起啊，我没别的意思，就是小时候漫画看多了，总是会忍不住脑补自己遇到危难的时候，能遇到一个英雄大杀四方救我于水火，然后开着摩托车在雨夜里狂奔什么的……"

容眠的眉目在这一通胡言乱语的逗趣下终于舒展开来。她干脆指了指旁边的椅子示意大家坐下，才继续开口："既然你都这么坦诚了，我也和你解释解释今天的事。我大学的时候交过一个男朋友，在一起相处了很多年。本来我家里的亲戚，包括我自己都觉得一定会嫁给他，结果……前几个月我们分手了。因为他比我小上半岁，家里人其实一开始都不太看好，顾隽大概就是因为这个，才变得惊弓之鸟似的对你出言不逊……"

"你说的那个男朋友，是长青科技的康郁青吗？"

"嗯？"虽然是在用近乎调侃的口气诉说这段往事，但康郁青这个名字忽然从容眠口中冒出来，还是让她吃了一惊，"你怎么会知道？顾隽他和你说的？"

"他没说，不过不难猜。上次你在我家，听到他们聊起长青科技的时候忽然失态，我就隐约感觉到了什么。后来在敬老院那次，你爷爷一口一个小康的，我就差不多能确认了。"

"脑子挺好使啊！不愧是搞尖端科技的。"花裴故作轻松地伸手拍了拍他的肩膀，"不过这些都是过去的事了，他现在差不多该结婚了，而我呢……也不会再想这些有的没的了。毕竟人都是要向前看的嘛。所以呢，你也一样，过去的事情就别再纠结了，谁年轻的时候没有一些糟心的经历呢？拿不拿毕业证其实不重要，至少你现在有了幻真。"

这样推己及人的安慰方式充满着诚挚的力量，容眠低头想了一会儿，握住她的手："裴裴，我还有一件事想要问问你。"

"嗯？什么事？"

"之前你爷爷拜托我的那件事。你……愿意给我机会，让我照顾你吗？"

花裴咬着嘴唇坐在那里，被对方紧握着的手心里都是密密的汗水，整个身体烫得几乎快要烧起来。

他们认识的时间并不太长，彼此之间应该再多些了解；幻真科技刚刚才冲过生死线，谁都不知道明天能否继续存活；而且她已经快要三十岁了，按照世俗的规则，大概应该老老实实地找一个收入稳定、性格稳重的对象以结婚为前提交往……

但对着眼前这么年轻英俊又满是认真的一张脸，这些原因似乎都不足以成为她理直气壮表示拒绝的理由。

所以到了最后，她也只是涨红着脸，在对方紧张的注视里微微把头别向一边："容眠，我觉得这事你得想清楚。毕竟你还这么年轻，而且前途无量，或许时间再久一点，你就会发现我们其实并不合适，你现在的心情大概只是因为感激我帮过你而产生的错觉……"

"你愿意考虑就好。"

容眠轻声打断了她的话："裴裴，我没有怎么追过女孩子，也不知道怎么才能表现得更好一点，让你感受到我的诚意。可是只要你愿意给我机会，更多一点地了解我，就会知道在这件事情上我已经想得很清楚了。而且……"他低下头去，满是虔诚地在花裴的手背上落下一个吻，"请相信我，如果不是因为爱，只是因为欣赏或是心存感激，我绝不会就这么轻率开口，想要和一个女孩子共度一生。"

因为顾隽这场自作主张私下约谈容眠的举动，花裴心下甚是恼火。向来亲密无间的两姐弟之间为此冷战了好一阵，就算在花建岳的三七礼上，也只是不痛不痒地打了个招呼，供完香烛后就没再多说什么。

如此这般安静地过了一个多星期，花裴冷眼观察，发现向来活泼闹腾的小表弟一直蔫乎乎的，就连日更不辍、满是热闹的朋友圈，也许久没了动静，难免有些心疼。再加上邬倩倩那边，时不时通过微信向她透露顾隽这些日子情绪低落、心情不佳的种种近况，花裴仔细一想，决定还是趁着周末时间约这小子吃个饭，主动示好，解开这横亘在他们姐弟之间的心结。

做完决定的当天下午，估摸着对方已经下班后，花裴一个电话打了过去。叮叮当当的彩铃声响了许久才被人接起，听筒那头传出的却是个轻柔的女声："裴姐，你是找顾隽吗？他点菜去了，电话没带在身边，你有什么事的话，我一会儿让他打给你？"

"是倩倩啊？"花裴对这个性情温柔，说话向来轻声细语的准弟媳倒是一直很喜欢，因此没在意对方语调里藏着的那股子紧张情绪，"你们现在在吃饭？那我就不打扰了。顾隽回来了你和他说一声，我明天约他吃个晚饭，你要是有空的话也一起过来？"

"好的，谢谢裴姐……"

电话那头的声音听起来越发小心翼翼，说到最后甚至还带上了几分说不清道不明的心虚。花裴虽然知道邬倩倩向来脸皮薄，之前和顾隽交往时很少愿意在顾家长辈面前露脸，但作为同辈人，她和自己的关系一直还算亲近，因此如今这心存顾忌的架势，让她不由得有些好奇。

她想了想，正怀疑这对小情侣之间是不是因为什么事闹了不愉快，听筒那头忽然由远及近地传来了两句模糊的对话。

"先生，您找的包间就在这儿了，里面请。"

"好的，谢谢你……"

对话虽然很简短，夹杂在各种琐碎的背景音中，几乎快要被湮没。但花裴还是瞬间捕捉到了什么，眉头迅速拧了起来："倩倩，你们和谁一起吃饭？"

"没……没谁……"

"容眠怎么会和你们在一起？顾隽又去找他了？"

"裴姐……"电话那头的小姑娘被她的发问气势镇压着，声音越发支支吾吾，"那个……今天这场饭局不是顾隽约的……"

"那是谁约的？"

"是……花伯伯和顾阿姨……"

嗯？

花裴惊诧之下细细一咀嚼，已然推敲出了其中缘由——想来是顾隽前段时间意图私下劝退容眠却碰了一鼻子灰后，病急乱投医，最后竟是和她父母结了盟，跳过自己搞了场鸿门宴，把人拉到饭局上准备搞个三司会审。

对这种状况还没搞清楚就急于自作主张的行为，花裴愤懑之余不禁有些担忧。毕竟昔日康郁青和她恋爱之初，也曾经遭遇过类似情形，正是因为那场她至今不知具体内容的对谈，康郁青和花氏夫妇之间始终维持着尴尬而僵硬的关系，在他们交往的数年间几乎没有任何来往。

可让她始料未及的是，如今容眠和她的关系尚未确定，居然也因为种种流言而被迫卷入了这种隐私大揭秘的境地。

以容眠那种孤傲骄矜的性格，如果不是因为自己，又怎么会愿意赴约去接受一群毫不相干的人的探究盘问？

光是想到这里，花裴的一颗心就狠狠揪了起来。

"倩倩，把你们吃饭的地方在微信上发个定位给我。"

她深吸了一口气，顾不上电话那头小姑娘为难得几乎要哭出来的样子，厉声强调："就现在，马上！"

容眠坐在包间的饭桌上，面对前方正在泡茶的花氏夫妇，向来从容淡定的神色中带上了难得一见的拘谨。

虽然顾隽给他打电话时，摆出的邀约理由是"为了感谢之前的帮忙，花家长辈想请他吃个饭"，但从对方生硬的口气和"最好别让我姐知道，免得她为难"的叮嘱声中，他已然明白过来这场邀约意味着什么。

大约是花建岳丧礼期间，他前后奔忙的模样的确让花、顾两家感激承情，这次的"答谢宴"并非全然是个幌子。从他落座开始，各种菜色在服务生的操持下，陆陆续续地摆满了一桌子，看上去甚是丰盛，但众人各怀心事，面对满桌的佳肴都有点食不知味的意思。

静默间，顾婷伸手给容眠递了一杯茶，主动打破了眼前略有尴尬的局面："小容，我听顾隽说你是倩倩的学长，所以你之前也是在X大念的书是吧？"

容眠赶紧放下筷子："是的，阿姨。"

"那你今年多大了？"

"二十六岁……"容眠斟酌着想了想，很快补充道，"很快就要二十七岁了。"

"那很年轻啊……"

顾婷看着眼前直挺脊背、努力让自己看上去成熟一些的青年，脸上挂着笑，暗中却叹了口气。

争风吃醋，打架斗殴，外加大学时代混乱又出格的男女关系……

这些桥段从顾隽那里听来时，她和天下所有母亲一样，第一反应就是惶恐而担心。但从和悦敬老院第一次打照面开始，到之前丧礼上的几次短暂接触，对这个样貌出众又气质干净的小青年，她又实在难有什么实质性恶感，因此略加犹豫后，她尽量委婉地组织了一下接下来的措辞。

"我知道裴裴回国和你认识以后，你们关系一直挺不错，我们家里人都很高兴她能有你这么一个不错的朋友。所以今天约你吃饭除了表示感谢之外，刚好阿姨身边认识蛮多和你年纪差不多大的女孩子，如果你不介意的话，阿姨帮你介绍介绍如何？"

"谢谢您。"容眠的眼睛抬了起来，轻声打断了她的话，"可是阿姨，我想顾隽应该和您说过了，我喜欢的人是花裴，而且正在认真追求的过程中，所以并不想认识其他的女孩子。"

这直白得全无迂回的句子，听上去口气并不激烈，也没有任何抗议或者挑衅的意思，平淡安静的语调，仿佛是在陈述一件最理所当然的事，那坚定到不容置疑的态度，让顾婷赫然一惊。坐在一旁的顾隽当即就要跳起身来，在邬倩倩的死命拉扯下，才终于咬着牙没吭声。

"小容……"一直默然旁观着的花柏川听到这里，终于忍不住开口了，"按道理说你们年轻人之间的事，做长辈的是不方便多干涉的。可是裴裴毕竟是我的女儿，之前因为不懂事，在感情方面吃过不少亏。现在她年纪也不小了，又被耽误了这么久，所以遇到感情方面的问题，我们做父母的难免会比较慎重。"

"我能理解。"容眠十分礼貌地点了点头，目光坦然地看着他，"所以我也想恳请叔叔阿姨，是不是可以多给我一点时间，让我证明自己可以担负一个男人的责任，也可以以男朋友的身份好好照顾你们的女儿。"

时间？

花柏川和顾婷对视了一眼，心里都有点发苦。

花裴在上一段恋情中耗费了整整六年光阴，结果却是一败涂地。对容眠这种样貌出众又正值青春的青年而言，再多一个六年或许无关痛痒，可是对即将迈入三十岁的花裴，眼下最耗不起的就是时间。

"这件事，我们暂且先不提吧……"

花柏川低头喝了口茶，口气变得越发严肃："小容，你刚才说到责任……那么我和你顾阿姨倒是想了解一下，听说你念书的时候有一个年龄相仿、条件也很不错的女朋友，你们的关系一度非常亲密，似乎还同居了一段时间，可是临毕业的时候忽然分手了。这中间的原因你能具体说说吗？"

空气忽然间像凝固了一般，只有空调散热发出的轻微声响。

一屋子的寂静里，容眠的脸色变得煞白，许久后喉结才微微滚动了一下，似乎准备开口。然而随着"咚"的一声响，包房门忽然间被猛地推开，紧接着，有人快步走了进来。

"裴裴……你怎么来了？"

"大家都在，为什么我不能来？"

面对满桌子的惊异目光，花裴神色自若地笑了笑，眼神前后转了一圈，最终落到了容眠身上。

眼前的青年穿了一身很正式的蓝色西装，细软的额发也用心打理过，看上去像出席一个人生中至关重要的场合。

不知道为什么，这个严肃得有些拘谨的小青年，让她觉得有些想笑却又有些难过。

"菜挺丰盛的啊，爸妈你们请我朋友吃饭，却不通知我作陪，是不是太不合适了？"

花裴拉了张椅子在饭桌前坐下，抬手给自己倒了杯茶："对了，你们刚才都聊什么来着？聊到哪儿了？"

"也没聊什么，就是问了问小容之前读书时候的事。"

知女莫若母。顾婷看着眼前这架势，明白女儿言笑晏晏之下，一肚子气大概已经憋到了嗓子眼，为了避免当场起冲突，赶紧冲还待开口的花柏川使了个眼色，顺带夹了一筷子菜到花裴碗里："菜都要凉了。你既然来了就赶紧吃点东西，要聊什么晚点再说。"

事已至此，所有人都默契地闭了嘴，专心致志地把菜往嘴里塞。半个小时后众人陆续放了筷子，顾婷正寻思着该怎么找个机会，把女儿拉回家里认真聊聊，花裴已经把包一背站起身来。

"容眠，你这段时间不是一直忙着加班吗？现在饭也吃完了，你还回不回公司？"

"嗯？"

"要回去的话，我顺便搭个车？反正我回家也顺路。"

"好……"

她话说到这份儿上，分明就是急于脱身，不想父母就她和容眠的关系再加盘问。花氏夫妇对视了一眼，不好再加阻挠，放弃般叹了口气，跟在他们身后出了包房。

一行人穿过长长的走廊，刚迈进大厅，几个不知道从哪里蹿出来的熊孩子，忽然你追我打地嬉闹了起来。在打闹了好几圈之后，其中一个小男孩忽然身子一晃，脚步踉跄地重重扑向了某个正在传菜的服务生。

眼下依旧是用餐高峰期，负责传菜的服务生手里正端着热气滚滚的一锅子浓汤，面对突如其来的惊扰，他慌乱之下脚步一个趔趄，手里的托盘直接冲前方来人摔了出去。

"姐你小心！"

跟在花裳身后正生闷气的顾隽眼见形势不对，高声提醒，想要把她拉开却已经来不及。短短一瞬，在众人的惊呼声中有人迅速踏前抬手一挡，顺势将花裳紧紧地护在了怀里。

"容眠你没事吧？！"

"当"的一声响，砸落在地的汤碗已然四分五裂，氤氲着的阵阵热气却昭示着它依旧滚烫的高温。花裳大惊之下，甚至顾不上擦拭自己身上被溅落的汤水，赶紧从容眠的怀抱中挣脱出来，拉着他的手臂仔细查看。

容眠低低地抽了一口气，脸上表情有些扭曲，肩胛的地方一直在不自觉地发抖，笔挺的西装袖子上更是深深浅浅一片狼藉，显然是伤得不轻。面对花裳一脸的紧张，他只是安抚性地笑了笑，正准备说点什么，晃眼间看到扑倒在地浑身抽搐、口吐白沫的小男孩，瞬间神色一凝，迅速蹲下身去。

闯了祸事的服务生惊惶之下早已经失了主意，手足无措地站在一旁，眼见导致自己大出状况的元凶犹如中邪一般，双眼紧闭神志不清地躺在那里，不知道是死是活，一时间紧张得除了大呼经理之外，其他话已经不会说了。

喧嚷中早已有人围了过来，面对阵阵抽搐的小男孩，指指点点议论着。

"这孩子是怎么了？该不会是食物中毒吧？"

"看着不像啊，我怎么觉得应该是得了羊痫疯？"

"你们几个别靠那么近，说不定会传染！"

"要不赶紧打个120吧？"

"说起来这店家也够倒霉的，现在的孩子本来就金贵，又在这店里出了事，要是遇到个碰瓷的家长，怕是得吃不了兜着走……"

"让一下，让一下，好像是孩子她妈过来了！"

议论中，一个体态肥胖的中年妇女粗鲁地拨开人群，号哭着扑到了小男孩身前，抱着他的身体死命摇晃着："东东……东东你怎么了？你别吓妈妈呀！"

"您先别哭了，赶紧送医院吧！"

已经赶到的领班毕竟见多了各种意外，见状赶紧悉心提醒了一句。

话音刚落，被剧烈摇晃了一阵的小男孩眼睛忽然一翻，身体重重抖了一下，嘴里"呵呵"两声之后，竟是猛然间没了动静。

"哎呀，这下真的死人啦！"

"叫警察，快叫警察啊！"

"叫警察有什么用，有人打120吗？"

骤然而起的叫嚷声中，容眠伸手将满脸惊恐的女人轻轻挡了一下："这位女士，您先别激动，赶紧拨打一下120。还有，您别再摇晃他了，您儿子现在这个状况，不能随意挪动身体。"

"噢，噢，好的！"

女人情急中早已失了主心骨，忽然听到有人安排，赶紧一边哭泣一边哆哆嗦嗦地掏出了手机。

容眠抬眼看了看，继续交代："裴裴，你先让大家散开些，又吵又挤的环境不利于通风，会影响到病人呼吸。我试着先给他做个应急处理……"

"应急处理？"

"嗯……小朋友看上去像是癫痫发作，我试试做一下人工呼吸加心脏复苏。"

"可是……"

花裴咬了一下牙，没再接着往下说，扭身开始按照他的意思，疏散起了拥堵在四周看热闹的人群，心里却十分忐忑。

容眠并非医科专业，在这样的情形下，试图抢救一个生死未卜的小孩子需要顶着巨大风险，更何况旁边那惊慌失措的女人看上去绝非善类，一旦有了任何意外，就此迁怒也说不定。毕竟如今各种做了好事反被碰瓷栽赃的社会新闻不是一桩两桩，真要撞上了，怕是一时半会儿解释不清。

可是一片嘈杂声中，容眠那副镇定的模样仿佛带着不容置疑的力量，让她顾不上再去警告这些有的没的。

"姐……他能行吗？我听倩倩说，他不是这个专业的啊！"

顾隽显然和她抱有同样的忧虑，低声和花氏夫妇简单交换了一下意见后，凑身向前轻声问了一句。

花裴紧咬着牙没说话，指尖紧紧地掐着掌心。

容眠此刻就跪在她眼前，眉头微微皱起，一边用手指迅速清理着小男孩嘴边的呕吐物，一边努力克制着反胃的本能反应，低下头，贴上了对方的嘴唇。

十几分钟后，120急救车呼啸而至。这时小男孩已经恢复了心跳，正歪着头一脸惊惶地蜷缩在母亲怀里。容眠犹如救命稻草一般被女人紧紧拽住，满嘴都是腥气却连口也没法漱，看着对方惶然无措的一张脸，又不忍心把人推开，只能保持着半跪的姿势等在那里。一直到医护人员赶到把人带上救护车，他才站起身，接过花裴递来的矿泉水和牙刷牙膏，走到卫生间把口腔从里到外彻底洗了一遍。

"你还好吗？"

"嗯，我没事。"容眠轻轻喘了口气，补充解释着，"刚才太着急忘了和你说，我妈是护士，小时候我经常往医院跑，做完了作业就去各个科室找医生叔叔他们玩，所以这些基本的应急操作，大概都了解一些。"

"难怪了。"

花裴看他满脸水淋淋的，瞳色深邃，嘴唇因为用力漱洗而显得格外嫣红，衬着轮廓俊美的一张脸，看上去性感得无以复加，心跳忽然变得有点快。

"对了，你肩膀上的伤怎么样，要不要也去医院看看？"

"这点小事不用跑医院了，出门买管药膏回家擦一下就行。"

"也行吧……"

大晚上的实在不方便再闹腾，花裴想了想："那我先陪你回去看看，帮着做点什么再回家。"

"那就多谢了。"容眠轻轻笑了起来，"对了，你爸妈还有表弟他们呢？"

"我让他们先回去了。"花裴瞪了瞪眼，"你该不是还想和他们聊吧？"

"其实和长辈们聊聊家常，还挺好的……"容眠若有所思地想了想，声音放轻了些，"我外公外婆去世得早，妈妈又是独生女，家里没什么亲戚，所以很少有机会参加家庭聚会。像今天这样能和长辈坐下来一起吃饭聊聊天，其实感觉还蛮热闹的。"

花裴想起他的身世，忽然间觉得满是酸楚，不由得主动伸手握住了他的手："你要是不介意，以后我就多叫你来和我爸妈一起吃吃饭。"

两个人在附近药店里买了些药品，一起回了容眠的公寓。刚踏进客厅，花裴很敏锐地觉察到，对方向来整洁有序的房间意外地有些杂乱，仔细凝神一看，才意识到沙发上堆着好几套正装领带，显然是临出门前挑挑拣拣悉心搭配了好一阵。

似乎留意到了花裴打量的目光，容眠显得有些不好意思："那个……我很少参加这样的场合，所以仔细选了一下，也不知道是不是合适……"

"很合适……很帅！"花裴轻轻咬了咬嘴唇，想安慰他却忍不住先笑了起来，"你今天这一身绝对艳压整个饭店！老板没给你留个影冒充明星当门面招牌，绝对是他的损失！"

"我谢谢你啊……"

容眠一边笑着，一边赶紧把身上那套油迹斑斑的外套脱了下来，继而从袋子里拿出了冰袋和药膏。抬眼间看花裴依旧站在那儿，他略微踌躇了一下："裴裴，你要不先进我房间等一下？我擦完了药叫你。"

"嗯？"

花裴微微一愣，很快反应了过来。

容眠被烫伤的部位在肩胛靠后的位置，如果不把上衣全部脱掉，只怕很难处理。大概是担心气氛尴尬，对方才会提议让她暂时回避。

"可是你这种状况，自己很难上药吧。"几秒钟的犹豫后，花裴绕到他身后，让自己微微涨红的脸避开对方的目光，故作轻松地在他背上轻拍了一下，"行了，别磨蹭了，顾隽从小到大哪次磕绊不是我在善后？处理伤口这种事我最在行！"

容眠保持着背对她的姿势，脊背似乎有些发僵，耳根子的地方隐隐爬上了一抹可疑的红色，却终究没有再反对，很快把衬衫脱了下来。温暖的灯光下，青年赤裸着的肩背被镀上了一层柔软的蜜色，流畅的肌肉线条看上去健康性感，又充满了青春的力量。

"看不出来，你还挺皮的啊！"花裴尽量让自己眼神专注地落在他肩胛处，那个被烫得红肿的部位，一边拿冰袋敷着，一边强作镇定地找话聊，"之前没少和人打架吧？怎么搞得身上这么多伤？"

"都是大学那阵闹的，在那之前我都不怎么打架。"

"哎？"花裴隐约意识到了什么，"还是因为你之前的女朋友吗？"

"嗯……"

青年低声接着话，身体却不自觉地抖了抖，不知是因为突然闯入脑海的往事，还是药膏涂上伤口时有些麻痒。许久之后，感觉到站在身后的人重重吐了一口气，像是完成了什么了不起的大工程，他才转过身，忽然间紧紧握住了花裴尚未来得及收回去的手腕。

"裴裴，你家里人会介意这些吗？"

"介意什么？你打架的事？这个问题我们之前不是聊过了吗？"

花裴被他紧抓着，近在咫尺的地方就是他赤裸的胸膛。如此贴近，她甚至能感受到对方灼热的呼吸和有力的心跳，这让她一直强作镇定的表情有些慌乱起来。

“我只是有点担心……今天我在你爸妈面前的表现，是不是不太好？”

“挺好的啊，我妈她……其实挺喜欢你的。”

她的这个反馈倒也不是安慰，在目睹了容眠一心一意保护花裴，以及慌乱中镇定救人的举动后，花氏夫妇对这个小青年印象显然好了不少，就连花裴坚持要留下来陪他一起去医院也没有反对。临走之前，顾婷甚至还悄悄叮嘱，等容眠伤势处理完毕后，务必要给他们打个电话报平安。

“是吗？”

容眠轻吁了一口气，嘴角弯了起来，像是从赴宴开始就一直紧绷着的神经终于得以放松。紧接着，他得寸进尺一样把脸凑得更近了些，声音带上了几分暧昧的暗哑：“裴裴，如果你爸爸妈妈可以接受我的话，你是不是也可以再认真考虑一下，我之前的那个问题？”

花裴手腕被他紧握着，整个人几乎是被拥抱着，年轻的身体散发出来的强烈荷尔蒙气息，让她心跳阵阵加速。片刻后，在容眠的灼热注视下，她下定决心般咬了咬牙：“这个问题先等一等，我倒是想先了解一下，肖凌这段时间一直在问我，有没有兴趣加入幻真和大家一起工作，也是你的意思吗？”

对这个跳开重点，顾左右而言他的回答容眠显然有些失望，许久之后才轻声开口：“你这段时间对幻真的帮助大家看在眼里，如果能够加入自然是所有人都求之不得的事。不过幻真现在才刚刚度过生死期，还不知道未来能够走多远，对你而言显然不是最好的选择……”他顿了顿，十分诚挚地注视着眼前的女孩，“所以裴裴，在这个方面我对你没有任何要求，我想和你在一起只是因为喜欢你，未来你要去哪家公司工作或者有任何其他打算，那都是你的自由。我不会用感情绑架你，也不会因为你做了我的女朋友，就一定要你在事业上给予我帮助……"

"那如果我说我是真的很喜欢幻真，也是真的很喜欢Dream，所以想要和你们一起工作呢？"

面对这个问句，容眠心里只觉得五味杂陈。

花裴愿意加入幻真自然是好事，可这句话听起来，更像是她在委婉拒绝自己的爱意，然后顺带给出一个补偿性的安慰。

"你怎么了？怎么不说话？"

看他默然不语满是失落的模样，花裴自言自语地叹了口气："不过也是，办公室恋情在哪个公司都会被禁止。小容总会觉得为难，也是正常的……"

"裴裴！"

容眠的眼睛骤然亮了起来，难以置信的表情迅速被惊喜填满。紧接着，一个热切的吻迅速堵上了花裴笑意盎然的嘴唇。

"这个问题简单……"

许久之后，容眠终于放过了她的嘴唇，却依旧把她紧紧地抱在怀里："作为幻真的CEO，偷偷给自己开个后门，应该还是能做到的。"

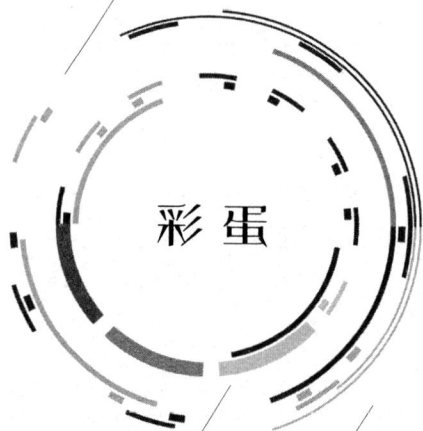

彩蛋

把花裴拐进公司，是幻真核心团队从和她认识起就盼望着的一件事。特别是在和Toy Town打交道期间，花裴屡次出手帮忙出品的市场企划案，总是能最大限度地把双方的资源和需求配比到最理想程度，就连以严苛挑剔著称的许素怡，也没在这个部分再找过他们麻烦，让大家见识到了花裴在市场品牌相关工作上的专业与高效。

　　肖凌在微信上跟花裴拐弯抹角地试探过好几次，却总不见成效，私底下怂恿着容眠要不要施展美男计，或是用当年把江宸拐进幻真的方法，再把花裴给拐进来。

　　对他一厢情愿的热情，容眠从来都不置可否，倒是江宸在听他唠叨了好几次以后，终于忍不住翻着白眼大力吐槽。

"幻真现在只是个刚刚度过初期的创业公司，福利待遇和发展前景都有限。花裝的简历虽然我没见过，但经验往那儿一摆，可选择的机会多了去了。人家既然连悦享之音都没去，你还指望她跑来这里和大家一起遭罪？之前偶尔帮个忙那是看在容眠的面子，差不多就得了。你还想顺着竿子往上爬……脑子里装的是什么呢？"

"我说你到底是不是幻真的人啊，怎么说起话来跟个叛徒似的？"

虽然冷静想想，江宸说得不无道理，但肖凌还是有些不服气："我们公司怎么了？这不都已经和Toy Town那种世界级大牛公司合作了吗？而且公司结构扁平，办事效率高，领导团队又没什么架子，高管还个个颜值在线……这些福利放眼整个S城，有几家公司能做到？"

虽说乍听之下，这些似乎都是实情，但结构扁平、团队没架子，难道不是因为公司本身就没几个人来供层级划分吗？至于颜值这回事，大概是肖凌这家伙跟着容眠一起办事办多了，雨露均沾地被旁人叫了几次帅哥后，产生了自我认知偏差。

对肖凌一厢情愿的热情和自信，幻真高管们表示很同情。

然而出乎江宸和陈然意料的是，在花建岳去世一个月以后的幻真高管例会上，居然真的多了一副让人大跌眼镜的熟悉面孔。

对花裝的忽然到来，众人除了表示热烈欢迎之外，自然免不了私下去容眠那里八卦一下，到底是用了什么办法把人挖来的。然而他们的小容总除了表情比平日里温和一些，嘴角边挂着些许让人看不懂的笑意外，并没有过多解释其中缘由。大伙眼见逼问无果，嘻嘻哈哈闹了一阵就各自忙活去了。

花裝加入幻真后，刚好赶上Dream量产完毕正式入驻Toy Town

的重要节点，为了更好地了解市场反馈，入职后没两天，就马不停蹄地在北京、上海、广州、成都和武汉这几个Toy Town驻扎了旗舰店的重点城市，出了一个星期的差，并约着许素怡找时间碰了个面。

许素怡和花裴之前有过数面之缘，对其从长青科技离开的事也略有耳闻，却没有料到对方会在短时间内，迅速恢复了工作状态，还选择加入了幻真这样一家刚刚起步的创业公司，惊诧之余颇为佩服她的勇气。

两个在专业方面都有着过硬素质的职业女性，办事效率极高，仅仅半天时间，已经把需要沟通的信息迅速作了交换。

综合许素怡的建议和自己的调研结果，花裴回到S城后，立刻大刀阔斧地重新整改了Dream的宣传物料。原本色调纯净、充满高科技感的包装盒，换成了更受孩子们欢迎的活泼鲜艳的视觉形象，海报上以技术和功能为亮点的宣传语，也换成了普通大众更为熟悉的广告用词。

除此之外，在许素怡的介绍下，花裴和几个在玩具市场颇具影响力的媒体取得了联系，公关工作也如火如荼地展开。在缺乏资金做大规模广告推广的情况下，有关中国制造的人形机器人Dream正式推向市场的消息，润物细无声地以新闻推送的形式，占据着消费者的眼球。

三个月后，江宸做了新一期的季度结算，对花裴到来后自家财务报表上突飞猛涨的数字，心悦诚服。

幻真自成立以来，第一次迎来这么大一笔进账，核心团队的成员们自然热情高涨地喊着要庆功。几个人趁着下班前半小时，在微信群里合计了一阵，最终还是决定就近去容眠家搓顿火锅。

容眠对他们视主人于无物，自顾自拍板的行为看上去似乎有些犹豫，但终究拗不过这群家伙的热情，最后还是有些无奈地点了头。

下班后，众人自觉分工采购了食材酒水，进家之后一股脑地扔进了厨房，然后集体端着一副混吃等死的模样，眼巴巴盼着容眠动工。花裴坐了一阵跟着进去帮忙，两个人正小声聊天，忽然听到卫生间里传来肖凌惊天动地一声尖叫。

"怎么了？出什么事了？"

客厅和厨房里的人听到动静，赶紧围了过去，肖凌站在洗手池前，像抓到了什么铁证一样，神色看上去又兴奋又激动："容眠！老实交代，这是什么？"

摆放得整整齐齐的盥洗池上，放了两支牙刷，另外还有一瓶包装精美的面霜十分抢人眼球。

"你说这是什么？"

容眠手里还捏着一把没洗完的青菜，脸上神色倒是很淡定。

"这个牌子我知道，微博上都在刷，今年的网红款，爱她就给她买一瓶！"

肖凌拿腔拿调地说完广告词，把面霜抓在手里反复研究着："你小子可以啊，无声无息地交女朋友就算了，这都住一起了啊？快说说看，是怎么认识的，啥时候带来给大家看看？"

"肖凌你够了啊，哪有你这么神神道道见风就是雨的。"江宸咳了一声，赶紧劈手把东西抢了过去，"最近天气这么干，梓纯的面霜我也经常拿来用，这种东西哪里分那么清楚？再说了，容眠这几个月哪天晚上10点前从公司走过，哪有空交女朋友？"

"这倒也是……"肖凌想了一下，终于将满脸亢奋收拾了起来，但面对眼前的那两支牙刷，心里的疑虑依旧未打消，"不行，这事总感觉十分可疑，我得再搜搜证据，不能被这小子给蒙了。"

"喂！"

容眠还来不及表示反对，肖凌已经身子一扭，仗着自己和对方的铁血交情，一头钻进卧室开始翻翻找找。花裳略微回忆了一下，自己除了这点简单的洗漱用品之外，应该没有在这里留下什么太过瞩目的东西，正准备松口气，满是得意的欢呼声再次响了起来："铁证在手我就不多说了，容眠你看着交代吧！"

花裳赶紧抬眼向卧房里看去。在看清楚对方手里抓着的"铁证"究竟是什么后，脸"唰"一下红了。

这几个月里有段时间，因为经常加班至凌晨，容眠不放心她打车回去，就提议让她去自己家里休息。虽然已经确定了恋爱关系，但不知是容眠脸皮薄，还是考虑到花建岳离世未久，她需要守三个月的丧期，两个人虽然在同一屋檐下相处，但除了说说情话拥抱亲吻外，每次容眠都规规矩矩地抱着被子枕头，去书房打地铺，从来不曾逾矩。

所以连她也不知道，对方卧室里究竟是什么时候多出了安全套这种东西。

肖凌还在一旁喋喋不休："我就说你小子最近不正常，好几次和你聊着聊着就一脸春心荡漾，脾气也好得不得了，说你没谈恋爱谁信？不过我也奇了怪了，你说你这几个月除了公司就是家，也没去什么特别地方，到底从哪儿认识的妹子？等一等，我说你该不会是……"

他这里说者无心，却十分精准地就此框定了候选人范围。站在一旁的陈然和江宸对视了一眼，再瞥了瞥藏不住满脸红晕的花裳，神情都变得有些不自在。

出于工作考虑，花裴在入职幻真前就和容眠达成共识，未将两人间的关系在公司正式挑明。毕竟市场部作为一个花钱的部门，所处位置甚是微妙，如果和CEO有了工作外的感情牵扯，一旦决策意见和其他部门有了分歧，难免会让创始团队的成员心生芥蒂。

然而恋爱的"酸臭味"和贫穷、感冒一样是藏不住的，两人在幻真的办公室朝夕相处又正值热恋期，总会有微妙的痕迹流露。只是之前容眠在江梓纯事件发生时，表明过"现阶段无心感情"的态度，大家虽觉有异却没往这方面多想，此刻抓出了蛛丝马迹再一加联想，很快都意识到了什么。

这一顿原本应该嬉笑打闹肆无忌惮的庆功宴，因为这场安全套事件让气氛变得有些诡异，除了直肠子的肖凌依旧满心兴奋地追问两人的感情史外，江宸和陈然显然都各怀心事。

对这两人的顾虑，容眠心里清楚，但眼下并不是一个适合沟通的好时机，因此未过多解释。几个人勉勉强强把火锅吃完，肖凌总惦记着要复盘一下两人的感情史，冲江宸和陈然使了个眼色，坐了半个小时不到就匆忙起身告辞。

花裴有意无意地被排挤在了队伍之外，最终只能留下来帮容眠收拾家里的残局。等一切恢复整洁，她坐在沙发上心不在焉地看了一阵电视，眼见容眠切了一盘水果过来坐在她身边，紧张之余赶紧找了个话题。

"对了，Faye许下周二会来S城出差，特地约了我见面，大概会带来一些新的消息。"

"嗯……"

容眠拿了块苹果塞她嘴里。

"然后我之前联系了几家科技类媒体，他们对Dream的市场表现蛮感兴趣的，希望和我们的技术团队聊一下，你看是你自己去，还是陈然去？"

"都行，宣传方面的事，你安排就行。"

"另外，还有啊……"

"裴裴，"容眠歪着头，轻声打断了她，"你是在紧张什么吗？"

"我？有吗？"

花裴干笑了一声，自己也觉得大周末晚上没话找话强行尬聊工作的样子，实在是有点不太对劲："我就是觉得……他们是不是误会了什么。"

一双温暖的手臂环过她的脖子，温柔地把她抱了起来，容眠轻轻咬着她的耳垂，声音压得低低的："既然是这样，那就别让他们误会好了。"

花裴觉得自己被一股强势却温暖的力量紧拥着，从陷入床榻的那一刻开始，思绪就开始变得恍惚。随着衣服一层层被剥落，紧贴着她身体的皮肤越发炙热。容眠的身体充满了青年男性特有的激情和活力，近乎狂野的热情让她处在一拨拨的眩晕之中。

黑暗中，被情欲淹没的她只能紧紧拥抱着对方的身体，不断抚摸着，很快在对方腰部的位置，摸到了一片不太平滑的部分。

"你的腰这里怎么了？是曾经受过伤吗？"

"不是。只是一个文身而已……"

"什么文身？"

花裴一点点勾勒着这片痕迹，虽然知道对方在学生时代有过一段逞凶斗狠的过往，但这种昭示着叛逆的隐秘标记，还是让她忍不住有些好奇："让我看看……"

"别看了，已经洗掉了……"

容眠含含糊糊地回应了一句，很快低下头吻她，把她还未出口的问句热情地堵了回去。

"唔……"

花裴轻轻地应了一声，温驯地回应起来。

这个文身或许是属于容眠的一个秘密，代表着在某段重要的时间里，需要用血肉来纪念的人或事。

但对方既然不愿详说，她也没有打算刨根问底。

毕竟每一个人都有属于自己的过往。而正是这些或好或坏的过往，林林总总地叠加起来，才会呈现出如今属于这个人的完整模样。

所以最后，她只是在容眠温暖而有力的怀抱里，更紧地抱住了对方。

许素怡在S城之行中，特地抽了半天时间和花裴会面。然而洽谈中，她带来了一个对幻真来说不算太好的消息。

因为Toy Town在中国的强势发展，许素怡的工作表现得到了美国总部的高度认可，因此一个月后，她将被调派到新加坡任职CEO，统管Toy Town在整个东南亚的所有业务。

对对方取得的成就和即将迎来的高升，花裴表示由衷祝贺的同时，脑子里飞速考虑着幻真与Toy Town的后续合作。按照许素怡的介绍，即将接替她职位的是一个曾经负责香港市场的男性高管，然而令人遗憾的是，在之前的几次交接会议上，这位叫程亚君的继任者对Tony Town与幻真的合作，一直表现得态度消极。

"香港市场具有更开放更国际化的视野，其市场团队之前接触的也大多是迪士尼或是孩之宝这样的大公司。在机器人的类别上，程亚君一心想和变形金刚之类的国际型IP产品合作，也花了不少时间在积极推进相关工作。所以Dream可能会受到品类排他性的限制，我个人判断程亚君未来不会给到太多的资源支持。"

　　许素怡对自己的这位继任者很是了解，在帮幻真分析利弊的同时十分诚恳地给了建议："花裴，其实国人对机器人的了解相对有限，所以大多数消费者更愿意信任国际品牌。另一方面，国外市场经过了长时间培育，对机器人产品的接受度也更高些。所以你有没有考虑过，和之前做长青科技的产品一样，把Dream的重点市场转移到欧美？"

　　许素怡的建议，花裴之前不是没有考虑过，只是鉴于幻真现在的规模和人员结构，进军欧美开拓新的市场，显然不是短时间内能一蹴而就的。她原本想着，先以幻真与Toy Town在中国市场的合作为契机，逐步向外扩展，却没料到这突如其来的人员变动，很可能将原本的计划就此打乱。

　　因为心里惦记着公司后续的市场布局，陪许素怡吃完晚饭后，花裴没急着回家，而是打包了几个菜又回了一趟公司。

　　自从Dream的量产工作走上正轨，容眠就把日常运营工作交到了肖凌手里，自己则是一头扎进了技术团队，全副心思都花在了Dream2产品的研发上。花裴不懂技术，对各种敲代码和软硬件调试的工作帮不上忙，于是除了维系好和Toy Town方面的宣传对接之外，只能在生活层面对这些技术宅略表关怀。

　　回到智创孵化园时，已经过了晚上9点，幻真的办公室依旧一片灯火通明。看到花裴出现，肖凌鼻子一抽赶紧迎了上来，先把她手里的外卖盒——检阅了一番，继而嫉恨交加地小声嘟囔起来："这大晚上的又来喂狗粮，你们多少照顾一下单身狗的心情好吗？"

"行了啊，有吃的还堵不住你的嘴？"花裴翻了个白眼，把食物朝他手里一塞，"赶紧招呼加班的同事吃点东西，吃完了早点回家，别忙得太晚了。对了，容眠呢？"

"还能在哪儿，办公室里蹲着和Dream相亲相爱呗！"肖凌朝她挤了挤眼睛，毫不客气地掀开食盒，开始大快朵颐。

花裴推开容眠办公室的大门，走了进去。比起外面的公共办公区，这个传说中的分尸现场要安静得多，只有几台联网的电脑主机发出轻微的嗡嗡噪响。

容眠像是刚刚结束了一场调试，正对着荧光闪闪的显示器思考着什么。听到脚步声，他迅速抬起头，看清来人的面孔后微微吃了一惊："裴裴，都这么晚了，你怎么来了？"

"来慰问一下前线的战友啊！"

花裴理直气壮地在他身边坐下，眼睛里都是笑意。

容眠也跟着笑了起来，低头在她额头上轻轻吻了吻："那正好，你稍微等我一会儿，我把最后这个部分调试完，就带你去看电影。"

"别了，有那个时间你不如回家多睡会儿。"

花裴坐在一旁，打开自己的笔记本调出视频网站界面，顺带插上耳机："你忙你的，我随便找两部片看看，在这儿陪着你就行。"

容眠看着她趴在笔记本前，对着屏幕上的爆米花电影一副自娱自乐的模样，好笑之余心里觉得微微有些酸涩。

从确定恋爱关系到现在，近乎小半年的时间，花裴从来没有让他为难过，不仅从未提出逛街选包买名牌这些恋爱中的女孩最常规的要求，就连日常约会也没有任何特别需求，似乎只要两个人能够这样静静地待在一起，就已经心满意足。

　　她成熟，懂事，坚强又不乏生活情趣，像诗人舒婷在《致橡树》里提到的木棉，以树的形象和他并肩站在一起，共同分担寒潮风雷，也共享雾霭虹霓。

　　恋爱对她而言，只是因为纯粹喜欢那个恋爱对象，而不是其他任何关系和需求的衍生品。

　　如果没有恋爱，以她的个性大概也能把自己的生活安排得很好，就像他刚刚认识她时的样子，看不出什么寂寞的心事或者自怨自艾的端倪。

　　但既然这个女孩现在选择了陪在他身边，做他的恋人，容眠还是希望能给她原本坚韧无畏的生活，带来一点以爱为名的浪漫奇迹。

　　想到这里，他扭回头紧盯着电脑屏幕，切换了一下程序后重新开始敲击键盘。花裴追完了一集综艺节目，仰头拧了拧脖子，看他已经结束了工作，正神情专注地看着自己，忍不住"扑哧"一下轻声笑了出来。

　　"这位朋友，请问有什么东西这么好看啊？"

　　"裴裴，你跟我来。"

　　容眠一手抱起了身边的机器人，另一只手牵着她，走进了办公室隔壁一间小小的会客室。在打开电脑与机器人进行简单的联网操作后，很快将会客室的大门反锁，顺手把窗帘也拉了起来。

　　"你干吗啊？忽然这么神神秘秘的。"

花裴双手抱胸安静地站在一旁，看他一路折腾着，脸上挂着笑。

"约会时间，想送你个小礼物。"

容眠完成了全部准备工作，回身走到沙发前坐下，朝她招了招手，声音听上去格外温柔："裴裴，你过来。"

花裴不知道他葫芦里究竟卖了什么药，却乐于配合，刚走到沙发边正准备坐下，便被容眠一揽腰抱进了怀里。

"喂……这里是办公室，外面还有同事在加班，别太出格啊！"

"嘘……别说话。"

耳鬓厮磨间，容眠有些神秘地冲她笑了笑，继而伸手拍了拍身旁放着的小机器人的脑袋："Dream，请关灯。"。

随着机器人眼睛里一道蓝光闪过，整个会客室骤然间黑了下来。

"这是……Dream2的新功能？对智能家居的控制系统已经完成了？"

一片寂静的黑暗中，花裴的声音听起来有几分亢奋。

"这位朋友，请关注一下重点……"

容眠像是对她如此破坏气氛的行为有些不满，轻轻咬了咬她的嘴唇："还有，恋爱时间禁止讨论工作。"

"噢。"花裴舔了舔嘴唇上的牙印，乖乖闭嘴了。

容眠揉了揉她柔软的头发，继续轻声地下着指令。很快，在Dream的控制下，会客室顶部亮起了群星闪耀般的点点光斑，四周的白墙上被投上了《天空之城》的画面。

一帧帧绚烂美丽的景象里，动人的音乐如水一般在四周流淌着。密闭的房间仿佛变成了一颗飘浮在宇宙中的小小舰艇，载着他们在沿途的美景中，自由自在地畅游。

花裴和容眠紧紧地十指相扣，整个人被这奇幻的美景包围着，只觉得眼睛有点发热。

科技男一旦浪漫起来就放大招，她觉得自己快要溺死在里面了。

"喜欢吗？"容眠轻轻吻着她的耳朵。

"很喜欢……对了，你怎么忽然想到花时间弄这个？"

"上次路过音乐厅的时候，你一直在看宫崎骏演奏会的海报，本来我打算买两张票带你去看的，结果发现已经过期了。后来查了一下档期，近半年都没有演出，所以就自己花了点时间做了个剪辑。本来是想找个时间在家里放给你看的，不过择日不如撞日，公司的会客室里新装了这套智能系统，和Dream的联网调试也刚好完成，可惜就是音效差了点……"

"不，挺好的，这不是还享受了一次特别包场吗？还有Dream做全自动场控，多高级！普通人哪有这待遇？"

花裴把脸扬了起来，在他脸颊上落下了一个吻："容眠，我想好了，我也有一份礼物要送给你。"

"什么礼物啊？"

"过段时间你就知道了。"

花裴轻声笑着，弯弯的眼睛在夜色里明亮如星。

一个星期之后，一支名为Impression的影视团队在花裴的引荐下，和幻真开始了初步接洽。而有关Dream的二代产品在美国进行众筹的计划，也从高管会议上花裴拿出厚厚一叠企划方案开始，被提上了日程。

作为在科技行业里打滚的一群人，幻真的核心团队对众筹这种形式并不陌生。尤其是近些年来，许多在初创期暂时缺乏资金支持的互联网或智能硬件企业，都习惯用这样的方式，面对公众筹集项目资金顺带做产品展示。

在Dream的初代产品尚处于研发期的时候，肖凌不是没有起过做众筹的念头，最终因为缺乏实操经验以及在平台选择上的种种顾虑，而无限期搁置了。

如今有花裴牵头，肖凌自然第一个举双手表示绝对支持，容眠对这个方案也表示出了极大的兴趣，然而核心的创始团队中，江宸和陈然都表示出了反对意见。

江宸的顾虑在于财务层面，尤其是对花裴将众筹平台选在美国，而不是放在大家更为熟悉的国内大热平台表示质疑。

跨境众筹意味着交易发生时，会有更多汇率和手续费方面的成本支出，也将耗费更多的人力给予专项支持。对他的想法，花裴表示理解的同时耐心解释，人工智能产品在西方国家的市场培育时间更长，具有更为广泛的接受度，因此能带来更好的效果。

但事实上，除了资金筹集之外，还有另外一个更重要的理由，花裴暂时保留着没说出口。

只是那个目标的实现除了尽人事之外，还需要一点点额外的运气。在革命尚未成功之前，她不想先画大饼，让这些实心眼的技术宅跟着患得患失。

这样的解释对性格谨慎求稳的江宸而言，显然没有全然的说服力。然而听完回答后，他没有再过多争执，只是用沉默的态度表示了默许。花裴知道自己和容眠恋爱这件事，对这个格外宠爱妹妹的哥哥而言始终是个心结，此刻他能够摒弃个人因素给予支持，花裴除了敬重他的职业素养外，不由得心生感激。

而另一边，来自陈然的反对意见显得更为强烈。

作为Dream2的主要技术负责人之一，陈然和容眠一直在各自的核心板块上攻坚并行。按照他的想法，平台型机器人的技术需要不断摸索，且试错概率较大，一旦启动众筹限定了发货时间，等于给原本就任务重重的技术团队增添巨大压力。既然如今公司已经和Toy Town合作，有了稳定的资金收入，那就不必给自己强行设限增加风险，把研发团队逼得那么辛苦。

花裴在技术层面没有太多话语权，面对陈然的激烈态度，除了阐明幻真与Toy Town的合作，会因为对方即将更替高管而具有潜在风险外，对其他部分一时半会儿无从反驳。双方僵持之际，容眠最终表示化压力为动力是好事，如果Dream2在众筹项目限定的时间内无法完成研发，那么幻真也没有什么继续发展的必要，算是一锤定音地将这场争执强行终结。

虽然这场会议每个人表达出来的立场都十分合理，所谓分歧也无非和所处角色以及性格有关，但容眠的最终决策，因为和花裴间的关系难免染上了几分偏私色彩。会议结束后，面对陈然一直板着的脸，花裴忍不住拉了一下容眠："你说……我要不要再去和陈然解释一下？"

"解释什么？"

容眠看上去倒是很平静，揉着她的头发轻声安抚着："陈然的性格一直都比较保守，我和他之前也不是没起过争执。这个方案就算我弃权表态，你和肖凌、江宸加起来也是三份赞成票，已经足够通过执行了。至于陈然那边……我想我们把进度加快，早点做出一点东西让他安心，他应该就不会这么纠结了。"

决策达成，花裴的确无暇照顾每个人的情绪，当即快马加鞭地将项目立项，正式运作了起来。

众筹开始前的准备工作细致而烦琐，其中最为重要的一项，就是需要拍摄一条能够展示产品优势又足够引发支持者兴趣的宣传片。这项工作如果放在国内，大部分4A公司倒是都能驾轻就熟地完成，然而如今的目标受众变成了美国人民，难度骤然间高了许多。

毕竟在文化、信仰、镜头表述、语言风格等方面，各国消费者都有各自的习惯和口味，只有深入了解才能做出符合他们审美习惯的作品。对这一点花裴早有预判，因此才会借着旧日交情，专门从香港找来了常年为美国企业服务的影视团队Impression。

Impression的老板Ben是个大胡子的美国华裔，常年香港、纽约两地飞，服务名单里一半以上客户都坐落在硅谷和华尔街，对幻真这样预算有限的小企业，原本是无暇放在眼里的。然而因为架不住花裴一再刷脸软磨硬泡，终于勉强表示先来S城这边看看情况，没料到在听完容眠的介绍之后真来了兴趣，满是兴奋地表示，要把团队里的创意负责人也拉过来深入聊聊。

对这个结果花裴并不意外，毕竟在容眠最初描述Dream2的规划时，她就预料到这会是一款具有强大吸引力的产品。和初代机不同，Dream2的身量更高一些，机身也由纯净的亮白色变成了更加鲜艳活泼的红蓝两色，运动的自由度更是从最初的16个增加到20个之多，这意味着升级后的Dream能够做出更多更复杂的拟人动作。

除此之外，较之初代机的单机操作模式，升级后的Dream进行了很大程度的开源，成了一款真正意义上的平台型产品。全世界所有的机器人爱好者都可以将自行研发的APP程序进行上传，供他人下载，Dream也将因此具有无限拓展的功能。

更重要的是，正如那天花裴在会客室里感受到的那样，借助强大的智能语音系统，对Dream2的操控可以通过语音指令完成。在这一切的规划变成现实之后，Dream2将成为人类真正意义上的朋友，不仅可以提供诸多服务，还能进行无障碍日常交流。

虽然当下这些功能尚在规划期，只完成了最基础的一些模块搭建，应用商店也因为尚未向公众开放，暂时只有少量幻真自己开发的APP可供下载。然而Ben和他的团队在初步感受了Dream2的实时语音翻译、智能家居控制和娱乐表演等一系列功能后，便被激发出了诸多灵感，脑洞大开之下接连提了好几个脚本方案，以供幻真选择。

经过接连十几轮的讨论，花裴最终摒弃了那些过于复杂而酷炫的设计提案，把影片要展现的故事场景聚焦于家庭，以一组普通的家庭成员在日常生活中与机器人的互动，来阐述"Dream for your whole family"的产品精神。

毕竟对容眠而言，制造出一款能够进入普通人生活的家用机器人，才是他创立幻真科技的初心。

脚本方向确定后，Impression的团队一方面开始细化其中的拍摄细节，一方面拉出了几组长长的模特资料以供选择。幻真科技核心团队的小青年们第一次在宣传方面，接触到这么专业的阵仗，对着一张张金发碧眼的异国面孔争相要过选角导演的瘾，然而一群人七嘴八舌讨论了好一阵，却依旧没能达成最后的共识。

"要不我说容眠你自己上算了，有颜值不出镜，那是资源浪费，何况咱们现在还在创业期，能省的地方就省点呗！"

肖凌提出的这个建议原本只是一句玩笑，没料到蹲在一旁等意见的Ben因此较起了真，开始正儿八经地抓着容眠商量，正片结束以后他是否有可能在这条片子的花絮里出镜，谈谈创业以来的心路历程。

容眠性格低调，平日里除了拉投资时必要的路演宣讲，各类抛头露面的社交活动从来都是能推就推。然而眼下架不住Ben的一再鼓动，最终在片子末尾，以创始人的身份言简意赅地对众筹项目支持者们表示了一下感谢。那些气质卓然的脸部特写，Ben一刀未剪，足足放置了15秒左右时间。

随着片子拍摄完成，Ben带着所有素材回到香港，开始进行精剪和调色等后期工作，而花裴马不停蹄地带领团队投入到了众筹页面的制作中。待到半个月之后，一切工作准备就绪，Dream2终于正式登陆了美国最知名的众筹网站之———Come Together。

虽然事先已经事无巨细地做了充分准备，但对Dream2在美国市场众筹开启后的表现，花裴还是有些忐忑，因此在项目上线当天，固执地蹲守在电脑前等着看效果。等到众筹页面上线满24小时，看着在支持者的热情贡献下一再飙升的众筹数字，整个幻真上上下下不由得都松了一口气。

如此振奋人心的开场激发了大家的斗志，接下来一个月时间，幻真的高管团队带着下面的员工轮番倒班，一边不断优化页面，按照众筹额度的达成不断推送新的福利政策，一边充当客服，事无巨细地解答着来自用户们的各种疑问。

在这热火朝天的氛围里，花裴又在高管会议上拿出了一套新方案。

作为公司的财务负责人，江宸对账目的进出流水格外敏感，面对眼前的方案首先提出了疑问："花总，我看你的方案，其中的重点是希望我们发动公司所有员工身边的亲朋好友，一起参与到这次的众筹项目中，把我们的众筹金额再向上拉一把。可事实上，这种类似刷单的行为在资金进入我们的账户后，对那些并非真正有需要的用户，最后还是要返还的。如果再加上国际汇率和来往的手续费，对公司来说其实是一笔额外支出。如今我们的众筹已经取得了非常好的成绩，数字看上去也十分亮眼，所以我想问问，你这么做是为了什么？"

"如果我们只是想通过众筹争取到Dream2的研发资金，就眼下的成绩来看的确不用这么麻烦。不过因为这次的众筹成绩比我们之前料想的要好，我就想趁热打铁再争取多拿一个彩蛋。"

花裴微笑看着他："江总，截至今天我们的众筹金额有多少了？"

江宸想都没想，立马自信满满地报出了一个数字。

"那你有没有注意过，中国的智能硬件企业在美国的众筹平台上，最好的成绩是多少？"

随着她的问话，众人一阵面面相觑，心里都冒出了一个隐约的念头。

"大家也看到了，现在离我们众筹结束的时间还有一周左右，而我们距离之前同行取得的最好成绩已经相差不多。所以我想借这次机会再搏一把，刷新之前的纪录，做一个属于幻真科技的大新闻！"

很少有人会记住亚军的名字，即使成绩再漂亮夺目。但刷新纪录站上了顶点的角色，会是所有媒体记者追逐的目标。花裴做市场品牌宣传这么些年，对这个道理早已有了十分深刻的认识，但对幻真这群实心眼的技术宅而言，这番言辞无疑给他们打开了新世界的大门。

不出她所料，原本已经人气高涨的Dream2因为公司上下对周遭亲朋好友的齐齐动员，在距离众筹结束的最后两天，一举刷新了中国智能硬件产品在Come Together上众筹金额的纪录。仅仅一天之后，众筹尚未正式结束，美国的诸多媒体就已经接连用了大篇幅，对这一事件进行了报道。来自中国的小机器人挥舞手臂、眼泛蓝光的可爱模样，就此被更多的人熟知。

然而这场轰轰烈烈的公关事件并没有结束。

接下来的时间，嗅觉敏锐的中方媒体迅速从国外同行的报道中，意识到了幻真科技这么一家制造人形机器人的高科技公司的存在，有关企业、产品和创始人的各种采访需求开始接踵而来。

较之主流媒体对幻真企业发展和产品技术的深挖，社交媒体上呈现的却是另外一番景象。

科技类产品的目标受众大多是男性，花裳原本预计着就算有讨论，无非也是在一些宅男扎堆的科技类论坛引发话题。然而让她始料未及的是，宣传片最后容眠那短短15秒左右的出镜花絮，被人一帧帧地截图做成长图文发布后，引爆了微博和微信朋友圈。

在大众眼里，科技从业者原本自带高智商属性，外加容眠颜值惊人、气质高冷，这一露脸几乎满足了所有少女对事业型精英的幻想。一时间，有关容眠的各种真假爆料铺天盖地而来，连带幻真科技和Dream2一起多次爬上了微博热搜。

幻真科技的小青年们在过足了几天"网红身边人"的干瘾后，面对一通接一通不见休止的骚扰电话，和隔三岔五出现在办公室门前探头探脑的少女迷妹及八卦媒体，很快开始不堪其扰。作为这场风暴中心的容眠，更是享受了一把明星待遇——不仅幻真科技的官方微博、微信里堆满了各种粉丝的示爱留言，就连上下班时间也会经常遇见不知从哪里追过来的大胆女粉丝，围追堵截求合影。

面对这一情况，花裴好笑之余觉得实在有些头疼。为了避免公司的正常运作被这些外界因素干扰，她一方面拉起了一支专业的公关队伍，对各种采访需求进行过滤，一方面劝着容眠近段时间尽量别来办公室，以免被无关紧要的人士打扰。

容眠被骚扰了这一阵，工作节奏的确已经被打乱，听了她的建议当即从善如流地拉着陈然，在自己家和外面的咖啡馆打了近两周的游击战，只在夜晚时分，园区里的人都走得差不多以后，才敢偷偷摸摸地回公司处理一下日常事务。

正主既然久不露面，意欲挖点什么花边新闻的八卦媒体和狂热粉丝们的热情随之消退了不少。幻真办公室门前终于渐渐恢复了昔日的平静，花裴刚觉得松了一口气，没想到一个意料之外的电话，忽然追到了眼前。

给花裴致电的人名叫戴晨，手底下运营着好几个专注于智能硬件和互联网信息的微信公众号，还有一家名为"锋芒网"的传媒公司。因为笔杆子功夫了得又眼光犀利，此人在业界也算是有头有脸、极具话语权的一号人物。

当年长青科技尚在初创期时，花裴为了扩大公司产品在业界的影响力，曾揣着厚厚一叠资料朝锋芒网的办公室跑了十几次。笑脸赔了无数，好话说了几筐，才勉强换来了戴晨亲自主笔的一次深度报道。

后来随着长青科技逐步崭露头角，嗅觉敏锐的戴晨迅速把目光投向了这家大有潜力的创业公司，几次合作下来，和花裴建立了良好的私交。在花裴加入幻真以后操盘Dream与Toy Town合作的项目上，他也卖着面子给了几次大篇幅的文章推送。

按道理说，双方既有这样的交情在，合作应该甚是紧密。事实上Dream2在美国众筹破纪录的消息一出，花裴的确也曾投桃报李，第一时间把消息递送到了戴晨手里，给了他一个新鲜热辣的独家新闻。只是戴晨此人热衷炒作，这几年除了正常的新闻报道之外，也搞上了娱乐圈那一套，越发喜欢用出格的论调和各种花边新闻博人眼球。在容眠个人隐私被公众热炒得轰轰烈烈之际，他忽然来电，难免让花裴起了警惕心。

"花总啊，最近看你的新东家在你的操持下，宣传方面搞得风生水起，怎么样，有没有空赏脸出来坐坐，一起喝个下午茶让我取取经啊？"

"戴总，您看您说的……本该是我请您吃个饭表示感谢的，就是前段时间太忙一直没抽出时间，现在您既然都发话了，要不您看明天下午如何？"

花裴一边客客气气地回应着，一边寻思着怎么把眼前这醉翁之意不在酒的邀约，漂亮地应付过去。

"花总果然是个爽快人，不枉我们这么多年的交情！"电话那边的人打了个哈哈，果然很快切入了正题，"不过花总啊，我这边还有一个不情之请，不知道明天的下午茶，你能不能帮忙约一下你们小容总，大家一起见个面聊聊？"

"抱歉……这个可能不太方便，容总他最近在出差，可能一时半会儿还回不来。不然您看这样，您有什么需要了解的，我这边尽量提供材料？"

"花总你这样说，可就不够意思了……"戴晨显然有备而来，面对花裴的推搪直接笑着堵了回去，"我问过你们幻真内部的人了，小容总最近忙着Dream2的研发工作，大晚上的还经常拉着技术团队开会，这出的哪门子差？当然了，幻真最近因为众筹的事被各家媒体盯着，小容总不想应付这些琐事我能理解。不过嘛，这次情况比较特殊，是我之前一个老领导引荐的一家媒体想和他当面聊聊，弯弯绕绕找了一圈人，知道我和你们幻真之间有点交情，才拜托到了我身上。我也是实在推不开，这才觍着脸来麻烦你不是？"

对方难得把姿态放得这么低，又挑明了在幻真内部藏有眼线，花裴实在不好意思再打太极，犹豫了一下终于退让了一步："既然这样，那我尽量安排一下。不过时间可能不方便太久，一个小时左右您看够吗？"

"够了够了！"

戴晨对这个结果像是十分满意，简单寒暄了几句后没有提更多的要求。花裴挂了电话，想着要提前准备一下材料，微信上向戴晨索要了一下采访方的背景信息，没料到一番交流后才赫然惊觉，戴晨这次作为中间牵线搭桥的"皮条客"，竟是对自己引荐的采访者所知甚少。只知道对方姓叶，就职于X城的一家时尚类杂志，背后有一个在当地呼风唤雨颇有能量的父亲，这次也是动用了好几层关系才找到他身上的。想来大概是这样的权势背景，才会让戴晨热情满满地特地拉下脸面，跑到自己面前来卖人情。

让一家科技公司的负责人接受一家八竿子打不着的时尚杂志的采访，对市场品牌负责人而言实在是太不专业，更别说这次的采访，怎么看都像是一次粉丝夹带私货的追星行为。虽说是为了维护公司与锋芒网之间的媒体关系，但花裴还是不禁为自己的这个决策感觉懊恼。所幸容眠听完这个安排后欣然接受，并安慰她说，就当是忙活了这么久给自己放半天假，喝完下午茶，两人还可以顺便约着去新开的海洋馆逛一逛，花裴这才安下心来。

到了约定的那天下午，肖凌无意中听到两人做完采访后要去海洋馆，秉承着一个电灯泡的自我修养，不管不顾吵着要一起去。花裴拗不过他，想到这段时间这家伙忙得够呛，的确需要放松一下，就默许了他乐颠颠地跳进车里当司机的行为。

车子开至目的地，肖凌将他们放下后绕向了停车场。容眠临下车前接了个工作电话，聊了两句后发现一时半会儿沟通不完，于是示意花裴先走一步。

花裴进了咖啡馆，很快发现靠窗位置上，戴晨和一个年轻女郎早已等在了那里。见她出现，戴晨赶紧站起身来，满脸堆笑地挥了挥手。

"不好意思啊，容总在外面接个电话很快就到，麻烦两位稍等。"花裴一边解释着，一边主动朝眼前的女郎打了个招呼，"这位就是叶小姐吧，我是幻真科技的市场负责人花裴，很高兴认识你。"

"花小姐你好。"

坐在椅子上的女郎神色倨傲，面对花裴主动递过来的名片，只是轻描淡写地放在咖啡杯旁，既没有礼貌性地进行交换，也没有主动寒暄的意思，仿佛一心只等容眠的出现，对其余人并不想分神应付。

花裴和诸多媒体打过交道，不是没见过拿架子耍大牌的记者，只是对方既是主动找上门来，却又摆出这么一副高高在上的态度，实在是让她有些哭笑不得。坐在一旁的戴晨一脸尴尬，显然在她到来之前吃了不少苦头，花裴当即微微一笑，神色镇定地坐下，对眼前的女郎悄然打量了起来。

女郎大约二十四五岁的年纪，长着一张格外娇俏、如猫般可爱的脸，白皙如玉的皮肤衬着一双黑漆漆的大眼睛，看上去带着几分瓷娃娃般的精致可爱，时尚柔媚的栗色卷发和凹凸有致的身材，却又充满了性感的女人味。

花裴这些年见过诸多风情各异的美人，深知这种带着少女韵味的成年女性，向来是最受异性追捧的那一款。何况她还长得那么漂亮，又自带身家优越的白富美气质，就算有点大小姐脾气，也不会有太多人与她为难。

三人静默无语地坐了一阵，咖啡馆入口处传来了推门的声音。花裴眼见容眠到了，准备正式介绍一下，一直垂着眼睛自顾自刷手机的女郎已经先一步站起身来。

容眠原本有些匆忙的脚步，在和女郎视线交错的那一瞬停了下来，身体像被电流击中了一样，僵直地站在了距离他们几米外的地方，向来从容淡定的表情变得有些扭曲，脸也是煞白。

一直跟在他身旁小声说话的肖凌在看清眼前人后，像是被惊到了一样，喉结上下滚动了半晌，才小小声憋了句"我×"。

"容总既然到了，赶紧过来坐吧，我介绍您和叶小姐认识一下？"僵硬又诡异的气氛中，谁也没有说话，戴晨很敏感地觉察到了什么，一边悄悄拨弄着手机，一边满脸堆笑地打了个圆场。

在他热情的招呼中，女郎轻轻地"哼"了一声，猫一样的眼睛里慢慢蒙上了一层水雾，精亮的瞳孔里却像有火焰在燃烧。

紧接着，在众人的注视下，她一步步走到了容眠身前，嘴角弯出一个挑衅般的笑容："你躲我？"

她的声音轻轻的，却因为掩藏不住激动，最终带上了恨恨的颤音："容眠，你居然敢躲我？是不是如果我不用这种办法约你见面，你就准备躲我一辈子？"

容眠浑身僵硬地站在那里，向来波澜不惊的眼睛里已经掀起了惊涛骇浪。女孩在他沉默的反应里似乎恨意更盛，忽然间凑身向前，踮起脚尖抓着他的衣领，恨恨地咬上了他的嘴唇。

"喂！叶珊梦你干吗？"

肖凌被这猝不及防的一幕惊得脸色都变了，眼神飞快地从花裴脸上瞟过，急急踏前一步，似乎想要把人拉开。在他低低的惊呼声中，容眠闷闷地"哼"了一声，倒退半步，先一步摁住了女郎的肩膀，眉头微蹙着，声音却尽量保持着平静："梦梦，你别这样，这里是公共场合，有什么事我们坐下来说。"

女郎紧咬着嘴唇，眼泪大颗大颗地向下滚落，手却不管不顾紧抓着容眠的衣角，怕他就此消失似的一路紧跟着他的脚步。

花裴暗中深吸了一口气，暂时顾不上满心汹涌的诧异，刻意避开了容眠看她时满是复杂的眼神，朝坐在一旁正一脸探究的戴晨点了点头："戴总，看来叶小姐是想和容总单独聊聊，不然我们别在这儿打扰了？"

"啊？那是当然……"

戴晨像是还有些犹豫，然而容眠和叶珊梦已经远远地重新找了一个位置坐下，他不好再凑上前，当即很快站了起来："花总，这事我得先和你道个歉。之前介绍人只说叶小姐是因为看到了容总的新闻，特地过来采访，我就从中拉了个线，的确没想到他们居然认识，还把小容总搞得这么为难。既然这样，他们先聊着，我先走一步，等以后有机会再上门给容总道个歉……"

"戴总您稍等。"花裴看他匆匆收拾了东西准备要走，伸手拦了一把，"道歉什么的就不必了，您也说了这事之前并不知情。不

174

过嘛……"她瞥了瞥对方紧拽着的手机，脸上还是挂着笑，声音却冷了下来，"就是不知道戴总刚才拍的那些照片和视频，能不能先处理一下？"

"花总，你看你……"

戴晨没想到一片混乱之中，花裴还能目光如炬地留意到自己的小动作，一时间面色尴尬。对他而言，这个时候如果能对备受关注的幻真科技创始人进行桃色新闻大起底，将方才叶珊梦与容眠的这场激吻戏码曝光，自然要比写两篇企业动态和产品新闻更容易带流量。

只是花裴的口气如此强硬，浑水摸鱼是过不去的，外加旁边还站了个黑着脸的肖凌，他的态度当即软了下来："花总你别误会，我其实没别的意思，刚才就是担心万一闹出什么动静来，得有个证据不是？"

"多谢戴总，不过现在没什么事，这些证据大概用不上了吧？"花裴见他尚在犹豫，下巴微微一挑，"而且我想不止幻真，大概叶小姐那边，也不会高兴看到这些东西在媒体上曝光的。"

叶家这顶大帽子压下来，戴晨迅速权衡了一下利弊，紧接着就把手机递了过去："花总既然都表态了，那就按您说的办。"

花裴也不客气，接过手机直截了当地开始删除刚刚拍下的那些照片和视频。删到最后一张时，她的动作略微顿了顿。

照片上，是叶珊梦闭着眼睛吻向容眠时的场景。阳光从窗户外照进来，在两个人脸上镀了一层淡淡的金光，让那个镜头美得像画一样。英俊的青年和年纪相当的漂亮女孩贴身亲吻着，怎么看都是天造地设的一对璧人。

有什么东西随着这张照片刺向了她的心脏，把她一直努力稳定着的情绪扎出了一个细小的孔。无数惊诧、疑惑、妒忌和酸楚交织在一起，挣扎着要从这个孔洞中奔涌而出。

"花总……你这是怎么了？"

戴晨留意到了她脸色的变化，轻声探问了一句。

"没事，多谢戴总了。"

花裴凝了凝神，微笑着把清理干净的手机交还给对方。

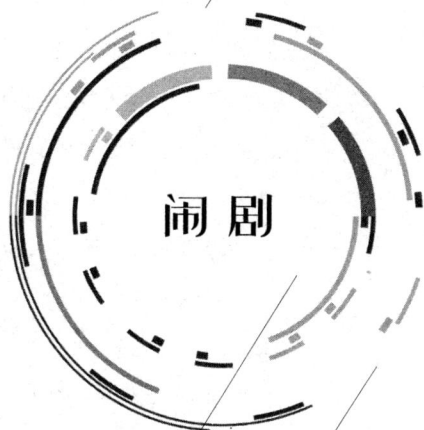

闹 剧

叶珊梦和容眠面对面坐着，手里紧拽着一包纸巾却始终不说话。刚刚流过眼泪的脸上妆已经有点花了，她却完全没有要补妆的意思，只是死死盯着容眠的脸，像是目光一旦离开，对方就会再次从她眼前消失。

　　容眠在她深深的注视下，一时间不知该如何开口，沉默了片刻后，他抬手叫了服务生。

　　"先生，请问要点些什么？"

　　"一杯美式，一杯热拿铁。拿铁加双份奶，再多一份糖包，谢谢。"

　　这脱口而出的回答听起来那么自然，仿佛关于她的口味喜好依旧烙印在他的记忆里，没有丝毫改变。

这样的认知让叶珊梦原本盈满泪水的眼睛，迅速泛起了光彩。

咖啡很快被端了上来，容眠把糖包拆开，搅拌均匀，然后朝前推了推。在叶珊梦伸手即将和他触碰时，容眠迅速将手抽回坐直了身体，有些尴尬地轻声咳了咳："梦梦，你是怎么忽然想到要来S城的？"

像是被他的逃避动作刺伤了一样，叶珊梦神情幽怨地沉默着，许久之后才轻声开口："我在朋友圈里看到有人转发了你们公司的新闻，知道你在S城，就按照官网上的地址找过来了。"她略微顿了顿，声音里带上了几分委屈，"我到你们公司问了好几次，可每次前台都说你不在，也不让我进去。我就在楼下等，也总是等不到你，最后才让爸爸托人找了关系，用这样的方式和你见了面。容眠，你躲了我这么久，是不是如果我没有看到新闻，你就准备躲我一辈子，永远不想再见我呢？"

这个问题如果放到一年前，一定是难以回答的。

即使是现在，容眠也无法对眼前的女孩说出什么太重太残酷的话语。

这是他从X城离开后，第一次见到活生生的叶珊梦，虽然在初到S城的那几年，这个女孩会经常出现在他的梦中。

这么些年过去了，眼前的这个女孩还是记忆中的模样，准确来说应该比校园时代更加漂亮夺目。昔日带着青涩少女气息的黑长直发，已经被时尚的栗色波浪卷取代，看上去更多了几分女人的妩媚和娇柔，美丽之余依旧让人心生怜惜。

容眠在她楚楚可怜的询问下，将声音放得更轻了些："我从X城离开之后就来了S城，一直留在这边工作，并没有刻意躲着你。"

"既然你没有躲着我，为什么一直不来找我呢？"女孩的神色变得有些急切，"你是还在生我的气吗？还是介意我爸爸妈妈的态度？我知道我爸爸妈妈一直对你有些误会……可是毕竟过去这么多年了，你也有了自己的事业和公司。我想只要我坚持，他们是不会再反对我们在一起的。而且你知道的，我爸爸现在还没有退休，关于你的公司，他其实可以……"

"梦梦！"容眠骤然打断了她尚在描述中的憧憬，眉头微微蹙起，"我很谢谢你能特意飞这么远来看我，可是你说的这些事情，我都没有想过。"

"没想过？你的意思是……关于我们的未来，早已经不在你的计划中了吗？"叶珊梦的表情瞬间惊愕，很快像想到了什么一样激愤了起来，"你是不是还在介意……那件事？所以你一直不愿意面对我？可是你知道的，那是个意外，而且你答应过我不会怪我，也永远不会再提起这件事！"

"不是。"这个话题显然戳中了容眠最不想面对的那段过往，让他声音有些发颤，"你别误会，我知道那是个意外，也从来没有和任何人提起。"他喘了一口气，尽量让自己平稳真诚地说出后面的话，"梦梦，我之前和你分开，只是因为我们之间的确不合适。即使没有后来的那些事，我们也很难在一起，关于这一点，我希望你能明白。"

叶珊梦怔怔地愣在了那里，神情逐渐变得有些扭曲。

容眠离开了这么久，一直没有给过她只字片语的消息，她这次意外得到消息赶来之前，其实一直心怀忐忑。

可当她从戴晨那里了解到对方尚未结婚，甚至不像有女朋友的消息后，原本不安的心很快被期待和自信填满。

她知道自己伤害过他，可是也很清楚自己在他心目中的分量。

以容眠的条件如果至今未婚的话，一定是还未曾放下他们之间的那段过往。她原本打定了主意放下姿态，哀求也好，示弱也罢，即使容眠存有再多怨恨和责难，也要将他重新争取回来。

可就在这短短几分钟的对谈里，她感觉到了容眠身上发生的某种变化，已然偏离她的预想。

如果说昔日的时光里，容眠虽然性格矜冷，并不会像大多数恋爱中的男生一样喜欢说甜言蜜语，黏着她不放，可眼神里藏着的爱和眷恋，她是能感受到的。虽然他们关系的开端源于自己处心积虑的主动争取，可恋爱关系确定之后，容眠从来都是把她当公主一样捧在手里，小心翼翼地呵护着，从来没有让她受过半点委屈。

也许就是因为对方的热烈内心和淡然外表之间的强烈反差，她越发喜欢看他为自己失控的模样，所以才会一而再再而三地闹出诸多事端，挑战对方的底线。可每次闹得再过分，容眠表现得再生气，她习惯了用轻软甜腻的撒娇和肆意缠绵的亲热，来将对方的情绪化解。

所谓恃爱行凶，不过如是。

会这么肆无忌惮地在感情里放肆，是因为她相信容眠从始至终都爱着自己。即使这么多年避而不见，大概也只是在赌气而已。只要自己诚挚道歉，并补偿之前他失去的一切，那么一切就可以重新开始。

然而眼下，面对容眠客套而疏离的态度，她开始感觉到了慌乱，也逐渐意识到对方那些熟悉的体贴和温柔，或许只是出于惯性和礼节，未必再与爱有关。

"容眠……"许久之后，她试探性地再次开口，"我听说……

你并没有结婚。"

"嗯，是还没有……"

容眠点了点头，目光游移着看向了咖啡馆大门的位置。

十几分钟前，花裴推开门从咖啡馆走了出去，从始至终没有朝他们的位置扭过头。肖凌匆匆追出去时，倒是朝他瞥了好几眼，脸上是显而易见的忐忑和担忧。

叶珊梦和他的重逢出现得太突然，在此之前他甚至没有把这段关系向花裴做过任何交代。易位而处的话，他想不出花裴在遭遇这一幕后，有任何不生气的理由。

"那……你有女朋友了吗？"叶珊梦的声音带上了几分小心翼翼。

"嗯，有了。"容眠把目光收了回来，很认真地看着眼前的女孩，"所以梦梦，如果以后你在S城有什么需要帮忙的地方，可以打电话给我或者肖凌，但是今天这样的事，我希望不会再发生了，好吗？"

"这样啊……你是怕你的女朋友知道了会生气吗？就这点来说，你还真是一点都没变啊。"

叶珊梦不置可否地轻轻笑了一下，嘴角却紧紧地抿了起来。

花裴出了咖啡馆的门，漫无目的地沿着人行道走了好一阵，一时间没想好要去哪儿。

男朋友身边忽然出现了气焰嚣张、公然挑衅的竞争者，这在她的人生经历中并非第一次遭遇。只是当年的丘苓虽说性格强势，对康郁青势在必得，后者毕竟还是因为顾及她的感受，在两人关系彻底曝光前做了不少铺垫，以至在她亲眼看见两人挽手贴面的亲密画面时，多少有了心理准备。

　　然而刚才那一幕给她带来的视觉冲击实在太大，全无准备的情况下，除了远离现场，她甚至不知道自己应该怎样反应才最合适。

　　从容眠的反应看，叶珊梦显然并不是普通的粉丝或迷妹，两个人之间甚至纠葛颇深。虽然花裴并不会天真到指望容眠在遇见她之前，感情世界一片空白无所驻留，然而女孩踮起脚尖热情吻住他的那一瞬，还是让她的一颗心狠狠地开始绞痛。

　　海洋馆是没什么心思去了，眼下回公司似乎也不是一个太好的选择，花裴正在犹豫，徐朗的电话忽然打了过来。

　　自从之前徐朗告白失败，两人把话说开以后，相互间的来往反而比处于"相亲"阶段时更密切了一些，时不时会在微信上聊几句，互相推送一些有趣的网络段子，甚至闲暇时还会约着喝个下午茶，交换一下业界八卦和行业新闻。

　　直到花裴加入幻真，开始着手Dream的市场工作，徐朗惊诧之余，除了私下找顾隽了解缘由外，并没有在她面前表现过多的质疑或探究，反而有意无意地利用自身的人脉资源，给了花裴更多支持。Dream和Toy Town合作期间，好几家主流媒体的大幅报道，就是出自他的牵线搭桥，后期Dream2在Come Together上的众筹活动，他也发动了海内外的朋友给予了不少帮助。

　　即使知道心仪的女孩已经心有所属，选择和其他人在一起，却没有口出怨言或是心怀怨恨，而是站在一个合适的位置给予对方适度的关心，这样的徐朗让花裴欣赏之余，不由得心生感激。

　　"徐朗，好久不见，你还好吗？"

　　她轻声咳了一下，尽量让自己的声音听上去平静如常。

　　"我还行，就是最近总在外面出差，好久没能约你见个面。"

电话那头的声音听上去很是爽朗，显然没有觉察到她此刻的异常，"对了，有个事我和你说说。政府那边为了鼓励创新企业，下个月会在五洲宾馆搞一个酒会，除了相关政府官员出席之外，还邀请了一些投资人和发展不错的创业公司过来做经验分享。我想着你们要不也过来一趟，和政府方面接洽一下，顺便看看有没有合适的合作机会？"

"多谢你啊，忙成这样还没忘记给我递消息。"

能在这种场合露个脸，对幻真在未来的资金申请和政策扶植方面都大有助益。花裴当即诚恳地表示了感谢，和对方就活动的种种安排寒暄了一番。

临挂电话前，徐朗像是犹豫了一阵，小心翼翼地补充着："对了，我听我在盛泽的朋友说，长青科技上市后在美国的市场情况已经趋于稳定，近期康郁青会带部分人员回归中国市场，关于总部落定的问题，目前似乎在和S市政府做接洽。"

"噢……这样的话，那就恭喜他啊。"

花裴笑了笑，十分平静地应了一句。

就在这一刻，她忽然意识到有关康郁青加注在她身上的种种痕迹，似乎已经随着时光的流逝而逐渐被抹平。

比起刚才女孩和容眠近身拥吻的那一幕，如今有关这个名字的种种听在耳里，已经不会再让她有所触动或心生涟漪。

一通电话后，花裴原本有些躁乱的心逐渐安静了下来，正准备打车回家好好休息一下，抬眼间看肖凌依旧犹犹豫豫站在她身后不远的地方，一脸欲言又止的模样。

她干脆笑着朝对方挥了挥手："你怎么还没去海洋馆啊？时间已经不早了。我估计容眠应该没空了，我也准备回家了，现在多了两张票，你看有没有其他朋友要约？"

"花裴！"肖凌像是一肚子话憋了半天，实在憋不住了，抬步朝她身前一挡，"你先别着急赶我走，我得找你聊聊。"

"怎么搞得这么严肃啊？"

花裴左右看看，找了个街心花园旁的长凳坐了下来："反正我现在没什么事，你要是不着急走的话，那就聊呗。不过你想聊什么呀？"

肖凌搓着手吭哧了半天，终于下定决心一样："你别怪我多事，我吧……其实就是想和你聊聊容眠和叶珊梦之间的事……"

"叶珊梦？"花裴想了想，"这么说起来，你也认识她？"

"你不知道我们认识？"肖凌像是真的被惊到了，"容眠没和你说过叶珊梦是他大学时候的……女朋友？"

"好像之前有提过。"

花裴想起容眠向她告白时，似乎隐约提起过自己大学时代女朋友的事："不过没说名字，所以我一时半会儿没反应过来。"

"他不说，你居然不问？"肖凌在她轻描淡写的态度里，嘴巴越张越大，"我说你们两个真的在谈恋爱吗？"

"这也没什么好问的吧。反正都是过去的事了，他们不是已经分手了吗？如果不是太愉快的回忆，我又何必勉强他说。"她抬眼看着眼前一脸疑惑的青年，"是容眠让你来找我的？"

"不是……"肖凌的声音重新低了下来，"我估计他现在正焦头烂额不知道该怎么办呢，谁会想到叶小公主居然好死不死地又出现了呢。而且啊……关于叶珊梦的那些事，我估计他也不会和你说的，毕竟就算我这么个外人，也觉得糟心得不知道该怎么开口。"

听他这口气，似乎对那个容貌惊人的女孩并无好感，想来作为容眠的铁哥们儿，当年那段恋爱也让他深受其苦。花裴看他满脸的不忿和纠结，也不想他再为难，于是轻轻拍了拍他的肩膀："行吧，你有什么想告诉我的，我听着就是。"

肖凌深深地吸了口气，眼神变得有些暗淡："叶珊梦能干出今天这事，说实话我一点不意外，毕竟从大学开始，她就是这么个自以为是，为达目的啥事都干得出来的风格……她比我和容眠小两届，刚进学校的时候就挺轰动的，大家都说X大新闻系新来了个师妹，不仅长得比明星还漂亮，而且是被一辆玛莎拉蒂送进来的，一看就是白富美。那个时候我听到消息，还扯着容眠一起特地去围观了一下，见第一面的时候还起过想追她的念头……"

长相漂亮又出身优越的女孩子，无论在哪里都会成为异性关注的焦点，以叶珊梦那副连花裴都不由为之惊艳的长相，会成为校园女神是意料之中。只是肖凌对她的态度从最开始的憧憬膜拜，到如今的愤愤难平，倒让花裴心生好奇："后来呢？你开始追了吗？"

"嗐……"肖凌有些尴尬地挠了挠头，"追她那些事就别提了，反正就是借着各种机会套近乎，用师兄的身份凑着帮忙什么的，一来二去大家就慢慢熟悉起来了。当时我还觉得她在那么多追求者里对我另眼相看，是不是因为也有那么点意思，为此还激动了好一阵。后面我才知道，她愿意搭理我甚至和我一起出去玩，是因为那时候已经看上容眠了，所以拿我当幌子来着。"

"扑哧……不好意思啊……"

这种桥段听上去甚是狗血纠结，花裴在他绘声绘色的描述里忍俊不禁笑出了声，心里揣测着当年肖凌得知真相后，三人间该如何处理这尴尬的关系。

像是猜透了她此刻的念头，肖凌耸了耸肩："知道实情以后我和容眠赌了两天气，不过很快就过去了，毕竟感情这种事嘛，不是我一厢情愿能决定的，而且容眠怎么说也是我哥们儿不是？这小子大概是顾忌我的心情，也没和她有进一步发展，两个人挺正常地相处着。不过我看得出来，容眠当时其实挺喜欢她的……"

"所以最后，他们两个是谁先捅破这层关系的？告白时候你在场吗？"

校园时代的恋爱自有它青涩动人的一面，故事背后隐藏的又是属于容眠已经逝去的少年时光，花裴饶有兴致地等着下文。

"呸！我要在场就好了！"肖凌说到这里狠狠地骂了句脏话，脸色变得有点难看，"后来这事挺坑的……他们两个这么不进不退地相处了两年，叶珊梦大概是矜持着想等容眠先开口，所以搞了许多乱七八糟的事，试探容眠的反应。相处的那几年，容眠也发现了她性格挺骄横的，两人不太合适，到了后面没准备和她有进一步发展，想着安安静静毕业算了。可是没想到，叶珊梦眼看容眠大四了都还没什么表示，大概是急了，有一次借着过生日把容眠拉出去唱歌，中途灌了他不少酒，最后趁大家都醉了，容眠脑子也不怎么清楚的时候，借口身体不舒服，去KTV附近开了个房，然后就这么把他睡了……"

"喂！什么鬼！"花裴没想到一段浪漫唯美的校园恋情，发展到最后忽然来了个霸王硬上弓的神转折，也是被噎了一下，"这么隐私的事，你是怎么知道的？"

"隐私个屁！我怎么能不知道！"肖凌咬牙切齿，"叶珊梦睡完容眠以后没多久，她那群闺密就把这事传得X大人尽皆知了，跟宣布主权似的。容眠什么性格我不知道？以他当时在X大被女生围追堵截的程度，想睡个姑娘用得着那么大张旗鼓？不过当时他也是第一次经历这事吧，叶珊梦和他发生关系以后，又总是一副娇滴滴的样子，老哼哼自己这里不舒服那里又难受。容眠那天迷迷糊糊也没做安全措施，事后甚至怀疑她是不是怀了孩子，一路紧张地陪她去了医院，确认没事以后又特地在外面给她租了房子，每天将她伺候得跟公主似的，从做饭煲汤到收拾家务什么技能都学会了，你感受过的不是？"

说起这段往事，肖凌一脸愤然。在他的认知里，自己的哥们儿无疑是因为叶珊梦的心机设计才会被套路其中。

然而花裴并不这样认为——以她对容眠的了解，如果只是出于愧疚或是责任，他是做不到对一个女孩子这么温存体贴的。

和一个原本就抱有好感的女孩发生了实质性关系后，一直克制着的感情就此灼热喷薄。无论是怎么样的原因，让他们的恋爱关系正式开始，容眠都一定深深爱过这个女孩。

花裴忽然想起容眠搬家时，她曾无意中发现藏在书本中的那张画和落款处的"For my dream"，那飞扬而深情的笔触，大概是他身处热恋时，对那个深爱着的女孩最真实的心情写照。

"那后面，他们是因为什么分手的呢？"故事到此为止，听上去都是宠溺和温柔。花裴回想起容眠此后的遭遇，心里模模糊糊有了不祥的预感，"是因为……容眠打架的事吗？"

这一次，肖凌沉默了很久才有些沮丧地开口："其实就算没有这件事，他们也不会长久的……叶珊梦实在是太作了，虽然说漂亮女生多少都有点小脾气，但她真的挺过分的。容眠和她在一起后都快赶上二十四孝了，可她还是觉得没安全感，整天变着法子折磨他。尤其是大四最后一个学期，容眠忙着毕业设计，陪她的时间少了点，叶珊梦就开始故意和一些乱七八糟的男生来往，希望引起容眠的关注。这些烂事应付了一次又一次，最后他实在忍不了了，就提出了分手。原本我们都以为，他们之间的这段孽缘终于消停了……"他深深地叹了一口气，"结果毕业前的三个月，还是出事了……"

引发容眠人生剧变的那次事故发生在春末。那个时候，处于毕业前夕的大四学生都在全身心地准备毕业设计。出事那天刚好赶上周末，肖凌约了容眠打完球，正准备找个烧烤摊撮一顿好好放松放松，结果叶珊梦的电话打了过来。

女孩在电话里具体说了什么肖凌没听见，但容眠当时脸色就变了，在肖凌的频频追问下，简单说了一句"梦梦好像遇到了一点麻烦，我得去她住的地方看看"，就披上外套匆匆跑出了校门。

那天晚上，聚会中的肖凌因为久等容眠不来，放心不下接连给他打了好几个电话，却一直没有人接听。到了夜里10点左右，肖凌还是联系不上人，实在坐不住了，叫了几个平时关系不错的同学，一起去了叶珊梦租在学校附近的房子。这才从小区门卫口中得知，容眠和几个小青年因为打架滋事闹出了大动静，已经被带往警察局。

这场架是怎么打起来的，背后究竟发生了什么，肖凌至今不得而知。他只知道自己从赶到警察局见到容眠开始，到案件最终被定论为"争风吃醋引发的恶性斗殴"，对方从头至尾都紧咬着牙，没有针对这件事做过任何申辩和解释。

因为伤人过重，容眠最终被拘留。在此期间，学校下达了关于因容眠违反校规，经决定不予颁发毕业证的正式通知。昔日备受女生关注的校园男神忽然爆出了这种新闻，难免引发诸多揣测和讨论，容眠从学校消失后，众人的目光聚焦在了本次事件中的另外一个当事人叶珊梦身上。

遭遇这番变故的叶珊梦，同样对事情的前因后果缄口不言，在事件结束之后更是低调了不少，除了上课之外，几乎和班里的同学断了来往。然而不久之后，X大还是流传起了她因怀了容眠的孩子而偷偷去医院堕胎的传闻。

争风吃醋、打架斗殴、取消学位……这些关键词加起来，足以给予一个临近毕业的大学生毁灭性打击，加之容眠自得知学位证书被取消后，就再也没有回过学校，对女朋友始乱终弃、有了孩子不负责的渣男形象更在诸多流言之中甚嚣尘上，就此坐实。

难怪当初邬倩倩在见到昔日学长后连招呼都没打一个，就急不可耐地把听闻的种种罪状一一报备给男朋友。想来昔日在X大校园里关于容眠的传闻，比顾隽听在耳里的那些信息还要惊悚得多。

"其实我知道，这件事容眠心里一直没放下，这几年除了倒腾Dream之外，根本没再聊过感情的事。虽然他不说，但我知道他对叶珊梦的感情是很复杂的。这姑娘虽然作，但毕竟是他曾经那么喜欢过的人。包括我们的机器人最后被命名为Dream，我都怀疑是不是有点纪念叶珊梦的意思。本来我都担心他以后是不是真的会性冷淡，没想到会遇见你……花裴，这么多年的交情了，我看得出来容眠是真的很喜欢你，所以今天这事……你能不能别和他生气？"

故事说到最后，肖凌眼巴巴地看着花裴，神情里带着一点哀求，像在等着她表态。

"我干吗要生气？"

这个故事听起来如此复杂纠结，诸多内情更是因为时间的流逝和当事人的暧昧态度，变得模糊不清。花裴细细咀嚼了一阵，总觉得有什么地方不太对劲，于是主动发问："肖凌，当年那场事件具体发生在什么时候，你还记得吗？"

"4月中旬，因为4月22号是我们篮球队一个哥们儿的生日，那天我们约着吃饭，本来是讨论一下他生日那天去哪儿过的，所以我记得很清楚。"

"叶珊梦打胎的消息，是什么时候传出来的呢？"

"应该是6月的时候吧……"肖凌努力回忆着，"据说是叶珊梦的一个师姐去医院看病，在妇产科门口撞到了她，就去做护士的亲戚那儿问了问，消息就传出来了。叶珊梦那时的确请了一段时间假，想来这个消息应该是真的。"

"那……在4月份之前，她看上去有怀孕的迹象吗？"

"这我哪知道？"肖凌有些尴尬地挠了挠头，"不过看她那样子应该不像，那段时间我和朋友聚会时撞见过她好几次，喝酒什么的都挺豪放的。而且那时容眠大部分时间都泡在实验室，两个人没单独见过几面，结果没想到都分手了，居然还搞出了这种事……你说他到底怎么想的？"

原来如此……

花裴轻轻吐了一口气，眼前浮现的，是之前容眠在遭遇顾隽控诉时，那副又隐忍又愤怒的表情。

出租车行至小区门口时，天空中已经淅淅沥沥地下了一阵雨。花裴快步小跑到自家楼下，却发现昏暗的灯影下，多了个熟悉的人影。

她微微一怔，赶紧走上前去："你怎么站在这儿啊？等了多久了？没回公司？"

容眠抬头看着她，头发湿漉漉的，连长长的睫毛上都沾着水汽，黑色眼瞳里像藏着千言万语。许久之后他轻声开口，声音有点发哑："裴裴，我可以上去坐坐吗？"

"当然！"花裴赶紧应声，主动拉着他的手走进了电梯。

两人上了楼，花裴把门打开，换了鞋子放下包，却发现容眠一直站在门口没个动静。

"你怎么了？还不进来？"

她抬起头，刚说完，随着"砰"一声重响，突然被猝不及防地压在了玄关。

紧接着，容眠带着水汽的嘴唇重重亲了上来。

这个吻显得如此急躁且没有章法，并不像容眠一贯的温柔作风。花裴被他紧紧抱着，一时间脱不开身，只能一下下抚摸着他的头发，安抚他略微发颤的身体。

许久之后，容眠终于安静了下来，慢慢离开了她的嘴唇，眼神和呼吸却依旧和她胶着在一起。最终花裴有些受不了这样的气氛，先一步打破了僵持的状态，伸手指了指浴室："你先去洗个澡，别感冒了，有什么话一会儿再说。"

两个人先后洗了澡，换上了干净的睡衣，被雨水淋湿后有些发冷的身体，终于因为热水的洗礼而温暖了起来。花裴擦干头发，从冰箱里拿了两瓶矿泉水递到他眼前："来，先喝点水。"

容眠把瓶子接在手里，下意识紧紧握着，很久之后才把眼睛抬了起来："裴裴，我现在过来，是想和你解释一下……下午的事。"

"下午的事？"花裴看着他，神色十分平和，"如果你是说叶小姐，肖凌都已经和我说过了。"

"嗯？"这个答案显然令他有些意外，容眠的眉头蹙了起来，

"他都和你说了什么？"

"也没什么，简单概括一下，应该就是……叶小姐是你大学时代的女朋友，后来你们分手了。这次她应该是看到了新闻，知道了你在幻真科技，所以特地花了点心思，找过来想和你叙叙旧。见面的时候情绪稍微有点激动，所以引发了一点小混乱……大概就这些？"

这番叙述听起来如此轻描淡写，一切和容眠想象中剑拔弩张的紧张态势大相径庭。在他过往的恋爱经验中，只要遇到他和哪个女孩子来往过密，叶珊梦一定会不依不饶地抓着他刨根问底，恨不得把对方祖宗三代的历史都挖出来问明白。

今天下午发生的事，虽说他之前并不知情，但的的确确值得花裴加以严审甚至发个脾气。面对这样的态度，容眠一直紧绷着的神经略微放松了些，口气里依旧还带着几分不确定："那你……没有什么其他的要问我吗？"

"你希望我问什么呢？"花裴抬头喝了一口水，然后静静地看着他，"容眠，我既然选择和你在一起，就不会无端因为这些事横生猜忌。且不说今天发生的事你事先并不知情，即使如果有一天，你真的有了其他选择，我也会尊重你的决定。感情是相互的，我做不到勉强，只是有一点……如果哪一天你真的决定要离开，请早一点告诉我，不要因为这样那样的顾虑，让我一直蒙在鼓里，到最后才知道。就像……"

就像康郁青当年做的那样，利用她的信任和坦诚，给了她撕心裂肺的骤然一击。

容眠的眼角重重一抽，像是被这样理智又坚强的态度刺伤了一样，迅速起身走到她面前，俯下身轻轻捧着她的脸："裴裴，今天的事是个意外，我没有想到分开了这么久，她会因为看到新闻专门飞到这里。可是见面后，我已经和她说得很明白了。过去的事已经过去了，我现在有了喜欢的人……"他顿了顿，在花裳沉默的神情中，难得地流露出了紧张和不安，"你还在生气吗？之前我给肖凌打了个电话，他说你离开咖啡馆以后，和他简单聊了一会儿就走了。可我打电话给你，你一直关机，赶到你家发现你根本没回来……"

"我手机没电了，身上没带充电宝，所以一直没法开机。让你担心了，实在抱歉。本来和肖凌分别以后我就想直接回家的，结果路上遇到了一个熟悉的媒体朋友，就去对方公司坐了坐，顺便一起吃了个饭。至于生气嘛……"

向来冷静又骄傲的青年难得露出这样小心翼翼的神色，花裳轻声笑了起来，看着他尚且带着牙印的嘴唇，主动贴了上去："这么说起来，我好像是该生生气……你刚才弄疼我了。还有，你的嘴唇破了，得涂点润唇膏……"

一个清淡却满是温柔的吻随着模糊的句子尾音，落在了他的嘴唇上，轻轻摩挲着，像是要安抚他满心的不安。容眠只觉得眼眶有些发热，伸手紧紧抱住她，很快加重了这个吻。

唇齿交缠间，两人紧拥着靠在了沙发上，容眠一直紧绷的身体渐渐热了起来。低低的喘息声中，他们亲昵地温存着，容眠像是想到了什么，勉强把头抬起，将细碎的吻落在了花裳耳边："裳裳，你等我一下，我下楼买一下安全套……"

恋爱关系确定以来，每一次的亲热他都会很小心地做好安全措施，即使冲动之下再是情不自禁，也绝不会疏漏掉这个环节。花裳之前并没有太在意这个细节，如今听到这句话心里一动，伸手勾住他的脖子低声呢喃着："你为什么一直很在意这件事？是因为不喜欢小孩子，还是……"

还是因为传闻中叶珊梦堕胎的事，而心怀愧疚？

眼前的青年微微怔了怔，神色看上去坦诚而认真："裴裴，你别误会。我其实一直很想和喜欢的人有一个家，生一个可爱的小孩。但是我一直记得小时候，我妈独自一人带着我艰难过日子的样子，所以责任这件事对我来说很重要。我希望有一天，你愿意接受我的求婚，我也有足够的能力给你一个家，到那个时候，再让我们的孩子没有任何负担地来到这个世界……"

"我知道了……"即使这个答案听起来是她最期待的那一个，花裴的脸却飞快地烧了起来，就连回应的话也带上了几分颤音，"那个……你不要下楼了，我卧室里有……"

"嗯？"

容眠的眼睛弯了起来，重新吻上了她的嘴唇。

那天夜里，他们一直紧紧地拥抱在一起，不断亲吻着彼此。内心翻涌着不知名的滋味，让花裴始终想说点什么，最终还是在对方汹涌的热情里，没有说出口。

即使在已经有了足够阅历和事业成就的当下，容眠都能抱有这样的温柔和责任感。那么当年，他又究竟是因为什么做出让女朋友怀孕堕胎，却一走了之抛之不顾，那样不负责任的事？

仔细想来，那场被定性为"争风吃醋"，最终导致容眠人生发生剧变的事件背后，或许另藏隐情。

不过眼前，这些事都已经过去了。对花裴而言，似乎没有了再探究的必要。

叶珊梦出现导致的那场闹剧，看上去似乎并未对容眠和花裴产生什么影响，事发后第二天，两个人前后脚进了办公室。接下来整整一天，不仅工作上依旧配合默契，就连在中午吃饭的空当也不经意地撒撒狗粮，但肖凌心里始终有些惴惴不安。

毕竟以他对叶珊梦的了解，这个姑娘从大学时代开始，就是骄横得近乎偏执的性格，对容眠又抱着绝对的执念和可怕的占有欲。当初容眠只身南下来到S城，直接切断了和她的所有联系时，尚在学校应付毕业事务的肖凌就频频被她围堵，不断被追问有关容眠的动态和消息，对方那不依不饶的态度，激烈得近乎歇斯底里。如今她既然阴错阳差追到了S城，并且找上了幻真，想必不是那么容易就知难而退，被三言两语打发掉的。

然而不知道容眠究竟和她说了些什么，自那日在咖啡馆引发那么一场引人侧目的闹剧后，叶珊梦就此销声匿迹，再也没有出现过。容眠每天大部分时间，神情平和地泡在办公室里，看上去没有再被私下纠缠。

肖凌暗中观察了几天，一方面觉得甚是庆幸，一方面又有些忐忑，这意料之外的平静背后，是不是酝酿着什么大风暴。其间他旁敲侧击地问过容眠，叶珊梦如今究竟是什么情况，然而对方只是言简意赅地交代了一句"该说的我们都已经说清楚了，她答应我以后不会再做出格的事"，就没再过多解释。

事实上对容眠而言，在处理叶珊梦这件事上，一切并不像他表现出来的那么轻松。

这个女孩是他真正意义上的初恋，见证他从少年走向成人，给他带来过最甜美也最难忘的一段时光。她的出现，在他身上留下了无法磨灭的印记，同时也让他一度偏离了人生的航向。

因为离开校园前发生的那场变故，对这个女孩，他夹杂了怜惜、怨恨、失望、歉疚和诸多难以言说的复杂情绪。这些情绪和曾经刻骨铭心的爱意交织在一起，让他再也无法坦然面对两人之间的关系，于是选择了决然分手。

即使如此，叶珊梦依然是附在他心里的一块疤，像那个曾经文在腰上的名字一样，就算洗去，只要摸到留下的伤痕，就会随时提醒他那些难以磨灭的过往。

和叶珊梦一起离去的，是他接纳感情和爱人的能力，所以他才会把自己封闭起来，将所有的关注和热情投入到对Dream的研发里。

他一度以为自己不会再像少年时代那样，义无反顾全身心投入地去爱一个人了，直到花裴出现在他的世界。

如果说与叶珊梦的初恋赋予他对爱情的认知，是狂热、纠结、患得患失和永远与甜蜜相伴的痛苦，那花裴带给他的，却是隽永绵长的温暖和惺惺相惜的默契。她就像一片清亮的湖水，初看波澜不惊，相处越久越会在平静的湖面下，发掘出更多珍奇和惊喜。

这个女孩是他过去二十七年人生中，上天赐予他最大的奇迹和珍宝。

如果没有她的出现，他或许依旧会按照计划中的方向，按部就班地工作生活，可是既然她来到了自己身边，他就不想再轻易失去。

所以那天在咖啡馆里，即使面对叶珊梦泪意盈盈的一张脸，他艰难且诚恳地表明了"我已经有了喜欢的人"的态度，只是面对对方的频频追问，他终究没有把花裴的名字说出口。

他了解叶珊梦的性格，并不希望花裴被打扰。面对他缄默的态度，叶珊梦就此沉默了下去，没有再加追问。

他原本以为在自己直截了当的态度下，一切已经恢复如常。

然而经历了几天的平静之后，叶珊梦的电话终于还是来了。

"容眠，这几天我认真想过了，对之前的打扰我很抱歉。我已经订好了过两天回X城的机票，就是不知道临走前，你能不能再来看看我？"

电话里女孩的声音放得很轻，带着一点哀求的意思。容眠只道："梦梦，如果没有什么重要的事，我就不过去了。你哪天走告诉我一声，到时候我和肖凌一起开车送你去机场，好吗？"

"倒是没什么重要的事……"叶珊梦怯怯地补充着，"只是我好像到了S城以后，一直有点水土不服，昨天在酒店附近随便吃了点东西，今天胃实在疼得厉害，所以才想给你打电话，看你能不能帮我买点药什么的……"

当年他们尚在热恋期时，叶珊梦就有胃疼的毛病。一旦病发，容眠就会如临大敌地帮她烧热水袋煮姜汤，尽心尽力的伺候已经成了惯例。此刻对方开口提起，容眠虽觉为难，终究还是不忍心弃之不理。

"你把酒店地址发给我，我这就去帮你买药，然后送过去。我来之前你先躺着，实在难受就先喝点热水。"

"好的，那我等你……"

女孩轻轻道了声谢，很快把酒店的地址发了过来。

微信上显示酒店地址离幻真的办公地点并不远，十五分钟后容眠拿着买好的药和打包好的热粥，敲响了客房的门。

房门一拉开，扑面而来的是一股带着幽香的氤氲水汽，叶珊梦浑身上下只裹着一条浴巾，头发湿漉漉地披散在肩头，嘴唇轻咬着站在他面前。

容眠的眼光刚落在她赤裸的肩上，立马别到一旁，迅速向后退了两步，声音带上了几分不自在："你既然在洗澡，我就把东西放门口，你收拾好了出来拿一下，我先走了。"

"不是的，容眠你别误会……"叶珊梦立刻抓住他，慌慌张张地解释道，"我刚才实在不太舒服，不小心把衣服吐脏了，所以趁你来之前洗了一下。现在已经洗好了，进浴室把衣服换了就行，你既然来了就进来坐坐，等我把药吃了再走行吗？"

女孩可怜兮兮地注视着他，卸下妆容的脸上少了些光彩照人的艳丽，却多了几分我见犹怜的凄楚。容眠考虑着避嫌，却惦记着对方尚在病中，在这人生地不熟的城市孤零零一个人，的确需要照顾，一时间没再说话。

叶珊梦看他没再坚持要走，拉开房门后赶紧小跑进了浴室，似乎是想把自己收拾整齐。容眠最终只能叹了口气，拿着药品和热粥进了门。

酒店的房间里有些杂乱，属于女性的衣物和化妆品四下堆叠着，床上甚至还扔着两件黑色性感内衣，她并没有因为得知他要来而有丝毫避嫌的意思。容眠靠着房门站了一会儿，对眼前那些私人衣物只觉得尴尬，考虑片刻后，干脆拿起床头的两瓶矿泉水，把水倒进水壶，专心致志烧起了热水。

几分钟后，水壶的气鸣声开始响起，一股股热气随着水的沸腾渐渐飘向空中。容眠随手拆着药盒，突然"当"一声重响，女孩惊叫的声音猛然响起。

"梦梦，你怎么了？"

"疼……我的脚好像扭到了……"

浴室里传来一阵阵抽泣声，中间夹杂着忍痛的呻吟声。容眠不敢耽搁，赶紧将门拧开，将摔坐在地上一脸扭曲的女孩抱了起来。

"怎么会弄成这样？我送你去医院！"

"别……"

叶珊梦蜷缩在他怀里，啜泣的声音低了下来："我没什么事，刚吹了头发想穿衣服，结果地上太滑不小心摔倒了，去床上躺一下就好，不用去医院的。"

就她现在这样裹着浴巾，肩腿裸露的模样实在不方便立马出门。容眠咬了咬牙，尽量避开与她肌肤接触，小心翼翼地把人抱上床后，立刻拉过被子盖住她。他正准备下楼买点治疗跌打损伤之类的药膏，叶珊梦忽然紧抓着他的手，放在了自己胸上。

女孩的胸脯细腻而柔软，此刻却如此烫手，容眠一惊之下叱问还没出口，对方的另一只手已经勾着他的脖子，用力将他拉上了床。

热切的吻一个个落向容眠的脸颊，嘴唇，脖子。

激烈的纠缠中，叶珊梦的手迅速向下摸去，意图挑逗起他最原始的反应。在经历了短暂的错愕和震惊后，容眠即刻推搪，触碰到对方细软而滚烫的肌肤，他不敢再有更强硬的动作。

"容眠，你明明对我有反应，你其实还是爱我的，是不是？我知道你现在的女朋友或许可以在事业上帮到你，我不会让你为难……以后我们之间的事，我绝不会和她多说半个字，你说好不好？"

凑在耳边的声音不断呢喃着，带着一点哀求和撒娇的味道。很多年前他们还在热恋期时，无论发生多大的矛盾，争吵如何激烈，一场耳鬓厮磨的情事总能解决掉任何问题。

在女孩带着颤音的低语中，容眠的身体很快热了起来，一直僵硬着尽量避免触碰赤裸身体的手，慢慢勾上了她的腰。

感觉到他不再抗拒，处于疯狂情绪中的女孩逐渐安静下来，抬手拨开他有些凌乱的额发，满是缠绵地在他额头印下一个吻。

忽然间，一阵天旋地转，叶珊梦只感觉身体被重重扣紧，推着滚落向了一旁，紧接着，堆放在床脚的被单将她严严实实裹了起来。

"容眠，你去哪儿？"

眼见对方迅速起身，她顾不上羞耻，迅速扑向前紧紧抓住对方的衣角，试图作最后的挽留。

费力拉扯中，她的目光不小心落在了对方后腰位置。

原本驻留在那里的图案不知道什么时候已经被洗掉，如今青蓝一片的模样看上去有些狰狞。

那个位置的文身，是两人热恋时她强逼容眠刺上去的，图案是她的名字，文身师做了个漂亮的花体设计。

容眠原本对这种幼稚浮夸的秀恩爱行为并不感冒，他的皮肤对刺青又有些敏感，然而架不住叶珊梦一再撒娇哀求闹脾气，在被炎症和疼痛折磨了好一阵以后，终究还是遂了她的意。

她原本以为自己和那个文身一样，会铭刻在对方生命里，深入骨髓，成为无法割舍的一部分。可是如今，意味着爱的箴言的图案只剩下了一片刺目的丑陋疤痕。

容眠一直背对着床，任由她歇斯底里地拉扯，在感觉到对方终于安静下来后才转过身，神态恢复了一贯的冷冽。

"叶珊梦。"他轻轻开口，就像面对的是一个毫无关系的陌生人，"如果我之前的话你没有听清楚，那我现在再说一遍。我们已经分手了，我不再爱你了。只是……"他顿了顿，转身迈步将房门拉开，声音变得更冷了一点，"原本我以为大家多年不见，如今还能互相点头问候做朋友。但今天以后，我想我们还是不要再见面了。"

【未完待续】

图书在版编目（CIP）数据

极客先生攻略：全2册／拂衣著. —— 南京：江苏
凤凰文艺出版社, 2019.5
ISBN 978-7-5594-3141-7

Ⅰ.①极… Ⅱ.①拂… Ⅲ.①长篇小说－中国－当代
Ⅳ.① I247.5

中国版本图书馆 CIP 数据核字 (2018) 第 295643 号

极客先生攻略

拂衣 著

选题策划	北京记忆坊文化	
责任编辑	白涵　刘洲原	
特约策划	朱雀	
特约编辑	诗杰　朱雀	
封面绘图	CaringWong	
封面设计	80零·小贾	
版式设计	段文婷	
责任印制	刘巍	
出版发行	江苏凤凰文艺出版社	
	南京市中央路 165 号，邮编：210009	
网　　址	http://www.jswenyi.com	
印　　刷	三河市国新印装有限公司	
开　　本	880×1230 毫米 1/32	
印　　张	13.5	
字　　数	334 千字	
版　　次	2019 年 5 月第 1 版　2019 年 5 月第 1 次印刷	
书　　号	ISBN 978-7-5594-3141-7	
定　　价	56.00 元（全二册）	

江苏凤凰文艺版图书凡印刷、装订错误可随时向承印厂调换

MEMORY HOUSE

记忆坊文化

BLOSSOMING IN
MY DREAM

极客先生
攻略 下

拂衣 著

江苏凤凰文艺出版社
JIANGSU PHOENIX LITERATURE AND
ART PUBLISHING, LTD

目录 CONTENTS

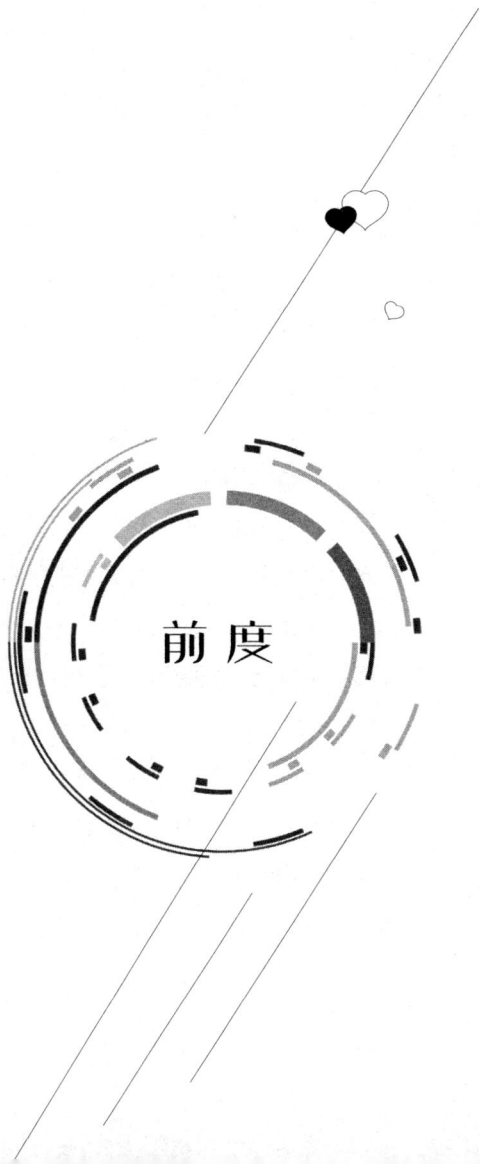

前度

那场政府酒会即将到来，花裴操持着众筹后续工作的同时，也开始着手准备相关的申报材料。在徐朗的帮助下，她开始接触政府方面的联系人，接连几天跑进跑出，忙得不亦乐乎。

　　有她主持市场品牌和公关方面的工作，肖凌便安心地把重心转移到了自己擅长的用户运营领域，整个人比之前掐着脑袋想推广方案的时候轻松多了。

　　人一旦在工作上得心应手，自然就有了娱乐八卦的心。肖凌原本觉得陈然性格保守，江宸老成持重聊起来太闷，有了花裴这么个性情投契的工作伙伴后，时不时窜到她的办公室闲聊。这天中午，花裴外出而归，抱着笔记本电脑进了小会议室，肖凌赶紧抱着盒饭屁颠屁颠跟了进去。

"话说你这段时间怎么老见不着人啊，想找个人聊天都找不到！"

"和政府方面打交道要谨慎细致些，方方面面的关系都要照顾到。幻真又是第一次参加这种活动，我自然要多上点心，和相关人士把信息接洽好。"

花裴忙了一早上，还没来得及吃饭，对眼前热腾腾的饭菜也不客气，拿了双筷子开始和他抢食："你要聊天去找容眠啊，最近媒体方面也消停点了，他不是一直都在办公室里吗？"

"嗨，你还说呢……"肖凌神色一凝，筷子停在了半空，"容眠好像心情不太好，一直把自己关在办公室，也不出来遛遛，刚才我进去找他聊正事，他看上去没什么精神……我说你们不是闹别扭了吧？"

"闹别扭？没有啊。"花裴愣了一下，"就是这两天各自忙各自的，没怎么打照面就是了。"

"那他怎么衰成那样？"肖凌挠了挠头，"该不会是叶小公主又找他麻烦了吧？"

话题涉及叶珊梦，花裴不好再发表意见，耸了耸肩，正准备继续和眼前的食物开战，扣在桌上的手机振了一下，似乎有新的短信进来。

这年头熟人之间有事都发微信，短信端不是小广告就是扣款信息。花裴听到声响没在意，拿起手机很随意地看了一眼，紧接着她神情一凝，眉头很快皱了起来。

短信来自一个陌生号码，附带内容只有几张图片。

图片上一对衣衫不整的青年男女滚落在大床上，正在激情缠绵，女主角只裹了一条浴巾，香肩裸露容色娇艳，正是几天前才见过的叶珊梦。虽然男主角是背对着镜头的姿势，只看得见小半张侧脸，但花裴还是一眼认了出来，那是容眠。

几张照片看上去都摄于同一个角度，从清晰度判断，应该是私人摄影器材的偷拍效果。然而即使容眠对拍摄一事并不知情，这激情四溢的画面难免让人心下生疑，浮想联翩。

"喂，你怎么了？信用卡被人盗刷了？"

肖凌很敏锐地捕捉到了她的情绪变化，满脸疑惑地把头凑了过来。

"没事……"花裴做了个深呼吸，迅速把手机揣进了口袋里，"你那儿还有多的盒饭吗？我给容眠送一份进去。"

听到推门声，容眠从显示器背后抬了抬眼，看清了来人后赶紧站了起来："裴裴你回来了？吃饭了没有？没吃的话我陪你去。"

"这都几点了？"花裴笑盈盈地把饭盒放在桌上，"是不是我不专门送餐过来的话，你的中午饭又不准备吃了？"

"忙着赶工，一时半会儿没顾得上……"似乎是被香气吸引，青年笑着凑上前闻了闻，"好香！工作的时候没感觉，一停下来才发现好像真的有点饿了。"

"饿了就赶紧吃，也不差这一时半会儿的。"

花裴在他身边坐下，目光落向他轮廓优美的嘴唇。

上面还依稀留着些许齿印，不知道是不是照片上的那场缠绵留下的。

"干吗一直看着我？"留意到她有些出神，容眠停下筷子摸了摸脸，"又被帅到了？"

"少臭美！"花裴瞪了瞪眼，"我这两天都在外面，你不会一直是这个状态吧？昨天的午饭晚饭按时吃了吗？"

"午饭江宸帮忙带了，说是梓纯特意炖了一锅土豆牛肉，让他带给公司同事尝尝，所以算是蹭了一顿。至于晚饭……"他稍微有些迟疑，"我下午出了一趟门，没在公司，后来直接回家休息了，所以忘了吃。"

"昨天你出门了？是有什么事吗？"

"昨天下午，叶珊梦打电话给我说胃有点不舒服，让我帮她送点药过去。结果见面之后……出了点意外，不过已经解决了。"

"意外？什么意外？一个让嘴唇都能被咬破的意外？啧啧……"

基于这两人之前见面时的种种狗血，花裴大概能猜出事情的来龙去脉。只是对方毫不遮掩的坦诚态度，她觉得十分欣慰："你还挺耿直的啊，招得这么直接。这是已经决定破罐子破摔了吗？"

"不会有下次了。"容眠在她的调侃里微微有些窘迫，"我已经和她说了，以后不要再见面了。"

"就算没有下次，这次也不能这么算了啊！"花裴板着脸，把醋罐子的姿态摆了个十足，"居然敢背着我去见前女友，还搞出这种事，不罚不行！"

容眠赶紧放下筷子，神色紧张："你要怎么罚？"

"这个嘛……"

花裴眼睛转了转，从口袋里摸出根皮筋走到他身后，慢悠悠抓起他的刘海，梳了个小姑娘一样的冲天辫。欣赏了几分钟后，她拼命忍住笑："自拍发个朋友圈，就饶了你。"

"好！"

容眠迟疑不到两秒钟，真的打开镜头冲自己"咔嚓"一下，然后低头刷开了朋友圈。

"喂！你别当真啊！"这下轮到花裴慌神了，"你微信上那么多同事和合作伙伴呢，看到这种东西像什么话……"

话音没落，容眠已经动作利索地，将刚刚发布成功的照片在她面前一晃："我发了，你是不是不生气了？"

"好好好，我不生气……"花裴觉得自己已经没脾气了，"你赶紧删了！"

"干吗要删？完全没在怕的！"容眠有些淘气地挑了挑嘴角，"反正设置了分组，就你一人可见。"

那几张带着挑衅意味的照片在这顿午餐后，很快被花裴删了个干净，这件事她也不曾向容眠提起。然而接下来的几天，短信主人像是生怕火力不够，又陆续推送了好几拨艳照，对着那些来来回回始终角度不变的照片，花裴只觉得无聊，干脆将号码做了屏蔽处理。没料到刚安生了两天，又一个陌生号码打了进来，听筒那头响起的，是那个妖媚中带着几分骄横的声音。

"花小姐，不好意思，打扰你了，我是叶珊梦。不知道你下午有没有时间，我想约你聊一聊。"

"抱歉啊，我最近挺忙的，还真没什么时间。"花裴客客气气地回应着，"而且我和叶小姐之间，既没有生意来往也没有私人交情，所以实在想不出有什么见面聊天的必要。"

"花小姐如果没有时间出门，也没关系，我可以去幻真楼下等你。虽然我答应过容眠不在幻真办公室附近露面……不过谁让花小姐这么忙呢？"

看对方咄咄逼人的态度，是铁了心要和她来一次正面交锋。

对这类情敌之间的"谈判"行为，花裴算得上经验丰富。当年她和康郁青感情生变，正是从丘苓约她出门喝下午茶的电话开始的，如今时隔数年，再次遭遇似曾相识的场面，一时间让她哭笑不得。

花裴不欲卷入这种无谓的战役，对叶珊梦要和她谈判的内容也无半点好奇，然而架不住对方用上门骚扰做筹码，犹豫一阵后终究还是答应了下来。

到了约定的那天下午，她有条不紊地处理完手里工作，借口有媒体需要约见，和容眠打了个招呼就出了公司。十五分钟后，她按照约定到了一家园区附近的咖啡馆，才发现对方已经定好了一个包间，早早等在了那儿。

虽然之前已经打过照面，如今近距离相对，花裴不得不再次感慨，叶珊梦真是她在现实生活中见过的长相最出众的女孩。想来是因为要见情敌，出门前刻意打扮过，整个人仅仅只是坐在那里，就已经是"女神"最好的代言人。

难怪肖凌会口口声声称她为公主，容眠也曾经不留余力地给予她最温柔的娇宠和呵护。这样一个女孩子，即使脾气坏一点，性格作一点，大概也会有无数男孩愿意前赴后继，为之肝脑涂地奉献所有。

"花小姐很准时啊，我本来以为你这么讨厌见我，大概会故意迟到十几二十几分钟，把我晾一晾，没想到你居然一分钟都没耽搁。"

"职业习惯。而且我不喜欢迟到。"花裴在她对面坐下，言简意赅地冲她点了点头，"叶小姐既然这么坚持要约我见面，有什么事现在可以说了。"

叶珊梦的目光落在她脸上，毫不掩饰其中的好奇和探究，似乎是在判断眼前这个女人究竟握着怎样的筹码，才会让容眠义无反顾地不再回头。

不可否认，她眼中的花裴是清爽而漂亮的，但这样的漂亮和大学时代很多对容眠殷勤示好的竞争者相比，并没有太过夺目。而且她从戴晨那里知道，这个女人即将迈入三十门槛，在很多人眼里，已经不再年轻。

年龄带来的经验和阅历对她而言，或许是职场上的增值砝码，但在爱情的世界里，不再占据任何优势。

所以叶珊梦实在好奇，究竟是怎样的自信，才会让她面对自己的挑衅时，还能表现得如此淡定从容。

"花小姐……"许久之后，叶珊梦开口试探，"之前发给你的短信，你应该已经收到了吧？"

"嗯。"花裴不动声色。

"那……不知道花小姐看完之后，做何感想？"

"感想？"花裴把这两个字细细咀嚼了一下，只觉得有点好笑。

赴约之前，她并没有打算把现场搞成剑拔弩张的气氛，但多少设想过叶珊梦在投石问路又完全不见反馈的情况下，究竟会如何挑起这场战火。她没料到这个姑娘竟然如此沉不住气，丝毫不带绕弯地就把自己的底牌赤裸裸摊上了台面，比起当年丘苓不动声色的架势，这段位低了可不止一星半点。

"很抱歉，没什么特别感想，因为我很少研究别人的自拍。不过我倒觉得，合影对象在不知情的情况下，被强行拉入镜的行为有些不太礼貌，不知道叶小姐是不是也这样认为。"

"强行入镜？"叶珊梦冷声一哼，"容眠是这么跟你说的？"

"他并不知道你发照片给我这件事，所以什么都没说。"花裴抬手看了看表，"叶小姐约我来，如果只是想聊一下对你自拍照的观后感，很抱歉，没能给你满意的答案。我看时间差不多了……您还有什么事吗？"

"强行入镜也需要契机，花小姐难道就不想了解一下，容眠为什么会出现在我的酒店房间里，又为什么会有那些画面出现吗？"

这两个问句，俨然撕下了斯文客套的外衣，其中的暗示和指向性不言而喻。花裴不怯与人交锋，却厌烦这种肆意歪曲恶意诋毁的行为，脸色当即冷了下来："叶小姐是想暗示什么？容眠因为对你余情未了，所以特意去酒店和你约会，甚至还发生了亲密举动？"

"你当然可以不信，毕竟眼下他是你男朋友，面对这些照片做任何解释，你自然都会选择自己最愿意相信的那一个。"叶珊梦微微挑着眉，口气里带上了几分尖酸刻薄，"其实我今天约花小姐见面，只是想提醒你，有些一面之词未必可信，你不要对他或是你自己太自信了。"

花裴面色淡然并不接话，她继续补充："我知道花小姐很能干，在事业上能给容眠很大帮助，所以眼下他会和你在一起，我完全可以理解。只是花小姐可能不知道，我之前之所以会和容眠分手，是因为我爸妈反对我们在一起……可是现在我们都成熟了，如果我执意坚持，想必他们不会再反对我们的事。一旦我们在一起，花小姐能够给他的帮助，我家里也能够做到，而且可能比你想象的还要多……换作是你，你会怎么选？对那些照片，你还会觉得只是个意外吗？"

花裴瞥了她一眼，拿着包站了起来。

"花小姐怎么了，这就要走了吗？"

"叶小姐……"花裴忍了忍，终究还是没能忍住，"容眠究竟人品如何，作为她的前女友，我相信你清楚。你们之间毕竟爱过一场，即使后来分手了，就算做不到彼此祝福，不去恶意攻击对方应该是最基本的美德。无论你出于什么样的目的约我见面，刚才这些话你说出来，真的不会觉得不好受吗？"

"我为什么要不好受？"叶珊梦跟着站了起来，口气因为不甘和恨意不由自主地扬高了几分，"容眠究竟是什么样的人，花小姐又知道多少？他当年在X大因为打架进了警察局，最后连毕业证都没拿到，这些事你是否都清楚？后来他丢下我……和我肚子里的孩子，一声不吭跑到了S城，让我迫不得已只能把孩子打掉，这些事你又知不知道……"

"叶小姐！"花裴骤然打断了她一阵比一阵高亢的控诉，冷声开口，"你说了这么多，我想问一句，你之前打掉的那个孩子，真的是容眠的吗？"

和叶珊梦的这次约谈，并没有像之前和丘苓正面交锋时那样，给花裴带来毁灭性打击，但由此带来的负能量还是让她坏了心情。

同样有过和前男友分手的经验，她对叶珊梦并不抱有太多敌意，甚至在对方做出各种过激出格的举动，试图和容眠重续前缘时，她也抱着同理心而愿意善待谅解。

让她始料未及的是，为了破坏自己和容眠的关系，这个女孩竟然不惜以诋毁前男友为代价，口不择言地向这个曾经为了保护她而打架，甚至学业被毁，感情几乎就此封闭的青年身上泼脏水。

正因为这样的愤怒，她才会在对谈最后，厉声喝问出了那个一直藏在她心里，原本并未想要深究的质疑。

从咖啡馆离开时，已经接近下班时间。花裴在经历了这么一场震惊而嫌恶的约会后，只觉得甚是心累，无心再回公司处理公事，于是打车回家后洗了个热水澡，躺在床上看了几集美剧，不到9点就昏昏沉沉睡了过去。

不知为什么，这一觉她始终睡得不甚安稳，中间迷迷糊糊醒了好几回，脑子里反复浮现的，是听完质问后叶珊梦那张瞬间变得惨白的脸。

或许她不该太较真。既然对容眠选择了信任，那么面对再多诋毁也该一笑了之。这种强硬的回击姿态以往只会出现在工作场合，如今却在感情战役中悍然登场。她不得不承认，自己最后是被对方激怒，进而言行失态了。

不知过了多久，花裴再次从昏睡中醒来，只觉得头脑发沉，肩颈有些酸痛。她正准备起身喝水，床头柜上的手机忽然响了起来。

接听之前她看了看挂钟——时间已经指向了凌晨1点钟。

"这都几点了？肖凌你是不小心打错电话了吗？"

"花裴，出事了！"

电话里的声音像火烧屁股一样，带着一股子惊慌失措的焦急："叶珊梦她进医院了！我和容眠现在都在医院守着呢！"

"什么？怎么会这样？"

突如其来的噩耗让她瞬间清醒，紧接而来的预感让她觉得这场意外，和今天下午的谈话脱不了干系。

肖凌的声音听上去极其郁闷："今天快下班的时候，我刚好在容眠办公室，叶珊梦的电话就打进来了，响了好几次容眠也没接，只是交代我过一会儿回个电话过去，如果她有什么需要帮忙的，就麻烦我跑一趟。我本来还想着这小子终于不犯傻了，结果没隔几分钟，叶珊梦那边发来一条特别长的短信。我大概看了一眼，就看到她说今天和你见了个面，你和容眠联合起来羞辱她什么的……还没来得及看全，容眠就急匆匆出门了。我跟他一路到了酒店，找服务员把门打开，才发现房间里一股子酒气，还有半瓶安眠药扔在那里，看着挺吓人的……"

"这些先别说了。"花裴直接打断了他颠三倒四的陈述，"两个问题，第一，叶珊梦现在情况怎么样？"

"刚洗了胃，因为发现及时，应该没什么大碍。就是她醒了以后一直在哭，情绪看着不太稳定。"

"OK，没事就好。第二个问题，把医院地址发给我，我现在过来。"

"别啊！"肖凌把声音提高了两个度，以示警告，"她现在是病人，天大地大她最大！这时候要是抓着你泄愤，你是还手还是不还手？再说了，容眠还在现场呢，要是拉偏架，不真变成你们联手欺负她了吗？"

"行了，这个时候你就别贫了。地址赶紧发给我，其他的事见面再说！"

花裴实在没心情和他多啰唆，肃声叮咛后挂了电话，匆匆洗了把脸就换衣服出了门。

赶到医院时，已经是凌晨1点40分，除了看急诊的病人外，偌大的医院里并没有几个人。按照肖凌的指示，花裴匆匆赶到了三楼，刚出电梯，就看到熟悉的小青年探头探脑站在前厅，似乎对她的到来颇为担忧。

"容眠呢？"

"病房里三陪呢！"肖凌一脸无奈地撇了撇嘴，"叶珊梦醒来后一直拉着他不放，哭得要死要活的。这种情况容眠也不好走，只能在病房里陪着，我看不惯这种琼瑶戏码就先出来了。话说你要找他吗？不然我帮你去叫？"

"不用了，我在这儿等着吧。"花裴抬手看了看表，"时间不早了，你先回去吧，剩下的事我来处理。"

对方还待说些什么，花裴直接把他推到了电梯里："行了你赶紧走吧，守在这里你也帮不上什么忙，何必干耗着？"

"好吧……那一会儿你和容眠慢慢聊。"

肖凌仔细想了想，这暗流涌动的修罗场，自己实在不方便在场，于是冲她叮嘱了几句，才挥手告别。

花裴坐在走廊的长椅上，看着脚下微微摇曳着的昏黄光影。

左手边虚掩着的房门背后，偶尔传来女孩轻微的抽泣声，在这样的寂静时刻，听起来让人心下发沉。不知过了多久，抽泣声逐渐安静了下来，随着病房门被拉开，地上的光影重重晃了一下，花裴赶紧把头抬了起来。

"你……怎么来了？"

"肖凌给我打的电话，过来看看能不能帮上忙。"

"嗯……"

容眠缓步在她身旁坐下，没再说话。

昏黄的灯光在他苍白的脸上打下一圈浓重的阴影，让他看上去分外疲惫。

"她怎么样了？已经睡了吗？"

"嗯。"

"那你要不要回家休息一下？如果不放心这里，我可以……"

"裴裴！"容眠轻声打断她的话，神情看上去有些复杂，"今天下午，你是去和叶珊梦见面了吗？"

"是。"花裴感到他的问话中带着质问和不满，一时间有些发愣，"是她主动约我的……"

"你既然决定去见她，为什么事先瞒着我？"容眠显然有些烦躁，"还有，你能不能告诉我，你们究竟聊了些什么？"

在现任男友面前控诉他前女友的是非，这种行为有悖花裴的处事原则。更何况，话题中的当事人此刻正躺在一墙之隔的病房内，遭受着感情和身体的双重痛苦。所以最后，她只能委婉地回应着："关于这个问题，我想叶小姐在短信里应该和你说过了吧。"

容眠没接话，长长的睫毛轻微抖动着，许久之后才扭身看着她："裴裴，关于我和叶珊梦的事，我一直没有和你说得太仔细。一方面是因为我觉得事情已经过去了，不会对我们之间的相处造成什么影响。另一方面，也是因为我曾经答应过她，有些往事不会对第三个人提起。"

"这些我能理解，所以我从来没有想过探究你的过去。"

"是的，你没有。"容眠的声音听上去越发沙哑，"关于这一点，我一直很感激。我知道这对你来说或许不太公平，尤其是这段过去中，还带着很多不太光彩的污点。裴裴，我知道你很聪明，很多事情即使你不问，只从旁人的只言片语里就能够猜出大概情形。可你既然猜到了，又何必说出来伤害她呢？是，叶珊梦的确性格有些骄横，看着无法无天……但她心里其实很脆弱，根本受不了这样的羞辱和打击！"

"所以呢？"面对莫名其妙的责难，花裳的眉头皱了起来，"且不说我没猜到什么，也自认没说什么过分的话。我只想问问，在面对叶小姐的诸多挑衅时，我应该怎么处理才算合情合理？一直缄口不言，保持微笑，才显得我从容大度善解人意，没那么咄咄逼人具有攻击性？"

"我不是那个意思。"

"那你是什么意思？"花裳站了起来，胸口重重地起伏着，"行了……我知道你也挺累的，这个话题到此为止。以后我会尽量避免和她再起冲突。"她顿了顿，走向电梯前轻声补充了一句，"我先走了，这两天公司那边的事我会处理。至于今天的事，如果有机会我会向她道歉的。"

容眠紧跟着站了起来，似乎还想和她说点什么，但最后还是没有开口。

这个夜晚，花裳在小区楼下的花园里独自坐了很久，仔细思考着有关她和容眠目前遭遇的感情困局。

事实上，在处理和叶珊梦的关系上，容眠的做法没有什么地方值得诟病。他从未在两个女人之间有任何摇摆，也以"不要再见面"的态度，干净利落地斩断了和前女友暧昧的可能。至于今晚他在医院陪护，无论作为曾经的同学还是一个具有责任感的男人，这样的举动都无可厚非。就算换成花裳自己，也未必能有更好更妥善的处理方式。

可是很多时候，正确的处理方式未必能换来令所有人满意的结果。尤其是情侣之间，一旦介入了"前任"这种生物，就犹如埋入一颗危险的定时炸弹。如果与前任有所来往，免不了让人横生猜忌，但若是前任遇到任何危机都置之不理，又会让人怀疑对方是否太过冷血绝情。

花裳理解容眠的难处，深知有叶珊梦这样一个近乎偏执的前任以命相胁，纠缠不休，他会陷入怎样一种被动的境地。即使他在焦头烂额之下言行过激，有失偏颇，她也愿意尽量体谅。

可是这个晚上，从容眠口中说出的那番话，还是让她感觉受伤了。

她虽然理智大度，却不代表不会吃醋泛酸；虽然勇敢坚强，却也和普通女人一样，有疲惫脆弱的时候。面对来自情敌的挑衅和污蔑，她做不到如圣母一样缄口不言，但对叶珊梦的反击，似乎无意中将容眠不愿再提的隐痛牵扯了出来。

难怪有那么多女孩在恋爱期间，都热衷于追问男友过去的情史，有的甚至恨不得扒出对方前任祖宗八代才肯罢休。现在看来，这些举动并非全然出于小心眼，更多的是对关系深入发展，可能会遭遇的潜在威胁充分调研后，先一步防患于未然。

接下来几天，容眠几乎没有在公司出现，和花裳之间也犹如达成了某种默契，都没有给对方发过任何消息。

一段冷战悄无声息地拉开了帷幕，而冷战双方都觉得自己有些委屈。

按照肖凌带回来的信息，叶珊梦的身体本就不太好，这次胃部遭遇酒精和安眠药的双重摧残，进食状况更是变得格外糟糕，外加情绪低落、心情郁结，除了容眠劝着进食，她几乎什么都不肯吃。

花裳心力交瘁之下，无意去探问更多细节，只是嘱托肖凌有空尽量去和容眠换换班，然后就把全副精力投入了工作中。

眼下Dream2的众筹活动已经结束，最大的压力俨然落在了技术研发层面。

往日有容眠坐镇，技术团队虽然加班不断，但在他的鼓舞下一个个斗志昂扬，激情满满。眼下精神领袖骤然缺席，团队顿时失去了主心骨，外加有几家颇有分量的科技媒体为博眼球，陆续用大篇幅文章质疑Dream2在短时间内，是否能将众筹宣传中提及的相关功能最终实现。原本就对此次活动信心不足又压力重重的陈然，情绪变得越发焦虑暴躁。

面对公司一片低气压，花裴有些坐不住了。

外联宣传、日常运营方面的事她能有序面对，滋生于技术方面的矛盾和压力，却需要容眠亲自安抚解决。在陈然又一次在技术部讨论会上失控发火后，她决定先放下私人感情上的矛盾，再去医院一趟，一方面给叶珊梦带些养胃滋补的药食，一方面要和容眠商量一下后续的工作安排。

当天晚上加完班后，她去了一家熟悉的粤式餐厅打包了一些粥食，又去商场超市里买了一些滋补品，赶到医院后，在病房门口探头看了看，却并未发现容眠的身影。问过护士才知道，叶珊梦晚饭时间发生了剧烈呕吐，容眠帮着收拾完后出了门，大概是去给她买一些替换衣服和生活必需品。

花裴不欲再和叶珊梦照面，坐在走廊椅子上等了一阵。在听完小护士面带艳美地唠叨着"叶小姐的男朋友真好，又帅又有耐心"之类的话后，意识到如此兵荒马乱的情况下，大概不适合再用公事给容眠添堵。

她想了想，将带来的东西交到小护士手里，给容眠发了条短信，简单交代了一下自己的来意，叮嘱他有空回一趟公司，随即将手机扔进包里下了楼。

走出医院大门时，已近夜晚10点，夜风裹着阵阵花香而来，冲散了不少白日里的燥热。花裴一时半会儿不着急回家，于是拣了某条绿树夹道的幽静小路慢慢散步。

大约过了十多分钟，手机铃声忽然响了起来，花裴拿出电话，对着屏幕上闪现的"容眠"两字犹豫了一下，轻轻摁下了接听键。

"裴裴，不好意思，我刚看到你给我发的短信。听护士说你刚才来医院了，是吗？"

"嗯……"

好几天没有联系，忽然在这个寂静的夜晚听到对方的声音，花裴心中五味杂陈："本来是想来看看叶小姐的，顺便和你说下公司最近的状况。不过后来看你不在，而我单独见叶小姐也不方便，就先走了……"

"裴裴！"电话那头的声音像是怕她挂机似的，"你现在在哪儿？"

"应该离医院没多远吧。"花裴朝四周打量了一下，借着幽暗的路灯，隐隐窥见了不远处的路牌，"好像是叫……花景道？"

"那我知道了。"经过这段时间的陪护照顾，容眠对医院周边的环境很是熟悉，"你等我一下，我想见见你。还有……我有话要和你说。"

"好……"花裴抬眼看着，"不过这里看上去挺安静的，也没什么地方坐。要不我再朝前走两步，看看出了这条小街，附近有没有咖啡馆之类的地方，找到了给你发定位……"

她话没说完，忽然感觉背后一阵脚步声匆匆而来，还没来得及扭头，喉咙已经猛地被人用小臂狠狠勒住，整个人身体一斜，被人迅速向一旁拖去。

"裴裴，你怎么了？"电话那头的容眠在听到一声短促的尖叫后，声音骤然紧张起来，"发生了什么事？"

花裴突遭变故，脑子因为巨大的震惊和恐惧空白了几秒钟，紧接着，喉部传来疼痛和强烈的窒息感，她迅速挣扎起来，试图呼救。

然而喉咙在被紧勒的状态下，发声变得异常困难，混乱中，对方拧住她的小臂，狠狠一摔，"啪"的一声，手机远远飞了出去，来自容眠的焦急询问声就此消失。

经历了短短几分钟的惊恐无措，花裴强迫自己镇定下来，脑子里急速分析着眼前的局势。

毫无疑问，从扭打的力量来看，将她挟持着不断朝小径绿化带深处拖动的，是个身强力壮的男人。如果拼体力和速度的话，自己绝不是对手。眼下对方目的未明，如果一味激烈反抗，只怕会激怒对方，让事情朝更为恶化的方向发展。只有尽量拖延时间，等这条小道有人路过，她才有机会求援获救。

似乎是感受到她不再剧烈反抗，勒在她脖子上那双手的力道减轻了些，花裴终于得以喘息，猛地咳了一阵才挣扎着开口："你想要什么？我的包就在那里，里面的钱都可以给你。"

身后的男子"嘿嘿"笑了一声，像是听到她说话而愉悦了起来。一阵窸窸窣窣的动作后，花裴感觉自己被人重重地掼到草丛里，紧接着，男人的身体很快压了上来。

借着清浅的月光，花裴终于有些困难地看清了眼前的挟持者——这是一个四十多岁的壮年男人，头发蓬乱，脸像是很久没有洗过一样，布满了烟尘和污垢。粗大的双手不断在她身上摸索着，嘿嘿傻笑着的模样完全没有任何属于犯罪者的凶狠或紧张，眼睛里是一片带着欲望的混沌。

很明显，这是一个脑子不太清楚的精神病患者。

意识到这点后，花裳一颗心迅速沉了下去。

如果只是普通劫匪或者强奸犯，她有信心通过谈判来拖延时间，甚至达成一个足够让她安全的结果。可如果面对的是一个有暴力倾向的精神病患者，他们之间根本没有任何沟通的可能。

短短几秒钟时间里，男人像是嗅到她身上的香水味，很快把头埋了下去，在她脖颈处不断吻咬着。花裳紧咬着牙，竭力推着重压在身上的身体，抵抗他进一步动作。

然而男人和女人在身体力量上的悬殊是如此巨大，即使她拼尽全力，依旧没能将对方推开。几经推搡之下，对方像是被刺激到一样，猛然间把她的衣服从领口处撕扯开来。

骤然暴露在空气中的肌肤一阵冰凉，花裳浑身的汗毛都竖了起来，即使知道此刻尖叫呼救只能刺激对方的神经，却还是无可抑制地惊呼出声。

这声惊叫短促而尖利，附近几只鸟儿受到惊扰齐齐振翅飞起。不远处的小径上，依旧保持着让人绝望的安静，不知是她运气太差，在这惊魂时刻等不到任何救援，还是即使有人听见了，也不敢上前帮忙。

一片混乱中，男人嫌吵一般伸手捂住了她的嘴，另一只手毫不停留地顺着她的大腿向上摸去。花裳始终挣脱不开，却已力竭，此刻更是连声音也被堵住了，那只粗糙的大手已经快要碰到她最隐私的部位，一串泪水迅速从眼眶涌了出来。

活了这么大，她第一次体会到这样无能为力的绝望，此时此刻除了将身体紧绷之外，她不敢去想该怎么面对接下来的一切。

看着那张试图重新俯下咬她嘴唇，而在眼前无限放大的面孔，花裴无力而痛苦地闭上了眼睛。

料想中的侵犯并没有来。

很快，她感觉身上骤然一轻，似乎有一股巨大的力量将死死压在身上的人狠狠拽起。紧接着，男人痛苦的呻吟声响了起来，夹杂其中的，是拳头落在肉体上的阵阵重击。

花裴迅速翻身坐起，紧紧捂住胸前被扯开的衣物。

不远处，原本满是凶悍的施暴者被人骑压在地上，双手挥舞着试图反抗，却被打得连求饶的力气都没有了。

"容眠！"

她惊叫了一声，顾不上自己的狼狈模样，迅速小跑上前。眼前的青年紧咬着牙，眼睛里布满了血丝，满脸都是戾气，一拳拳砸向哀号不断的男人，对她的呼唤恍若未闻。

花裴还是第一次见到这样愤怒暴戾到全然失控的容眠。

"别打了……"她试图伸手阻止，最终只能浑身发软地在一旁跪了下来，紧紧抱住他的肩膀，"容眠你别打了！再打下去要出人命了！"

男人的哀号声逐渐弱了下来，脸上血迹一片狼藉，身体蜷缩着，不时发出轻微的哼声。

容眠在花裴的拥抱下终于住了手，胸膛依旧剧烈起伏着，眼睛红红的，始终没说话，看上去像一只负伤的野兽。

"这人好像精神有点问题，你再怎么打也不会有反应的。我已经报警了，而且也没什么事，你先起来，让我看看你的手……"

话音未落，身前的青年忽然转过身，狠狠把她抱在了怀里。

"还好你没事，裴裴……还好你没事……"他的声音听起来有些发抖，夹杂着劫后余生般的庆幸与恐惧，"是我的错，这种事情我不会让它再发生了，永远不会……"

温热的液体顺着花裴的脖子一滴滴向下流着，容眠把头埋在她肩颈里轻声抽泣，像陷入了某种巨大的痛苦之中。

电光石火间，许多原本暧昧不明的片段伴随他轻声的自责，迅速串联了起来，拼接成一段逻辑清晰的猜想。

可这段猜想后面发生的故事，让花裴内心再次绞痛。

"为什么……不和警方说实话？"

她轻轻开口，语气因为刚刚经历过一场惊心动魄的意外而显得十分虚弱，但听在容眠耳朵里无异于一记炸雷。

"什么？"

"为什么当年因为打架被拘留时，你不和警察说实话？！"

"裴裴！"容眠把头抬了起来，满是震惊地看着她，"你……什么意思？"

"我之前问过肖凌，叶珊梦在你出事前的一两个月，并没有怀孕迹象，那么她有孩子的事，应该是在发生事故的那段时间。那段时间你们已经分手了，即使退一步说，你们分手以后还发生了……亲密关系，可是你在做安全措施这件事上那么在意，又怎么会在分手以后，还犯这样的事？所以当时我就想，叶珊梦流掉的那个孩子，应该不是你的。"她轻声喘了口气，在对方越发震惊的眼神里，进一步证明了自己的猜想，"这件事仔细想来还是有些奇怪，如果说叶珊梦的孩子来自你争风吃醋的对象，那么为什么她从始至终一直对这个人避而不谈？你的性格我知道，当初顾隽说话那么难听，你都没有动手，究竟是怎么样的争风吃醋，会让你进了警察局？一直到刚才我经历了这一幕，才忽然有了大概的揣测……可是容眠，如果真的一切如我所想，你为什么不对警方说实话呢？对方如果涉嫌……犯罪，你无论是出于情急之下要救叶珊梦，还是愤怒导致情绪失控，都不会导致被拘留的结果……"

"你要我怎么说？"容眠的表情扭曲了一下，声音微微颤抖着，"人是叶珊梦亲自带到家里去的，事发前他们之间来往的短信也都很暧昧，外人看来根本就是情投意合。那个时候她为了引起我的关注，什么大胆的话都敢撩，什么出格的事都敢做。可能是一直被保护得太好，身边的人都宠着她，让她根本没有意识到招惹上社会流氓会是怎么一个结果，等到将人带到家里，事情失去控制的时候，一切都已经来不及了……"

"可那是犯罪！"

"我知道……"容眠苦笑着，"可是就凭叶珊梦和那些流氓来往的短信，以及他们经常出双入对的情形来看，要判强奸是很难的。叶珊梦的父母在X城都身居要职，那群流氓的家人里，也有在X城有头有脸的人物。真闹起来，只怕双方都有顾忌，而且不一定会有结果。所以叶珊梦一直哭着求我，求我不要把她被侮辱的事情说出去，说一旦这件事情闹出来，她这辈子就完了。她那么要面子的女孩，除了和我分手外从没有经历过任何挫折，这件事如果真的被公众知道了，我担心她承受不住。所以在她试图闹自杀后，我……"

"所以在她试图闹自杀后，你选择牺牲了自己？顶着个争风吃醋打架斗殴的名号，进了拘留所？"花裳紧紧抓着他，声音嘶哑得不像话，"我说你脑子是不是进水了？那是你的学业，你的人生，你的前途！"

"这些都过去了……"容眠闭了闭眼睛，伸手重新把她拥进了怀里，"这件事让我一直觉得对不起我妈，她对我抱着那么大的希望，我没能大学毕业让她很失望，但无论如何这一切都已经过去了。更何况……"他轻轻吻了吻花裴的耳垂，"大概就是因为这样，上天让你出现在我身边，也算是一种最好的补偿。所以裴裴，你以后别和我生气了好吗？这些日子你和我冷战，不理我，我真的很害怕……"

"好……"许久之后，花裴紧紧握住了他血迹斑斑的手，微微哽咽着，"等警察来把这些事处理完，我们就回家。"

这场惊心动魄的意外，在警方的介入调查下很快有了结果。

意图对她施暴的男人，是家住医院附近的一个鳏夫，年轻时因为家族遗传有了精神疾病方面的征兆，因为生活贫困一直没有得到良好的治疗。

遇到花裴的那天，他刚好喝了一点酒，晃悠着走到了医院附近，被眼前女人婀娜的身影吸引，妻子离世后长时间被压抑的欲念被点燃。若非容眠及时赶到，几乎就要酿成大祸。

对这名施暴者的相关责罚，花裴没有继续跟进，短暂休息了一天之后，她就重新把精力投入了工作中。事发后的第三天，几乎有一周时间不曾现身的容眠，也神色如常地重新回到了幻真办公室，拉着陈然和研发团队的员工们开了众筹结束后的第一次工作会议。

"叶小姐那边……你不用过去照顾了吗？"

会议结束后，刚好赶上午饭时间。花裴眼见容眠招呼着正欲出门的肖凌帮自己带外卖，悄悄凑到了他身前。

"我前几天找了一下昔日的同学，绕了几圈之后联系上了她爸妈。昨天他们已经赶到S城了。下午我们见了个面，我把叶珊梦的情况具体说了一下，接下来的事他们应该会有安排，我不用再介入了。"

"你和叶珊梦的爸妈见面了？"花裴赫然一惊，"他们……没有为难你吧？"

因为那段未曾澄清的往事，直至现在，容眠在叶家父母眼中都还是一个导致他们女儿怀孕堕胎却不负责的渣男形象。如今叶珊梦又因为他进了医院，光想想两位老人的脸色，花裴都觉得心有戚戚焉。

"还行吧，就是被骂了几句，没至于动手。他们的心情我能理解，不会往心里去的。"容眠转身看着她，"总之这件事到此为止了，叶珊梦的爸妈对我有误会，必然不会让他们的女儿再和我见面，所以未尝不是一件好事。只是裴裴，因为这件事，这段时间你受了这么多委屈，还这么辛苦，我真的觉得很愧疚，不知道究竟该怎么补偿你……"

"这事简单啊。"花裴轻声笑了起来，从包里拿出几张邀请函扬了扬，"政府那边的酒会邀请函已经正式下来了，徐朗帮我们这边多争取了几个名额，到时候高管团队可以一起出席。你呢，就负责穿好看点，在相关领导面前帅帅地刷个脸，给他们留下个好印象，帮幻真多争取一点政府资源就行。"

邀请函到手后，以肖凌为首的一众小青年叫嚣着要以"S城颜值第一创业团队"的形象登场，花裴却知道，虽然他们平日都顶着这个总那个总的头衔，也在幻真的体系里管理着各自不大不小的团队，但一群人当中只有江宸有过和政府方面打交道的经验。忽然要正儿八经穿西装打领带，在政界人士面前露脸，紧张情绪在所难免。因此花裴一边不动声色地做着安抚，一边把相关筹备工作做得更加细致。

到了酒会那天，幻真的小青年们先一步到酒店附近的咖啡厅门口碰头。花裴因为堵车晚到十几分钟，匆匆赶到后，一群衣冠楚楚的熟人站在那儿朝她频频挥手，她凝神一打量，忍不住"扑哧"一下笑出了声。

"行啊你们，今天一个个这么帅，去参加'非诚勿扰'都绰绰有余了！"

"那是……'S城颜值第一创业团队'的名声可不是盖的，就问你服不服！"肖凌扬扬得意地转了个身，"这套衣服是特地让老江家梓纯陪我挑的，花了我小两千呢，感觉怎么样？"

"满分！"花裴一边配合他的夸张演绎，卖力点赞，一边左右看了看，"容眠还没到吗？"

"给他打过电话了。"江宸耸了耸肩，"说是刚出来没多久，路上就遇到了两起擦碰，在北环立交那儿堵住了，可能会晚点到。所以特意交代说如果你到了，就带大家先进去，不用等他。"

"既然这样，那大家先进去吧。"

花裴低头看了看徐朗发来的微信："时间差不多了，刚好徐总也到了，可以让他先引荐一些朋友和大家认识认识。"

一行人走进酒会大厅，徐朗早已经等在了那里，眼见花裴到场，赶紧迎了过去。这次的酒会以"科技创新，发展共融"为主题，受邀到场的都是S城里崭露头角甚至颇具影响力的创新企业代表，其中少不了诸多让人侧目的创业明星。幻真的几个小青年在徐朗的引荐下，很快融入其中，和诸多之前"只闻其名未见其人"的业界同伴，兴致高昂地攀谈了起来，大有相见恨晚的感觉。

"幻真科技看上去人气很高啊，刚才你们没到的时候，就听了不少讨论，都说你们这次海外众筹一炮打响，政府方面也给予了特别关注，融资上市想来指日可待了。"徐朗陪着花裴在场子里走了一圈，忍不住有些感叹，"就对幻真的评估这件事来说，你的眼光好像的确是比我好。"

"徐朗，你可别这么说。"花裴有些调皮地朝他眨了眨眼睛，"你知道的，入职幻真这件事吧……我纯属夹带私货。"

"哈哈！"徐朗欣赏她的有趣坦率，朗声笑了起来，"说起来，怎么一直没见到你们容总？据说现场很多女同胞，都是冲着欣赏真人来的。"

"应该快了吧……"

花裴经他提醒，正想打个电话问问容眠还有多久能到，大厅入口处忽然一阵骚动，似乎是有什么颇受关注的人物骤然现身。

"我×，老陈你赚了，居然等来了你的偶像，一会儿赶紧过去递个名片！"

"康总怎么会忽然过来了，最开始的名单里没看到他啊！"

"应该是行程紧张，一开始没确定吧。不过也不奇怪，长青科技现在要回中国发展，政府方面自然要尽力争取。看样子是想借这个机会，让康总和上下游企业的大佬们相互认识认识。"

"康总旁边那位女士，应该就是盛泽投资的丘总吧？看着可真有气质，和康总也很登对。听说他们快结婚了？"

"老陈，看看你这脑残粉的架势，啧啧……"

幻真的小青年们听到动静陆续凑在了一起，对不远处因康郁青出现而略显拥堵的情况，满是亢奋地讨论着。

"花总，忽然有点私事想向你请教，方不方便借一步说话？"

"徐朗，你怎么忽然那么客气？"

花裴自然知道，徐朗是怕自己面见故人处境尴尬，所以贴心解围，于是跟在他的身后慢慢走向了露台。对方一副欲言又止的模样，倒是让她先一步笑了起来："所以说同理心太强未必是好事，你怎么看上去比我还紧张？"

"我事先只知道康总回国以后和S城政府这边来往密切，不知道今天酒会他会过来，没能提醒你一声让你有个准备，挺不好意思的。"徐朗轻声吁了口气，"不过看你状态还不错，我就放心了。"

"那按照标准套路，应该是怎么个反应？"花裴微笑着，"上前撒泼哭闹，还是立马撒腿就跑？"

"或许还有第三种选择，眼不见为净地找朋友来露台上喝酒聊聊天？"徐朗跟着笑，"对了，看上去你在幻真的同事们，不知道你和康总之前的关系？"

"容眠知道，至于其他人，只知道我之前在那里工作过。不过没见他们怎么八卦，大概是容眠私下里打过招呼。"

"小容总为人还真是挺细心的。"徐朗回头看了看，眼见康郁青入场时引发的热闹已经逐渐平静了下来，有些抱歉地说，"有几个朋友过来了，我得先过去打个招呼，你先在这儿休息下，等小容总到了，我再把你们一起介绍给政府那边的朋友。"

"行，你先忙吧。"

花裴冲他摆了摆手，转身看向了眼前星光点点的夜空。

清凉的夜风伴着阵阵花香，很容易让人精神放松，花裴站在露台上神游了一阵，直到容眠那条"我到了"的微信传来，才赶紧收敛心神。她正准备走回酒会大厅，刚一转身，却发现一道熟悉的身影举着红酒杯，安静地站在离她几步之外的地方，像是已经默默注视了她很久。

隔了这么久没见，康郁青看上去清瘦了不少，不知道是不是公司上市后业务繁忙，过于操劳所致。架着黑框眼镜的脸上，表情是一贯的沉稳，浓眉大眼的周正五官配上那套昂贵的手工定制西装，怎样看都是一副让人仰望的精英人士。

只是旧情人相见的场面，总是让人尴尬，更何况当年的分手原因是那么难堪。虽说花裴的满心伤痛已经因为新恋情的开始而被逐渐抚平，但面对康郁青，心情始终有些复杂。在对方深沉却意味不明的注视里，她略微沉默了一下，点了点头以示问候，准备迅速溜走。

脚刚抬起，眼前的光线晃了晃，一道浓重的人影堵在了她眼前。

"裴裴……好久不见，你还好吗？"

耳边的声音听起来低沉而平缓，却藏着太多复杂的情愫。花裴被他堵着，一时走不开，只能微笑着回视对方的眼神，尽量让自己看上去坦然从容。

"康总，好久不见，没想到会在这儿遇见，真是挺意外的。"

"康总？"

眼前男人的眉头微微蹙了起来，像是在消化这个自带隔离效果的官方称谓。

参加这场酒会原本并不在康郁青的计划中，只是长青科技和政府方面的合作已经差不多落定，既然收到邀请，多少要表示个支持的态度。

他原本想着露脸之后，和相关领导打个招呼就走，却没想到刚进门不久，就看到喧嚷的人群外有一道熟悉的身影，正和某个西装革履的成熟男子姿态亲密地缓步走向露台。

自从花裴离开美国，康郁青已经有大半年时间没有她的任何消息了。虽然手机和社交软件里，依旧存留着对方的联系方式，生活中也和她的诸多好友熟识，可潜意识里，他知道自己因为心存愧疚，所以不敢去触碰与之有关的一切。

一个陪伴了自己整整六年，将整个青春都交付在自己手中的女孩，最终被他决然抛弃，不用细想也知道那究竟意味着怎样的伤害和打击。工作的时候，他尚且可以用一张张报表和一串串代码把自己的时间和精力填满，一到夜深人静的时候，关于花裴的种种却会占据他全部思绪。

不安，沮丧，担忧，愧疚……

诸多情绪变成了层层枷锁，让他即使站在纳斯达克敲钟的那一刻，也没有享受到太多期盼已久的惊喜。

因为他知道，长青走向辉煌，是他用对花裴的背叛换来的。

他曾经设想过千万次和花裴重逢时的情形，也害怕真正见到对方后，在她脸上看到怨恨、受伤，甚至一蹶不振的表情。然而出乎意料的是，眼前的花裴并不像他想象的那样，失恋后就沮丧消沉。相反，她眉目飞扬，神采奕奕，看上去依旧干练洒脱，且光彩照人。

这样的花裴，让他庆幸之余不由得有些莫名失落。

原来自己的分量不过如此，就算没了他，这个女孩依旧可以活得那么光彩夺目，熠熠生辉。

"刚进门的时候就注意到你了，本来想早点过来打招呼的，后来看你一直在和一位先生聊天，就没过来打扰。"片刻沉默之后，康郁青轻声咳了咳，"裴裴，刚才那个人……是你新交的男朋友吗？"

"康总。"花裴只觉得有些好笑，"就我们现在的关系来说，你的问题好像超纲了。"

那一瞬的巧笑嫣然让康郁青的心猛地抖了抖，仿佛时光流转，又回到了他们相恋的时候。

漫长的创业岁月里，困难和波折总是桩桩件件堵着前路，可无论遇到怎样的困境，花裴总是犹如解语花一般，用轻松快乐的态度陪伴在他左右。

如今，花裴已经不再属于他了，玩笑般的口气听起来却是那么熟悉。这究竟意味着她同样缅怀过去的情分，还是已经彻底放下，可以将他当作一个轻松对话的普通人？

"裴裴！"

突如而来的各种情绪让康郁青一直不动声色的表情激动了起来，被商战磨炼出来的内敛沉稳跟着消失殆尽。他有些急促地上前一步，手指发颤地握住了花裴的肩膀："你晚一点有没有空，我想和你聊聊。"

"抱歉，我想她应该没空。"

眼前的女孩眉头微蹙着，还没来得及说话，康郁青只觉得手腕忽然被人抓起扔向一旁，强势的力道甚至让他趔趄着向后退了两步。

勉强站定后，康郁青有些惊愕地迅速打量了一下，这忽然横亘在他和花裴之间的青年。

对方看上去很年轻，即使身着正装，额发向后梳起露出饱满光洁的额头，刻意让自己看上去成熟一些，但也就是二十五六岁的模样。

这种年纪的青年人，通常是刚工作了三四年，正处于事业上升期，面对他这样的成功人士以及业界大牛，态度一般都是谦虚而恭敬的。

但眼前这个一脸矜傲的青年，显然不属于这类人。

"请问你是……"

即使忽然遭遇了这样近乎粗鲁的对待，康郁青还是压着性子试探着问了一句。

青年挑起眼角斜了他一眼，没吭声，转身看向花裴时，冷漠的神色却很快柔和了下来。

"我们进去吧，外面有点凉，你别感冒了。"

"好。"

花裴不欲在这尴尬的场面中久留，在他的注视下微微一笑，两人并肩向前走去，谁也没有再看向康郁青一眼。

康郁青呆立当场，看着两人逐渐远去的背影，不知道是惊讶多一点还是恼怒多一点。

他向来自视甚高，英俊的长相和过人的才华都是他自负的资本。长青科技走上正轨后有了财富傍身，他更是再没有受过任何轻慢和无视。就连这次回国，政府方面也是好言好语把他追捧着。这样的漠视让他意外之余，不由得有些羞恼。

"康总，好久不见了，这次听说你回国了，还想专程去拜访一趟呢，结果没想到今晚提前见到了……"

不远处的大型盆栽背后，慢慢冒出了一个人，脸上笑容看上去有些谄媚。康郁青意识到，刚才那颇为狼狈的一幕大概已经被对方尽收眼底，口气带上了几分不愉快："你是……"

"康总您真是贵人多忘事啊！"

眼前的男人赶紧做起了自我介绍："我是锋芒网的戴晨，之前在花小姐的牵线下，给您做过几次专访，您还记得吗？"

"噢……原来是戴总……"

康郁青略加回想，口气很快恢复如常："不好意思，长时间没回国，一时半会儿没留意，您别介意。"

"您说的哪里话！"眼见对方记起了自己，戴晨赶紧向前凑了凑，"既然大家难得见面，您看方不方便给个时间一起聊聊？长青科技发展得这么好，大家对你们一直都挺关注的。只是您一直在国外，要配合做专访什么的也不容易，所以我想既然今天这么巧，要不……"

康郁青自然知道他想抢独家新闻的心思，心情烦躁之下却无意配合："不好意思，我这次在S城的行程安排比较紧，今天实在不太舒服，可能待不了多久就得走了。专访的事……不然等下次有机会再说？"

"既然康总没时间，那就下次！"戴晨顺着他的视线，朝大厅方向看了看，若有所思地开口，"刚看到康总和幻真科技的小容总在这儿聊了一会儿，两位是已经认识了吗？"

"幻真科技？"康郁青骤然一惊，这个名字对他而言显然并不陌生，"就是那家刚刚在Come Together上打破了国内智能硬件众筹纪录的机器人公司？刚才那位……是幻真的CEO？"

"这么说起来，花总还没给您正式引荐啊。"戴晨轻声笑了起来，像是自言自语一般，"不过也难怪，幻真科技现在正当红，花总的男朋友又长得帅，总得低调些比较好。"

"男朋友？"康郁青将这三个字在嘴里轻轻咬了咬，片刻之后，他展颜一笑，"戴总，刚好旁边的咖啡吧没什么人，你介不介意我请你喝一杯，顺便聊聊长青在国内的发展计划？"

"十分荣幸，愿闻其详！"

戴晨闻言微微躬身，手掌摊开，做了一个"请"的姿势。

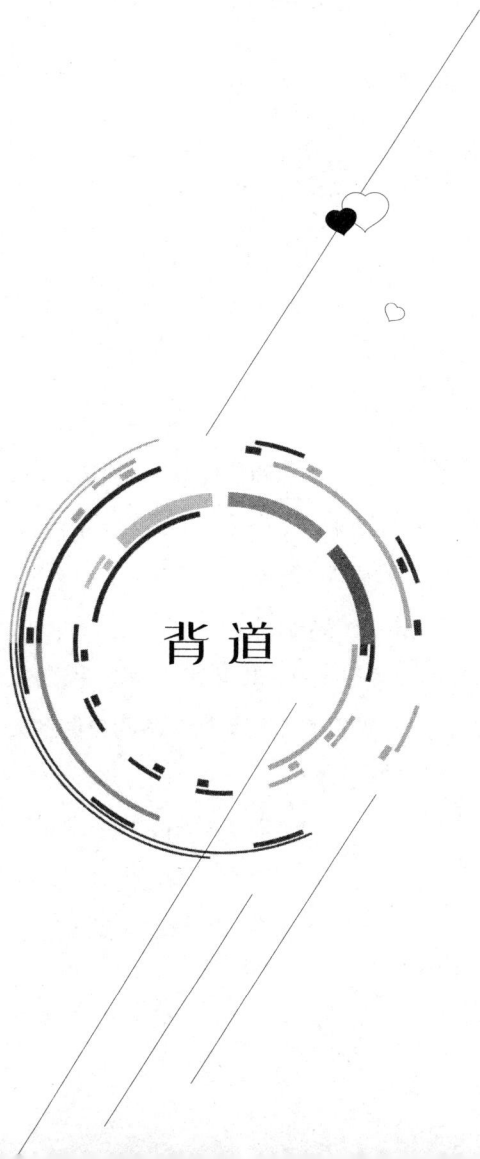

背道

花裴和容眠走进酒会大厅时，现场的气氛已经因为政府官员的到来，彻底热闹了起来。年轻的创业者们三三两两凑在一起聊天，注意力却都落在那几位关键人物身上，只盼逮着机会能上前递张名片混个脸熟。

　　一片暗潮涌动的架势里，容眠懒得上前去凑这个热闹，拉着花裴径直走到大厅角落的自助餐桌前，仔仔细细地给她选了几块小蛋糕。

　　"小容总今天很帅啊！"

　　花裴清楚现在这个时候，硬往人堆里凑也捞不到什么深谈机会，干脆一边吃着对方递过来的美食，一边好整以暇地欣赏眼前的帅哥。

容眠今天穿了一身墨蓝色天鹅绒西装，配了黑色衬衫和同色系领带，整个人看上去干练挺拔且英气勃勃，只是从露台走进大厅角落的短短一截路上，就已收获了好几位女性同胞的倾慕眼神。

"这不是你要求的吗？"容眠嘴角扬了扬，"幻真就算现在刷资历刷不过在场各位，至少CMO的男朋友不能输。"

"那倒也是……"花裴被他难得的浮夸表情逗笑了，"我听说陈副市长家千金还没结婚，说不定你这么一刷脸，就被人招安了。"

"别淘气。"容眠听她玩笑开得毫无芥蒂，没再憋着，"刚才康郁青找你了？"

"嗯。"花裴点了点头，"没想到今天他会来，刚才在露台碰上了就打了个招呼。"

"打个招呼还要把人堵在那儿动手动脚，请问康总他是在国外待久了，承袭了美国人民的热情风俗吗？"

容眠说话难得刻薄一次，记忆中只有当初对待追求花裴的徐朗，才有过类似样子。花裴被他带着醋酸味的口气搞得有点哭笑不得，眼睛一翻正准备接口，目光已经和几步之外的女人撞了个正着。

"是花裴啊，好久不见……"

女人脸上的表情在经历了一瞬间的惊愕后，很快挂上了微笑，扬了扬自己手里的红酒杯，姿态优雅地走了过来。

"丘总，好久不见……"花裴内心一阵苦笑。

"不是一家人不进一家门"的古训果然有些道理，久别之后再见，丘苓和康郁青跟她打招呼时从用词到口气，都像是一个模子里印出来的。

"没想到居然会在这里再遇见你。"丘苓的目光在她身上略微转了个圈,"你看上去状态不错,看到你这样,我真的挺高兴的。"

"谢谢……"

社交场面上的客套姿态已经做足,接下去也不再有惺惺作态的必要。花裴抬眼朝大厅中央看了一眼,冲丘苓笑了笑:"丘总,我们过去和朋友打个招呼,先走一步。"

"请稍等。"丘苓在她身前抬手一拦,挂着笑容的表情里已是藏不住的探究,"花小姐方便告诉我,现在在哪里高就吗?"她顿了顿,在花裴沉默的反应里,为自己的好奇心做了个欲盖弥彰的补充,"你之前走得仓促,长青科技上市以后很多属于你的回报也没有带走,郁青一直觉得这样对待一个并肩战斗过的合作伙伴很不合适,所以我们一直想着怎么才能对你加以补偿……"

花裴听她措辞考究的一番言语,外加一口一个"补偿",只觉得胃酸都要翻出来了。

活了近三十年,她不是没和各种情敌对手战斗过,她不惧怕姿态骄横、行事嚣张的叶珊梦,倒始终厌烦面对看似不温不火却字字刮肉的丘苓。

当年因为康郁青,背靠盛泽投资手握强大资本的丘苓已经满心傲慢地把她凌迟过一遍,没想到即使成为赢家,再次相遇时,对方依旧没有半点要偃旗息鼓的意思。

都说情敌之间的感情往往比情侣更加历久弥坚。

如今看来,世人诚不欺我。

"其实不用那么费心,花总很好说话的。"沉默中,有人轻声笑了笑，"我看康总不是也到了吗？如果真心想要补偿，两位可以商量一下写张支票，或者银行转账、微信付款都可以，把花总之前的股份按照现在的股价兑成现金，多点少点无所谓，我想花总应该不会介意的。"

听着这一本正经的建议，花裴几乎快要笑出声。

丘苓抬眼朝眼前的年轻面孔略一打量，跟着笑了起来："花裴，你的这位朋友还真是有趣……怎么，不打算介绍一下吗？"

"容总，找了你半天，原来你躲在这儿啊！"

一片微妙的僵持中，徐朗领着几位中年男人脚步匆匆走了过来："来来来，给你引荐一下。这位是S市科技创新委员部的韩平韩部长，前段时间一直在留意你们在美国的那个众筹项目，今天知道你们幻真也来了，特意要和你见个面。"

"容总原来这么年轻啊！"韩平爽朗地笑着，动作利落地主动和容眠握了握手，"你们在Come Together上的那个众筹活动，我仔细看过了，做得的确很不错。中国的人工智能行业正处在风口，机器人产品更是被大家看好，我们需要像幻真这样的企业快速成长起来，早日和国际水平接轨，甚至走到世界前列。"

"谢谢您的鼓励。幻真能成长到现在，和政府方面的各种政策支持是分不开的。"

第一次和政府领导面对面打交道，花裴知道容眠多少有些紧张，但眼前的小青年表现得稳重又得体，丝毫没有要她操心的意思。

韩平对他谦虚稳重的态度像是很赞许，忍不住有些感叹："S城这些年走出了不少值得骄傲的科技型企业，从成功在纳斯达克上市的长青科技，到如今已形成规模的悦享之音。对幻真科技和你们的Dream，我个人也是抱着很大的期待，希望容总和你的团队再接再厉，早日取得更好的成绩。"

说话间，他像是留意到了站在一旁，正带着一脸若有所思表情的丘苓，赶紧热情地招呼了一下："刚好丘总也在，借着这个机会大家可以交流交流，看看有没有什么合作的机会。毕竟不管是对盛泽投资还是长青科技，幻真这样的企业都是一个不错的合作伙伴，丘总你说是不是？"

"那是当然。"

丘苓微微笑着，主动朝容眠扬了扬手里的酒杯："不好意思啊，容总，幻真的新闻我之前看了不少，没想到你真人比新闻照片上看着还年轻，所以一时半会儿没有对上号。要不是韩部长介绍，我想诸位大概要以为是花总带了自家表弟过来了呢。"

这笑意盈盈的话语中夹杂着的微妙恶意，让徐朗禁不住皱了皱眉，正想出声打个圆场，容眠已经眉眼一挑："丘总是之前和康总一起出席活动时，遇到过这样的误会吗？我和花总在一起合作这么久，共同出席的场合不算少，这样的说法倒是第一次听到。"他说到这里，也不去看丘苓气得发白的一张脸，朝韩平点了点头，"韩部长，向您介绍一下，这是我们公司的CMO花裳。您刚才提到幻真在Come Together的那次众筹，就是她主导策划的。"

"花总还用介绍吗？"韩平和徐朗交换了一个眼色，哈哈笑着，"之前听徐朗说过很多次了，后来做酒会筹备工作的时候，也和花总打了几次交道，对她的高效专业，印象很是深刻。不过容总啊，我倒是想问问你，你们幻真招人是不是在颜值上也有要求？除了花总之外，刚刚还见了你的几个同事，感觉大家都很精神呢！"

像是被这里谈笑风生的融洽气氛吸引，越来越多人聚集到了他们四周。幻真的几个小青年听着议论声中不时传来自家公司的名字，都是一副颇为兴奋的模样，而康郁青不知道什么时候结束了和戴晨的对谈，缓步走到了他们当中。

"郁青，刚好你过来了，给你介绍一下幻真科技的小容总。他们现在正在研发的机器人产品涉及智能语音交互，刚好和你的长青科技能搭上线，以后你们有空就多走动一下，看看能不能有合作。"

韩平没有觉察到被他热情"拉皮条"的两位企业家之间，那股子异样气场，眼见两人都沉默着不表态，正觉疑惑，人群中忽然有人"扑哧"一声笑了出来。

"我说韩部长，你也太偏心了。介绍合作伙伴搞资源推介，多少也考虑一下我们悦享之音啊。虽然说我们这儿吧，规模比不上康总，颜值比不过容总，但说到语音交互技术解决方案，我们还是有些根基的不是……"

这声音的主人听上去没个正形，即使是在这样的正式场合，也带着一股子玩世不恭的随性劲。但顶着悦享之音的名头，让人难以轻视。

更何况这满脸带笑的小青年还长着一张格外英俊的脸，即使站在容眠身旁，居然十分神奇地没有被比下去。

"这是谁啊？"花裴轻轻撞了撞身边的徐朗，心里有点好奇。

"你之前去面试没见着？"徐朗轻声笑，"这是悦享之音的小言总言祈，主要负责公司的技术和运营，同时也是悦享之音真正的话事人。你别看他这样……吊儿郎当的，其实人挺靠谱的。

对了，他是韩部长的侄子，所以说起话来没大没小的，你习惯就好。"

"没什么不习惯的。"花裴看上去颇有兴致，"Dream2的确需要语音技术方面的合作伙伴，如果言总他不是开玩笑的话，坐下来聊聊也不是没可能。"

现场被言祈笑闹着一打岔，韩平的注意力就此被吸引，企图给长青和幻真"拉皮条"的行为跟着不了了之。言祈跟在他身边嘻嘻哈哈说了一阵话，最后却绕了回来，主动给容眠递了张名片。

两个颜值超高的科技从业者凑在一起，兴致颇高地聊了起来，整个画面十分赏心悦目。花裴在旁欣赏了一阵，眼见他们谈兴正浓，不欲上前打扰，正准备四下走走看看还有什么合作机会，抬眼间，却发现陈然不知什么时候已经和康郁青在一张桌子前坐下，正一边喝酒一边小声聊着什么。

"知道什么叫大龄脑残粉追星吗？"跟在身后的肖凌留意到了她的目光，啧啧有声地开始感叹，"老陈从康郁青进门就开始找机会勾搭了，刚才韩部长说要给我们和长青科技牵线，容眠却一直不表态那阵，我看他都快急死了。现在好了，得偿所愿和偶像聊上了，希望他矜持点，别去找康总要签名什么的……"

"哪有那么夸张，你以为陈然是你吗？"花裴对他一脸的浮夸瞪了瞪眼。

"这事我真没夸张，老陈一直挺崇拜康郁青的，当年好像还投了长青科技的简历，最后没进去，沮丧了好一阵。后面大概是被刺激了，才一路奋发图强成了业界大牛。本来吧，我觉得老陈这块招牌我们拿出去，在智能语音方面已经挺能嘚瑟了，结果没想到这两年康郁青不在，S城居然又杀出个这么风骚的花孔雀抢风头……"

"花孔雀？"花裴听他意有所指，顺着他的目光瞧了瞧，"你说言总啊？"

"那可不是？"肖凌揉了揉鼻子，"你看他那副招摇的样子，恨不得现场开屏了。不过也奇怪，容眠平时挺讨厌这种人的，怎么能和他聊这么久？"

"大概是长得帅的人，彼此之间都惺惺相惜？"

花裴微微笑了笑，看着眼前甚是投缘的容眠和言祈，再看看不远处聊得火热的陈然和康郁青，不知为何，心中忽然隐隐不安。

酒会上让花裴心存忐忑的预感，随着Dream2研发工作的高速推进很快变成现实。容眠和陈然在对智能语音合作伙伴选择上的分歧，成了一切矛盾的根源。

对Dream2而言，智能语音交互是它的一项核心功能，这意味着Dream2需要能够通过声学处理与之发生交流的人类声音和周围环境，减少干扰和噪音，继而通过语音识别技术，将听到的声音翻译成文字或代码，利用语义理解技术分析这些文字或代码的意义，最后去执行相关指令，或是通过语音合成技术把要表达的内容合成语音。

在陈然看来，长青科技在语音识别和语义理解技术方面，有着绝对的领先优势，而且作为一家上市公司，其资金实力雄厚，一旦合作开启，必定能够快速解决Dream2在语音交互功能方面面临的重重难题，加快Dream2在研发道路上的脚步。

然而在随之而来的技术讨论会上，这个在他看来势在必行的合作建议，遭到了容眠的断然否决。

　　自从花裴与容眠的恋爱关系曝光后，陈然和容眠就一直有些别扭。虽说自创业合作以来，两人因为性格不同，产生摩擦甚至发生争执的时候并不在少数，但秉承着就事论事的态度，最后基本可以得到和平解决。

　　可自从众筹项目启动，花裴以大刀阔斧强势激进的工作作风，将技术团队甚至整个幻真逼上不成功便成仁的境地，容眠义无反顾表示绝对支持后，藏在陈然心中的不满再次升级。到了叶珊梦事件，容眠面对诸多媒体接连质疑，整个技术团队最是惴惴不安时，却因为私人感情问题久不现身，更是让他重压之下多次失态暴怒。

　　这一次，在与长青科技的合作上，容眠的决定犹如导火索一般，让他心中的不满炸向了最顶点。

　　"这两人已经吵了快一个中午了吧，咱们的会议室是公用的啊，其他公司的行政都过来投诉了。老江你不进去劝劝？"

　　酒会结束后第二周的技术团队例会上，容眠和陈然爆发了一场激烈争执。普通的技术人员们早已架不住火力，一个接一个从会议室偷偷溜走，最后剩在房间里的两个人，都始终没有要妥协的意思。

　　"这种事，我劝有用吗？"

　　江宸站在门口，已经徘徊了好一阵，对会议室门后陈然一阵高于一阵的咆哮声早已皱起了眉头，对方的指摘中不时夹杂着"容眠你就是感情用事""为了私人感情连公司发展都不管了"之类直指花裴的言辞，他一时半会儿有些踌躇。

"行了行了，老江你不爱看他们对掐，那我去劝劝好了。大不了被老陈跟着骂两句啰……"

肖凌因为年纪小，又是容眠死党，对他向来无条件崇拜和信任，以往无论高管团队之间发生什么争执，他都是极其高调地站在容眠这边，在劝架方面从来没有什么话语权。如今听会议室里越闹越不像话，只担心两人会不会闹到要动手，鼓足勇气正准备敲门进去，随着"当"一声杯子砸地的巨响，陈然已经气势汹汹地拉开了门。

"老陈，你不至于吧……"

站在门口的肖凌看着摔满地的玻璃碴子，吓了一跳，刚想嘻嘻哈哈打个圆场，陈然已经黑着一张脸对花裴瞪了瞪，默不作声地直接出了幻真大门。

"肖凌，你和江总先去吃饭，我进去看看。"花裴意识到这次争执的原因大概和自己脱不了干系，一把拉住正欲朝会议室钻的肖凌，紧接着朝江宸使了个眼色。

"老陈他性子比较拗，有时候想事一根筋，你就劝劝容眠，别把这事放在心上。工作嘛……有不同意见很正常。陈然那边我去和他聊聊。"江宸自然知道这种时候只能两边劝说，让他们各自下下火，当即冲花裴点了点头，顺手就把肖凌拎到了一旁。

花裴走进会议室，顺手把门关上。

刚刚经历过一场激烈争执的房间，如今空得有些发凉。

容眠站在靠窗的地方，眉头微蹙着，像是在认真思考着什么。

"怎么吵成这样啊？"花裴递了瓶矿泉水过去，轻轻捏了捏他带汗的手心，"是因为选择智能语音技术合作伙伴的事，有了分歧？"

"嗯……"容眠做了个深呼吸,终于把身体转了过来,冲她有些歉意地笑了笑,"不好意思,双方情绪都有点激动,让你们担心了。"

"陈然是想和长青科技合作吗?"花裴并不希望这个问题被这么轻描淡写地糊弄过去,毕竟争执的矛盾点很可能是自己,"虽然我不懂具体的技术,但是客观来说,我蛮赞成陈然的想法的。我了解长青科技,也清楚它在语音技术方面的优势。这么多年来,长青的技术团队一直在优化他们的语音识别技术和底层数据库,即使是在国际上也有着非常明显的优势。如果Dream2需要尽早实现智能语音交互功能,长青的确是一个非常好的选择。所以……"她的声音放低了一点,"如果幻真有这方面的需求,其实不用顾忌我……"

"裴裴,你当我是什么人?"容眠的眉头拧了起来,"你和陈然一样,也觉得我是为了一些私人感情,就任性到拿公司开玩笑,甚至轻易做决定的人吗?"

"我不是这个意思……"

"可我是那个意思!"容眠深深吸了一口气,神色严肃,"实话和你说,我其实就是那样的人。"

"你……神经病啊!"

花裴被他这么一闹,恨恨地骂了一句。两人之间原本有些凝重的气氛松弛了下来。

容眠笑了一阵,拉着她的手坐下:"你和陈然今天都吃了炸药包吗?性子怎么都急成这样。没错,长青科技在智能语音技术方面的优势大家都很清楚,而且康郁青前几天也和陈然聊过,还主动表达了和幻真合作的意愿。但这个合作方案,我不接受有自己的理由。"

"什么理由？"

"第一，长青科技是一家纯技术类公司，大多数时候都只是为合作伙伴提供解决方案和技术支持。这一类的解决方案运用很广，他们的合作伙伴类型也很多，所以他们并没有太多的经验聚焦在某个细分的垂直领域，比如家用机器人市场。第二，长青这些年来一直在美国发展，底层数据库的优化更多是针对英文语种，虽然他们有中文团队，但这部分投入想必有限。而幻真虽是墙外开花墙内香，是从Come Together的众筹开始正式打开的知名度，但目前最大的市场占比依旧还是中国，我们要面对的大部分消费者也是国内用户。"

"这两点算你有些道理。还有其他的吗？"

作为长青科技的元老之一，花裴清楚容眠的这两点考虑都是合理的。

只是如今智能语音的细分服务原本就不成熟，国内相关企业也都处于群雄混战，尚未有领头羊杀出的阶段，光凭这两点就否定和长青科技的合作，显然说服力不够。

"这两点是业务层面的考虑，另外还有一点，就比较重要。"容眠稍微顿了顿，语气越发严肃起来，"和幻真合作的想法，是康郁青上次在酒会上主动向陈然提及的，这一周时间里，他又找人陆续询问了好几次。按道理说，以长青现在的实力，即使要在国内找合作伙伴，幻真这样规模的公司不应该让他们表现得如此积极。所以，这让我不得不怀疑康郁青的动机。"

"考虑挺周全的啊……"花裴笑了起来，心里不由得对这个青年在面对诱惑时的冷静和慎重，充满了赞许，"那后来呢？你和长青有没有进一步沟通？"

"有。"容眠点了点头，"这几天我找人试探了一下，康郁青其实希望借由这次合作，对幻真进行技术参股……"

果然……

无须容眠再往下多解释，花裴已经心下了然。

以康郁青极具攻击性的做事风格，他一旦参股又握着Dream2智能语音板块的命脉，幻真未来的发展方向很难不因他的介入而偏航。

如果只是以经济利益为目的，这样的偏航或许无伤大雅。但幻真是容眠一手一脚养起来的孩子，至少在现阶段，他必然希望它能踏踏实实不被干扰地长成自己期待的模样。

"理由挺充分的。这些我都能理解，所以愿意投个赞成票。"

"先别急着表态啊。"容眠看着她，像是在憋笑，"还有一个私人理由我没说呢。裴裴，其实我一直想问问你……"

"别问了，爱过。孩子我会自己带大。就是到时候姓什么难说。"花裴斜着眼睛瞪了他一眼，最后还是忍不住微笑着抿了抿嘴角，"你不用说也不用问，你的私人理由我知道……"

容眠所谓的私人理由并不难猜——一旦幻真和长青建立合作关系，作为幻真的CMO，她和康郁青必然免不了要打交道。当年容眠能为了让她不欠情敌人情，放弃了由她带着幻真的BP在徐朗面前游说的机会，如今又怎么可能让她陷入和前男友尴尬以对的境地中。

这个理由容眠清楚，她清楚，对她和康郁青之间那段往事已有觉察的幻真高层们，必然也能想到。

只是对一心想促成幻真和长青合作的陈然而言，这个理由所占的比重，显然被无限放大了。

"这些想法，你都和陈然沟通过吗？"许久之后，花裴轻声发问。

"陈然对长青科技的执念太深，对我们之间的关系又存着芥蒂，说得再多，只怕一时半会儿也很难接受。"容眠轻声叹了口气，拉着她的手站了起来，"这事先放一放吧，我们先去吃饭，等过两天他冷静了，我再慢慢和他解释。"

花裴原本以为发生在容眠和陈然间的这次不愉快，和以往他们为了某个项目产生分歧争执一样，经过两三天的冷静，双方坐下来协商出一个折中的解决方案后，一切就会恢复如常。

然而出乎所有人意料的是，在接下来的三天里，陈然的工位上一直空空如也，从那天摔完东西离开幻真后，他再也没出现过。

作为分管公司行政人事和财务的负责人，江宸是首先觉察到异样的。在陈然没来公司的第二天下午，他拨了一个电话过去，想问问是不是出了什么事，却只听到电话那头传来"您拨打的电话已关机"。

等到陈然消失的第三天，向来急脾气的肖凌直接坐不住了，拉着江宸和花裴冲到容眠办公室，一阵念叨："我说老陈这次脾气也忒大了点吧，为了个合作方至于吗？他和你掐架那天，我和老江特地请他吃了顿好的，好说歹说哄了半天，结果呢……这一赌气说不来就不来了。"

"我在想，会不会是他家里出了什么事？"江宸推了推鼻梁上的眼镜，显得有些忧心忡忡，"这两天我一直在打他电话，却都是关机状态。如果不是出了什么事，应该不会这么一声交代都没有……"

"要不一会儿下班了，我去他家看看？"肖凌听他这么一说，跟着紧张起来，"容眠，要不你也一起去呗？老陈那脾气，你哄两句就好了……"

"不用了。"

一直坐在显示器背后没怎么抬头的容眠终于站了起来，眼神落向眼前的众人时，微微有些恍惚。

"干吗啊？吵个架很正常嘛，大家各退一步不就完了？"

"肖凌！"花裴已经从他白得异常的脸上觉察到了什么，轻轻扯了扯肖凌的袖子，声音尽量放得柔和了些，"陈总那边，是有什么消息了吗？"

"是……"

许久之后，容眠有些艰难地扯了扯嘴角："五分钟前我收到了陈然的邮件……他决定，退出幻真了。"

幻真的高管们在加入公司时，都签署过相关合同协议，即使中途选择退出，也需要办理相关手续，把工作和相关权益交接清楚。从陈然此次的行事态度来看，显然是去意已决，根本没有给昔日的伙伴们留下任何劝说的机会。

公司章程里对这种事发突然，没有留下任何缓冲期的离职行为，有着相应的处罚条例，但作为曾经并肩战斗过的同伴，从容眠到江宸再到肖凌，除了心痛、震惊和沮丧外，谁都没有要和陈然计较那点赔偿的意思。

接下来几天，容眠陆续收到了陈然打包发过来的一些工作邮件，算是对昔日项目做了最后交接。其间江宸终于打通了他的电话，试图劝说，然而陈然在电话里除了言简意赅地表示自己已经不适合待在幻真，祝大家以后一切顺利之外，没有对自己离开的原因以及未来的动向，做出任何说明和解释。

幻真的技术团队原本是在容眠和陈然的带领下双线并行，容眠主要负责Dream自身的硬件研发及优化，陈然则聚焦于开源部分及与第三方技术团队对接。如今他这一走，原本就在众筹项目发货时间制约下压力重重的研发团队，即刻陷入了举步维艰的窘境。

技术型高管在任何行业都是稀缺资源。更何况人形机器人是萌发未久的新兴产业，要找到一个懂技术懂管理，又对Dream抱有热情，同时还能顶住巨大压力接替陈然位置的人，不是短时间内能一蹴而就的。

一片兵荒马乱中，江宸临时划出了一笔预算，开始高频次接触各方猎头，肖凌也在他运营着的机器人爱好者社群里，不断和出没其间的大牛们做接触。相较之下，容眠的反应却是平静得多，除了多熬了几个通宵，把陈然交接过来的邮件一一消化分解，同步开始安排跟进所有研发人员的工作之外，几乎看不出他和平日状态有什么不同。

只有花裴知道，陈然的离开给容眠带来的打击和压力，是难以想象的。然而在面对公司上下员工时，作为企业创始人，他不能表现出任何慌乱、犹豫和退缩。

这种情形下，再多安抚和劝慰都不会起到任何实质性效果，直截了当地想办法解决问题，才是最有效的。花裴眼见猎头那边已经有江宸在全力操持，于是抽时间给徐朗打了个电话，希望能借助投资人的关系网，看看有没有适合接替陈然的技术候选人。

关于如何描述幻真目前面临的窘境，她原本想好了一套官方措辞，没想刚在电话里聊了几句，徐朗单刀直入地戳进了问题核心："你们幻真现在的技术研发团队，是不是发生了一些变动？"

"你怎么知道？"

面对徐朗的疑问，花裴十分诧异。毕竟陈然离开才没多久，幻真内部也并非人尽皆知。她实在想不出，这桩变故怎么会这么快传到了对方耳里。

"呃……"电话那头徐朗似乎考虑了一下措辞，"前两天和朋友吃饭，听他说起长青科技刚在S城落下没多久，就大手笔招了一个技术类高管，年薪数字很是惊人。我一时好奇就多问了两句，然后才知道这位朋友，似乎是从幻真挖来的……"

"长青科技？"花裴的眉头紧紧皱了起来，像是在努力消化意料之外的因果关系，"你的意思，是康郁青从幻真把人挖走的？"

"也未必是康总自己……"即使隔着电话，徐朗也嗅到了她一触即发的怒气，有些无力地宽慰着，"说不定是长青科技的HR看到了合适的简历，自己做了接触，才有了这次人才流动……"

"徐朗你和我开玩笑？这种等级的高管流动如果是HR部门的行为，以长青科技目前的规模，各种层级的面试审核谈条件，最起码也得三个月。长青来S城才多久？如果不是康郁青直接拍板，这件事能这么快就板上钉钉？"

"你别冲我急啊……"徐朗面对她焦灼的口气，一时有些难以招架，"这消息我不也是才知道没多久吗？里面的关系究竟如何，可能还得找人问问。"

"抱歉啊，徐朗。"花裴喘了口气，强迫自己冷静下来，"这事不麻烦你了，我自己去问就行。"

"自己去问？找谁问？你准备直接联系康郁青？"

最后这个问题花裴没有回答，顾左右而言他地应付了两句，就挂了徐朗的电话。紧接着，她下意识地打开了"最近通话"页面，看着上面近十个来自同个号码的未接来电，心情有些复杂。

那次酒会再见后，康郁青一直在试图联系她。虽说花裴自两人分手之后，已经将对方从通讯录里删去，但那个熟悉的号码在手机上跳动闪耀时，她还是第一眼认了出来。

从某种意义上来说，康郁青骨子里其实是个十分念旧的人。虽说随着业务的日渐繁忙，他多用了好几个联系号码，但用来和亲戚朋友联系的，从大学至今没有变过。

除了电话号码，他人生中拥有的第一台手机，第一条领带，第一个MP3都被保存得很好。即使很多东西他早已经不再使用，也都仔仔细细地收纳在储藏间里，不时就会翻出来看看。

对那些陪伴他度过艰难时光的物件，康郁青似乎饱含着纪念般难以割舍的情感。

大概只有花裴，是他这种习惯里唯一的意外。

花裴踌躇了几分钟后，终于拨通了那个熟悉的号码，提示音几乎只响了一下，就被人飞快接了起来。

"裴裴？"康郁青的声音听起来带着些许惊喜，音量却放得很轻，似乎正身处某个重要会议，"是你找我吗？"

"康总，不好意思打扰了。"花裴语气镇定，"不知道是否方便耽误你几分钟，有点事想请教。"

"不用客气，有什么事你尽管说。"

"关于最近加入长青科技的技术高管陈然……我想了解一下，

是不是在康总亲自游说后加入的。"

"裴裴……"电话那头沉默了几秒钟，"这件事不方便在电话里说，你看我们是不是见面聊？"

"行。"花裴闭了闭眼，"地址你定，我过来见你。"

花裴原本以为依照康郁青稳重谨慎的个性，会把和她这个"前女友"的见面地点，安排在某个低调的咖啡馆，没想到对方发来的地址，竟是地处S城CBD的某栋5A级写字楼。

S城的楼盘价格近几年来一再疯长，能在CBD驻扎办公的，大多是一些财大气粗的金融企业，或是已经稳定盈利的互联网公司。花裴在城郊的智创孵化园里待久了，难得在工作时间跑一次城市核心区，如今站在层层叠叠的高楼中央，不由得感叹S城高速发展下令人目不暇接的精彩变化。

按照短信指引，她搭乘电梯直接上了顶楼。才出电梯门，正对着的面积巨大的门厅前台处，立刻有人站了起来："小姐您好，这里是长青科技，请问您找哪位？有预约吗？"

看这架势，长青科技显然是包圆了写字楼里视野最好的几层楼用来办公。在美国发展的后期，长青已经实现盈利，优越的办公条件足以成为它招揽人才的资本之一。如今办公区内配备的软硬件设施比之在美国时，其奢华程度有过之而无不及。

"我姓花，找康总，之前和他通过电话了。"

"啊……您就是花小姐啊。"挂着职业微笑的前台小姐听闻她的身份后，态度立刻变得热情起来，脚步匆匆地将她引向办公区深处，"康总已经特别交代过了，花小姐到了就请直接去他的办公室，他在那儿等您。"

"谢谢。"

花裴跟在前台小姐身后，顺便沿路打量着眼前的一切。除了宽敞明亮的办公工位，长青科技的办公室内还开辟了休闲游乐区、健身区、酒水吧和按摩室，环境舒适得足以让大部分职场人心生向往。

不知道是合作敲定后尚未正式入职，还是知道她要来于是有意回避，这一路走来，花裴见到了好几个曾经与之共事过的熟悉面孔，却未能看到陈然的身影。

"花小姐，到了。"

弯弯绕绕走了好长一截路，前台小姐在某个房间门口站定，轻轻敲了敲门，朝花裴做了一个"请进"的姿势。

花裴推开房门，缓步走了进去。

面积超过100平方米的办公室装修简洁，充满了明朗的现代感，即使是最寻常的桌椅摆设，看上去都是"Less is more"的科技气质。

与这里相比，容眠那间堆放着无数零部件的小办公室，大概被当作仓库都不合格。

房门正对着的落地窗前，康郁青穿着一身略显沉闷的黑西装，姿态安静地站在那里，像在耐心地等待着什么。眼看花裴走进门，他的目光落在了她的脸上，再也没有离开过。

"裴裴……"许久之后，康郁青沉声开口，略带嘶哑的声音里仿佛藏着许多难言的情绪，"你终于肯和我坐下来聊聊了。"

"长话短说吧，我应该不会耽误康总太久。"花裴并不想浪费时间配合他追忆往昔，甚至唱一出苦情戏，点头示意后干净利落地直切主题，"这次过来打扰康总，主要是想了解一下长青科技从幻真挖人的事。据我所知，康总你回国时间不算久，在此之前和陈然也并不认识。按照长青的人事标准，这种层级的高管入职审核基本在两个月以上，所以我不太清楚康总究竟是出于什么想法，要在长青并不缺人的情况下，这么急迫地从幻真将陈然挖走。"

"你特意过来一趟……就是为了和我说这个？"康郁青的表情看上去有些失望，带着期盼的眼神很快暗淡了下来，"企业之间的人才流动原本就是很正常的一件事，陈然有这个意愿，长青也愿意接收，双方谈妥了一个合适的价格，合作就算正式达成。这些年长青科技从各家科技企业高薪挖来的人才，不止陈然一个，至于长青是不是缺人，挖来以后要怎么用，这都属于公司自己的内部决策。所以……我并不认为这件事有什么不合理的地方，值得你专门上门探究。"

这条理分明不带任何感情波动的口吻，在昔日的谈判场上，花裴曾经见识过很多次。一旦康郁青开始用这样理智到冷酷的态度说话，就表明他想要的东西已经在心底扎根发芽，再没有讨价还价的可能。

事已至此，再说什么也于事无补，陈然离开幻真加入长青，想来已是无法改变的定局。花裴指尖紧掐着掌心，对自己冲动之下面见康郁青的举动甚是懊恼——对方的性格她最清楚不过，已经权衡利弊后做下的事，怎么会有任何回旋的可能？

试图将心比心，让他理解一家困境之中的创业公司进退维谷的窘境，的确是自己太天真了。

"康总说得对，这件事是我鲁莽了。"几秒钟后，花裴调整了一下自己的情绪，冲默不作声的康郁青点了点头，"那康总你先忙，我就不打扰了。"

"等一等！"康郁青踏步上前，站在离她不到半米的地方，眉头紧拧着，"裴裴，我其实很想知道，你今天是以什么身份来问我这件事？"他顿了顿，在花裴迅速冷下来的脸色里，声音放得轻了些，"我听说，你现在新交的……男朋友，是幻真科技的创始人容眠？"

"听说？听谁说？"花裴笼罩在他的身影下，几次试图拉门离开，却又被强势地堵了回来，轻微的纠缠中她干脆站定脚步，哼声笑了出来，"一直以来，我只知道康总致力于高科技产业，没想到如今也开始对各种八卦感兴趣了。"

"这个消息是戴晨告诉我的，究竟是事实还是八卦，我等你亲口告诉我。"

康郁青似乎并不在意她口气里的冷嘲热讽，而是忽然间紧紧抓住了她的手，眼神看上去有些焦灼，"裴裴，我就想问一句，幻真究竟是个怎么样的公司，容眠他究竟是个怎么样的人，你真的清楚吗？"

花裴觉得自己快被气笑了。

她简直想不到世界上还有什么比曾经抛弃自己的前男友，理直气壮地来质疑自己的现男友更荒谬的事。

偏偏站在眼前的男人满脸关切，注视着她的眼神里充满了真情实感。这让她不得不好奇，戴晨为了引发康郁青的兴趣，究竟在他面前描述了一个如何曲折狗血的故事。

"看样子康总果然是要进军八卦产业了，要不然怎么和戴总如此趣味相投，一拍即合？"眼看一时半会儿脱不了身，花裴也想听听容眠在戴晨口中，究竟被塑造成了一个怎样的角色，干脆挣开对方的拉扯，走到沙发前坐了下来，"行，康总你说说看，你又对幻真了解多少？在你看来，它究竟是一家怎样的公司？"

康郁青看她摆出一副愿意长聊的态度，终于松了口气，悉心地倒了杯茶递到她眼前，才沉声开口："裴裴，我知道戴晨是什么人，也知道他和我说这些的目的是什么。他的话我未必都信，但这段时间，我的确花了点时间了解了一下幻真。"

以充分的调研了解竞争对手，抽丝剥茧地挖出那些潜藏于表象下的薄弱点，继而集中全力彻底打击，向来是康郁青在商业战场上的撒手锏。

昔日长青科技还只是一家不起眼的小公司时，他就凭着这种隐忍蛰伏的耐性和不发则已、动则搏命的厮杀方式，硬生生狙击过好几个强劲的竞争对手。如今对付一个起步未久，还在蹒跚学步的创业公司，简直是不费吹灰之力的事。

眼看花裴只是嘴唇紧抿并不说话，康郁青的神色越发严肃起来："据我所知，幻真科技在半年前，只是一家连销售渠道都不健全的草台班子，创始人借着国人对人工智能产品不怎么了解的机会，做了个低端的山寨产品后就到处找融资。后来能勉强活下来，是因为和Toy Town有了合作。我直接联系了一下Faye许，她告诉我幻真之所以能和Toy Town合作，你可是费了不少劲……"

"所以呢？康总你到底想表达什么，直说可以吗？"

面对对方长长的一段铺垫，以及夹杂其中满是敌意的用词，花裴一时半会儿没转过弯，不知道康郁青究竟想和她说些什么。

"我想说的是……如果没有你的话，幻真是走不到今天的。更不要提现在让政府和投资人都加以关注的众筹事件，也是出自你的手笔。所以裴裴，你有没有想过，容眠究竟为什么要和你在一起？"他顿了顿，有些谨慎地继续补充，"据我所知，幻真的这位小容总比你小了足足三岁，而且他还有一个年轻漂亮，至今都保持着暧昧关系的前女友……"

"康总！"花裴终于消化了他这番措辞后藏着的潜台词，随之而来的巨大愤怒让她脸色涨得通红，声音不由自主拔高了几分，"你这是在侮辱谁？我，容眠，还是你自己？是不是在康总的认知里，全天下的男人都和你一样，在和另一半交往之前，会先带着功利心盘算一下能从对方身上赚到的利益？"

一丝受伤的神情让康郁青的目光瞬间暗淡了下来，隔了许久，他才勉强出声："裴裴，我知道你怪我。之前你一声不吭走得那么突然，没有给我任何补偿的机会，我就知道自己对你造成了不可挽回的伤害。虽然你可能觉得我没有立场和你说这些，但我还是得提醒你，幻真正在经历的一切，长青都曾经经历过。作为同样从创业期过来的人，容眠现在的心情和想法，我比谁都明白。幻真不是一个值得你这么投入的公司，至于容眠……从他对待前女友的态度看，就足以知道他究竟人品如何。"

"你查他？"花裴猛地站了起来，眼中都是愤怒，"康郁青，你凭什么查他？"

"你误会了，我没有兴趣查他，而且有关他的那些事，也不需要特意去查。"

康郁青跟着站了起来，说起容眠时的表情带着几分冷酷和不屑，"他那位前女友叶珊梦和戴晨详聊过，该说的事已经说得差不多了。"

叶珊梦……

这个名字听在耳朵里，花裴像被千万根针狠狠扎着一样疼。

她不理解是怎样的偏执和不甘，才会让这个女孩在改变了容眠的人生后，还能如此口不择言地，再次伤害这个至今将她温柔庇护的男人。

"康总，你这是在为我操心吗？就算幻真和容眠都有问题，请问和你有什么关系？正如你所说，你也经历过创业期的艰辛，知道有多么不容易，那你现在又是出于什么目的，要这样处心积虑地为难一家刚刚起步的公司？"

事到如今，任何辩白和解释都是徒劳，何况那段关于容眠的往事，花裴不欲向任何人提起。

陈然的离职既然已是板上钉钉，未来康郁青是否还要继续对幻真施以打击，不是她能阻止得了的。她能做的，只能是站在容眠身边，无论成败，和他一起并肩战斗到最后而已。

只是康郁青自以为是的出发点，让她感觉好笑又无力。

"裴裴！"

眼见她冷声喝问之后准备离开，康郁青犹豫了片刻，有些艰难地再次出声阻止："我说这些没有别的意思，只是希望你不要再在感情上受伤，也希望能够对你……有所补偿。"

说到这里，他想到了什么一样，主动拉开了玻璃墙上的遮光叶，指着外面气派十足的办公区："你看，长青科技现在已经发展得很好了，以后还会更好，这一切都和你的心血分不开。长青科技在纳斯达克上市时你不在，那么现在，我们随时欢迎你回来。你原本就应该属于这里，属于一个城市最核心最前沿最繁华的地方，而不是待在幻真那样生死未卜的企业里，一天天消耗自己的能力和才华。"

"康总这是找了陈然还不够，又准备来挖我了吗？"花裴冷声一笑，"承蒙康总赏识，只是康总有没有想过，我要是真到了长青，你该怎么和盛泽投资还有丘总交代？"

康郁青猛地一怔，见她毫不停顿地把门拉开，已经到了嘴边的话最终被吞了回去。

办公室大门前，丘苓抱着厚厚一叠文件面无表情地站在那里，不知道究竟把他们之间的对话听去了多少。

花裴的目光从她脸上掠过，微微笑了笑，在许多昔日同事疑惑又惊诧的目光里，快步离开了。

回到幻真办公室时，已经过了下班时间，整个办公区依旧灯火通明。

自从陈然离开后，原本就颇为紧张的办公氛围因为诸多揣测和流言，更增添了无形的压力。这种压力某些时候能逼得企业和团队快速成长，某些时候却只会让人抑郁得想要快速逃离。

"给大家带了奶茶和芝士蛋糕，谁要吃的话自己去冰箱拿，肖凌你帮着招呼一下啊！"

花裴知道如今是非常时期，即使解决不了实质性问题，也得用自己的方式给大家一些鼓励，于是不时自掏腰包买点下午茶、消夜什么的，帮加班的员工提提神。

通常情况下，一旦有美食出现，加班的技术宅们都会蜂拥而上，借着休息时间稍微热闹一下。然而今天除了寥寥几声"谢谢"之外，整个氛围依旧沉闷而压抑。

"怎么了？"花裴感觉到了异常，悄悄把肖凌拉到一边，"怎么大家看起来都没什么精神，是研发上又遇到什么困难了吗？"

"那倒不是……"平时总是活蹦乱跳的肖凌看上去都一脸沮丧，叹了半天气才哼了个声音出来，"今天你不在的时候，研发那边又有两个技术人员递交了离职报告。江宸问了半天才知道，他们通过老陈介绍一起去了新的公司。对方待遇应该给得挺不错，所以他们连最后半个月的薪水都没要就急匆匆要走。江宸生怕他们这一走起连带效应，已经找研发团队一一谈过话了。虽然剩下的人暂时都没什么异动，但心情肯定都不怎么好……"

"那容眠呢，他知道这事了吗？"

"知道啊，那俩哥们儿怕江宸为难他们，先一步找容眠说了这事。容眠好像简单问了一下，就直接放人了。你说从老陈离职开始，这打击一个个地来，我有点担心他是不是还扛得住。"

"他现在人在哪儿？"

"办公室里待着呢。晚饭也没出来吃，一直都待在里面赶工。我不敢打扰他，就盼着你回来。花裴，要不你先进去看看呗？其他事我和老江先顶着。"

"好……"

花裴安慰性地朝他点了点头，悄声推开了容眠办公室的大门。

房间里窗帘紧拉着，没有开灯，只有几台显示屏泛着幽幽的光，成串的代码正在上面飞速跳跃。容眠合着眼睛趴在桌上，像是极度困乏下终于顶不住了，正在简单补眠。

花裴拉了张椅子在他身边坐下，借着幽微的光线，静静看着眼前的这张脸。

短短小半个月而已，容眠消瘦了不少，本就线条分明的一张脸如今更加凌厉，尖尖的下巴上多了一圈胡楂，连眼睛周围都是青的。

即使在睡梦中，他的眉头依旧紧锁着，看上去像个心事重重的小孩子。

研发的压力，公司的未来，员工的跳槽，同伴的背叛……

这其中每一项单抽出来都足以让人夜不能寐，如今却一股脑地抛到了容眠眼前。

谁也不知道这段时间里，他一边调整队伍，一边身先士卒地加班加点赶进度，表面上还要以一副淡然自若的模样稳定军心，内心究竟承担着多大的压力。是不是像肖凌担心的那样，快要扛不住了？

可眼前，这一切的一切花裴都不愿想，她希望自己守在这里，让这个疲惫至极的青年能够享受一段安静的无人打扰的睡眠时间。

偏偏包里的手机在这时振动了起来。

花裴稍微瞥了一眼，是个陌生号码，随手把它摁掉。对方却像铁了心一样，被挂机后不到两秒钟，再次拨打了过来。无奈之下，花裴只能插上耳机起身走到角落，压低了声音轻声开口："喂，您好。我现在不太方便说话，您有什么事的话，能不能稍微晚一点……"

"裴裴……"含糊不清的呢喃声从电话那头传来，带着显而易见的醉意，"我……我有话要和你说……"

康郁青？

花裴只觉得无语："康总，我们今天下午该聊的都已经聊了，现在没什么好说的。"

"不是……"像是害怕她挂断电话，康郁青的声音骤然间急促了起来，"我有很重要的事想和你说，可是今天见到你时……一直不知道怎么开口。"他等了一会儿，发现花裴并没有挂断电话，受到鼓励一样继续开口，"我没有告诉你，其实我……一直都没有打算结婚。"

"康总你打错电话了吧？"花裴皱着眉，"关于您是不是打算结婚，准备什么时候结婚，您应该和丘总商量，我对这件事并不关心。如果没什么其他事，我先挂了。"

"等一等！"康郁青的声音带上了几分痛苦的哀求，"裴裴，我后悔了，虽然我没说，但是我早就后悔了……公司上市也好，一年赚好几个亿也好，这些年我真正在意的，其实是你还在我身边。所以我一直在努力，这次回国也意味着长青科技有了足够的资本，不用再受盛泽制衡。所以只要你愿意，我们是可以重新开始的……"

"那丘苓呢？"在这长篇大论的表白中，花裴忍着呕吐的欲望，"丘总在长青上市的过程中尽心尽力拉了你一把，后来作为你的女朋友，或者说是未婚妻，丝毫没有对不起你。你打算把她怎么办？"

"我可以用其他任何东西补偿她，什么代价都可以！"花裴的嘲讽让对方会错了意，口气中迅速带上了几分急迫的欣喜，"丘苓她的确帮过我不少，我一直很感激。可是感激并不等同于爱！裴裴，我很清楚，只有你才是我想要共度一生的那个人……"

"康郁青。"片刻的沉默之后，花裴轻轻笑了笑，"你不觉得自己演琼瑶剧的样子，真的很狗血很难看吗？"

听筒那头忽然间安静了下来。

几秒钟后，一阵忙音传来，电话被挂断了。

花裴彻底关了机，重新走到电脑前。

被她打电话的声音惊扰，容眠蒙蒙眬眬地睁开了眼睛，神志依旧有些不太清醒，看着她的眼神懵懵懂懂的，连说话声音也带着几分迷糊。

"裴裴，你下午不是出去了吗？怎么又回来了？"

"回来陪陪你。"花裴在他身边坐下，轻轻摁住他欲撑起的肩膀，"现在还早，你如果要继续加班就再睡会儿，隔半个小时我叫你。"

"我还行，已经不困了。"简单说了两句话，容眠已经清醒了过来，在她的温柔注视下，还是顺从地保持着趴在桌上的姿势，"你刚才和谁打电话啊，怎么感觉不太高兴的样子。"

"房地产中介。"花裴笑眯眯的，"给我推销房子呢。你说现在的中介吧，居然一开口就是顶级豪宅，稀有物业，一套仅要3000万而已……3000万？这目标用户定位也太不精准了，我去哪儿给他搞这3000万？"

"谁说定位不精准了？"容眠跟着笑了起来，"你之前不是怂恿过我兼职房地产业务吗？等Dream2成功上市了，我们就把价值3000万的房子承包个十套八套的。"

"这想法听起来不错。"花裴伸手揉了揉他柔软的头发，顺势把他拉到了自己怀里，"既然小容总这么说了，我就提前奉献一点爱的温暖，当精神投资。咱们先好好休息一下，起来以后接着干！"

"这投资还真是大手笔……"

容眠的确累了，勉强说了两句话后，靠在她怀里轻声笑了笑，很快又闭上了眼睛。

或许对幻真而言，这是它成长道路上经历的最黑暗的时刻，是否能成功冲破，一切尚待天命。

但此时此刻，花裴的下颌和容眠的侧脸紧贴在一起，被那些眼带蓝光、倔强站立的小机器人和不断跳跃着的代码围绕其间，像是身处曙光待现的星空下一般，他们心里充满着坚韧的希望和温柔的宁静。

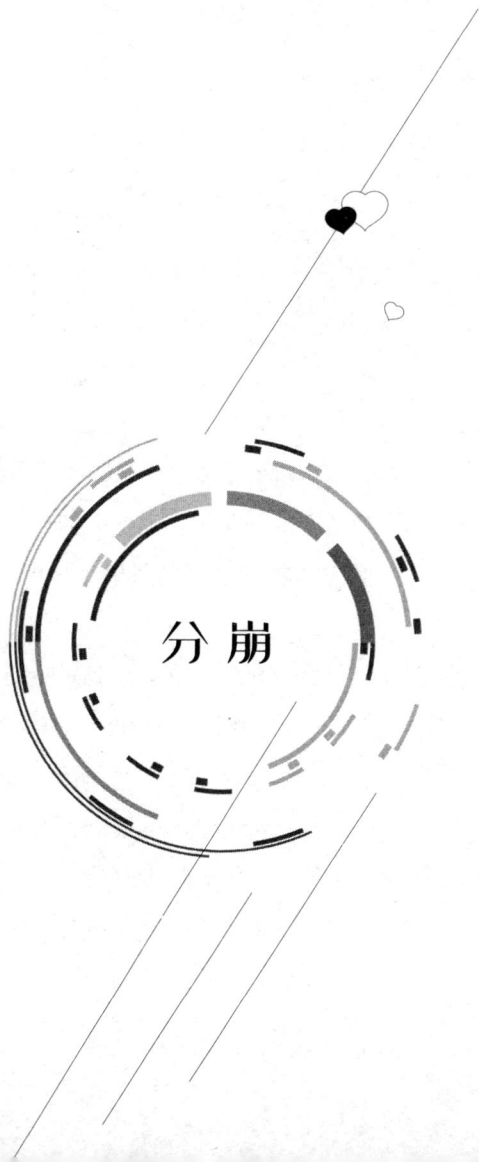

分 崩

不知是花裴对康郁青的那番质问多少起了作用，还是江宸苦口婆心的思想工作安抚了幻真的员工。接下来的时间，幻真科技的工作氛围依旧紧张繁忙，但没有再发生什么让人不安的人事异动。

　　另一方面，Come Together上的众筹活动虽说早已经结束，有关Dream2的相关动态却依旧需要在页面上做持续更新，让众筹的支持者们和公众可以同步了解产品研发的相关进展。

　　只是陈然和几位技术骨干相继离开带来的混乱局面，让产品研发方面的工作变得进展缓慢。

　　为了让这场备受瞩目的活动，不至于在刚刚结束资金筹措时就饱受质疑，花裴在产品研发外的品牌和市场层面下足了力气。有关

Dream2的包装设计、周边礼品和各种趣味性的概念小视频接连推出，让幻真在公众视野里一直保持着健康、有朝气的形象。

这种品牌宣传层面上的热闹风光，虽没有直截了当的产品研发进度消息来得实际，但很大程度上分散了那些隐约嗅到什么、意图上门找碴儿的媒体的注意力。花裳清楚，如果技术研发团队不尽快稳定调整，产品进度一直跟不上的话，用户和媒体迟早会发现端倪，继而提出质疑。

作为一家刚刚起步的科技型企业，来自公众的关注是一把双刃剑。一方面，关注带来的宣传效应能够帮助企业产品迅速获得知名度，快速打开市场；另一方面，只要出现任何一点错误或差池，以幻真如今的状态和规模，很可能会因为诸多质疑和否定就此倒下，甚至再没有重新站起来的可能。

面对这样的局面，花裳不敢怠慢，除了安排好自己职能范围内的工作，也在加紧力气，通过方方面面的关系帮着江宸招人。只是智能产品方面的技术性高管本就稀缺，有实力的大神们对幻真这样的初创企业，又大多持观望态度，因此十几轮面试下来，江宸几乎耗掉了半条命，最终还是一无所获。

这棘手的难题让花裳和江宸都有些沮丧，两人拉着肖凌一起讨论了几轮后，决定还是以邮件的形式，给Dream2的用户发一次公告，宣布原本承诺的发货期无法兑现，需要延后三个月到半年。这样的举措势必会引发糟糕的用户体验，打击支持者们的积极性，甚至引发部分退款，但比起临近发货期，用户们的期待值被提到最高时再作反应，多少能给公司留下缓冲时间。

商议落定后，花裳迅速拟好了相关方案，准备在发布前最后和容眠落实一下其中细节。当她拿着打印好的文件走进容眠办公室时，却意外发现，这段时间几乎在办公室扎地生根的青年没了踪影。

"容眠呢？他人去哪儿了？"

回想起最近几天容眠总是一副面色苍白的模样，花裴不由得懊恼，她只把精力聚焦在眼前的工作，却忽略了对方的身体状态。

"两个小时前刚出去，好像是接了个什么电话就放下手里的东西出门了。不过具体去哪儿，他没和我说。"肖凌略微回想了一下，表情倒是很轻松，"难得他肯出门，再在这间屋子里待下去，我估计他都得臭了……你就放他去遛遛弯呗，反正除了你，他眼里就只有Dream了。小姐姐，你用不着时时查岗吧。"

"查什么岗？肖凌你是最近工作量不饱和，还是肥皂剧看多了，脑子里装的都是什么？"

"开个玩笑放松一下嘛，看你们最近都要死不活的……"

肖凌撇嘴作委屈状。

花裴瞪了瞪眼，懒得再和他打嘴炮，心里却不禁有些疑惑。

到底是谁打来了电话，让容眠从紧张的工作状态中抽身出来，甚至没有和任何人交代就只身赴约呢？

此时的容眠，正坐在地处CBD那家最大的星巴克的外摆区。

长时间闷在办公室里对着电脑加班工作，让他久不见阳光的眼睛看上去有点发红。可就算是这种眼眶发青、略带憔悴的模样，还是有很多年轻女孩子在留意到他的存在后，不时将目光扭转过来细细打量，就连坐在他对面的丘苓也不得不承认，眼前的青年是她在现实生活中见过的最好看的男人。作为一家公司的CEO，他看上去还有些青涩稚嫩，但周身散发的那种锐利而矜傲的气场，在某种意义上，似乎比性格沉稳、感情内敛的康郁青更打动人。

"小容总看上去好像有心事，怎么从坐下到现在，一直不见你说话？"

相对静默了许久之后，丘苓先一步打破了沉默。

"这场约见是丘总发起的，自然是你有事要找我。"容眠的态度看上去有些冷淡，毕竟之前那场酒会上，丘苓给他留下的印象并不太好，"丘总如果只是想找人喝下午茶聊天，想来不会找到我身上。所以我自然是洗耳恭听，看看丘总你有什么要说的。"

丘苓微微皱了皱眉。

从小到大，因为盛泽投资这块招牌，她几乎没有被人怠慢过。此后成年，因为漂亮的学历背景和优秀的工作履历，更是受尽追捧。除了在和康郁青以及花裳这段三角关系里，她难得地处于劣势之外，面对其他任何人时，她都会因为自身丰厚的资本，不自觉地带上一点高高在上的傲慢姿态。

让她始料未及的是，眼前这个正面临着重重危机的小青年，明明知道她的身份和能量，却丝毫没有要虚与委蛇，表示客气讨好的意思。

"容总既然这么直接，我就不绕弯子了。"丘苓把手里的咖啡杯一放，原本挂在脸上的客套笑意随之收敛了起来，"幻真最近的情况，我大概听说了。你们陈总择良木而栖，追随郁青进了长青科技。虽然从道理上没什么可指摘的，但我清楚这对容总你来说，是个很大的难题。不过嘛，虽然我和郁青是男女朋友，但在一些事情的立场上，也不完全一致。"

她慢悠悠地喝了口咖啡，一直等到容眠抬起眼睛，把目光落在她脸上，才继续开口："关于幻真的发展前景，盛泽之前做过大概评估。虽然Dream的初代机在市场上发力时间不长，二代产品也面临着一定的技术风险，但比起现有产品本身，盛泽投资更看重的是创始团队。对容总你这个人，以及身边现有的创业伙伴，我们其实都比较认可。"

"所以呢？"

"所以我这次找小容总出来，是想问问你，有没有意向……和盛泽合作？"

一丝炙热从容眠一直保持着淡然的眼睛里闪过。

他很清楚，天下没有白掉馅饼这种事，尤其抛馅饼的人是丘芩，以她的微妙身份，这块馅饼说不定会有毒。但与盛泽投资"合作"背后代表的巨大诱惑，不能不让他动容。

众所周知，丘永盛拥有的盛泽投资和徐朗所在的启翎创投并称双璧，是目前国内最具影响力的投资企业。从某种意义上说，甚至是可以将某个行业推向风口的掌舵手。如果说启翎创投只是因为近些年在互联网和智能硬件行业里做了几桩漂亮的买卖，继而声名鹊起，那盛泽投资则是凭借丰富的经验和独到的眼光，从实业、金融、传媒到如今如火如荼的新兴科技产业，都有着卓越而骄人的战绩。

只凭长青科技这一桩案例，容眠也能清楚意识到，如果接过丘芩手里的橄榄枝，对他和幻真而言将意味着什么。

"丘总……"许久之后，容眠的眼睛眯了起来，声音依旧保持着冷静，"你是生意人，有投入自然也要求回报。对盛泽这样的公司来说，如今市场上可供选择的创业公司想来不少。我想冒昧问问，你们会选择幻真，除了以未来收益作为回报之外，是否还有额外条件？"

"和小容总这样的聪明人谈话就是愉快。"丘芩重新笑了起来，"就公司层面，具体的投资占比、权责安排我们可以后续详谈，至于我个人嘛……其实只有一个条件，希望小容总能够辞退幻真现在的CMO。"

果然……

容眠心中轻轻一声叹，口气依旧很恳切："幻真的CMO虽然就职时间不长，可所做贡献是有目共睹的，丘总你提这个条件，我总得知道一下理由。"

丘苓盯着他的脸，很长一段时间没说话，许久之后，才像是下定决心一样："既然你一定要问个一二三，我也明人不说暗话。康郁青前两天找过花裴，试图劝说她回到长青，这件事不知道你是否知情。"

"什么？"容眠一愣，"这事我不清楚……但我不认为她会接受。"

"她接不接受都不重要！重要的是她不能再像现在这样，在我和郁青面前招摇！"丘苓紧咬着牙，一直以来居高临下的神情里终于带上了几分挫败和愤怒，"我和郁青在美国的时候，一切都好好的，我是他未婚妻，我们本来决定回国以后把总部安顿下来就结婚！可是自从上次在酒会上遇见了花裴，听到那么多人在谈论她赞誉她，郁青的态度就变了，甚至每次提到婚期就开始找理由逃避，你让我怎么能安心！"

一个气质高雅、出身富足，从来都带着几分傲慢的女人忽然失态，比普通女人歇斯底里起来更让人觉得难堪，容眠轻声咳了一下把目光侧开，心里觉得有些不忍。

之前幻真的小青年们在聊起长青科技的发家史时，他对故事中的女主角就大概有了一些了解，等到花裴袒露自己与康郁青的那段过往后，再看到有关丘苓的消息时，他也就更留心了些。

在他的印象里，这个女人时常面带微笑地出现在诸多商业杂志上，从言谈到装扮再到家世出身，都是现代女性的精英范本。对诸多关注商业动态的看客而言，她和康郁青之间的那段故事被各家媒体层层渲染后，更是犹如传奇一般令人艳羡。

谁也没想到，这么一个可谓人生赢家的女人背后，藏着这么多不甘和妒恨。

像是觉察到了容眠的尴尬，丘苓背过身去，很快调整好了自己的情绪，语调平静地再次开口："容总，我猜我的条件，你大概有些顾忌，毕竟CMO对一个企业而言是不可缺失的。我可以向你保证，如果你愿意，盛泽会在半个月之内将有足够资历的市场负责人推荐到岗，另外我也承诺，会同步帮你找到合适的智能语音技术板块的合作伙伴。"

条件一桩桩一件件，接连抛至眼前，不可说不诱人。只要此刻点头，幻真面临的窘境和危机都将迎刃而解。容眠若有所思地考虑了一阵，才微微一笑："如果说……丘总的提议，我不接受呢？"

"不接受？"丘苓一时愕然，"为什么不接受？这个合作对你，对幻真，甚至是对……花裳，都没有任何损失。她只要离开科技企业，离开郁青的视野，做什么工作我都不会再过问。更何况，你们不是在谈恋爱吗？如果她离开职场专心操持家庭，对你难道不是更好的选择？"

"丘总，你可能有些误会了。"容眠轻声打断了她，"一直以来，我都没有要让自己的女朋友做全职太太的打算。当然，如果有一天她自己累了想休息，这个方案有可能变现。但至少目前，我感觉她在幻真干得还是蛮愉快的。"

"这么说……容总是要拒绝我的提议？"

"抱歉。"容眠抬手看了看表，"谢谢丘总的好意，只是你开的条件实在让人为难。我公司还有事，就不耽误了，有机会的话下次再见。"

"容总真的不再考虑考虑？"丘苓忽然笑了起来，"我想你可能不是很清楚，盛泽的投资产业里包含着好几家传媒集团。如今幻真高层动荡、研发受阻的消息，还只是业内寥寥几个人知道，可消息一旦放出去，了解了你们如今的真实情况，知道Dream2发货时间遥遥无期的支持者们，会有多少人产生怀疑，甚至引发大规模退款，幻真到那时究竟能不能撑下去，容总真的考虑过吗？"

"丘总，你这是在威胁我？"

"容总言重了。生意场上开出条件很正常，你当然可以选择不接受。"

一番话字字戳向了幻真的软肋，容眠准备要走的脚步瞬间停下，眉头因为对方那副胜券在握的表情而紧紧皱了起来。

"你……给我点时间，让我考虑考虑。"

"考虑没问题。"丘苓并没有因为这略加软化的态度，而放过他脸上最轻微的表情变化，口气越发轻软起来，"不过容总我得提醒你，我知道你很能干，或许想借着考虑的工夫和我打个时间差，私下加快研发进度，或是把研发团队人员迅速补齐。那么我奉劝你，最好不要有这个想法，关于幻真科技里里外外的动态，只要我想知道，是不难的。而盛泽这边想要宣传个新闻，也相当容易。所以，期待你的好消息。"

在她轻言细语的要挟里，容眠面色苍白地沉默了许久，直至离开前，都没有再作任何回应。

花裴把有关Dream2将要延期发货的公示邮件刚拟完，又将用户问答做了部分更新，正准备活动一下发酸的肩颈，忽然听见办公室门外传来了肖凌大呼小叫的声音。

"不是吧，容眠你这是去哪儿啦？背着哥几个喝酒也不招呼一下……话说你这是喝了多少啊？要是不舒服，就回家睡一觉呗，这样子还跑回公司干啥？老江……老江你赶紧出来帮忙，我一个人搞不定啊！"

花裴心下一紧，赶紧放下手里的工作拉开了门，刚朝办公区看了一眼，就看到容眠眼睛紧闭地靠在前台，精神恍惚的模样，像是喝了不少酒，身体软软地一直向下滑。要不是肖凌和江宸卖力架着他，只怕已经坐在地上了。

"先把他扶到小会议室，我去茶水间倒杯热茶给他解酒。"

已经晚上8点，留在办公室加班的员工并不少。非常时期，原本就已经人心惶惶，创始人突然以这么一副颓然失态的模样出现，更是让人惴惴不安。

原本俯首干事的同事们纷纷抬起头，目光里满是诧异，甚至有几个直性子的小青年已经交头接耳轻声议论起来。花裴顾不上探究原因，朝一脸黑线的江宸使了个眼色，示意他们把他先从公共区域弄走，自己则去茶水间泡了杯热茶，顺便拧了条毛巾。

她匆匆走进小会议室时，容眠已经被江宸和肖凌放在了沙发上，身体斜斜地靠着扶手，眼睛依旧紧闭着。随着他略略发沉的呼吸，原本干净清爽的空气里很快染上了一层刺鼻的酒精味。

肖凌看上去有点不知所措，毕竟所有人当中他和容眠认识最久。在他的认知里，容眠从来是淡定理智、处变不惊的性格，除了当年那桩毕业前的事件，这么多年他几乎没有因为任何事情失态过。

更何况在喝酒这件事上，容眠向来有节制，大概是因为与叶珊梦交往之初的那次酒后乱性让他长了教训，走上社会的这些年，除了和友人聚会时偶尔小酌两杯，他几乎不怎么碰酒，更别说醉成这副德行了。

眼前这个场面，让他意识到容眠一定遇到了什么难以解决的大问题。

比起他的关切无措，江宸早已难得一见地黑了脸。眼看花裴试图给容眠擦脸却被他有些不耐烦地一把推开后，忍了半天没说的话，终于声色俱厉地低吼了出来："你们看看他这是什么样子？作为一个公司的负责人，喝得这么醉醺醺地跑来公司，不仅醉话连篇还站都站不稳……他当幻真是什么，夜店吗？"

在花裴略带歉意的注视下，江宸勉强压着脾气收了收声："我知道他最近工作强度大，压力也大，老陈这么一声不吭地一走，又赶在这个节骨眼上，是我我也急。可就算要排遣发泄，咱们去外面找哪儿喝个酒聊个天，不行吗？为什么要专门跑到公司来？这让员工们看了怎么想？"

"抱歉啊，江总。"花裴知道经历了今晚这场面，江宸之前那些苦口婆心的劝谈激励，多半都得再来一次，当即有些抱歉地说，"同事那边麻烦你和肖凌去解释一下，这边我看着就行。"

"行吧……"江宸知道一时半会儿对着容眠骂也没什么结果，于是扯了扯还想说点什么的肖凌，"那你先看着吧，我一时半会儿也走不了，有什么要帮忙的随时招呼。"

房间门被关上，空气里顿时只剩下容眠沉沉的呼吸声。

花裴看他眉头紧锁，喉结一直微微滚动着，模样很是难受，扶着他的肩膀让他靠在自己怀里，轻声哄劝着："你要是不舒服的话，别在这儿睡了，先把茶喝了醒醒酒，然后我送你回家。"

容眠像是渴了，就着她送到嘴边的茶水喝了几口，眉头慢慢舒展开来，对对方用湿毛巾擦脸的动作不再抗拒。大约躺了十分钟后，他慢慢从花裴怀里坐了起来，看着门缝里透出的光亮，声音嘶哑："现在几点了？"

"晚上9点不到。"花裴看着他，声音温柔，"你有没有感觉好一点？还想喝水吗？"

"不用。"容眠有些燥热地拉扯了一下衬衫领口，眼睛却始终不看她，"我没什么事了，你有事的话先去忙，不用专门陪着我。"

"我还好，晚上刚刚把给众筹用户的公告邮件拟好，等明天你有空了看看，没什么问题的话发布出去就是。其他没什么太紧急的工作……"

"公告？什么公告？"

"是这样的，前几天，我和江宸还有肖凌商量了一下，因为公司现在的情况，研发工作可能很难按时完成。所以决定提前和用户知会一声，我们承诺的发货期需要延后几个月。这种延后通知其实在众筹项目里挺常见的，毕竟是科技类产品，大家都能理解，你也不用太担心……"

"谁说我们要延后？"容眠的声音扬了起来，"这件事你和我商量过吗？"

"我们也是刚刚商量完，打算做完准备工作后明天和你讨论啊！"花裴很是愕然地看着他，"容眠，你怎么了？"

"好，就算这件事是这样……"容眠喘了一口气，依旧口气生硬，"那其他事呢？其他的事情你就不准备和我交代交代？"

"什么？"

"你背着我去找过康郁青是吧？你们见面都聊了些什么？是你准备回长青科技，还是你们打算重归于好？"

"容眠，你究竟发什么疯？"花裴简直震惊了。

这种借着酒劲无理取闹发神经的桥段，她在狗血剧里见过不少，从来没有想过会发生在自己眼前——而且还是容眠领衔主演。

然而对方没有要结束这场闹剧的意思。

"你别岔开话题，如果没什么不能说的，为什么不直接告诉我你去找他干什么？幻真现在是遇到了一些问题，可也没到山穷水尽的地步。你就这么着急地准备把公司的困境散播出去？是不是幻真倒了，你就可以理所当然、无所顾忌地去康郁青那里了？"

"容眠你浑蛋！"

这种指摘实在太无稽了，花裴不相信以容眠的智商和逻辑能力，会把这些事揉在一起产生联想。

那么导致他做出这种行为的理由只有一个——他在为了激怒自己而故意无理去闹。

"康郁青找你了？"即使满腔愤怒，她终究还是努力让自己冷静下来，把对方的话仔细想了一下，十分确定地瞪着他，"他找你聊了些什么，让你这样子来故意找碴儿？"

容眠的眼睛垂了下去，在被花裴迅速看出端倪后，他的表情说不上是轻松了些，还是更为难了些。

许久之后，他咬了咬牙："不是康郁青找我……是丘苓。"

"噢？"花裴哼声一笑，毫无意外的样子，"她对你做了什么承诺？没关系，直接说说看吧。丘总做事的风格套路，我已经很熟悉了。"

其实只要略加琢磨就会发现，容眠刚才的举动，她实在太熟悉了。

大部分男人在遇到两难的选择时，为了让内心的负罪感没那么严重，总喜欢横生事端，先给决定要辜负的那一方找个碴儿，以此来自我安慰"其实你也有错，我才会做出这个决定"。

康郁青之前说，同样作为创业者，自己曾经经历的一切，容眠也将会经历。创业道路上的种种取舍，他未必会比自己做得更好。

如今看来，这番原本让花裴极为不屑的言论倒像是预警良言了。

"丘苓说，盛泽愿意和幻真合作，并提供资金和人员上的支持，帮助我们渡过这次难关……"

"条件呢？"花裴等了一阵没见他吭声，提高声音再问了一遍，"她开出来的条件是什么？"

房门外一阵匆匆的脚步声传来。花裴不久前那两句呵斥声惊动了外间员工，情急之下他们重新把江宸和肖凌拉来救场。

如果高层们齐齐到场，面对这些并肩作战的创业伙伴，有些难以启齿的话只怕更难说出口。容眠牙一咬，不再犹豫："条件是你必须离开幻真，而且我们需要在官网公示永不录用。"

"这绝对不行！"

话音刚落，会议室的门已经被人一把推开。即使尚不清楚前因后果，但光是最后两句话足以让江宸震惊："容眠今天喝了酒脑子不清醒，花裴你别和他计较。时间不早了，大家都先回去，有什么话咱们明天细说。"

"那你的意思呢？"对江宸欲息事宁人的举动，花裴并不领情，目光依旧保持镇定，声音却抑制不住地微微发抖，"容眠，你这么晚还特意回公司，又挖空心思找了这些事来闹，只怕已经有决定了。"

一时间，所有人都没有再说话。

几双眼睛齐齐落在容眠身上，像在等着极刑的最终判决。

容眠闭了闭眼睛，终于下定决心一样："最近公司不怎么太平，我知道你也很辛苦。所以裴裴……接下来你要不要放个假，休息休息再说？"

他说话的声音很轻，像是怕惊扰到对方。花裴觉得自己的心一点点凉了下去，整个人像是坠入了一个刺骨的冰窖。

这种感觉，在康郁青和她提分手的时候，她曾经感受过一次，被冻伤的心直到遇见容眠后才慢慢复苏，重新被爱情温暖。

让她始料未及的是，不到一年时间，那段让她伤痕累累、体无完肤的历史居然重现。除了男主角变了之外，一切还是熟悉的配方，熟悉的味道。

这样看起来，她和创业科技男真是天生八字不合。

"多谢容总关心。"

一阵短暂的沉默后，花裴笑了起来，像是真的要去愉悦地度个假似的："晚一点我会把工作资料打包，和肖凌那边交接一下。您只管发公告就好，其他的事不用操心。"

说完这句话，她避开容眠的目光，脚步匆匆准备离开，仓促间忽然踉跄了一下。随着她有些狼狈的动作，原本放在茶几上的小机器人"啪"一下被扫落到了地上。好几个并未完全固定的零件"骨碌碌"四下滚落，应景般演绎着一场惨不忍睹的四分五裂。

"容眠你是不是脑子进水了？"

眼见花裴推门而去，肖凌目瞪口呆地"喂"了几声，终于把脸拧了回来，难得激愤地揪起了他的衣领："你说你干的都是什么破事？花裴她哪里得罪你了？她进公司以来，忙里忙外付出了多少你知不知道？多少公司求她过去都来不及，你居然要她走？你到底是哪根筋抽了……"

"说完了吗？"容眠把他的手腕重重推开，脸上恢复了那种和花裴相识以后，很少再出现的拒人于千里之外的冷淡，"你要是对我的决策有什么意见，也可以一起走。"

"我……"肖凌瞬间跳脚，脸红脖子粗地喘着气，看样子准备动手，最后被江宸一把拉了回来

"容总，你是幻真的第一话事人，要让什么人走，我们阻止不了。但我可以明确地告诉你，作为公司的人事行政负责人，辞退花裴永不录用的公告我是不会发的，你要是觉得不满也可以考虑让我走。另外……"他抬手指了指半开着的房门，"今天这件事闹成这样，里里外外的员工惊动了不少。为了防止明天幻真高层内讧的消息满天飞，我现在还得出去做做工作。所以麻烦容总你稍微配合一下，这段时间不要再因为类似的事情，引发员工们的不安……"

容眠垂着眼睛，始终一声不吭，也不知道江宸那些劝慰和告诫究竟听进去多少。许久之后，随着门被关上的声音，他才蹲下身去，将那个被摔得肢体不全的小机器人的零件一一捡在了一起。

这台机器人是Dream2最初的雏形，几个月前，在它的帮助下，他在这间小会议室里为花裴制造了一场美轮美奂的影音幻境。

那是他们爱情最甜蜜的时候，也是Dream2登上众筹舞台迎来万

众瞩目的起点。

谁也没有料到，几个月后的今天，一切会发展到这般境地。

"这个小家伙现在好像摔得不轻，我就算抱回家了，怕是也照顾不好啊。"

"这个你不用担心，Dream没那么娇气，这种小意外在调试的过程中经常遇到，稍微休息一下就能复原。"

一片寂静中，容眠恍然想起自己和花裴初遇时的情形。

破损……散件……复原……

一瞬间，某个突如其来的念头让容眠怔了怔。

紧接着，他迅速低下头，若有所思地注视着手里那些零零散散的部件和舵机。

有关幻真科技高层之间的这场风波，在江宸的努力压制下没有成为业内八卦，但一心紧盯幻真动向的丘岑，还是在事发当天夜里就收到了消息。

接下来的半个月时间，花裴果然就此消失在了幻真的办公室，按照人事部门官方的说法，花总近段时间操劳过度身体有些不适，于是请了一段时间假在家稍事休息。

即使有人亲耳听到了那天从小会议室里传来的几位高层间的争执，随后又目睹了花裴脚步踉跄地走进了自己办公室，没过多久又红着眼睛匆匆离开。然而和陈然离开后情形不同，花裴虽说人没再出现，但她直管的市场、品牌和公关几个大板块，日常工作依旧有条不紊地推进着，一切看上去忙中有序，井井有条。

暂时代管她工作的肖凌像是开了挂，即使遇到什么需要做出决策的难题，在办公室里蹲上一阵后，就能交出一份专业又漂亮的答卷。

这样的情形，让许多原本心怀忐忑的员工逐渐安定下来，终于没有因为短时间内继CTO离职后的又一次高层变动，而产生太多的过激反应。

面对幻真此刻看似波澜不惊却根本经不起仔细推敲，一旦有媒体深挖报道，随时就会引发动乱的状况，丘苓有着自己的考量。

盛泽家大业大，可供选择的扶植对象不在少数。幻真这样的企业，虽说因为众筹事件引发了一定的知名度，但在她回国前并未进入她的视野。真正开始关注幻真，最初是因为花裴，然而就在这短短的时间里，随着对企业创始人和产品的了解，丘苓倒真来了兴趣。

会约容眠面谈并表达注资意向，虽然是基于打压花裴而开出的条件，但作为一个经验丰富的投资人，她不得不承认，幻真的确是一家愿意让她投入资金和精力，扶植成长的公司。

即使眼下容眠并没有完全按照她开出来的条件，在公司官网上发布开除花裴并永不录用的声明，她也有所克制地没有继续步步紧逼。毕竟无论是与幻真还是与花裴，她都没有什么深仇大怨，会动用这些非常规手段，无非只是想不受干扰地维系好她和康郁青间来之不易的感情。

想到康郁青，丘苓的心情变得有些酸涩。

在美国的那些日子，他们虽说谈不上多么柔情蜜意，但始终保持着一种稳定而默契的关系。康郁青表现出来的理智、稳重和在事业上的全情投入，让丘苓始终心怀欣赏。

她原本以为一个成熟的男人面对感情时本该如此，相敬如宾是恋人间步入稳定期后最合适的状态。直到回国以后，她无意中撞见对方在醉酒后，给花裴打的那通饱含热情、追悔和无限眷恋的电话，才骤然惊觉，原来康郁青的心里藏着那么炙热的感情。

只可惜，那份炙热并不是给她的。

关于花裴消失在幻真的消息，她猜想康郁青应该已经知道了。以对方的精明细致，只要略加打探，想必也清楚这件事和自己脱不了干系。

这几天见面时康郁青颇为沉默冷淡的态度，似乎已经证实了这一点。

只是和以往一样，但凡涉及与花裴有关的话题，他们是绝不会有所讨论的。这大概是从当年康郁青下定决心放弃花裴，选择和她在一起的那天起，就达成的心照不宣的默契。

而在这件事上，让花裴离开幻真甚至和容眠之间心生嫌隙，其实是康郁青想要的结果。很多时候，两个人对人事的态度或许出发点不同，结果往往却是殊途同归。

至于花裴离开幻真后，康郁青是否会借机私下接触再加游说，丘苓没有时间去想，也不敢去想。

眼下她能考虑的，只是尽量不让花裴再在对方的视野里大张旗鼓、光彩照人地出现，继而勾起康郁青那颗意图挽回、重修于好的心。

再等半年吧……丘苓这样告诉自己。

等半年之后长青科技在中国市场彻底稳定下来，她就会和康郁青一起回到美国。到那个时候，他们的身边再无人打扰，加上一场婚姻作约束，无论康郁青还有多少不甘未曾放下，所有的纷扰和蠢蠢欲动也终将归于平静。

"对了，Warren，这几天幻真的容总打电话到公司了吗？"

"没有，丘总您是要找他吗？我可以帮您联系一下。"

丘苓在办公室里出了一阵神，在和秘书确认过后，感觉有些惊异。

按道理说，对方既然闹了那么大一场动静，并借机停掉了花裴的工作，那就意味着他接受了自己的条件。按照丘苓的想法，容眠性格如此冷傲不驯，几次三番让她难堪，就算他履行了条件意欲合作，也得冷上几天，等他主动上门再折折他的傲气。

然而出乎她的意料，花裴走是走了，容眠那边居然就此没了动静，别说催着盛泽拟定投资条款，就连电话和邮件也无声无息。

丘苓仔细一考量，想着会不会是花裴一走让幻真再生波澜，一群涉世未深的小青年手忙脚乱，内部已分崩离析。

对容眠这个人，她谈不上喜欢，但没有想过要把人逼入死地，幻真这样的企业如果消失，实在是有些可惜。

"行，Warren，你联系一下幻真那边吧，就说我有事找他们小容总，收到消息的话请他尽快和我联系。"

丘苓本以为自己的这次主动邀约摆足了诚意，容眠再心有怨念，为了解决公司面临的窘境，多少也应该有所回应。然而让她再次意外的是，半个小时之后，秘书带回了反馈信息。

"丘总，我刚联系了幻真那边的前台，对方表示最近这段时间容总都没有去过公司。为了了解具体情况，我找关系多问了问，据说幻真最近有些动荡，高层之间矛盾重重，容总好像连研发都不怎么管了，谁也不知道他究竟去了哪儿……"

"什么？"

这个消息大出丘陵意料，以她和容眠的几次接触来看，对方不至于因为这样的挫折就被击倒。可如果不是自暴自弃，那在研发压力重重的时候，他一不招人，二不赶工，整个人从公司消失不见，到底是去干什么了？

"另外丘总，还有个事，我得和您汇报一下。"

"嗯？什么事？"

"刚才我查幻真动态的时候，登录了他们的众筹页面，半个小时前，似乎有新的产品动态更新了……"

"什么？"丘苓赫然一惊。

"幻真新推出了一条关于Dream2智能语音交互状态展示的实拍视频，并正式公告已经和最新的技术支持伙伴达成了合作协议。Dream2的研发进展顺利，成品将如期和大家见面。"

"新的技术支持伙伴？"丘苓的眉头紧紧皱了起来，"谁？"

秘书低头看了看自己的手机，声音听上去有些疑惑：

"是……悦享之音。"

花裴走进悦享之音的CEO办公室时，正凑在一起专心讨论什么的两个小青年迅速抬起头来。其中一个目光温柔如水，另一个却是笑嘻嘻的。

"花总真是体贴啊，大晚上的还专门跑来送消夜。"

笑眯眯的青年站了起来，毫不客气地接过她手里的奶茶："话说这段时间你在我们悦享这边干了一阵活，对我们的状况大概也了解了。怎么样，这么好的办公条件外加靠谱的创始人团队，花总有没有考虑跳个槽啊？"

"言总真爱开玩笑。"花裴忍着笑，口气还是一本正经，"大家都开始正式合作了，以后在一起工作的时间不会少，还谈什么跳不跳槽的。"

"啧啧啧，我就知道……"言祈斜着眼睛朝容眠脸上瞥了瞥，"小容总长得那么帅，业务能力又是一流，任凭哪家公司的头儿这样，我也是舍不得跳槽的。"

"哎？言总是在表扬自己吗？"容眠跟着站了起来。

"你们两个够了啊，一唱一和肉不肉麻？"花裴捂脸作不忍状。

这种程度的相互吹捧倒没多少夸张水分，两个颜值极高却气质迥异的小青年长身玉立，并肩站在那里，一个洒脱不羁，一个清冷卓然，还真是一幅赏心悦目的画面。

"好啦好啦，知道你们这段时间打伏击战够辛苦了，今天消息正式发布，盛泽那边没什么机会找你们幻真麻烦了。我呢，也就不在这儿当电灯泡了，留出足够的时间空间给你们亲热。怎么样，是不是觉得我这个人特别善解人意？"

言祈喝完手里的奶茶，心满意足地伸了伸懒腰，"还有啊，我这段时间陪着你们加班加点，战斗这么久够累的了，容眠你忙完了这阵，看看是不是要请我和我的团队吃个饭？"

"那是当然……"容眠冲他点了点头，"感谢的话不多说了，以后合作愉快。"

"和你这种长得帅又拎得清的朋友合作，愉快是一定愉快的。"言祈临出门前还不忘朝容眠抛了个小媚眼，"不过这事说不上什么感谢。长青科技声名鹊起了这么久，我们悦享之音总得找个机会出出风头不是？要不然别人还以为我们只会做智能音响呢……怎么说在此之前，我们做底层语音数据也花了好几年时间，风头不能老被人抢跑。"

"是是是！"花裴实在受不了他那股浮夸的臭屁劲，赶紧催促，"言总赶紧休息吧，今天消息一公布，明天的媒体采访有你应付的。"

"也是……那两位别太操劳了，早点休息啊。"

言祈朝他们挥了挥手，嘴里哼着不知名的调子脚步轻快地离开了。

热闹了一阵的办公室安静了下来，容眠拉着花裴的手走到沙发坐下，想说点什么，最后只是静静地看着她。

"怎么了？"花裴伸手摸了摸他的脸，"危机已经渡过了，怎么还这么严肃啊？"

"我就是有点后怕……"容眠轻声吁了一口气，"这段时间我经常在想，我那天说话那么难听，你要是走了以后不接我电话，不见我，像电视剧里演的那样就此消失，根本不给我机会解释怎么办？"

"哪有那么狗血？"花裴眯着眼睛，"当时我是有点生气，事后想想就知道不对劲了。这事你不找我，我也会找你问清楚，哪那么容易玩消失？不过我很好奇，你就算要演戏给丘苓看，干吗不提前和我说一声，难道是不信任我的演技？"

"我是怕事先对了台本我会笑场啊。"容眠被她一本正经的模样逗笑了，赶紧解释，"这种表演又没有NG的机会，中途演砸了传到丘苓耳里，戏就没法唱了。为了入戏，我还特意喝了点酒，当时整个人晕乎乎不敢看你，只好全程盯着江宸。结果他的脸色黑成一片，也是够难看的……"

"江总和肖凌真的差点被你气死，就算后来知道了真相，也好久没缓过来。"

花裴轻声一笑，"丘苓要是反应过来被你摆了一道，只怕脸色会比江总更难看。现在我们和悦享之音的合作落定，研发进度也作了公示，媒体要爆陈然离职的事也掀不起什么风浪了。这么想想，你这卧薪尝胆、虚与委蛇的演技，我可以给你99分！"

"丘总那么精明，又留着那么多眼线，我都被逼到有公司不能回，只能躲在这儿和言祈共荣辱了，多给一分也不过分啊！"

"这才多久啊，你怎么被言祈传染了一脸嘚瑟劲？"花裴笑着捏了捏他的脸，"话说你们是什么时候勾搭上的？这速度快得我都没反应过来。"

"上次酒会的时候大概聊了聊，就有了初步合作的意向，只是中间有一些细节还需要时间探讨。悦享之音虽然是靠智能音响项目走进大众视野的，但在此之前，他们在语音技术方面的确做了不少功课，言祈是这方面的行家。虽然底层数据方面积累比不上长青，但算法和技术方面都是一流的。"容眠说到这里喘了口气，进一步解释道，"更重要的是，悦享之音的智能音响是针对家庭市场，这和Dream2的目标受众十分贴近，意味着他们的智能语音解决方案在这块细分市场上更加聚焦，也更符合幻真的要求。本来我们虽然都有合作意向，但进度不会这么快，只是陈然一走，加上丘苓步步紧逼，只能紧赶慢赶提上议程了……不过多亏言祈帮忙，才能让合作推进得这么顺利。"

"感谢是要感谢的，不过能合作也是因为你能干，而且有足够的资本做到互惠互利。"花裴认真看着他，一脸若有所思，"当然，小言总会对这事这么上心，不留余力地给予支持，其实是看上了你的美貌也说不定……"

"口味别太重啊！"

容眠凑上去在她的嘴唇上咬了咬，紧接着，这个略带惩罚的行为变成了一个浓烈热情的吻。许久之后，花裳才在轻微的喘息中勉强将他推开。

"关于众筹的事，现在算是解决了。不过也不能就此掉以轻心……"容眠面色微红，似乎有些意犹未尽，花裳赶紧正襟危坐地指了指尚有灯光透过的门口，"这两天我看了一下Toy Town那边的销售情况，没了Faye许的支持，新上任的市场负责人程亚君显然对Dream不怎么上心，各种宣传和福利政策收紧的情况下，销售数据下滑得有些厉害。照这样下去，幻真的资金估计很难撑到Dream2正式量产，所以还得想想办法，解决这个难题……"

眼看她一个问题刚解决，又开始操心下一个问题，容眠微微笑着，揽她的腰站了起来："裳裳，你要是不着急回家的话，先跟我回幻真一趟，我想给你看个东西。"

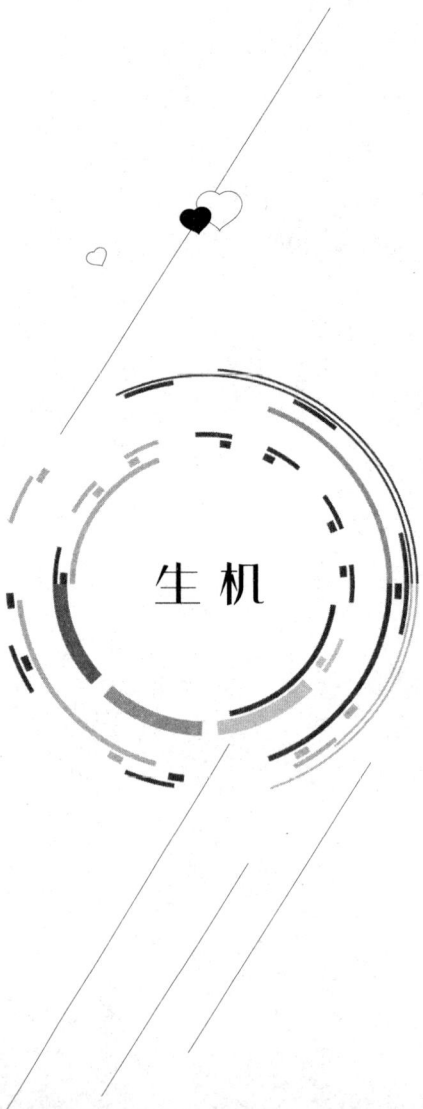

生机

回到幻真科技的办公室，已经接近凌晨。因为合作信息的公布，整个公司上上下下都松了一口气，一直处于焦虑状态的研发团队难得没人熬夜加班，办公室里一片静悄悄的。

　　容眠把门打开，先让花裳去了小会议室，自己则走到肖凌的工位上，取了些什么东西。

　　会议室被清洁人员打扫得干干净净，完全没有了争吵那天留下的半点痕迹。花裳在沙发上安静地坐了一会儿，眼看容眠抱着一个大盒子走了进来。盒子打开后，是零零碎碎几百个拇指大小的塑料组件，色彩斑斓地堆放在一起。

　　"裳裳，你小时候拼过积木或是玩过乐高吗？"

　　"当然……"花裳饶有兴致地拿起几个组件摆弄了一下，很快明白了他的意思，"所以说，这些东西是可拼装的？"

"是啊。"容眠顺手把之前摔坏了的小机器人抱了出来，耐心解释着，"算是之前那次演戏的额外收获吧，当时你走时把这台样机摔了，零件散得满地都是。我坐这儿拼了一下，忽然想到人形机器人虽然有趣，但如果能让机器人变化出各种形态，也许会更有意思。刚好肖凌是乐高骨灰级玩家，我们中途碰了碰，就简单做了这么个模型出来。这些组件配合中央控制器对舵机的操控，基本能实现刚才说的想法。虽然现在还不成熟，但简单的功能已经能实现了，你要不要先来试试看？"

"听起来挺有趣的。不过容眠，你是有分身术吗？Dream2的研发压力已经够大了，你居然还能抽空搞这么个东西出来？"

花裴一边啧啧惊叹，一边饶有兴致地开始拼装。

虽然眼下只是个概念模型，没有成型的说明书，但花裴毕竟在幻真工作了一段时间，对相关组件有了一定认识。外加容眠一直细心指点着，半个小时以后，一个简单的小玩意拼装成型了。

"这是什么啊？"

一个看上去实在有些难以辨认的形体，直直的一根柱体上搭接着几个绿色模块，顶端是圆圆的一个球状物。

从这个四不像的成品看，对各方面都得心应手的花裴，在艺术方面实在审美堪忧。

"一朵花呀！"花裴没有留意到容眠想笑又不敢笑的表情，依旧一脸认真地解说着，"这东西看着简单，拼起来还挺考验想象力的。一时半会儿我也没有特别好的主意，就按照我的姓氏弄了这么个玩意。"

"这卖相实在太惨了点，花容月貌要是以它为参照物，得变成一个羞辱性用词。"

"喂！容眠你别太过分啊！"

"别急嘛，有我在呢。"

容眠忍着笑，把那个奇形怪状的东西接到手里，重新优化了一下舵机的位置，再加了几个漂亮的装饰件。随着电流接通，舵机在中央控制器的驱动下带领着组件产生移动，柱体顶端的球状体舒展开来，一支漂亮的花朵犹如从沉睡中苏醒，在黑夜中无声绽放了。

"送给你，虽然丑了点，但毕竟是属于咱们的孩子，所谓母不嫌子丑，你多担待点。"

"谢谢你啊……"花裳板着脸，看着那些象征花瓣的小组件一开一合的可爱模样，终于没忍住笑了起来，"这款小机器人产品可玩度很高，应该会很受市场欢迎。"

"而且成本和技术难度都比较好控制，在言祈他们分担了我们智能语音模块的工作后，研发团队应该能有余力分一个组出来，专门做这件事。"

"如果在Dream2正式量产前能把这款产品推向市场，对幻真的帮助应该会很大。"花裳兴致勃勃地把手里的小机器人摆弄了一阵，忽然想到什么，"对了，这款产品只要组件足够多，应该能拼出任何想要的东西吧？"

"理论上是。"容眠仔细想想，"不过因为中央控制器对舵机的控制，目前只限于32个，如果形态太复杂，要么会因增加控制器数量而让体态变庞大，要么灵活度会受到一定限制。"

"32个……应该够了。"花裳的声音越发兴奋起来，"反正离成品出来还有一段时间，你等等我，我这边也有个特别计划。"

"说来听听，你又想干吗？"

"也没干吗……"花裴调皮地眨了眨眼睛，"这事我还得找Faye许帮忙，成不成还不一定呢，所以不能提前透露。"

"Faye许？可是据我观察，她最近朋友圈都是自己儿子的照片，你是想找她请教一下育儿经吗？"

"裴裴……"容眠的声音低了下来，凑近身体和她额头相抵，"关于这件事，你是不是已经做好准备了？如果是，忙过了这一阵，我会认真向你求婚的。"

许素怡自从因升职调离大陆市场后，在新加坡那个以休闲闻名的城市里，似乎找到了生活的真谛，学会了调剂放松。向来被各种严肃高冷的行业调研数据和公司新闻充斥的朋友圈画风大改，她开始和千万宝妈一样，晒起了自己家庭的幸福生活。连和花裴聊天时，也会偶尔兴致大发地发上几个用儿子照片做成的表情包，小男孩萌态十足的表情加上各种搞笑文字，时常惹得花裴哈哈大笑。

这天夜里，她正一边陪着儿子看动画片，一边有一搭没一搭地刷朋友圈，花裴的信息忽然进来："Dear，能请教一下最近你家宝贝儿子沉迷的那套卡通玩偶，是什么来头吗？"

"哎？你怎么开始关心起这个了，是和小容总好事将近了吗？"许素怡见她难得关心起这个，调侃了两句后顺手开启了视频聊天，继而把镜头转向了电视机，"就是这个。一家叫Happy Kids的玩具公司和Fantasy娱乐联手推出的一组IP玩具产品。"

眼见花裴依旧有些茫然，她悉心解释着："Fantasy不用多说了，之前专门做英雄系列大电影的。这两年开始进军少儿市场，成立专门部门打造了一个叫《星际航线》的少儿科幻影视系列，就是你现在在电视上看到的这个。眼下第一部刚刚结束没多久，在美国和欧洲市场已经引起了强烈反响，新加坡这边反馈也不错，听说国内已经购买了版权，这段时间就要播出了。Happy Kids则是一家玩具生产商，总部设在美国，看这架势就反应迅速地和他们进行了IP合作。这组玩具一推出来，立刻卖得超级火爆，是我们Toy Town目前的爆款产品。"

"我就知道这方面的事找你打听最靠谱。"花裴没想到听许素怡一番介绍下来，得到的信息比她预想的还要多，当即喜笑颜开地继续求助，"那你那边有没有Fantasy的联系渠道，从官网邮箱接洽，速度太慢了，我有个合作想找他们聊聊。"

"你运气不错，前段时间刚好Fantasy的亚洲区负责人来新加坡出差，我和他有点交情，大家一起吃了个饭。等会儿我把你的微信推送给他，再介绍一下，有什么合作需求你可以直接聊。"许素怡十分爽快地拍完胸脯，忍不住笑了起来，"不过花裴，不得不说你运气真好。《星际航线》刚刚被大陆引进，现在在中国市场的IP合作还是空白，如果你抢了第一笔生意，不仅价格上会有足够的谈判空间，更重要的是，可以在排他协议里先一步狙击掉很多同品类竞争对手。这种信息我作为业内人士知道不奇怪，你一个做机器人的是怎么关注到的？"

"因为我关注你啊！"花裴哈哈笑着，"做MKT本来就要保持良好的观察力和敏锐的嗅觉。你在Toy Town做了这么多年，给自己儿子买的玩具一定是最受欢迎的，不是吗？有你这个爆款风向标在，我得到的自然是第一手资料。"

"看你这尽心尽力的样子，真是全副心思都投入在工作上，普通人看到我晒那些玩具，未必会产生联想。"许素怡对她这番言论颇为欣赏，表示了赞许之后忍不住劝道，"不过花裴，工作归工作，你也得花点时间考虑下自己的事，别因为工作就把生活耽误了。还有啊……说到身为MKT的观察力和嗅觉，我好像从小容总的朋友圈里发现了一些了不得的东西。"

"什么？"花裴一愣。

"自己看去，这种秀恩爱的东西我可不转述。"许素怡轻声一笑，"行了，我先帮你和Fantasy那边知会一下，晚点你自己和他聊。"

花裴挂了电话，好奇地刷开了容眠的朋友圈。

近段时间她忙着为新产品的推广做前期构想，提炼卖点，顺带还要应付幻真和悦享之音合作后的各种媒体采访，整个人忙得脚不沾地，已经很久没空留心朋友圈里的花边动态了。

点开容眠的头像后，花裴凝神看了看，嘴角很快扬了起来。

最近那条更新信息配着一张蘑菇状物体的图片，大概是出于保密需要，图片经过处理后，其中的主角只留下了一个模模糊糊的剪影。但花裴还是一眼认出来，那是不久前自己用几十个组件拼装出的那朵"花"。

图片上方配着一行简单的文字："Blossoming in my dream."

梦想里即将盛放出最美丽的花朵。

而你在我心中。

数月之后，由幻真科技推出的一款名为"Cube"的机器人产品，毫无征兆地出现在了Toy Town的各大卖场里。因为轻巧有趣的结构和丰富的可玩性，它很快在少儿玩具市场上引发了一场热销风暴。

和之前推出的人形机器人Dream不同，Cube为拼装结构，整体由负责输送动力的电池、负责支持传感器的中央控制器、负责动作控制及表达的伺服舵机、负责形体构成的装饰件以及连接件构成。

在某种程度上，它和风靡全球的乐高玩具有着异曲同工之妙，能够满足用户丰富的想象力，可以构筑出不同形体。因为幻真在舵机上的研发优势，这些形体除了静态展示外，还能进行各种灵活的运动。

当孩子们看到那些企鹅模样的机器人摇摇摆摆扇着翅膀，大象模样的机器人不断甩动鼻子时，就已经满脸好奇，正在热播的《星际航线》里的角色，在Fantasy的特别授权下，也成了Cube系列的一分子闪亮登场。印着它们的形象的包装盒列着长长队伍摆放在货架上，等待着人们拆开盒子后检阅拼装，小朋友们和家长对此都表现出了极大的兴趣，Cube成了孩子们之间交流娱乐的爆款明星。

面对Cube的销售热潮，原本对与幻真合作兴趣寥寥的程亚君坐不住了，找了一个周末专门飞往S城，约见了容眠和花裴，意图重新拟定合同，扩大Cube和Dream的出货量。

毫无疑问，Cube的出现让幻真越过了生死线，至此在市场上站稳了脚跟。包括江宸在内的所有人意识到Cube给企业带来丰厚收益后，都在等待幻真项目重点的策略性转移。

出乎大家意料的是，在和Toy Town进行了新一轮谈判后，容眠依旧不疾不徐地维持着Cube项目组当下的规模，并没有顺势进行扩张，而是把资金和人力更多地投入到了Dream2的研发和与悦享之音的合作中。

这样的决策让江宸感觉有些困惑。按照波士顿矩阵法解读，Cube无疑是幻真现有产品线上的cash cow，值得用最大的资源进行投入和运作。

然而在这一点上，肖凌显然更懂得容眠的心思。

"Cube虽然有趣，也给幻真带来了不错收益，但作为智能硬件产品，它的技术含量有限，眼下更多是聚焦在比较低龄的玩具市场和教育市场，真正的智能硬件玩家对它并不感冒。相反，我运营的那些大牛科技类用户群里，对Dream2的表现倒是一直都有探讨。所以我猜想，容眠用Cube解决掉公司最基本的生存问题后，还是会把重点放在Dream2身上。对他而言，赚钱是小事，做出一款在技术上足够有说服力的酷炫产品，才是幻真的终极根本。毕竟他的偶像是乔老爷不是？"

"好吧……"

虽然作为公司的财务负责人，对这样过于理想化的企业负责人应该有所规劝，但江宸终究还是没吭声。

一方面，从本质上说，他自己何尝不是一个感情用事的理想主义者，所以才会放弃诸多高薪职位的诱惑，很长一段时间里都陪着前途未卜的幻真，一起度过那么久的艰难岁月；另一方面，由于Cube在市场上的出色表现，诸多在Dream2众筹期间就开始留意幻真并持续关注的投资方，开始了实质性试探和接触。

在融资这件事情上，各种掩藏在利益下的大坑向来防不胜防，以江宸谨慎小心的性格，面对那些让人眼花缭乱的条款，他更是打起了十二分精神，对投资方们开出来的条件细心考量。尤其是在如今幻真实现了自我供血，资金并非第一诉求的情况下，如何挑选出理念相同、资源互补，又没有太多霸道控制欲，试图介入幻真管理的合作方，更需要大费精神。

就在江宸做足了功课，从意向投资方里挑选出了几个看上去还不错的对象，准备找容眠进一步讨论时，年轻的创始人却有些不好意思地朝他道了个歉："抱歉啊江宸，这几天我得请个假外出一趟，人不在公司，所以融资方面的讨论得推后一阵。"

"这个没事。"江宸知道他夜以继日地顶着压力，辛苦那么久是该休息休息，当即宽慰着拍了拍他的肩，"你要去哪儿就去，回来之前融资的事我先找花裴聊聊。"

"可是……她应该也不在。"

"嗯？你们这是要一起出去吗？"江宸终于从他微微泛红却带着笑意的脸上意识到了什么，忍不住追问了一句，"怎么着，你们准备去哪儿？"

"回G城。"容眠抿着嘴角，那一瞬的表情像个青涩的校园小男生，"我想在公司正式融资之前带她回我家里看看，顺便见见我妈妈。"

花裴考虑容眠自众筹项目以来就太过操劳，到了陈然离职、Cube项目上马，更是一个人顶三个人用，于是提出建议，趁目前一切运转平稳短暂休息一阵，为后续融资期间的谈判战役养精蓄锐做准备。

没想到的是，休假计划正聊到一半，从来没个正经的言祈过来凑热闹，不依不饶地吵着要去容眠老家玩一趟，见识见识世界闻名的黄果树大瀑布，顺便再搞两箱正宗茅台酒。

虽然这些要求容眠都一脸无视没加搭理，但触动了他的某个念头。从那时候起，他开始偷偷着手安排行程，等花裴反应过来时，两个人的机票都已经买好了。

对方这种因为担心自己退缩而先斩后奏，难得霸道一次的行为，花裴除了紧张外也没什么别的想法。毕竟谈恋爱到现在，跟男朋友回家见未来婆婆是迟早的事。

她曾经见过容眠母亲的照片，照片上的女人看上去虽然不再年轻，但容颜依旧十分动人，标致的眉目间甚至还带着几分属于少女的娇憨。花裴未曾和她打过交道，想到她这么多年独身一人，儿子就是她生命的全部，如今自己中途介入，成了容眠身边另一个重要的女人，准婆婆对她究竟会是怎么样的态度，只怕难以揣测。

带着颇为忐忑的心情，花裴和容眠登上了从S城前往G城的飞机，经过近两小时的空中飞行后，飞机安全落地。

G城是一座地处西南的省会城市，虽说经济不算发达，但气候怡人，四季如春。当地人没有太多工作上的竞争压力，生活显得惬意而从容。

花裴刚从机场大厅走出来，满心的忐忑随即被徐徐而来的微风和凉爽舒适的天气安抚了不少，看着周遭一个个活泼爽朗、语速飞快的G城人，心情变得十分愉悦。

"我发现你家这儿的城市建设不错，而且男孩女孩都很时尚，性格也个顶个地干脆。"

"是啊。虽说眼下整个G省的GDP水平还不算太高，但发展速度挺快的。尤其这几年旅游业大幅度发展，政府又部署了大数据战略，许多高科技企业都把数据中心放到了这里，来自全国各地的人才也多了起来，和一线城市接轨是迟早的事。"

"那小容总是不是考虑过，幻真以后可以在这边搞个分公司，一方面减轻成本压力，另一方面还可以经常看看你妈？"

"花总考虑得很长远啊……"容眠轻笑着看了她一眼，声音刻意压低了几分，"你要是喜欢这边的话，以后我们可以带着孩子经常过来住住。"

出租车从机场开出大约四十分钟后，驶入了临河而建的一处高档楼盘。楼盘位置虽然离市中心有一定距离，但是配套成熟，环境优越，放眼看去，超市、商场、健身房和各种风味饭店比邻而立，沿着清澈的河道一路排开，衬着耀眼的霓虹灯，看上去热闹非凡。花裴知道前些年容眠除了拿赚到的第一桶金建立幻真，还特意拿了一部分在G城给母亲换了套房子，如今房价估计翻了好几番。

"我发现你在地产投资方面真的蛮有天赋的，这边的房子现在应该升值不少吧？"

"好像是吧……"

容眠抬头看着周边的热闹景象，自己也有点感慨："前几年会选在这里买房子，主要是考虑到环境不错，我妈那样年纪的人，不需要跑到市中心去凑热闹。这里社区大，又有山有水配着好几个公园，房子也是一梯一户，感觉很方便，就咬牙买了下来。没想到过了这么几年，居然发展得比我预想的还要好，我妈住得挺开心的……"

两个人说话间，电梯到了9楼。花裴料想着一个长期独居的单身母亲在见到儿子后，必然要嘘寒问暖热切长聊一番，没想到房门才一推开，一阵哗啦啦的麻将声先一步传了过来。

"哎哟，是眠眠回来啦！你妈都等你一天了，赶紧坐赶紧坐，咱们几个打完这两把就吃饭啊！"

客厅正中央摆着一个麻将桌，几个打扮时尚的老阿姨正在你来我往地酣战着。稍微远一点的阳台上，几个老头儿凑在一起下象棋，整个房间热热闹闹的，完全没有花裴脑补的冷清劲。

"老杜，你赶紧先过来帮我打两把，我儿子回来了！"

房门被推开，牌桌上原本背对着他们的女人赶紧起身，笑容满面地快步迎了过来，先和容眠抱了抱，然后和花裴打了个招呼：
"你就是裴裴吧？容眠之前在电话里和我提过你好多次，欢迎到家里来做客。"

"阿姨好，我是花裴。"花裴立马冲她笑。

"林姐，这姑娘是你儿子的女朋友啊？也给我们介绍一下啊！"

看着林雪珠那一脸亲热劲，人群中有人笑着开始起哄。

"林姐家的儿媳妇，和你介绍个鬼！"

"这叫什么话，我从眠眠光着屁股满街跑开始，看着他长大，到了娶媳妇的时候多问两句不行啊？"

"人家第一次上门，你们能不能别这么吵？一会儿把人家姑娘吓到了……"

花裴原本已经做好应对一个单亲母亲的准备，甚至考量初见面自己是不是应该安安静静地装个隐形人，给他们母子留个足够倾诉的空间。没料到竟然是这么一个热闹场面，不仅是容眠母亲，连她那些麻友好像都没准备把她当外人。她不由得重重松了一口气，小媳妇初次登门见婆婆的紧张心情被驱散了不少。

"原本吧，今天没准备让他们上门凑热闹的，但是妈想着裴裴第一次来我们家，我得做点像样的菜。只是酸汤鱼啊辣子鸡啊这些大菜，妈一个人忙不过来，就让你甄姨和丁叔叔他们上门帮帮忙。结果他们非说好久没见你了，又想见见你女朋友，所以赖在这儿不肯走了……"意识到花裴一直没怎么说话，林雪珠赶紧促声解释，冲着花裴的笑容里也带上了一点歉意，"裴裴，你别介意呀。"

"没有没有！"花裴看她误会了，赶紧连连摆手，顺带咧了个大大的笑容，"谢谢阿姨，真是麻烦你了。"

“不麻烦……不麻烦的！”

林雪珠松了一口气，拉着容眠说了两句话又跑到厨房去忙活。牌桌上的麻友们看花裴性情随和，姿态大方，很快亲热地招呼了起来："裴裴啊，丁叔叔得回家带孙子了，桌子上缺个人，你要不要来帮你林阿姨打两把？"

“我？”花裴愣了愣，斜眼看容眠站在一边只是笑，轻轻撞了他一下，"要不你去？我去厨房给你妈帮帮忙。"

"你那手艺还是别去自取其辱了吧。我妈下厨连我都插不上手。"容眠在她头上揉了一把，口气里带着显而易见的宠溺，"打麻将会吗？要不陪阿姨们玩一下？"

"呃……之前在游戏上玩过两把，实战经验匮乏。不过嘛……反正输了你掏钱。"

花裴把袖子一卷，落落大方地坐了下来，迅速融入了眼前老年人的活动中。

两圈麻将打完，厨房里的菜也准备得差不多了。麻友们眼看到了饭点时间，纷纷起身走人。林雪珠惦记着要和儿子、准儿媳好好聊聊天，客气了几句也没挽留，叫容眠把他们一一送到门口。

临走前，几个女人凑在林雪珠耳边轻声总结："林姐啊，都说牌品见人品。这几把牌打下来吧，我们都觉得你这准儿媳性格不错，长得也漂亮。所以让你们家眠眠好好上点心，争取过阵子我们过来喝喜酒。"

“知道啦知道啦！”

林雪珠原本就对花裴印象良好，如今在麻友们这里也拿到了赞成票，更是心情大悦，送走客人后迅速把菜式端了出来，鸡鸭鱼蔬竟然摆了满满一桌。

“家里就三个人吃饭，妈你做这么多菜干吗？”

这豪华的阵仗，连容眠都震惊了。

“裴裴第一次来家里吃饭嘛，妈怎么也得准备丰盛点。”

林雪珠一边说话一边朝花裴碗里夹菜，整个人看上去乐呵呵的。

“裴裴是哪里人啊？”

“阿姨，我出生在西安，不过很小的时候一家人就都到了S城，算是在S城长大的。”

“那你今年多大了啊？”

“我三十岁了……”

花裴回答得有点心虚，毕竟大部分婆婆都希望儿子能找个比自己年轻一点的女朋友，然而林雪珠看上去像是根本没在意。

“难怪了，我想着我们家容眠又冷又臭的脾气，女孩子肯定都难忍，没想到撞了大运，遇到一个愿意包容他的人，挺好的，挺好的……”林雪珠自言自语地开心了一阵，忽然想起什么，“裴裴啊，我们这边的菜味道比较重，你在广东长大，能不能吃得惯啊？要是不爱吃就直接说，家附近还有几家不错的粤式酒楼，我让容眠去给你打个包？”

“妈，你别这么客气啦，她口味挺重的，你别操心。”

“真的吗？”

“是的，阿姨。”花裴快招架不住对方的热情了，为了表示对这桌子菜的热爱，赶紧捞了两片酸汤鱼到自己碗里，“我挺喜欢吃这种酸辣味道的菜的，在S城也经常和同事们一起去吃。”

“哎呀，你喜欢吃酸的呀？那我明天继续给你做酸汤牛肉！”

林雪珠一脸喜笑颜开，瞥了瞥容眠含笑不语的表情，花裴只觉得有什么不太对劲。

"我说错什么了吗？你妈怎么那么高兴？"

趁林雪珠起身盛汤，花裴轻轻戳了戳身边的容眠。

"有句话叫酸儿辣女，说喜欢吃酸的容易生男孩，喜欢吃辣的容易生女孩，所以你刚才那么一表态，我妈就挺高兴……"容眠一本正经。

"你唬我没生过孩子？"花裴只觉得一阵青筋暴跳，"那是特指怀孕的时候好吗？"

"噢……"容眠十分严肃地点了点头，"受教了。等你怀孕的时候，我会注意的。"

吃过晚饭，花裴帮着容眠收拾好桌子，随即坐在客厅里陪林雪珠聊起了天。

和诸多家庭婆媳剧里演绎的情节不同，林雪珠对花裴这个初登门的准儿媳，没有半点"考验"或是刨根问底加以刁难的意思，似乎只要儿子喜欢，就自然而然地把她当作一个家庭成员，体贴热情的模样让花裴十分感动。

作为一个年轻时候未婚先育，独自拉扯孩子长大的单亲妈妈，通常来说，对自己一手一脚带大的儿子都带着比较强烈的独占欲。因为经历的痛苦和磨难，所以对生活也会带着几分警惕心。然而林雪珠不仅外表保养得好，就连说话做事以及偶尔对儿子撒娇的样子，都带着几分少女般的天真，仿佛生活的磨难在她身上并没有留下什么深刻印记。

她会变成这样，除了和自身的坚毅乐观有关，也因为来自儿子的体贴和孝顺很大程度上填补了"丈夫"这个角色本该带给她的宠溺和安全感。大概是因为这样，容眠才会在这么年轻的时候，就显得比同龄男孩更有担当和责任感，性格上也更成熟。

到了晚间10点，激动了一天的林雪珠有些困了，先一步上床休息。容眠和花裴一时半会儿睡不着，于是决定下楼去河边散散步。

　　时至午夜的小区附近安静了不少，静静的河道在月光映照下显得浪漫又动人。容眠和花裴手牵着手，沿着河水流淌的方向走。常年在S城经历快节奏的工作和生活，这一刻难得闲适，他们都情不自禁地放慢了脚步。

　　"阿姨的性格很活泼啊，最开始看她照片的时候感觉很高冷，来之前还担心了好一阵呢。"

　　"担心什么？"容眠笑，"我妈就是长得冷了点，其实性格特别天真，从小到大都活得跟小女孩似的，遇到再大的事也是一副船到桥头自然直，没心没肺的样子。除了我大学毕业时的那件事让她狠狠发过一次脾气，没见她怎么动过气或者跟人黑过脸。不过嘛……"他顿了顿，"看得出来，我妈是真的挺喜欢你的。"

　　"我也很喜欢她啊！"花裴仰起了脸，眼睛里都是星星，"不过感觉你妈一个人在这边生活，还能保持这么好的心态挺不容易的。容眠，你有没有想过把你妈接到S城去，和你住在一起？"

　　"之前接她过去住过一阵，不过S城天气太热了，又没有人陪她打麻将跳广场舞什么的，她实在不习惯，没住两个月就吵着要回来。至于说一个人嘛……虽然我家这边亲戚不多，但这么多年她其实也交了不少朋友，老头儿老太太们每天安排各种活动，有时候行程满得连我的电话她都不想接……"

　　"扑哧……"花裴忍俊不禁，神色看上去有些神往，"这种状态真好，希望等我退休的那天也能向阿姨看齐。"

　　"也就是这些年，我毕业工作了而她也退休了，才会有这份闲情。我读书那阵，她要拼命工作赚钱养家，医院的活又是没日没夜的，根本没时间交朋友娱乐，各种大小事务都要自己处理。有时候她实在撑不住了，就给我打电话，总是报喜不报忧地说自己一切都好，但我知道她其实特别寂寞……"

"所以你才那么执着地想把Dream做出来吧？"花裴想起已经过世的花建岳，忍不住握紧对方的手，"阿姨要是知道你做出了这么厉害的小机器人，一定会特别开心的。"

"之前Dream的初代产品成型后我带给她玩过，操作上对她这个年纪的人来说有些复杂，她玩了没多久就沦为家里的装饰摆设了。所以在Dream2的研发上，我们特别注意了针对不同人群的操作模式做区隔，专业玩家可以通过代码编程进行深层次的功能扩展，普通用户尤其是老年人和小朋友，可以选择'傻瓜'模式进行操作……"话说到这里，容眠像忽然意识到什么，有些抱歉地冲花裴笑了笑，"不好意思啊，带你回来玩本是休假的，结果居然又聊上了工作……"

"怎么会！"花裴停住脚步，深深地凝视着他，"容眠，这是你的梦想，是幻真的梦想，现在也是我的梦想。能够加入幻真，和你一起参与到这个奇迹当中……我真的觉得特别高兴。"

"我也是……"

容眠伸手抱住了她，十分满足地闭上了眼睛。

不仅你是我的梦想，你的梦想更是我的梦想。

这个世界上，大概没有比这更让人心满意足的事了。

自从离开校园在S城工作，容眠每年回G城的时间加起来很少超过一个月。到了幻真创立期，更是只有过年才有空回家几天。这次难得在非节假日回G城，不用跟在妈妈身后走亲访友，有足够时间把家乡这几年日新月异的变化仔细看看。

接下来的几天，容眠带花裴去参观了自己曾经读书的学校，品尝了许多G城特有的美食，游玩了几个地处近郊的景点。虽说城市与城市间几乎大同小异，所谓的风景名胜未必比花裴之前旅游时看过的更精彩，可是这一切，似乎因为裹挟着有关容眠的成长记忆，变得鲜活可爱。

时至假期结束的前两天，容眠原本计划带花裴和妈妈一起开车去G城附近的某个古镇走走，领略一下当地的人文风情，没料到出发前一天接到一个电话，不得不临时改变了计划。

打来电话的是容眠高中时代的同班好友，虽然自上大学以后，他们一个远离家乡在陌生的城市浮浮沉沉，打拼事业，一个留在本地安安稳稳地做起了公务员，但相互之间的联系一直没断过。每逢容眠回G城都会相约小聚，聊聊近况。

这次因为计划仓促，身边又带着花裴，容眠没想惊动旧友，没料到朋友圈的几条更新出卖了他的行踪。

"抱歉啊裴裴，如果只是常规聚会，我是没打算去的。但是这次情况比较特殊，我那哥们儿追了好久的女孩明天过生日，他打算在生日会求婚给对方制造一个惊喜，拜托我一定要去现场给他壮胆打气。"

"那就去啊！"这种热闹听上去如此喜庆，花裴不由得兴致勃勃，"你朋友打算怎么求婚啊？就这么忽然掏个戒指跪下来，好像不够酷啊。"

"所以他病急乱投医地在朋友圈四处找人求助啊！"容眠微微笑着，像是已经有了计划的样子，"这么重要的事，我无论如何得帮帮忙。"

收到邀请的第二天晚上，容眠带着花裴一起出席了这场意义非凡的生日派对。

派对在某个KTV的豪华包间，两人到场时房间里已经热热闹闹挤了三四十号人。女主角是容眠高中时同校不同班的校友，看长相应是当年让男孩子们魂牵梦萦的女神级人物。见到容眠出现，她显然有些惊喜，踏着漂亮的小高跟鞋迅速小跑过来打了个招呼。

"哇！昔日校花校草这么多年后居然一起出现了，只可惜身边都有主了。"

"就算没主也轮不到你啊，再这么酸溜溜的，小心我回去告诉你老婆！"

人群中有人开始起哄，嘻嘻哈哈闹成一团。漂亮的女主角好奇地朝花裴打量了一阵，在听完容眠"这是我女朋友花裴"的介绍后，拉着她在一边坐下，开开心心聊了几句，很快就姿态亲密地咬起了耳朵。

"亲爱的，和我们说说你和容眠的恋爱史呗，你们是怎么在一起的？"

眼见花裴略有些诧异，她笑着补充："念书的时候吧，我身边好多关系不错的女孩都打过他的主意，能用的招都用过，没见他有什么反应。我们一直在猜他到底会和什么样的女孩在一起。现在我们同学聚会，都会聊起容眠是不是要干脆奉行不婚主义，单身到底……所以今天看你和他一起过来，我们都挺高兴的。就是你们的事得交代一下，让那些婚都结了还时不时惦记男神的老同学死心，哈哈哈哈！"

G城本地的姑娘们性格大多直爽热辣，花裴在这儿待了这些天已经体会颇深。这种初初见面就自来熟，还一心奔着八卦去的聊天方式不太符合她的社交习惯，但此刻她没有要计较的意思，只是轻声笑："我和容眠是他在咖啡馆做路演的时候认识的。"

"路演？什么路演？"

大部分时间都待在家乡父母身边，工作稳定、衣食无忧的女主角没有创业融资方面的经验和常识储备，随即按照字面意思展开了丰富的联想："是……像《非诚勿扰》那样需要上台进行自我介绍，然后展示特长爱好什么的吗？"

这种诠释听起来好像也没错……花裴当即认真点头："是！就是那种！"

太过肯定的回答让对方隐约觉察到什么不对，女孩的表情犹豫了起来："那……还有别人给他留灯吗？"

"好像没有了……"花裴有些遗憾地一摊手，"所以我就把他捡走了。"

两人嘀嘀咕咕说着话，容眠却在和男主角简单交流后消失得无影无踪。过了没多久，某个充当派对主持人的男青年拿着话筒走到房间中央，清了清嗓子示意大家安静下来。

"各位，今天是悦悦的生日，我们这么多人齐聚这里，除了要祝悦悦生日快乐外，还要一起见证一个特别有意义的时刻。大家都知道，我们的小吴同学从高中开始就暗恋悦悦女神，百折不挠追了那么多年，终于在两年前成功坐稳了男朋友的位置。那么今天，借着这个特别的日子，小吴同学想把自己的头衔再向上升级一步，所以……接下来有请小吴同学开始他的表演！"

在场的人除了女主角被蒙在鼓里外，基本都提前知道了会有求婚环节，其中大多数甚至还被男主角征求过创意剧本。求婚大戏即将开场，大家纷纷放下酒杯站起身来，想看看一直以来一紧张就舌头打结的男主角在众目睽睽下，究竟会怎么把一段长长的深情告白说完。

一阵轻轻的敲门声响起，包房门被人推开，紧接着，一个半臂高的人形机器人冲女主角的方向摇摇晃晃地走了过来。

"悦悦你别动……千万别动啊！"

小机器人走路姿势摇摇晃晃，像个学步未久的小孩子，众人不由自主地屏住了呼吸，生怕女主角惊异之下一个移动，这个小家伙就会迷失目标，再也找不到人。

一群人当中只有花裴保持镇定。

这个小机器人看上去很眼熟，应该是容眠之前带回家给妈妈玩的那台Dream初代样机，在林家书柜里当陈列玩具摆放了好一阵，不像二代产品那样拥有智能交互方面的功能。然而一旦提前预设好路线，它在行走移动和平衡控制方面的稳定性都是一流的，外加不知什么时候站回房间角落的容眠亲自控场，出不了什么大问题。

在女主角瞪着眼睛满脸惊诧的注视下，小机器人慢悠悠地停住了脚步，在距离她半米左右的位置站定。紧接着，随着眼睛里的蓝光闪过，一字一顿的告白声和着浪漫的音乐响了起来：

"亲爱的悦悦，这是我们认识的第十年，也是我爱着你的第十年。在这漫长的十年里，因为你的存在，我的生活充满了前进的动力和动人的光彩。两年前，上天给了我一份特别的恩赐，让我有机会陪在你身边成为你的男朋友，照顾你，陪伴你。而两年后的今天，借着你的生日，我想把我对你的承诺作为最真挚的一份生日礼物，送给你。希望你能够答应成为我的新娘，让我在未来的日子里永远陪伴你，可以吗？"

话语声落，Dream的手臂举了起来，一个小小的盒子藏在他紧握的拳心里，直直地送到了女孩面前。

"哇！这种求婚方式太酷炫了，悦悦快答应他啊！"

"老吴这个代言人找得太靠谱了，要他自己来的话，只怕第一句话还没说完，就得紧张到跑去厕所了吧。"

"老吴啊，该说的话都有人帮你说了，你就别缩着了，赶紧上去跪地表示表示啊！"

七嘴八舌的起哄声中，站在一边满脸涨红的男主角被容眠轻轻推了一把，赶紧小跑了几步，接过Dream手里的盒子颤抖着打开，在女孩身前单膝跪下。

"悦悦……我、我不太会说话，向你求婚这件事也……很紧张。但是刚才那些话，都是我想说的，所以我想问问你……"

"戴上啊。"

女孩红着眼睛，声音听上去有点哽咽，口气却是凶巴巴的。

"什么？"

还准备说点什么的男主角一时间没反应过来。

"戒指……你给我戴上啊！"

"噢……噢！"

一片乌啦啦的掌声和欢呼声中，容眠悄悄走到了花裳身边，朝她挤了挤眼睛："总算幸不辱命。没想到这台Dream的样机被我妈摆在家里落了这么久的灰，居然还这么给力。"

"你昨天晚上大半夜不睡，就在弄这个啊？"花裳看了他一眼，"婚庆工作搞得挺专业的嘛，幻真可以考虑转型……还有，刚才那段话是你同学想的，还是你想的？"

"什么？"容眠愣了一下，"噢，你说那个啊……昨天晚上老吴在微信上一个字一个字敲给我的。没想到他平时看着闷闷的，在悦悦面前经常紧张得说不好话，心里居然还藏着这么多肉麻又文艺的词。"

"说得真好。"花裴捂了捂有点发烫的脸，"我都被感动了，谁被这么诚恳地求一次婚，都铁定会答应。"

"是吗？"

容眠笑了起来，趁所有人的注意力都放在男女主角身上，低下头飞快地在她的唇上落下一个吻。

"裴裴，等我正式向你求婚的那天，也一定不会让你失望的。"

求婚派对的第二天，容眠和花裴结束了在G城的短暂假期，准备搭乘下午的飞机回S城。

知道自家儿子现在管着一个公司，养着大大小小几十号人，还正式交往了一个看上去能干又性格不错的女朋友，林雪珠却依旧当他是小孩子，唠唠叨叨交代了好一阵，顺便把准备好的各种家乡特产塞满了整整一包。

临行前，林雪珠把花裴悄悄叫到了房间里，从衣柜里翻出个红布包塞到她手里。花裴打开一看，居然是一只看上去成色极好的翡翠镯子。

"裴裴你第一次来，阿姨也没准备什么。这只镯子阿姨之前戴了好几十年，是早几辈一直传下来的。可能不值什么钱，却是阿姨的一份心意。希望你以后和容眠好好在一起，什么都顺顺利利的，阿姨就放心了。"

来自老一辈的殷殷嘱托如此真挚，花裴推脱不了，最终小心翼翼收了起来。到了机场两人换好登机牌，坐在候机厅里一边闲聊一边刷手机看新闻，容眠忽然冷不丁凑到她身边："我妈是不是把她的传家宝给你了？"

"你怎么知道？"花裴大窘，"我本来想到了S城再给你，让你有空给你妈还回去。"

"还什么啊？"容眠笑，"这东西本来就是我妈给她儿媳妇准备的，除非你不想认她这个婆婆？"

花裴一时语塞，老半天才哼了个声音出来："阿姨估计是难得见你带女孩子回去，才会一激动就把这么贵重的东西拿出来了。"

"也不是。"容眠稍微踌躇了一下，"我妈……其实见过我身边的其他女孩的。"

"哎？你居然还带过其他女孩见你妈？"花裴一脸好奇，"谁啊？"

"叶珊梦。"容眠沉默了一会儿，声音放轻了些，"我大四刚开始实习的时候，中途我妈生病了就抽空回了一趟家，想好好照顾她来着。结果她知道我回了G城，没打招呼直接买了机票过来了。她在这边人生地不熟，我只能随时带着她，我妈觉得她长得漂亮对她也很客气，但从始至终没有说过别的……包括后来我们分手，也没怎么过问。"

"噢……"花裴低头想了想，"那阿姨知道你打架那件事的真相吗？"

"我没和她说，不过我想她大概猜到了什么，所以那时候她对我发了很大的脾气，却都没有说过要找叶珊梦。倒是我去了S城以后，叶珊梦曾经试图联系我妈问我的行踪，最后到底怎么样，我妈没和我说过。"

"这样啊……"

花裴把手伸进包里，轻轻摩挲着那个装着手镯的红布袋子。

这份礼物大概代表了一个单身母亲全部的希望和信赖。

代表着她愿意把自己辛苦养大的宝贝儿子交到另外一个女人手里，并给予他们最诚挚最温柔的祝福。

"裴裴你怎么了？"

眼看她半天没吭声，容眠轻轻捏了捏她的手。

"没什么。"花裴嘴角微扬，轻声笑着，"我就是在想，阿姨既然把这么贵重的东西给了我，那么以后，无论是这个镯子，还是你，我都会用心保管，好好珍惜的。"

横 祸

回到G城的第二天早上，容眠和花裴准时出现在了幻真办公室。因为临走前一切工作都进行了有序安排，在CEO和CMO齐齐消失的这段时间，公司在江宸和肖凌的操持下依旧有条不紊地运营着。

公司上下员工见他们出现，都满脸喜气地跑来讨礼物。容眠把大包小包的特产朝会议室里一放，任由大家蜂拥而上地开了个小型试吃会，随即和花裴一起进了江宸的屋。

自Cube上市热卖以来，幻真成了诸多风投公司的重点关注对象，昔日将容眠拒之门外的投资圈大佬们，有一部分主动表示了合作意向，连徐朗也在电话里笑呵呵地和花裴表达了来自启翎创投的想法，试图找个时间坐下来仔细聊一聊。

面对一个个姿态积极的金主，幻真的高层团队开心之余都保持着冷静，没有被貌似抢手的繁华景象冲昏头脑。只是这群小青年大部分是技术和产品出身，除了江宸和花裴有过和投资方打交道的经验，也就容眠在四下找融资的那段时间里，不痛不痒地和一些投资人聊过几句。因此，在关系到幻真未来的第一个融资对象的选择上，大家显得十分谨慎小心。

其他条件没来得及细谈，幻真的创始团队首先在风投选择人民币基金还是美元基金这个最基础的问题上，产生了不小的分歧——按照江宸的看法，融资人民币基本决定了公司未来的上市将在国内A股，PE值相对较高，融资成本小，同时也会减少审批风险。而花裴看来，融资美元虽然难度和成本都比较大，但美元基金相对更成熟，也更有耐心和经验，比起存续期只有七年的人民币基金，更能保持长期稳定合作的可能。

容眠不懂这其中具体的条条款款，但对幻真未来的发展需求已经有过深思熟虑。在公司目前基本能够实现自我供血的情况下，资金已经不是他寻找合作伙伴的第一诉求。

对幻真来说，他更希望对方能够提供一些资源、平台和渠道上的增值服务，帮助它稳定而有计划地发展，而不是短平快地赚上一把后抽身走人。

有了这个核心目标作指引，对投资方的评估标准就相对清晰了很多。接下来的时间，花裴综合了江宸的建议，把目前有意向的投资企业细致地梳理了一遍，最后留下了三家综合条件还不错的，递到了容眠眼前。

"启翎这边不多介绍了，实力和资源都占优，最重要的是对智能硬件行业比较了解，之前有过不少成功案例。只是他们要求开对赌协议，条件也比较严苛。而且启翎向来热衷于对合作方的高管团队加以干涉，如果推荐进来的人和我们理念一致还好，要是气场作风格格不入，会是个不小的麻烦。"

"这点我见识过。"容眠若有所思地回忆着，"之前徐朗不是一头热地试图把你塞到悦享之音吗？还好你当时没打算工作，真要进去了，只怕没两天就能和言祈打起来。"

"没那么夸张啦。"花裴瞪了他一眼，"徐朗也是一片好心。而且言祈看上去没个正形，性格还蛮对我胃口的。何况他业务能力过硬，脑子又聪明，真要合作起来也会挺愉快的。"

"嗯？"容眠没料到她居然对那个熟了以后就相互吐槽到停不下来的家伙很是欣赏，一时有点醋意横生，"我怎么从花总的口气里听出了一点后悔和遗憾？据说花总当时面试的时候言总没在，要是那时候见了面，请问我还有机会插队吗？"

"这可难说。"花裴闻着酸溜溜的醋味，不禁莞尔，"小容总有没有机会插队我不知道，不过言总那边这段时间忙着花样示爱，我怕是跑步过去排队也来不及了。"

"言祈终于被人给收了？"容眠眼睛一亮，"什么时候的事，我怎么一点风声都没觉察到？"

"你能觉察到啥啊？他喜欢的那个女孩子，之前你在悦享之音办公的时候，大半夜又送咖啡又送消夜的，你连头都没怎么抬过。所以错过了小言总那表面装矜持，其实含情脉脉恨不得黏在对方身上的眼神。"

"是他们公司品牌部的那个女孩吗？"容眠努力回忆着，"我好像有点印象，是不是梳了个马尾辫，看着刚毕业没多久的样子？我当时还奇怪呢，悦享之音都上正轨了，又没有什么大项目要推，怎么加班还那么厉害？而且每次留到最晚，甚至陪我们熬通宵的居然都是同一个人！"

"看看你们这些单线条的技术宅……就是没点眼力见儿。"花裴啧啧有声，"言祈本来说融资这事他有经验，想过来帮我们参考参考。不过看他这段时间为情所困无暇分身，估计也没空临幸你了。咱们自己内部先过一遍，等他空了再去找他聊。"

"我就说聊正事呢，咱们怎么跑题了？"容眠笑了起来，"裴裴，我原来的确觉得除了Dream之外，没有为其他人事分心的必要。可是和你认识以后，忽然觉得很多事情都变得有意义了。好像只要和你一起，再琐碎的事情和话题都是有趣的。"

"你这是在变相说我八卦吗？"花裴翻了翻眼睛，也跟着笑，"容总的意思我明白了，闲聊时间结束，让我们继续聊点真正有意义的正事。除了启翎之外，这家叫云山资本的投资公司对我们兴趣也蛮大的，不仅创始人亲自联系了好几次，提出来的条件也相对宽松。"

"云山我知道，之前做过功课。不过他们过去专注传统行业，对智能硬件板块的经验和资源有限，能够给我们的支持和服务可能并不多。"容眠把头凑了过去，拿起花裴手里的最后一张纸仔细看了看，"最后这家是BPG吗？江宸之前重点给我推荐过。他们是美元基金，又投资过不少高科技企业，团队不仅经验丰富，而且很有耐心。最重要的是，在技术和渠道资源方面能给不错的支持……"

"可是容眠……"花裴听出了他的倾向性，表现得有些犹豫，考虑了一阵后才轻声提醒，"BPG是长青科技的A轮投资方，其中好几个重要话事人和康郁青私交都不错。甚至后面盛泽投资和长青的合作，也是因为他们在其中牵线搭桥才得以成型的。虽然从各方条件看，BPG的确是幻真比较好的选择，但有康郁青这层关系在，我总觉得聊到后面会不会有什么变数……"

"这样吗？"虽然在容眠看来业务归业务，公事归公事，公司既然以利益为目的，BPG作为一个老牌投资企业，未必会因为高管和康郁青有私交就改变对幻真的判断，但看花裴如此小心，他还是点了点头，"那和BPG后续再多接触一下，看看对方具体是什么想法再说。"

容眠这边没怎么把这层弯弯绕绕的关系放在心上，但花裴对BPG表示出来的合作意向始终抱着谨慎态度。中途通过熟人进行了一番打探，在确认对方对幻真的热情和康郁青的确没有半分关系后，才逐渐放下心来，仔细研究起了双方合作的可能。

偏偏这个时候，康郁青的电话再次打来了。

自从那次醉酒告白被花裴冷嘲着挂断后，康郁青就此沉默了下来，再也没有主动联系过她。如今见到熟悉的号码亮起，花裴本来觉得双方没有什么再联系的必要，但惦记着对方和BPG的那层关系，最终还是接了起来。

"康总，请问你找我有事吗？"

"花裴，下午能不能抽半小时见个面？我有重要的事情要和你聊聊。"

康郁青的声音听上去认真且严肃，对她的称呼从"裴裴"换成了"花裴"，有点刻意划清身份公事公办的意思。花裴稍微犹豫了一下，谨慎地多问了一句："康总找我是私事，还是和幻真有关？"

"都有吧……"毕竟相恋了那么些年，对如何掐准花裴的痛点，康郁青很了解，"我知道幻真科技近期准备启动首轮融资，所以想给你一点建议。"

这个回答出乎花裴的意料，有那么几秒钟，她甚至因为自己的胡乱猜想而有些愧疚，口气很快软了下来："多谢康总。那时间地点你定好了发短信给我，我会准时到的。"

下午3点，花裴如约而至，在距离公司不远的一家咖啡厅里见到了康郁青。

对方看上去提前到了很久，桌上的大杯美式咖啡已经见了底，放在一旁的烟灰缸里堆了十几个烟头，这让花裴眉头微微皱了皱。

创业期间因为经常加班熬夜，康郁青有一阵子抽烟抽得很凶，后来公司发展进入正轨压力没那么大时，在花裴的规劝下总算戒掉了烟瘾。不知道什么时候又开始吸了。

不过这些事，眼下轮不到自己来规劝。花裴把眼睛从那堆烟头上挪开，在他对面坐了下来："不好意思，让康总久等了。关于幻真准备融资的事，请问你是不是从BPG那边了解到的？"

"嗯。"康郁青随口应了一声，手伸向烟盒似乎想再抽一支，抬眼看向花裴却又收了回来，"BPG那边有人知道你现在在幻真，所以就找我聊了聊。"

"原来如此。"

这个回答花裴并不意外。当年和BPG合作是康郁青亲自洽谈比较最后拿定主意的，中间她没和对方的关键人物少接触，印象都还在。

"那康总找我过来，是想给一些什么建议呢？"

康郁青没接话，只是深深地凝视着她，饱含千言万语的目光透过镜片，像裹上了一层厚厚的膜，让人觉察出其中的严肃和凝重，却具体分辨不出究竟是为了什么。

花裴怕是BPG那边对和幻真的合作另有想法，康郁青提前得知了内情想对自己加以提点，却难于开口，于是主动宽慰了两句："康总如果知道了什么消息，但说无妨，融资本来就不是一蹴而就的事，就算BPG那边改变了想法，我们也可以做其他打算。"

"BPG那边倒是没什么特别想法。"康郁青轻轻咳了一下，终于还是点了一支烟狠狠抽了一口，"倒是你……我听说你前段时间和容眠回了老家，见了他的父母，所以说……这次是认真准备要结婚了吗？"

花裴一愣，只觉得恼怒："康总，我不认为这些私事和我们见面的目的有关系。"

"当然有关系！"康郁青的声音骤然间提高了几分，"花裴，幻真一旦和BPG合作，后面的路基本上就稳了。BPG不仅可以给他们带来资金上的支持，还会有合作资源甚至人才方面的输出，这些你在长青的发展过程中是亲眼看到的。一旦到了那个时候，你就不再是他不可或缺的帮手，他有了更多选择，你以为你们之间的感情还能维系下去吗？"

他喘了一口气，在花裴眉头紧皱的表情里，有些费力地解释着："裴裴，之前我伤害过你，现在想要弥补却没有机会了。所以我不希望这样的伤害再一次发生在你身上。原先我以为容眠只是出于利益考虑，所以放弃了前女友和你在一起。如果只是这样，你既然态度坚决，我无权多说什么。可是后面我才知道，他在念书时就劣迹斑斑，不仅因为打架连大学都没毕业，甚至还因为自私，不管不顾抛下有孕在身的女朋友，导致对方只能把孩子打掉……这样一个人，没有责任心没有担当，为了自己的前途利益连最亲近的人都可以舍弃，我怎么放心把你交到他手里？"

花裴冷冷地斜了他一眼，迅速站起身来："我的私事我自己有判断，不劳康总费心。"

"裴裴！"康郁青迅速拉住她的手，声音又是焦急又是绝望，"容眠到底给你灌了什么迷魂药，你为什么就是不信我？"

"三件事。"花裴毫不留情地挣脱了他的拉扯，声音肃然，"第一，请康总以后连名带姓地叫我；第二，容眠是什么样的人品我自己清楚，请康总以后务必不要再干涉我们的私事；第三……"她顿了顿，声音变得更加坚决，"以后如果不是必要的业务来往，我们最好不要再见面了。"

康郁青呆立当场，感觉自己浑身的血随着对方的离去，一点点凉了下来。

有那么一瞬他甚至在想，当时他向花裴正式提出分手时，对方站在原地看着他逐渐离去的背影，是否也是这样如坠冰窟的心情。

这个女孩已经被他那么残酷地伤害过一次，所以如今他绝不能让她承受被二次伤害的风险。

或许是因为她对自己太过怨恨，才会抱着成见不愿相信自己说的那些话。如果有了实打实的铁证，她或许会清醒过来。

想到这里，康郁青很快掏出手机拨了一个电话。

"喂，戴总吗？我是康郁青，你现在有没有时间，我有件事想要找你聊聊……"

花裴回到幻真办公室时，正好撞见容眠摘下耳机，从电梯旁的公用露台走回来。对方脸色不怎么好看，她赶紧迎了上去："怎么了，谁的电话把你搞得这么郁闷？"

"锋芒网的戴晨。"容眠轻轻吐了一口气，"之前见过两三次，不知道从哪里搞来了我的电话，刚才忽然打过来的时候我正在开会，说晚一点回复他。可他不依不饶地说是有重要的事，一定要现在说，我就出来了，结果听他说是想和幻真做个合作。我说这部分的东西我不负责，让他直接和你联系，可还是没完没了一直让我多加考虑，也是够执着的。"

"他哪敢联系我啊？"

花裴哼声笑了笑，斜着眼睛朝容眠瞥了一眼。容眠瞬间明白了她的意思，有些无奈地耸了耸肩。

自从叶珊梦事件以后，戴晨主动约了花裴好几次，口口声声说给幻真添了麻烦，想请当事人吃饭赔个礼道个歉。

花裴考虑着叶珊梦会在多年之后重新找上容眠，歇斯底里闹出那么多麻烦，肯定和戴晨从中穿针引线脱不了干系。但他事先并不知道两人的过往，算是无心之过，并没打算计较。

但此后他为了和长青科技攀上关系，在康郁青面前添油加醋地把这场事故大加宣扬，就不得不说人品有问题了。

锋芒网在业界拥有相当大的话语权，花裴实在不想和这种唯利是图的人多加接触，对对方的热情相邀反应始终十分冷淡。几次下来，戴晨大概觉察到了她不欲来往的态度，逐渐消停了。只是在陈然离职、幻真动荡的时候夹枪带棒地在自家微信官方平台上，写过几篇唱衰幻真的文章，近则不逊远则怨，将一旦捞不到好处就落井下石的小人姿态，摆了个十成十。

没想到几个月过去，幻真度过了动荡期即将走上正轨，这人又没事人一样找上容眠想谈合作，脸皮之厚真是让人叹为观止。

"这种人以后还是我来应付吧，你把他的电话拉黑阻止算了。"

花裴不想容眠在这种节骨眼上，还得为这种事情分神，赶紧给了个良心建议。

"好。"容眠拿着手机摆弄了一下，还是有点郁闷，"不过他那边的口气听着挺张狂的，一副我们铁定要和他们合作的架势，实在让人很难接受。"

"哎？他具体说了要怎么合作吗？"花裴有些好奇。

"电话里没怎么明说，反复强调像幻真这样的企业如今被公众盯着，一旦有风吹草动很容易爆负面新闻。现在又要开始融资，还是谨慎一点比较好。锋芒网那边有比较强大的媒体资源，在危机公关方面也很有经验，所以想和我们签一个公关服务的年度框架合同。"

"年度合同？他打算怎么报价？"

"嗯……这个问题我随口问了，他说具体需要面谈，但差不多应该在百万量级。"

"我怎么听着不像谈合作，倒像是在抢劫啊？"花裴对这狮子大开口的架势目瞪口呆，"我本来以为他是看幻真融资在即，想抢个独家新闻而已，没想到胃口居然这么大。100万的PR费用我花在哪里不好，他真挺把自己当回事的。"

"所以你也别主动联系他了吧。"容眠看她那气哼哼的样子，忍不住笑了起来，"幻真这一路走来坦坦荡荡，既没违法乱纪杀人放火，也没偷税漏税拖欠工资，没什么负面内容值得搞危机公关的。"

"那可不一定。"花裴神色严肃，"说不定改天就有人在微博上爆幻真CEO利用权势潜规则女同事呢？"

"你说反了吧？"容眠做吃惊状，"明明是幻真女高管铁血手腕独断专行，潜规则小鲜肉的同时顺带架空了公司CEO！"

"美得你！"花裴轻轻敲了敲他的后脑勺，"赶紧回办公室，搞完了潜规则咱们得把融资的事再好好捋捋。"

经过前期大量的资源比较和条件筛选，对江宸推荐上来的三家合作意向最强的投资企业，容眠最终把目标锁定在了启翎和BPG。作为幻真的老熟人，徐朗一直在和自己团队内部争取更好的合作条件，一直保持着热情沟通的BPG却在谈判最后关头，忽然进入了静默期。

花裴清楚启翎有徐朗坐镇，一旦合作起来会比较顺畅，但容眠内心深处其实更倾向于在国际范围内更具渠道优势的BPG。BPG明知在有启翎竞争的情况下忽然悄无声息地放缓了接洽节奏，不得不让花裴怀疑，这中间是不是有康郁青从中作梗。她打了电话几经试探，从BPG的熟人那里知道，康郁青早在一周之前就出差去了X城。

"花总啊，实在不好意思耽误了这么久，还让你专门打这个电话。BPG这边和幻真合作的诚意是很足的，项目组内部一直在努力推进，连我们的执行合伙人Kevin沈那边，对这个项目也非常感兴趣，想亲自和小容总见上一面才耽误了一点时间。今天刚好他的行程敲定了，周五就会飞到S城，你看方不方便和你们小容总约一下，咱们见面再好好聊聊。"

"既然这样，那就麻烦您了。容总这边随时OK，很期待和你们见面。"

打完这个电话，花裴轻松之余不禁有些惊喜。

BPG的执行合伙人Kevin沈建南作为业界传奇，这些年已经很少再过问国内的中小型项目，就算是康郁青本人，也是长青在美国发展成规模后才开始有机会和他打交道。这次他竟然为了幻真专程约谈容眠，想来是对双方的合作相当看好。

有了这颗定心丸，花裴心里放下了一块大石头，专心准备起了和沈建南见面时的资料。像是感受到了她这边的态度，BPG的反馈速度再次积极了起来，经过几轮电话和邮件沟通，很快确认了双方见面的具体时间和谈判主题。

然而就在见面的头一天下午，对方再次提出了新的要求。

"花总，实在抱歉，中午我们刚刚收到了Kevin的电话，说因为机器人产业现在正在风口，在全世界范围内都很受关注，所以会多叫几个朋友一起来看幻真这个项目。见完你们团队后他马上又要飞德国，BPG在S城的办公室离机场比较远，遇上高峰期怕是得耗费比较长的时间。所以我们想和贵司商量一下，看能不能换个方便他行程的地点见面，顺便请小容总把你们的企业和产品整体向他介绍一遍？"

"这些倒是都没问题……就是不知道大家在哪里见面方便？"

"创新产业园的W咖啡馆怎么样？"对方显然已经仔细考虑过这个问题，"那里离机场近，又经常做一些路演沙龙，配套设施都是现成的。我和他们老板也比较熟，请他们明天下午清清场，给我们留个地儿。"

"行，就那儿吧。"

对W咖啡馆，花裴有着特殊感情。和容眠的初次相遇，就是从那间小小的咖啡馆开始的。得知这个消息的容眠也有些兴奋，当天晚上他们将资料准备完毕，在公司附近散步时，不由自主地重新聊起了这个话题。

"仔细想一切都蛮奇妙的，我没想到和BPG最重要的一次会面，居然是在W咖啡馆。那时你还是先一步找的徐朗，可惜他考虑太多，动作慢了一步。"

"说起这个，我觉得有点对不起徐朗。"容眠轻轻叹了一口气，"其实启翎创投很不错，只是我个人更倾向BPG。而且我还把你们的相亲搅黄了，最后把你从他那儿给拐走了……"

"看看你这觉悟，徐朗真是白疼你了。"花裴啧啧有声，"作为朋友，徐朗一定希望我们能找到最合适的合作伙伴，之前他和我聊过，觉得BPG的确有自己的优势。你现在呢，就放松心情做好准备，明天帅帅地出现，争取在Kevin和他的团队面前留下个好印象……怎么样，现在是不是有点紧张？"

"那倒没有。"容眠满是自信地笑着，"我相信W咖啡馆是幻真的福地。无论是幻真之前面临生死存亡时将市场渠道转向了Toy Town，还是现在为了进一步发展而接洽BPG，似乎所有最重要的转变，都是从那里开始的。"他扭过头，紧紧握住了花裴的手，"最重要的是，我在那里遇见了你……遇见了我生命中最大的奇迹。"

次日下午，幻真的高管团队提前半小时到达了W咖啡馆。为表重视，每人都是西装革履的正装打扮，放眼看去一派拉风。

准备过程中，BPG的项目团队接连到场，其中还有几个花裴在长青科技融资过程中曾经打过交道的熟面孔。众人寒暄之际，忽然有人站了起来，指着玻璃门外正在走近的几个人影，朝幻真的小青年们示意："Kevin来了。"

"这位就是幻真科技的小容总吧？之前听我们团队的同事说过很多次了，也在网上看过新闻，没想到真人居然这么年轻，实在让人觉得后生可畏啊！"

进门后的沈建南略加观察，直接冲容眠的位置而来，主动伸手相握打起了招呼，亲切热情的模样看上去颇为随和。

花裴之前被BPG的人打过了"Kevin会多叫几个朋友一起来看幻真这个项目"的预防针，眼看跟在沈建南身后进门的一群人也没太意外，起身正准备招呼一下，脸色忽然变了。

康郁青赫然站在人群当中，看上去神色有些阴郁。

而另一个脸带兴奋不时张望着的熟人，是戴晨。

"这位是花总吧？记得之前你还在长青科技的时候，我们见过一两面。说起来你也是福将啊，加入的企业都发展得这么好。"注意到花裴的脸色，沈建南主动解释着，"康总知道我们在和幻真接触，主动联系我说想要过来一起聊聊。毕竟大家都在S城嘛，长青在智能语音方面又是专家，以后大家合作的机会还是很大的。容总你们这边……应该不介意吧？"

"不介意。"容眠迅速接口，冲还待说点什么的花裴点了点头，"康总是智能语音方面的行家，能有机会交流是幻真的荣幸。考虑到沈总您的时间，我们现在开始？"

"行！那就辛苦小容总了。"

容眠抱着机器人，步履从容地走上了前方的演讲台。沈建南和BPG的项目团队很快坐了下来，仔细聆听着他对企业和产品的介绍。

比起与花裴相识时的那次路演，如今的容眠经过了诸多历练，整个演讲显得更加张弛有度且富有技巧。不仅沈建南全程保持着极高关注度，眼睛一直没从PPT上离开，就连对所有内容倒背如流的花裴也听得兴致勃勃。

要在这么短的时间内把公司优势做最大程度的展现，又要让内容听起来翔实靠谱不枯燥，能想象容眠在和BPG合作这件事上的确投入了大量心思，背后没少做功课。

四十分钟后，容眠结束了所有介绍，冲沈建南的方向点了点头："沈总，我这边的内容介绍结束了。您看您和BPG团队还有什么需要了解的，我可以随时补充。"

"辛苦容总了。"

沈建南看上去似乎很满意，扭身和自己的同事们轻声交换意见，在简单问了几个关于未来规划和技术解决方案相关的问题后，他低头看了看表，似乎正准备给这次见面画上一个圆满的句点，康郁青忽然凑到他身边，低声说了句什么。

"康总是有什么问题需要了解吗？"容眠实在受不了这种藏藏掖掖的风格，目光如电直视着他，"如果康总对我们的产品有什么疑问，欢迎随时提问，我可以现场答疑。"

康郁青直腰站了起来，冷冷地看着他，视线交汇处火花四溅。

有什么一触即发的不安让花裳的心忽然揪了起来。

"我在人工智能产品方面是个外行，产品倒是没什么太多疑问，只是刚才没怎么听小容总介绍你们的核心团队，和Kevin就多聊了两句。BPG的风格大家都知道，比起产品本身，他们更看重的是人。"

"创始团队的资料之前已经给到BPG的各位了，不过诸位如果有兴趣的话，我可以再简单介绍一下。"容眠的目光落向了坐在一旁，正满怀期待注视着他的伙伴们，声音听上去诚挚而骄傲，"肖凌，X大市场营销专业毕业，大学时代就是中国排名前三的人工智能论坛版主。毕业后在一家互联网公司做运营，用半年时间将APP

的日活量提升了8倍，现在是幻真科技的运营负责人。"

接下来，他的目光投向了江宸："这位是我们的财务负责人江宸，N大金融系硕士研究生。因为幻真目前的规模还比较小，所以同时兼管人事和行政。进入幻真之前，他在某家已经上市的金融公司做高级财务总监，主导了公司好几个大型并购项目。至于我们的CMO花裴……"他顿了顿，目光在和花裴交错时变得更加温柔，"想必BPG的诸位和康总对她的经历都比较了解，我就不过多介绍了。"

"容总把自己的团队成员介绍得这么详细，怎么偏偏把自己漏掉了？"在听到花裴这个名字后，康郁青的脸很明显白了一下，终究没有扭过头去，"作为幻真的创始人，容总你个人的经历想必才是投资人最为关心的。"

"郁青啊，小容总这边其实不用过多介绍，他的经历我之前大概都了解过了。"似乎是闻到空气中一触即发的火药味，沈建南心下诧异，脸上还是笑着打了个圆场，"容总是X大计算机信息学院毕业的高才生，大学时代就在全国机器人大赛上拿过奖。创立幻真之前在风极网跟着Tim他们干了一阵，虽说时间不长，但成绩斐然。走的时候据说Tim还伤心了好一阵呢，哈哈……"

"这么听起来，容总的履历很精彩啊。"康郁青微微笑着，"刚才一直听容总说，幻真发展至今一直推崇的企业精神是诚信为本，那么我倒想了解一下，如果创始人的履历公然造假，算不算是对合作伙伴的一种欺骗呢？"

"康郁青，你什么意思？"

原本站在一边满脸兴奋的肖凌听到这里，终于意识到了什么，神情紧张地几乎就要跳起来。

"没什么意思。"康郁青头也不回地继续紧盯着容眠的脸，"我听说容总大学临毕业前，因为一些原因没有拿到毕业证，所以想帮Kevin多问一句，BPG拿到的资料上公然写着您是X大计算机信息学院本科毕业……中间是有什么误会吗？"

6月的S城，下午3点，正是一天当中最热的时候。

明晃晃的阳光就算隔着一层玻璃窗也灼热而刺眼，即使待在空调充足的咖啡馆里，人们依旧感觉黏腻而烦躁。

花裳的身体止不住有些发抖。

康郁青的那个问句，让她的脊背很快涌上了一层凉意。

是自己大意了……花裳有些懊恼地想。

幻真核心团队的成员简历，是公司建立之初由肖凌拉着运营团队的几个小姑娘整理出来的。大概是出于某种理所当然的心情，关于容眠的学历这块，肖凌想都没想直接写了本科。

至花裳加入幻真，虽然在有关公司品牌、管理层介绍等资料方面都重新做了包装梳理，但关于容眠学历上的这个细节，她完全没有考虑修改。

容眠表现出来的专业能力并不会辱没"X大本科毕业"的头衔，如果没有临近毕业时的那场意外，他应该是让X大最骄傲的那类毕业生。在知道那场意外的真相后，再在这问题上加以纠结，无疑是旧事重提，在容眠本就受伤的心上再抹上一把盐。

投资公司会关注合作企业创始人团队的资历，学历也是他们考察的一部分，但绝非最核心因素。尤其是容眠通过几个产品表现出过硬的业务能力后，作为企业掌舵人，他对公司未来的发展规划和管理理念，才是投资者们最关心的。

从康郁青对容眠表示出敌意的那天起，花裳设想过他或许会因为那些自以为是的理由，而在幻真融资的道路上设阻，万万没有想到，对方居然特意挖出这段缘由复杂的往事并以此为攻击点，对幻真科技最基本的诚信问题提出质疑。

还是在这么一个根本难于详加解释的场合。

"容总不准备解释解释吗？"

原本情绪热烈的咖啡馆，气氛降至冰点，面对容眠面色发白久不吭声的模样，来自BPG的众人开始交头接耳地低声议论起来。

"解释什么，有什么好解释的？"一片尴尬的沉默中，肖凌终于沉不住气了，直接甩开江宸站了起来，"我和容眠一直是X大的校友，在一墙之隔的两个宿舍住着，同进同出相处了四年，他的事我都清楚。容眠和我一样是从X大毕业的，这点我可以作证！"

这情急之下拍胸脯打包票的行为起到了一定作用，让低声议论着的人群将怀疑的目光从容眠身上转向了康郁青，花裴知道肖凌理直气壮地在这儿做担保，终究不是长远之计。只要BPG方面稍加调查，立刻可以查出实情。

无论如何，把眼下的尴尬局面先应付过去，多少可以争取到一个缓冲期。关于事情的原委，考虑到叶珊梦的缘故终究无法全然道出，但只要避开这种众目睽睽的场合，私下解释沟通的话，足以无风无浪地化解。

一个良好的学历背景虽然能给创始人加分，但BPG看重的是容眠在创业过程中表现出来的综合能力。有了Dream和Cube的研发实绩摆在眼前做背书，相信对方不会在这种细节上过于纠结。

面对眼前的局面，沈建南显然和花裴抱了同样的心思。很快地，他跟着站起身来，对气势汹汹的肖凌点了点头："肖总别急，既然你都这么说了，大概是郁青那边有什么误会。不过这些都是小事，说清楚就好。小容总今天的介绍让整个BPG印象深刻，我们也非常期待和幻真的合作，接下去的话……"

他抬手看了看表，似乎正在考虑后续的工作推进，康郁青伸手朝他身前一拦："Kevin请稍等，关于这件事，我还有点东西想给你看看。"

"康郁青你有完没完？容眠招你惹你了，你要这么针对他？"

眼看事情平息，好不容易坐下准备喝口水的肖凌眼见又生事端，直接起身飙了句粗口。

"肖总你别激动。"沈建南的神色严肃了起来，声音刻意压得低了些，"郁青，有什么事一定要现在说？我本来以为你是对这个项目感兴趣，所以才主动跟我一起过来看看。现在看来，关于幻真……你是早已经有了什么个人看法？"

"个人看法谈不上，只是长青科技之前承蒙你和BPG的关照才能有今天，作为朋友，希望你们在选择合作伙伴前先看清一些事实，再做判断，以免未来遭受不必要的损失。至于为什么要现在说……"他抬起眼睛看了看花裴，"有些事情如果不看到证据，想必许多人很难相信。刚好我之前听到了关于幻真创始人的一些传闻，只怕冤枉了容总，所以特别拜托了一位朋友去查证了一下……"

在他低声的解释中，一直坐在人群后方满脸跃跃欲试的男人走上前，姿态恭敬地朝沈建南递了一张名片："沈总你好，久仰大名。我是锋芒网的戴晨，很高兴认识你。"

"你好。"沈建南没什么心思应付他的热情，收到名片后也没打算交换，随手放进口袋，依旧注视着康郁青，"所以呢？郁青你究竟想给我看什么？"

"东西都在戴总那边。"康郁青朝戴晨点头示意了一下，"下面就要麻烦戴总了。"

"没问题。"

戴晨早已有所准备，一路小跑着凑到了投影仪前，姿态急迫地接上了自己的电脑，很快，一张女孩低头沉思的影像出现在了所有人面前。

"姓戴的，你是不是有病？"

肖凌只朝那画面瞄了一眼，立刻感觉浑身血液都冲向了头顶，神情激动地想上前动手，最终还是被江宸摁在了原地。

戴晨像是根本没听到他的喝骂，紧盯着容眠："请问容总，这位叶小姐您认识吗？"

容眠的眉头紧蹙着，似乎因为这突如其来的变故而有些不知所措。面对戴晨挑衅般的询问和前方BPG成员们的注视，他沉默了片刻，终于平静开口："她是我在X大的学妹。"

"学妹？"对这个回答戴晨似乎并不满意，"学妹就学妹吧……那么容总的意思是不是承认了你们之间认识，她说的话就是可以相信的？"

"你什么意思？"

"没什么意思。"

戴晨志得意满地笑了笑，低头点开桌面上的一个视频文件，很快，投影幕上的画面亮了起来。

看场景，这段画面应该拍摄于某个古色古香的茶馆。

镜头的视角一直保持着同一个位置，画面中的女孩中途未曾正视摄像头，显然是在不知情的情况下被偷拍。与之对谈的人始终未曾入镜，从声音分辨，正是戴晨。

"叶小姐，没想到有一阵没见，你居然瘦了这么多。之前在S城的时候，我本来还说请你吃顿饭的，结果一直忙，没找到合适的时间。没想到你居然走得那么仓促。"

"戴总不用客气。"叶珊梦的精神看上去不太好，口气中带着几分魂不守舍的冷淡和恍惚，"你这次来X城找我，坚持要和我见面，是有什么事吗？"

"没什么特别的事，就是出差到这边，顺便过来看看叶小姐。而且之前听说叶小姐在S城的时候生病进了医院，不知道现在好点了没有？"

"嗯……已经没事了。"叶珊梦说到这里，口气变得有些怀疑，"你怎么知道我在S城生病的事？"

"容总告诉我的啊。"画面外的声音听起来十分诚挚，"你也知道，我和小容总是朋友嘛，关系一直挺不错的。这次我来X城出差他刚好知道，就拜托我过来看看叶小姐。"

"是他让你来看我的？"叶珊梦的眼睛瞬间亮了起来，依旧还是有些难以置信的样子，"可是……他之前那样对我……"

"小容总是有苦衷的嘛，公司还在创业期，需要有人做帮手。"

戴晨的安慰带着不动声色的引导性，但叶珊梦未能觉察，从她频频点头的模样看，她已经被他带进了沟中。

"说起来，其实我倒挺好奇的，叶小姐和容总关系这么好，就算到了现在也互相惦记着……当初，怎么会忽然分开啊？"

叶珊梦的脸上飞快闪过一丝慌乱，声音变磕磕巴巴："那是因为……我爸妈不同意我们的事……"

"伯父伯母一定很疼爱叶小姐，要求才会那么高。不过容总长得那么帅，而且又聪明又能干，之前他们会反对你们在一起，应该有自己的理由。"

"是的……"

叶珊梦把头垂了下去，面对戴晨不动声色又咄咄逼人的试探，急于找到一个合理的解释，像是要通过这样的方式催眠自己："容眠念书的时候脾气比较坏，经常和人打架，惹了很多事……后来因为打架，导致毕业证都没有拿到，我爸妈就反对我们在一起。"

"原来是这样啊。"回应的声音听上去很遗憾，"不过这些都是过去的事了，学历什么的，也只代表一个人学生时代的成就。小容总现在事业有成，叶小姐有没有想过请他和你的父母见个面，好好解释一下，说不定伯父伯母对他的成见就可以解开了？我的老领导和叶伯父有一点交情，如果这件事叶小姐不方便开口的话，我倒是愿意做个牵线人。"

"不用了！"

叶珊梦的声音越发惊惶起来。

因为一直误会花裴推测出的那些关于堕胎事件的真相是容眠主动泄露的，她对容眠产生了巨大的不信任，担心对方一旦和自己父母见面，发生争执和口角时，会再无遮掩地将当年的真相揭开，于是匆匆补充："我爸妈不喜欢他不仅仅是因为他大学没毕业，还因为觉得他没有责任感，不放心我们在一起。"

"怎么会？虽然容总性格是冷淡了点，但人品还是不错的。伯父伯母是不是对他有什么误会？"

"不是的……很多事你不知道！"叶珊梦被他一再相逼，整个人几乎到了崩溃边缘，"我们之前谈恋爱的时候，我……我曾经怀过他的孩子，可是后来他为了前途和发展，一声不吭抛下我们去了S城，我无奈之下只能做了手术……这么多年过去了，我爸妈对这件事一直耿耿于怀。所以，没有必要的话大家还是不要见面好……"

视频到了这里，被人摁下了暂停键。

投影仪上最后定格着的，是叶珊梦带着怨恨、追悔和惊惶的一张脸。

那一刻，花裴只觉得脑子嗡嗡作响，所有之前感觉不太对劲，却又因忙碌而忽略掉的种种线索，迅速完整地串联了起来。

心怀不甘又自以为是地抱着"为她好"目的的康郁青，为了向她证明容眠的恶劣人品，找上了曾经和他八卦过容眠和叶珊梦的关系的戴晨。戴晨精于人情世故，或许早就从和叶珊梦的接触中觉察到了什么端倪，在得到康郁青的利益承诺后，决定继续以这个头脑简单又自私骄横的女孩为突破口，挖取有关容眠的过去。

这次行动正式开展前，戴晨或许考虑过要把从幻真和长青两方能拿到的利益作一番比较，所以才会在了解到康郁青的目的后没多久，给容眠致电，狮子大开口地要求百万量级的"公关合作"。

只可惜以容眠单纯的性格，他当时并未意识到这饱含威胁意味的"合作"建议里，竟然藏着这么多龌龊。而一心沉浸在幻真即将融资的喜悦中的她，就这么轻易地将这件事忽略了。

如死一般的寂静里，沈建南和BPG团队低声交换了一下意见，看上去很是严肃而失望。紧接着，他朝自己的助理点了点头，然后看向了容眠："容总，今天会发生这样的意外我很遗憾，关于幻真提供的资料，BPG团队可能还需要一点时间做核查。现在我还要赶飞机，先走一步，如果你那边有什么未尽事宜，可以和项目团队详细沟通。"

容眠远远地站在台上，嘴唇紧抿，对沈建南的告辞只是轻轻笑了笑。在目送BPG团队离开后，他安静地收拾起放置在投影台上的电脑和样机。而这些东西，原本是要送到沈建南的手上让他一起带走的。

忽然间，站在一旁拼命克制的肖凌疾步冲上前去，一把拽住了戴晨的领子："你这个杂种，康郁青给了你多少钱，让你这样整我们？"

"肖总你别动手啊！"戴晨举着双手，一副有恃无恐的样子，"事情是你们小容总自己做的，现在不过是有人说出来而已，我一没凭空编造，二没胡乱剪辑。之前我提醒过容总，幻真这样的公司容易得罪人引发负面效应，我们锋芒网想过要帮忙，是你们小容总艺高人胆大，看不上我们这种小媒体，如今惹出来这样的事，我也帮不上忙啰……"

话音没落，一记重拳已经砸到了他脸上，戴晨只是防备着肖凌，没想到站在身后一直没吭声的江宸会忽然出手，身体一歪重重向后倒去，随即"哎哟哟"地高声叫唤了起来："你们居然敢打人？行……行……咱们走着瞧！"

一片兵荒马乱中，花裴越过人群走到容眠身旁，轻轻握住了他微微发颤的手："今天辛苦了，表现挺好的。我们现在回家去，我给大家做点好吃的。"

容眠抬头看着她，想要微笑，最终只是轻微地抽动了一下嘴角。那双原本神采飞扬的黑色眼睛里藏着的疲惫和失望，让花裴忍不住想哭。

虽然BPG离开前没有最终表态，但结果已经不言而喻了。

即使沈建南有意袒护，但有康郁青和戴晨这样的外人在场，因为合作方创始人团队核心成员资历造假的事实和大学时代的不良历史被披露，一旦合作推进，对BPG而言会是不可预估的风险和损失。

可容眠为了这一天曾抱着多大期待，做过多少努力，只有她心里最清楚。

虽然所有事情都是事发有因，但依照容眠的性格，是绝对不会用叶珊梦的名誉作代价多加解释的。

眼下，除了紧紧握住对方的手，试图给他一些于事无补的安慰外，花裴想不到自己还能做些什么。

"我想吃火锅……"许久之后，容眠轻轻开口，像经历了一场精疲力竭的委屈后想得到一点补偿的小孩，"要麻辣口味的。"

"没问题！"花裴展颜一笑，抬头看了看因为经历混战，模样都有些狼狈的肖凌和江宸，"江总和肖凌你们也一起吧？今晚我下厨，大家可以尝尝我的手艺。"

"行，那就辛苦了。"难得被激怒到动手的江宸此刻也安静了下来，稍微整理了一下自己的领带，随即拍了拍肖凌的肩，"我打个电话给梓纯，让她一起过来帮忙。我这个妹子虽然看着娇气，但洗菜做饭打打下手还是可以的。"

"那我得去买两瓶好酒……这段时间忙得天昏地暗，怎么说也得好好喝两杯！"肖凌跟着接口，迅速加入了关于晚餐的讨论中。

仿佛所有的失望和挫败都将被丰盛的晚餐治愈，幻真这群小青年一边随口聊天，一边把东西收拾完毕准备向外走。谁也没有多看一眼站在一旁的康郁青。

"花裴！"临出门前，一直沉默着的康郁青终于忍不住踏前一步，表情里是难以置信的惊异和不解，"刚才叶珊梦说的那些话，你没听到吗？容眠究竟是什么人，你还不清楚吗？你要自欺欺人到什么时候？"

"康郁青……"花裴停住脚步，扭身回头看着他，微微笑着的表情里满是嫌弃，"容眠是什么人我一直很清楚。我就是奇怪，之前自己到底多瞎，才会爱过你这样一个人？"

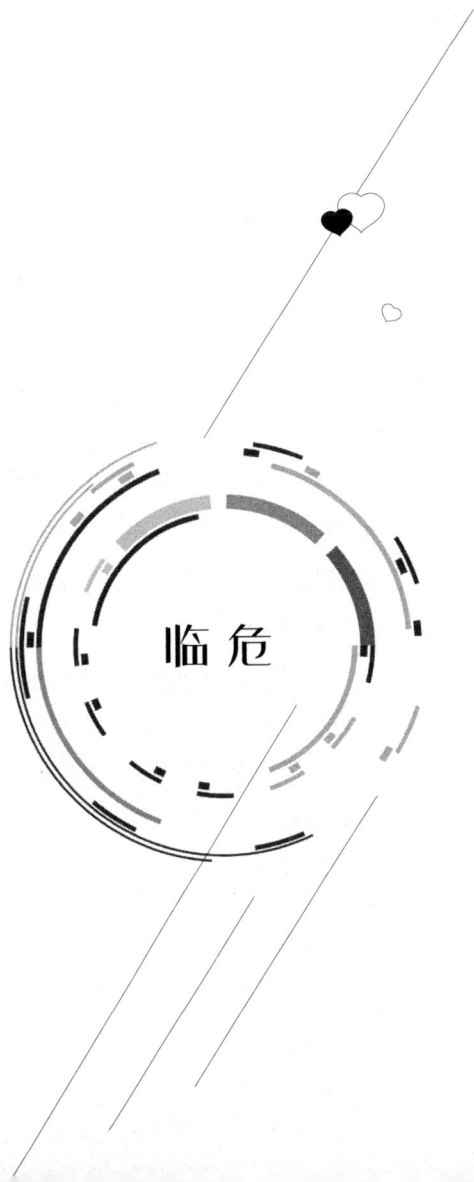

临危

当天夜里，幻真的三个小青年在容眠家红的白的混着喝了十多瓶酒，一个个酩酊大醉说了不少疯话，最后还是江梓纯打了电话叫人帮忙，才把江宸和肖凌架回了家，容眠则直接滚在了客厅地毯上，脸都没洗就这么睡过去了。

花裴实在没法把这个醉到毫无知觉的男人弄到床上，最终只能从卧室里拿了毯子给他盖上，尽量让他睡得舒服一点。

满心期望一旦落空，随之而来的疲惫和沮丧大概让人只想躲进梦里逃避。

只是眼下面对满屋子狼藉，她还不能休息。

依照她的经验，幻真和BPG合作关系的破裂只是一个开始，戴晨既然和幻真撕破了脸，那更大的危机怕早已虎视眈眈地等在了前方。

一切来得比她料想的更快。

当天夜里，她草草收拾完残局，随即坐进了容眠的书房，拉着公关部的同事紧急召开线上会议，讨论着即将可能面对的危机和应对方案时，有人把一条由锋芒网官方微信最新推出的新闻链接贴进了微信群。

作为科技圈最富人气的媒体公众号，这篇题为《幻真科技创始人学历造假，不良历史恐引发信任危机》的头条文章迫不及待空降凌晨12点，不到半小时，等花裴打开浏览时，阅读量已经超过了一万。

文章下方上墙的评论，不知是不是经过了后台刻意筛选，放眼看去，全是一片冷嘲热讽的唱衰腔调。

"现在做企业的也跟娱乐圈似的，喜欢炒作，我记得之前这位幻真科技的小容总还因为盛世美颜的关键词上过微博热搜。虽说李彦宏也炒过互联网圈第一颜值，然而人家多少有真本事，这么个小破公司估计还没盈利就开始炒，现在炒煳了吧？真丢人！"

"X大虽然是985，但拿个毕业证不是多难的事吧？打架打到丢了文凭，这位CEO也是挺拼的。"

"没拿毕业证其实不是关键，毕竟英雄不问出处，学历不高创业成功的大佬不是没有，但公然造假骗融资就实在太恶心了。这种人创立的企业能有什么诚信？怕是产品刚上市就得上315。"

"之前这位小容总上微博热搜时，我还教育过儿子向他学习呢，现在看到这种事真是一言难尽。"

"幻真经此一役怕是要凉，和BPG的合作是彻底没戏了……就是有点心疼悦享之音，刚和他们达成战略合作没多久，现在遇到这么一出，不知道会不会受牵连，毕竟他们家言总从性格到颜值都是我的菜，哈哈哈……"

时间到了凌晨2点，大部分人已经进入了睡眠时间。网络上关于这条新闻的传播却没有丝毫偃旗息鼓，一拨接一拨的转载陆续出现在了各大科技频道板块。

快速反应，承担责任，真诚沟通……

这些危机公关处理上的大原则花裳不是不懂，然而面对眼前情形，她敲着键盘在文档里删删减减，还是没能敲出一个字。

她能说什么呢？

容眠没拿到毕业证是不争的事实，没有半点辩驳余地。如果究其根本细说背后的原因，或许能有挽回公众印象分的机会，但更大的可能，是引发一场色彩靡艳的八卦狂欢。

互联网时代的话题走向受太多因素影响，外加戴晨虎视眈眈刻意作梗，花裳冒不起这个险。何况事实一旦揭露，昔日的女主角叶珊梦一定会被抛上风口浪尖，那件让她逃避至今的往事很可能会被万能的网友翻出来。

这样的情形，无论是容眠还是自己，都不愿意看到。

公关组会议开到了凌晨3点，花裳几经考虑后做出了以下决策——次日将Dream2的研发进度做一次汇总，主动向媒体做推送，用产品新闻冲淡关于创始人话题的风波。同时与BPG达成一致，双方的合作无论是否达成都低调处理，如果有媒体询问，一律以"事属商业机密，等待适当的时间加以披露"做回应。

一番安排之后，公关组同事们陆续下线而去，花裳揉了揉发酸的肩颈，洗了个澡躺上床，虽然满是疲惫，却始终睡不着。

有什么东西犹如飞鸟投下的巨大阴影，即使尚未到达，却足以让人心生忐忑。

仔细想想，这样惴惴不安的感觉在花裴这些年的职业生涯里，还是第一次这么强烈。这让她不得不在临近天亮时，再次起身，进客厅翻了半片安眠药。

动作已经放得很轻，然而喝水吃药的动作还是惊扰到了熟睡中的人。借着窗外朦朦胧胧的天光，容眠有些费力地撑起身体，面带惊异地看着她："裴裴，你怎么还没休息？"

"睡不着，所以出来喝口水。"花裴走到他身边坐下，轻轻揉了揉他有点凌乱的头发，"你好点没有？要不要喝点水或者吃点东西？"

"不用。"容眠揉了揉眼睛，终于彻底清醒了过来，"我知道你在担心幻真融资的事。不过你别太急了，就算BPG这边有问题，我们还有其他选择。更何况Dream2的研发很快就要完成了，我对它很有信心。"

"我知道。"花裴微微笑着，"你一直都很厉害，我对你也很有信心。"

"我厉害？那究竟是哪里厉害？"容眠怔怔看着她，忽然把脸凑近了些，声音带着一点性感的嘶哑，拉着她的手向自己小腹摸去，"花总既然要表扬的话，就请表扬得具体一点。"

手心触碰到的地方滚烫，花裴涨红了脸，温柔抚慰着，任由他把头埋在自己的脖颈里，喘息声越来越重。

许久之后，感觉到手心里的湿腻，花裴慢慢推开他，温声哄劝着："现在时间还早，你再睡会儿，晚点起来洗个澡，我们一起精精神神地去公司。"

"好，那我看着你进卧室，我再睡。"

容眠盘腿坐在原地没动，弯着嘴角朝她笑，像个纯真的小孩。

经受了那么大的挫折和羞辱，他在短短一次睡眠之后就已复原，抱着对自己研发的小机器人的巨大信心，期待满满地等着新的一天。

对即将迎头而来的那些暴风雨，他似乎根本没有任何心理准备，或许是因为问心无愧，所以没有把那些流言蜚语放在眼里。

可当那些夹带恶意的危机真的如期而至时，他和幻真是否能承受得住？

花裴背对着他，步履平缓地走向了卧室，在他带着笑意的温暖目光中，狠狠掐紧了手心。

早上9点，幻真的高管团队无一迟到地前后脚进了办公室，坐下之后没多久，齐齐收到了同事或亲友发来的关于幻真的负面消息。

不知是作为创业新星的幻真科技，在经历了众筹事件和Cube热卖后太过瞩目，还是戴晨铆足了劲要报复之前要钱不成被冷遇，后来又在W咖啡馆被江宸狠揍一拳的大仇，由锋芒网推送的那篇颇具八卦色彩的文章，如今已经铺天盖地满世界都是，在诸多科技从业者的朋友圈里成了刷屏热门。

如果说对这样的情形，花裴尚有思想准备的话，微博平台和诸多八卦论坛呈现出来的景象，却让她感觉触目惊心。

考虑到自家公司脸面，锋芒网昨夜推送的文章虽然字字挂刀，但关于容眠的昔日隐私，还是言辞暧昧地留了余地。然而到了马甲横行、小号肆虐的社交平台，各种所谓的"揭秘"爆料，毫不留情地把各种真假绯闻炖作一锅，热力翻炒。

无数顶着"X大校友""知情人士"名头搏出位的博主，操持着知音风格的笔调，杜撰着容眠在大学时代处处留情，撩妹无数，搞大诸多无知少女肚子的爆料文章，叶珊梦被偷拍的那段录像也流传了出来。一帧帧高清截图上，有人不仅将谈话所有内容一一做了字幕，关键词还用血红色标示做了重点提示，张牙舞爪控诉着这个伤害女孩的男人是怎样德行败坏，天理不容。

"天啊，没想到现在科技圈这么乱，本来我以为都是精英人士，现在看起来不比娱乐圈好多少。"

"不就是仗着脸长得好看吗？搞了妹子又不负责任，真是渣男一个！"

"这种破烂东西还好意思和Toy Town合作，容总不怕买玩具的是自己曾经弃之不顾的私生子吗？"

"简直X大之耻，还好没拿到毕业证，不然说起大家在一个学校毕业，我都嫌丢人。"

对看热闹的路人们而言，八卦永远比真相重要。看腻了娱乐圈的各种爆料，如今主角换成了代表高精尖的科技圈人士，更是比普通娱乐事件博人眼球。一篇篇咒骂讨伐犹如洪水一般，无止无休地在花裴眼前漫过，就连幻真科技官方微博里，也充斥着上千条根本来不及处理的质问和诅咒。

整个公关部同事从事发当天开始，就在按花裴的对策推送Dream2的相关产品消息，然而即使有多家科技媒体报道，相关信息也很快湮没在了众人的八卦狂欢中。

"花总，又有媒体打电话过来要求采访了，我们该怎么办？"

"这几天所有媒体电话都先别接了……"

对媒体避而不见的态度是危机公关的大忌，拿不到准确消息的记者们只会通过其他渠道收取信息，然后根据自己的解读加以分析报道。可眼下这个局面，花裴的确暂时无力应付那些奇形怪状的探究。

"咚咚咚。"

没隔几分钟，办公室的门再次被敲响，花裴抬起头，有人已经自顾自地进了门，顺带递了杯奶茶到她眼前。

"言祈？你怎么来了？"

"想着你们估计焦头烂额好几天了，过来慰问一下，顺便看看能不能帮上什么忙。"没个正形的小青年难得规矩地站在那儿，冲花裴安抚性地笑了笑，"对了，容眠人呢？刚才晃了一圈没看到人。"

"在会议室吧，应该忙着做Dream2的调试。"

"行啊！容眠还真够沉得住气的。"言祈眉毛一挑，"我还以为这兵荒马乱的，他该找市面上靠谱的公关公司买水军压消息呢，没想到居然这么淡定，不愧是我看上的人。"

花裴受不了他正经了没两分钟又开始胡言乱语，赶紧站起来把他往外领："你有空就去陪他聊聊吧，反正这个时候与其听那些胡编乱造的八卦，还不如听你瞎扯来得好。"

"我哪里有瞎扯？我真的觊觎你家小容总很久了啊，不然也不会抓到机会就主动投怀送抱求合作啊。花总，你看看你这是什么态度……"

在言祈喋喋不休的抗议声中，花裴推开了会议室的门，正专心致志摆弄机器的青年抬起头来，微微有些诧异："言总怎么有时间过来？"

"想你了啊！"言祈笑眯眯的，"不然还能怎样，你以为我过来拆台，宣布悦享之音和幻真合作中止吗？"

"那也不意外啊。"容眠斜着眼睛，目光里带上了一点笑意，

"小言总这么精明的人，遇到合作伙伴出了这样的乱子，多少得考虑考虑自己公司的利益不是？"

"你居然这么想我，真让我伤心……"言祈拉了张椅子在他身边坐下，拿起了正在调试中的Dream看了一阵，才把满脸的轻浮收了起来，"不耽误你们太久，先说正事。关于网上传的那些破事我就不多问了，反正小容总你的为人我心里有数。就是眼下，这拨八卦的热度虽然很快会散，但是后续带来的影响只怕不乐观。作为合作伙伴，我想听听幻真这边有什么打算。"

"我个人还好。"容眠的神情看上去很是镇定，"网上是非那么多，大家爱编什么让他们编去，我问心无愧就好。科技公司归根结底还是靠产品说话，我想Dream2正式上市的那天，这些事就都不重要了。"

"就知道这方面你不专业，懒得和你说……"言祈翻了翻眼睛，扭头看向花裴，"花总，这种专业问题还是别理他了，咱们讨论就好。"

"容眠说得没错啊。"花裴知道容眠的回答是有些天真，但关键时候自家人还是要护短的，"科技企业本质上是靠产品说话，用一个正面新闻冲淡另外一个负面新闻带来的影响，是危机处理的正途。只是距离Dream2研发成功产品上市还需要一段时间，在新闻正式推送前，这期间的确不能闲着。"

"花总这话说到点子上了。"言祈朝她挤了挤眼睛，"不过嘛……虽然现在离Dream2上市还有一段时间，但不是没有大新闻可以造。"

"噢？看上去言总已经有想法了？愿闻其详。"

"这事其实很简单……"言祈伸了个懒腰，顺手勾住了容眠的脖子，"你去找人拍两张我和小容总的亲密照片，朝网上一发，再杜撰一下我们之间的感情史，反正公众对幻真和悦享的合作本来就诸多揣测，这么一来，不仅容总和姑娘们的那些艳史传闻不攻自破，我们的合作也有最符合娱乐审美的解释，一定能碾压各种话题上热搜……两位觉得这个建议怎么样？"

"咳……"

花裴正喝着奶茶，猛然间听到这么重口味的建议，被呛了一下。还没来得及接话，容眠嘴角一勾："行啊，言总这个建议挺好的。裴裴，你给悦享之音品牌部那个经常去CEO办公室送咖啡的女孩打个电话吧，这事交给她办比较靠谱。"

"别……"言祈闻言一惊，赶紧把手收了回来，瞬间变身成一副社会精英模样，再开口时已经是一脸严肃，"两位别冲动，听听我的建议。幻真这事吧……起源于和BPG的融资合作，既然BPG那边现在受了影响，合作暂时没法推进，那幻真是不是可以考虑一下其他风投？我知道启翎对你们一直挺感兴趣的，徐总和两位关系一直不错，是不是可以在这个时候接洽一下？毕竟据我的了解，启翎的团队还是挺务实的，不至于为了网上这些破事，轻易放弃一个有潜力的企业。只要合作意向达成，新闻推送出去，相信很大程度上能缓解幻真现在面对的危机。"

"我正有这个想法，所以已经约了徐朗在沟通了。"花裴没想到对方也抱了这个念头，不禁颇为赞赏，"不过话说回来，言总是做产品和技术出身，怎么会对危机公关和宣传方面的操作这么得心应手？"

"这说起来话就长啰……"言祈长长地叹了一口气，"我这人嘴巴毒，从小到大得罪的人比较多，被各方人马黑了不是一次两次，所以久病成良医，现在在应付这种事上也是行家了。"

"难怪了，小言总还能活蹦乱跳地健康成长到现在，真是有福气。"花裴面对他的坦诚不禁莞尔，"不过无论如何，还是谢谢你了。"

锋芒网关于容眠历史大起底的那篇文章推出的第二天，徐朗一大早打来了慰问电话，询问究竟。花裴知道他为人稳重，略加考虑后，除了将有关叶珊梦个人隐私的部分含糊略过，很快把事情前因后果大概说了一遍。

听完事情始末，徐朗一方面愤慨于戴晨的下作，一方面也极力安抚："花裴，你那边先别乱，启翎虽然在海外的资源没有BPG那么有优势，但胜在团队年轻，创始人想法也很开明，了解事情真相后会有自己的判断。你给我一点时间，我尽快和团队沟通，争取能给你们一个满意的答复。"

有了对方的这番话，花裴心中宽慰不少。

除去资金和资源的助力之外，启翎如果能有积极反馈，至少表明资本市场对幻真科技依旧看好的态度。尤其眼下众多媒体纷纷唱衰，许多不大不小的投资机构也蹭热度一般表达了"对欺骗行为零容忍，创始人品德比才华更重要"的论调，四面楚歌的幻真科技需要一份来自资本方的认可与支持。

接下来几天，徐朗陆续和花裴通过几次电话，沟通似乎还算顺利。启翎创始人在听完事情始末，认真考虑了一阵之后，表达了愿意继续和幻真合作的意向，只是关于合作条款的部分细节需要重新梳理。

花裴清楚事情到了这个份儿上，幻真难免要做出一些让步，所幸大方向上依旧在容眠的可接受范围。这件事宜早不宜迟，她计划着周末拉着幻真的高管团队和徐朗见个面，把一些尚在讨价还价的部分敲定，星期四快下班的时候，却意外收到了徐朗的电话，说有事需要见面细聊。

从对方欲言又止的口气中，花裴隐隐预感到事情或许又生变数，赴约之后没多绕弯子，单刀直入地询问是不是启翎那边出了什么问题。

徐朗皱着眉，犹豫了好一阵才开口："其实我们团队是没什么意见的，评估下来的结果很乐观，公司大老板之前看到新闻时是有点想法，但后来听完解释就没再说什么了……只是花裴，你或许不知道，我们老板在开创启翎创投前，一直跟在丘永盛身边学习，后面自己出来创业也得了他不少支持，所以一直心存感激，记着对方的人情……"

"丘永盛？"这个名字让花裴一时有些愕然，"盛泽投资的创始人？他和这件事有什么关系？"没等徐朗回答，下一秒，花裴骤然间反应了过来，"丘苓去找过你老板？"

"我猜是这样。"徐朗的表情看上去十分无奈，"昨天我还和老板过了一下和幻真合作的细节，今天他就找我说这件事可能要中止，但具体原因没和我说。后来我私下打听了一下，据说是昨天晚上老板出去和盛泽投资的几位老友吃了个饭，丘永盛没有到场，但他的女儿丘苓很难得地出现在了饭局上。"

花裴嘴唇紧抿并不说话，徐朗忍不住说："这件事我至今没想明白，就算康总那边对小容总有些误会和看法，丘总也不至于为了自己男朋友的私心，大张旗鼓搬出父辈的交情来专门针对幻真。更何况幻真科技如果能稳步发展，你和小容总之间感情稳定，对她而言不是坏事。双方既然井水不犯河水，她这么做究竟是为什么？"

花裴苦笑了一下，张了张嘴却不知道该怎么回答。

丘苓为什么会在这个时候出手，徐朗作为局外人想不明白，她身处其中却再清楚不过。

幻真一旦融资成功，相关的企业新闻一定会铺天盖地而来，无论是与Toy Town的合作，Dream2的众筹还是Cube IP系列产品的热卖，作为幻真发展路途中最重要的几个标志性节点，必然会被媒体大书特书。

而作为这几起营销事件背后的操盘手，她的名字会避无可避地再次出现在公众和康郁青面前。

最初丘苓对她的防备，只是因为她和康郁青那段感情史，在亲历了几次康郁青对她的挽留告白，甚至自以为是的"关怀"后，这种防备早已升级为了妒忌和敌意。

幻真与BPG合作关系的破裂，以及目前丑闻缠身、四面楚歌的情形，表面看上去是由戴晨和锋芒网一手炮制，但真正将这场风暴掀起的人，是康郁青。这其中的真相和因果关系外人不清楚，但瞒不过丘苓的眼睛。

这么大费周章地引发这场风暴，无论是和戴晨达成合作，投入了不菲的资金，还是对容眠过往不依不饶的探究，甚至是对BPG方面费时费力的游说，究其根本，都是因为康郁青自始至终没有放下花裴这个人。但凡有关她的任何一点信息出现，都会让他行为失态，蠢蠢欲动。

按照丘苓的性子，怎么可能会让她有机会在康郁青眼前大出风头？

更何况，当初被容眠假戏真做、暗度陈仓地摆了一道，丘苓一定是记恨着的。

"这事说起来比较复杂，不过我大概清楚了。这段时间真是辛苦你了，忙前忙后为了幻真操心了这么久。接下来的事，我会处理……就是容眠那边，要拜托你先把消息瞒上一阵。"

"干吗？你准备去找丘总谈吗？"徐朗闻言有些吃惊，"你们关系这么尴尬，你自己去找她，我看未必合适。"

"尴不尴尬要看怎么谈。放心，我心里有数。"

送别徐朗后，花裴没有着急回家，而是继续坐在咖啡厅里，把自己的思绪整理了一下。

丘芩的诉求她不是不清楚，数月之前对方就以注资为诱惑，十分明确地向容眠开口提过条件。一切若真到了需要委曲求全的那一步，即使自己愿意退让，依照容眠宁为玉碎不为瓦全的性格，他也是绝不会让自己受这种委屈的。

该如何取舍进退，只怕还得费上一些工夫好好想一想。

太过投入的思考让花裴有些晃神，直到手机铃声忽然响起才骤然惊觉，赶紧拿了起来。

屏幕上是一个陌生号码，提示地址来自X城。

"喂，您好。请问您是……"

"容眠怎么样了？"

电话刚被接通，一个带着哭腔的声音已经撞入了耳膜，花裴没想到会接到这个电话，微微有些诧异："叶小姐？"

"网上那些东西我都看到了，我不知道他们会把那些东西录下来，我根本没想过姓戴的敢设计骗我！"

叶珊梦抽泣的声音，带着显而易见的愤怒和藏不住的愧疚懊恼："最开始看到那些东西的时候，我没想过事情会这么严重，后来我听朋友说，幻真现在的融资计划被迫暂停了，很多投资企业都不愿意和容眠合作，他的公司现在快撑不住了。所以我想问问你……这些都是真的吗？"

对方情绪激动，花裴一时间不知道该怎么接话，稍微考虑了一下，还是选择了安抚："合作的事情是有些变故，不过还在洽谈中，努力争取一下应该还是有机会的。"

"机会？"叶珊梦只是性格骄横，却并不傻，很快从这通安慰中听出了端倪，"所以你的意思是，那些传闻都是真的？"

"算是……吧。"

事到如今没什么好隐瞒的，诸多媒体都已经有了爆料，想藏也藏不住。花裴想着她打来电话，怕是担心自己的隐私被曝光，于是很快补充："叶小姐不用担心，企业发展过程中会遇到一些恶意攻击和流言编排很正常，我们不会针对这件事做过多的解释和回应，所以请你放心……"

"为什么不解释？那些传闻明明都是假的！"电话里的哭泣越发激烈，连说话声音都断断续续，"都是我的错……这一切都是我的错！就是因为我自私，才会一直拖累容眠，让他丢了毕业证，让他一直被人指指点点……现在还是因为我的自私，让他好不容易起步的事业被牵连。我一直觉得我那么爱他，他却不能给我同等回应，觉得他一直在辜负我。可是这件事……这件事他明明可以说明白的，却为了我的名声一直都没有说出去！"

花裴静静地拿着手机，听话筒另一头的那个女孩一边追悔一边放声哭泣。这么多年来的爱怨偏执和心怀不甘，在这一刻她终于能够正视面对，其中付出了巨大代价，但终究值得欣慰。

许久之后，叶珊梦像是哭累的，抽泣的声音小了些，说话有些怯怯的："花总，我现在能做点什么吗？如果我再录一段视频放上去，把当年的真相说清楚，会不会对你们有点帮助？"

"千万不要！"花裴见识过她的大胆妄为，只怕她热血上脑真的做出这种出格的事，赶紧急声阻止，"叶小姐，当年的事情已经过去了，所以完全没有必要再提起。容眠对那场意外一直缄口不言，无非是希望你能够彻底放下，重新开始自己的生活。用你的伤疤来换公司的平安，必定不是他想要的。"

"可是……"

"没什么需要可是的。"花裴轻轻吁了一口气，尽量让自己的声音听上去更柔和，"叶小姐，当年的事，你也是受害者，至于后面视频流出，也非你本意。你不用太过自责。至于幻真的发展……你要相信容眠，他会把一切处理好的。"

"谢谢你，花裴。"许久之后，电话那边传来一声轻微却诚恳的道谢，"如果有机会，请你帮我向容眠说声对不起。从今以后我会好好生活，不会再给你们添麻烦了。还有，请你一定要替我好好爱他，虽然不想承认……但我知道他真的很爱你。最后，祝你们幸福。"

"谢谢……"被曾经针锋相对、虎视眈眈的情敌，情真意切地嘱托要照顾好自己前任男友，这种感觉不可谓不诡异，花裴最终还是轻声笑了起来，"你放心，幻真和容眠一定都会顺利渡过这次危机。"

互联网时代，热点话题替换更迭的速度飞快，在幻真公关部门的低调处理下，有关容眠大学时代那段往事的八卦在经历一周热炒后，逐渐淡出了公众视野。

只是平和表象下，幻真元气大伤。花裴原本计划略加喘息后，试着再和启翎创投谈谈条件，着手修复幻真因为这次危机在业内和投资方那边留下的残局，没想到仅仅几天后，一场意外再次让幻真笼罩上了阴影。

事情的起因说起来很简单———一位年轻父亲在 Toy Town 给上高中的大儿子买了一款Cube的产品，一家人兴致勃勃地玩了一阵后，随手放在了茶几上。结果没想到，他们刚刚学会走路的小儿子在家长没留意的情况下，将一个装饰件塞进嘴里，造成了气道阻塞。

因为发现及时，经过医院抢救，孩子最终脱离了生命危险，但受惊过度的父母不依不饶地将事情曝光到了媒体，口口声声叫嚣着需要Cube的生产方幻真科技负责赔偿和道歉。

从道理上说，Cube的使用说明书上已标明适用人群的年龄段，这样的申讨显得无比荒谬，但消费者大过天，涉及孩子的个体与企业间发生纠纷，消费者往往更容易取得舆论同情。

幻真刚刚经历过一场负面风暴，"不负责""不诚信"标签已经深入人心，而孩子母亲又是微博上坐拥几十万粉丝的情感类大V博主，经过她声泪俱下的一通描述，再配上孩子躺在医院里双眼紧闭昏迷状的照片，公众再次群情激昂。

幻真那边，在江宸忍气吞声放低姿态的赔礼道歉，以及数万元"慰问费"的补偿下，最终与家属方达成和解。但由此引发的是 Toy Town 因为顶不住来自公众和媒体的压力，而将Cube和Dream的全线产品暂时下架，等待整改完毕再行销售的决定和通知。

Cube的销售是幻真当下赖以生存的重要命脉，如今一经掐断，即将面对的就是现金流的短缺，不仅员工薪水告急，连即将完成的

Dream2的研发也将因为资金压力而被迫中止。面对这雪上加霜的困境，江宸和肖凌都急红了眼，不断商量着怎么搞到一笔钱，撑过这个非常时期。其间他们曾经拉着花裴闯过容眠的办公室，想要大家一起商讨出主意，容眠却始终沉默着，几乎没有发表任何意见。

花裴知道，对他而言，离Dream2的成功上市只有一步之遥。

但事到如今，他没有房子可以再卖了。

接下来一段时间，容眠往外跑的时间逐渐多了起来，即使待在办公室，也常常会因为一个电话放下手里工作，走到露台上一聊就是大半天。

这情形看上去很是诡异，不仅花裴，连肖凌和江宸也不知道他在干什么。耐着性子等了一阵，眼见他依旧没有半点要和自己交代的意思，花裴干脆找了个晚饭时间，端着外卖进了他的办公室，把门一锁，言简意赅直接开问："这段时间你跑出跑进的，是想干什么？"

容眠也不瞒她，低头喝了两口汤以后，直接给了答案："准备卖身，在和有意向的金主们谈价格。"

"什么鬼？"花裴脑子一时没转过弯来，坐在那儿愣了一阵，忽然间一个激灵，连声音都抖了起来，"你要把幻真卖了？"

"差不多是这个意思吧……"容眠看上去很镇定，"这些同事跟着我干了这么久，不能这么干耗着，现在能想的办法都想了，资金问题短时间内的确很难解决。风投那边又因为我之前的事，基本上没什么希望，我想着找个合适的金主……如果把话事权让出去，还有蛮多公司愿意接手幻真的，毕竟Cube和Dream他们都很认可……"

"这绝对不行！"花裴被他冷静到瘆人的气场吓到了，赶紧挥手在他眼前晃了晃，"容眠你脑子清醒点，幻真是你一手一脚养大的，真把它交到别人手上，一定是按照利益最大化去运营。到时候它会变成什么样子，你根本控制不了！"

"那也比现在这么挂了强，不是吗？"一直语调平稳的小青年微微笑了笑，"裴裴，这个问题我仔细考虑过了，幻真能够一直按照我的想法成长固然好，实在不行了，我至少要保证Dream2顺利推出，同时给那些从公司初创开始，就陪着幻真一起成长的同事一点力所能及的回报。和这些比起来，我是不是第一话事人，未来是不是能继续待在幻真，都可以暂时不考虑。让这家做人工智能机器人的公司继续存活，才是最重要的。"

"你先等一等。"花裴几乎是带着哀求，"容眠，虽然你是创始人，但这件事不是你一个人说了算的。无论如何，你给我一点时间想想办法，再做决定好不好？"

"好啊。"容眠很是温柔地看着她，像是意识到了什么一样轻声提醒，"不过你得答应我，不管用什么办法，你都别委屈了自己去找康郁青。"

"那是当然，我找他干吗？"

花裴抬起头，主动在他有些干燥的嘴唇上吻了一下。

康郁青她当然不会去找。

但现在看来，已经到了去见见丘苓的时候。

收到前台通知，说有一位花小姐登门拜访时，丘苓有些意外。但很快，她把所有工作计划暂时搁置，专门安排了一间会客室迎接花裴的到来。

自从尚在美国时，丘苓主动约见花裴，坦言自己对康郁青志在必得的那次面谈后，这是两个女人第一次重新面对面坐在一起。比起上次针锋相对、暗流涌动的场面，这次双方姿态显然都要淡定得多。

"花总难得大驾光临，这次既然特意登门找我，想必不是为了闲聊。不知道是为了公事，还是私事？"

"丘总心知肚明，又何必这么问。"花裴不想和她绕弯子，开门见山直切主题，"幻真目前的情况，想必丘总已经知道了，或许只说知道不合适，你和盛泽投资算是其中添砖加瓦的一分子。如果少了你的介入，相信启翎创投是愿意在这个时候拉幻真一把的。我特意过来是想听听你的条件，究竟要怎样才肯放过幻真。"

"花总真是快言快语，和你这种人打交道真是蛮愉快的。"丘苓点了点头，收起了故作客套的虚伪态度，"条件我曾经和小容总开过一次，想必他已经转达过了。只是后面你们联合悦享之音打了一场好配合战，让我实在很没面子，这个条件现在不谈也罢。"

"丘苓……"花裴的姿态放软了一些，语气越发真挚，"你我身在职场，都知道创业者的不易。何况撇开私人感情在商言商，幻真的表现足以证明它是一家值得投资的公司。你如果只是因为你我之间的问题，让这样的公司就此倒下，于人于己是不是都没什么好处？"

"好处？花裴你既然这么直接，我就直说了。对于幻真科技，不仅是启翎创投，盛泽这边也很看好。容眠懂技术，有拼劲，善于管理，幻真在他的操持下，短短几年时间能成长成这样，的确让人刮目相看。我相信任何一家风投都愿意和这样的创业团队合作，不过嘛……"她顿了顿，口气里带着几分显而易见的嘲讽，"对盛泽而言，有些钱就算不赚，也没有什么太大损失，但对幻真来说就不一样了……我愿意用这样的方式任性一把，换小容总他长点教训。对我来说这些目的达到了，这笔买卖就没什么不划算的。"

"可是丘总，你难道没有想过，幻真一旦倒下，我可以选择回到长青吗？"花裴冷声一笑，"以我在长青科技的资历，想要回去只怕没人会有异议。你应该知道，康总他曾经对我发出过这样的邀请。就算到时候你反对，只怕也会闹得大家不愉快，伤害你们之间的感情，这又是何必呢？"

"你这是在威胁我？"丘苓的脸瞬间黑了下来，"幻真真的倒了，你再回长青，不怕人议论吗？"

"我有什么好怕的？"花裴一脸好整以暇，"丘总既然能牺牲公司的盈利机会换自己一个高兴，我用自己的名誉来给你添个堵，又算得了什么？"

她沉默了片刻，看着同样牙关紧咬不发一语的丘苓，再次开口："所以丘总，你现在愿意和我谈条件了吗？"

"行！"丘苓如今也是投鼠忌器，在经过一番短暂权衡后，重重点了点头，"启翎创投那边我可以不再以盛泽的名义进行干预，他们和幻真是否还有合作的可能，容总可以自己去谈。另外，盛泽投资这边也可以考虑合作注资，帮助幻真渡过眼前危机。但这一切达成的条件，还是和之前一样，在我和郁青回美国前，你必须在他眼前消失！"

"好，成交！"花裴迅速接口，紧接着站了起来，"丘总，这次谈判我们之间没法签合同，但大家认识这么多年了，希望彼此能够信守承诺，不要再有反复。"

"我自然没问题，倒是花裴你……"丘苓的神色因为她干脆利落的态度变得有些复杂，"据我所知，容眠可是宁折勿弯的性格，之前我已经见识过一次了。你有把握他会那么轻易地接受这个条件，放你出幻真？"

花裴在听到"容眠"这个名字后，略微恍惚了一下，看向丘岑时，却重新笑了起来："丘总记得履行自己的承诺就好，至于我该如何向幻真辞职……就不劳您操心了。"

肖凌感觉花裴最近一周有点不太对劲。

一方面，她总是朝他的工位上跑，把有关幻真市场和品牌相关的工作都事无巨细地做着交代；另一方面，所有往来的工作邮件每一封都做抄送，甚至连早一点的重要内容都借着由头翻了出来，递到了自己眼前。

这种情形和陈然离职后，和容眠做交接时看起来十分相似，如果不是知道花裴和容眠的关系，肖凌简直要怀疑她是不是准备跳槽。

"小姐姐你最近这是干吗啊？怎么搞得跟交代家产似的，啥东西都往我这里塞。"某天借着玩笑，肖凌忍不住多问了一句。

"我最近准备休个假，所以有些重要内容备份给你，免得我不在时，连个知情人都没有。"

"休假？休什么假啊？"

这个答案听起来甚是诡异，以幻真现在这样岌岌可危，连薪水都快发不出来的状况，CMO忽然提出休假，怎么看都像是要卷款跑路。

"休婚假！"花裴一本正经。

"哇，不是吧，你和容眠啥时候领证了？"肖凌眼珠子都快瞪出来了，"我怎么不知道？"

"没让你包红包是体谅你爱护你……居然还不领情？"花裴把复印好的资料朝他手里一塞，"别闹腾了，赶紧熟悉资料，有不明白的地方抓紧时间问我，不然过了这村可就没这店了。"

花裴向来有一本正经胡说八道的习惯，但"休婚假"这种事听起来实在太过劲爆，外加她这几天不寻常的反应总让人觉得可疑，肖凌忍了半天没忍住，跑到容眠那儿去求真相。

等到下班前花裴出现在容眠办公室时，近段时间因为重重压力而显得神色严肃的小青年，难得地笑了起来："听说你要休婚假了？这是决定要去领证的意思吗？"

"别听风就是雨啊！"花裴弯着嘴角，"不过容眠，我的确想休息一阵，能给个假吗？"

"可以啊。"公司风雨飘摇之际，CMO表示要抽身的确不合常理，但容眠心疼她加入幻真以来一直奔忙，最近更是劳心劳力地连轴转，于是也没多想，只是随口问着，"想好去哪儿了吗？要不要帮你订票？"

"暂时还没有，想好了和你说。"花裴想了想，慢慢走到他身前，"对了，后天是周末，明天你能不能下班早一点，别加班？"

"怎么了？"

"我想去你家，一起好好吃顿饭。"

简简单单一句回答，却让容眠感觉又温暖又酸涩。

仔细算起来，从和BPG的合作破裂开始，他们忙于处理各种负面消息，连轴转了老长一段时间，别说花前月下的约会，就连吃饭大多数时候也是靠着外卖草草解决。

他想他真的不是一个合格的男朋友。

除了是并肩战斗的伙伴，花裴身为他的女朋友，好像都快因为接踵而来的风波和重重工作压力而被忽略了。

"明天我请半天假，下午和你去超市买菜，你有什么喜欢吃的先想想，晚上我做给你吃。吃完晚饭我们可以一起去看电影，还有……"

"不用那么麻烦啦。"花裳被他忙着列计划的模样逗笑了，"你这段时间够累了，好不容易休息，别到处跑着看什么电影了。还有，菜你可以陪我买，但是饭必须我来做……"她抬起眼睛，深深凝视着眼前的青年，声音如水般温柔，"容眠，我想亲自做顿饭给你吃。"

周五下午3点刚到，容眠果然停下手里所有工作，牵着花裳的手一起离开了公司。幻真员工都知道老板和CMO之间的关系，但平日工作时间，他们都是一副公事公办的样子，对关系处理得格外职业。

如今难得撒一次狗粮，原本气氛凝重的办公室嗷嗷叫了起来，连江宸都因为起哄声从办公室钻出来看热闹。

两个人手牵着手，一路慢慢走向超市。温煦的阳光从树木枝丫里洒下，照得人浑身暖融融的。

没到下班时间，超市里人不多，只有一些老人和家庭主妇慢悠悠地推着车，在一排排货架间出没。容眠取了一辆购物车，带着花裳直奔蔬果区，看着她兴致勃勃地左挑右选，兴奋得像个进了游乐场的小孩子。

"其实就吃一顿晚饭的话，用不着买这么多东西吧？"

半个小时不到，购物车里各色食物堆成了高高的小山，容眠看花裳没有停手的意思，赶紧轻轻拉了她一把。

"今天吃不完，你以后也可以吃啊！多囤点，没坏处……反正你一忙起来，一个月都不见得能跑一次超市。"

"我怎么觉得这种时候你看着跟我妈似的？"容眠伸手揽住她的腰，低声笑了起来，"以前我念大学，每次回学校之前，我妈也喜欢给我囤一堆东西，生怕我照顾不好自己似的。"

"乖孩子，那叫一声妈来听。"

花裴随口开着玩笑，笑容看上去却有点复杂。容眠没有留意到她笑容背后藏着的无限眷恋，抬手轻轻捏了捏她的脸，继续在那些新鲜果蔬间挑选起来。

买完菜回到家，两人相互争抢了一番，最后决定一起进厨房。

厨房面积不算大，两个人一起开工难免有些局促，洗菜淘米更是时不时撞在一起，气氛却始终温馨而愉悦。

等到一切就绪，香味四溢的饭菜在饭桌上满满铺开，花裴特地去洗手间整理了一下妆容，又开了一瓶红酒，才心满意足地坐了下来。

"总觉得你今天好像有点不太对劲，搞得这么隆重，是不是什么重要日子我给忘了？"容眠低头吃了一阵饭，终于因为这久违的闲适时光，一直紧绷着的精神放松了些，随口开起了玩笑，"你要休的那个假……该不会真的是婚假吧？不然怎么这么高兴？"

"要说婚假……也不是不可以。"花裴慢悠悠地喝了一口酒，脸色有点泛红，眼睛却亮晶晶的，"就看你有没有这个打算啦。"

容眠筷子一顿，猛地抬起头来："什么？"

"我下周就休假啦。"花裴一字一顿，"所以你现在求婚呢……其实也还来得及。"

容眠"唰"一下站起来，突如其来的惊诧、欣喜和难以置信，让他的胸脯重重起伏着。很快，他抓起放在柜子上的钱包，拉开门，促声交代了一句"你等等我"，就准备往外跑。

"喂……你干吗啊？"花裴没想到他饭吃一半却说走就走，赶紧起身抓住他，"饭都没吃完呢，你这是要去哪儿？"

"去买戒指。"

幻真创始人在业界备受赞誉的超强执行力，花裴如今算是见识了。

"这都几点了，买什么戒指啊？赶紧先吃饭。"

"你肯答应我的求婚，机会太难得，场面简单了点，没法再布置，但戒指这么重要的东西，是一定要买的。"

随口而发的一句玩笑话，却让对方神色认真地固执了起来。花裴没辙了，恨恨地板着脸："机会只给五分钟，超限了过时不候，你自己看着办。"

容眠愣了愣，神色变得有些焦急，花裴看他一脸无措只觉得又好笑又酸涩，正想说点什么，青年忽然像想到了什么，匆匆跑进厨房。短暂停留后，他重新走近花裴身边，稍微整理了一下身上的衬衫，然后表情郑重地单膝跪了下来。

"裴裴，幻真面临这样的处境，本来是不合适向你求婚的。毕竟无论是小说还是电影，男主角功成名就之后再谈感情，才算圆满。可我认真想了想，无论未来怎么样，幻真能否继续存活，能否成功摆脱这次危机发展上市，或者就此一蹶不振乃至消失……都不会影响或者改变我爱你这个事实。既然这样，任何时间任何地点，只要你愿意，我都想和你在一起，尽可能把我有的一切都给你。"说到这里，他有些紧张地把一枚小小的金属圈举了起来，"机会来得太仓促，我没时间去买戒指，所以就用这个先代表一下。你给我一点时间，以后我一定会用最好的戒指把它换回来。所以裴裴……

你愿意接受我的求婚，愿意嫁给我吗？"

举在眼前的是一枚可乐易拉罐上的金属扣环，在灯光的照射下，看上去闪闪发光。

花裴紧紧咬着嘴唇，那一刻，她忽然想起离开G城之前的求婚派对上，叫悦悦的女孩子被男朋友跪地求婚时，那副因为感动和幸福而哭得毫无形象的模样。

原来拥有的无论是价值十几万的卡地亚钻戒，还是一个不起眼的易拉罐扣环，被心爱的人求婚时，都是这种开心得要眩晕过去的感觉。

"戴上啊！"

铺天盖地的幸福里，她试着学习之前悦悦骄傲的小公主口吻，话到嘴边却抑制不住地带上了几分颤音。

容眠只愣了一下，立刻拉过她的手。扣环太小，即使花裴手指纤细，依旧只能扣在第二个指节的位置。样子看上去有些滑稽，花裴却反复摩挲着看了又看，像是很满意的样子。

许久之后，她忽然意识到容眠依旧一脸深情地跪在她身前，赶紧伸手拉了他一把："好了，求婚成功！我们现在可以继续吃饭了吗？"

容眠慢慢站起身，脸上挂着笑，忽然把她打横抱起，向卧室走去。

"喂，你干吗？"

花裴看着一桌才动几筷子的菜，有些不舍地抱怨着。

"先去洗澡。"容眠低下头，在她耳朵上轻轻咬了咬，"然后吃大餐。"

这段时间，因为公司接连不断的危机，他们已经很久没有像这样亲热过了。因为求婚成功而导致的身份上的微妙转变，让彼此间的肌肤相亲更像是一种神圣的仪式。

花裴的头发密密地散落在枕头上。自从进入幻真工作，她把头发留了起来，最初回国时的齐肩短发已经长到了背部的位置，如今一丝一缕散落在那里，像一片丰密的海藻。容眠伸手抚摸着，感觉自己的心和手指都被紧紧缠了起来。

或许做爱这件事，本身能够激起的反应是有限的，但心理上的渴求实实在在地放大着感官刺激。借着客厅里透过来的昏暗灯光，花裴想抬手抚摸一下对方激情之下渗出汗水的脸，最后却又无力地软了下去。

彼此交织着的喘息声中，花裴眼神逐渐变得有些恍惚。似乎听到她模模糊糊地低声叫自己的名字，容眠很快凑近了些："裴裴，你说什么？我弄痛你了吗？"

花裴扭过头，连耳朵都是红的，哑着嗓子又轻轻重复了一次。

这一次容眠终于听清楚了，一脸错愕地从情热里回过味来："你……确定吗？"

花裴无力再说话，抓过一旁的凉被蒙在了发烫的脸上，像是这样就可以把羞赧和尴尬藏起来。

容眠轻轻地喘了一口气，忍不住笑了起来。

紧接着响起的，是安全套被扯开的声音。

她答应了他的求婚。

从此以后，他们会信守着对彼此的爱和忠诚，一路携手走完生命之路。

他们会共同承担生命中所有的大起大落和悲欢欣喜。

彼此之间，不会也不该再有任何欺瞒和阻隔。

也许，只除了接下来的，那唯一的一件事。

花裴再次清醒过来时，天光已然初显。

透过未曾拉紧的窗帘，可以看到玻璃窗上蒙着一层夜晚留下的薄薄雾霭。

等到太阳升起后，一定会是个大晴天。

她轻轻侧过身，看着身边依旧还在睡梦中的青年。

即使是这样安静沉睡的时候，他看上去还是又英俊，又骄傲。

像她少女时代看的那些漫画里，面对再大的凶险也永远不会放下手中剑，一往无前的小王子。

她静静地看了好一阵，忍不住伸手在距离他的脸仅仅几厘米的地方，悉心描绘着他五官的轮廓。

最后她低下头去，小心翼翼地在他眉心的地方落下一个吻。

睡梦中的青年像是感受到了她的温柔，含糊不清地呢喃了一下，嘴角无意识地弯了起来，像沉浸在最美妙的梦中。

突围

周一刚上班没多久，整个幻真科技的员工都因为自家官微上最新推送的一条信息，炸了锅。肖凌一字一句读完，直接拉着江宸踹开了容眠办公室的门，气急败坏地把手机朝他眼前一塞："来来来，你赶紧给解释一下，这是怎么回事。"

容眠在来公司的途中接到言祈的电话，一路聊到办公室，刚刚才把耳机摘下，手边的即时通信软件还没打开，面对这气势汹汹的质问一脸茫然。他把对方的手机接过来仔细看了一眼，紧接着脸色也变了。

"一则关于人事变动的小公告：幻真科技CMO花裴女士自公告发出日起，辞去其所担任的一切职务，并正式解除与幻真科技的劳动关系。相关工作将暂时交由公司运营负责人肖凌先生处理。花裴女士此次辞去相关职务，系基于个人原因，双方和平分手，不会对公司的生产经营活动产生任何不利影响，请诸位放心。"

幻真科技的官方微博向来接地气，在花裴的定位规划下，平日里通常紧贴热点来加强用户黏性，正儿八经推送企业信息和行业动态的时候并不多。如今这么一则画风迥异的公告一出来，惹来了诸多评论。

"这位姓花的高管和幻真的老板有多大仇？离职了也要专门挂一下，这种事难道不是关起门来内部解决就好了吗？"

"说不定是他们家的新媒体运营被盗号了呢？实习生嘛……大家都懂的。"

"这么看来幻真大概真的要凉了，听说之前因为老板那事，融资的事也泡汤了，所以有点本事的高管们纷纷跑路另觅下家。"

"说起来蛮可惜的，我之前还买过他们家Cube呢，产品做得的确不错。在中国搞人工智能真是高危行业，几个月前还风光无限，现在眼看就不行了……"

当然，除了看热闹的路人外，来自媒体和行业内人士的揣测也夹杂其中。

"听说花总前段时间不是还劳心劳力地和启翎创投那边做接洽吗？怎么忽然间说走就走了？"

"猎头们看到这则消息，怕是已经开始蠢蠢欲动了吧。"

"花裴之前不是在长青科技吗？如今长青势头这么盛，看这样子是要回去了？"

"应该不会吧，我听说花裴很早之前就和长青科技撕破脸了……"

……

"这事你之前不知道？"肖凌等了一阵，眼看容眠冷着一张脸不说话，慢慢琢磨出了有什么不对，"周五你们不是一起走的吗？她没和你说点什么？"

容眠依旧不说话，脑子里却把周末他们相处时的细节仔细回想了一遍。

如今想想，花裴的诸多表现是有点不太对劲，只是求婚成功后的巨大喜悦，让他把这些异常忽略了。

周六那天醒来以后，他们继续在床上亲热了半天，直到快中午才起来洗了澡，把头一天没吃完的饭菜热了热，安安静静地坐下来吃了顿饭。

午饭过后原本计划开车去郊外走走，言祈却忽然打来电话，说有个重要的事要找他聊一聊。这种事通常花裴都会和他一起去，但那天她有些抱歉地说身体不太舒服，想要回家休息一会儿。

考虑到一晚上加半天的亲热实在有点没节制，容眠没有勉强，先开车把她送回家，又去了悦享之音的办公室。

那一天，他和言祈聊到很晚，对方带来的消息对幻真而言无疑是个不错的机会，但也是一个巨大的挑战。带着满脑子的思虑，容眠当天晚上回到家里，一直在电脑上模拟着各种方案，直到很晚才休息。

第二天早上起来，他给花裴打了电话，想问问她身体有没有好一点，却意外听到了"您拨打的电话已关机"。

今天他早早到了公司，给花裴带了早饭，顺便准备了几款戒指款式，想让她选一个最喜欢的。没料到人没等来，却等到了这样一则让人猝不及防的消息。

"刚才我问了新媒体运营的同事，公司的官微密码除了她之外，花总也有备份。这条是用时光机做的定时推送，看样子相关内

177

容应该早有准备。刚才我给她打了电话，也是关机，所以才来问问你。"比起一根筋的肖凌，江宸显然已经有了一番考量，"不过容总，我觉得奇怪的地方是，就算花总真的因为什么原因决定离职，又不好意思向你开口，也没必要用这样的方式闹到公开场合啊。私底下给大家发个邮件，效果不是一样吗？所以我在想……她这样做，是不是特意要让什么人亲眼看到她的离职消息？"

是了……

江宸最后这几句话，让容眠迅速从巨大的震惊中醒悟过来，很快想到了事情的全貌。

花裴答应过他不去找康郁青，但想必已经和丘苓见过面了。

和之前的谈判一样，丘苓开出了同样的条件，而花裴在没有和他作任何商量的情况下，做出了最后的选择。

像是要佐证他的猜想，手机忽然响了起来。容眠瞥了一眼来电显示，冷着脸直接划开了扬声器。

"容总，我是丘苓，现在方便说话吗？"

"嗯。"

"OK，五分钟前，我发了一份盛泽和幻真合作的投资方案到你邮箱，相关条款你可以先看一下，如果有什么问题，我们随时联系。"

江宸和肖凌对视了一眼。

花裴离职的事还没消化，忽然间又多了一块从天而降的大饼，他们觉得脑子有点转不过来。

容眠的声音依旧还是波澜不惊，甚至带着一点冷冷的凉意："丘总一大早给我打电话，就是因为这件事？看样子您是早有准备啊？"

"是的。"丘苓也不避讳，实打实地承认着，"你们官方发布的花裴离职的公告我已经看到了，她既然愿意从我和郁青眼前消失，我们之间的协议就算完成了。所以我会履行我的承诺，让幻真至少不会因为目前遇到的资金问题，就这么消失。"她顿了顿，发现容眠并不说话，于是继续补充，"另外，如果有需要的话，盛泽可以帮忙推荐合适的市场高管人选。我们之前扶植过许多类似长青这样的高科技企业，对企业需求也比较清楚，所以我认为……"

"你认为什么并不重要。"容眠冷声打断她的话，"幻真的事情不需要参考你的看法，而且我们也没有考虑过要和盛泽合作。"

"小容总最好还是不要太意气用事。"对他口气不善的态度，丘苓忍着气，"做企业不是过家家，只凭个人喜好耍性子撑不下去的。以幻真现在的情况，大部分投资方都只会观望，即使是启翎那边，只怕一时半会儿也谈不下来。所以，盛泽眼下是你唯一的选择。关于这一点，你们那位已经离职的CMO比容总你要清醒得多。所以我劝你……"

话还没说完，一阵忙音传来，容眠已经将电话挂断了。

"什么玩意！姓丘的手也伸得太长了，我们幻真自己的事，什么时候轮到她在这儿指手画脚？"

站在旁边终于听出几分端倪的肖凌一脸愤愤，眼睛看向容眠时，赶紧出声安抚："既然是这样，你别太操心了。花裴就是暂时离个职，在她面前做做样子，咱们私底下还可以联系的嘛……而且你要是不接受盛泽那边的条件的话，她随时可以回来，是吧？"

容眠朝他笑了笑，却没吭声。

和肖凌的乐观态度不同，他很清楚花裴这则"离职"公告发布之后，究竟意味着什么。

如果和之前那次一样，只是虚晃一枪，她选择明面上离职，私下依旧和幻真保持联系，他自己是绝对接受不了，让原本应该堂堂正正站在台前的女孩受这样的委屈。另一方面，丘苓一旦意识到幻真的发展继续留有花裘的印记，她依旧在康郁青的视野里活跃着，那无论哪一家投资方，甚至是业内的相关资源，都将因为盛泽的刻意阻挠而难以成行。

　　这其中的利害关系，花裘已经想得很清楚了，所以才会义无反顾地做出这样一个决定。

　　她用自己的销声匿迹，劈开了丘苓堵在眼前的荆棘，为幻真的存活争取了一条路。而在幻真彻底摆脱盛泽的牵制，真正站稳或是彻底倒下之前，她应该是不会再出现了。

　　只可惜，眼下看上去唯一的一条路，容眠却决定放弃。

　　三个人在这通电话结束之后，坐下来喝了一杯茶，肖凌一直试图插科打诨活跃气氛，但少了花裘参与其中，一切终归有些沉闷。

　　许久之后，江宸拍了拍容眠的肩膀："虽然你拒绝和盛泽合作的这个决定实在有些任性，不过你的心情我们都能理解。只是现在公司状况的确不乐观，Toy Town那边态度暧昧，Cube和Dream重新上架的时间迟迟未定。众筹也因为最近这些新闻受到了一些影响，评论区多了很多质疑的声音，甚至产生了部分退款申请……所以我想问问你，接下来你有什么打算？不会真的就这样把幻真卖了吧？"

　　"他敢？"肖凌重重地拍了拍桌子，"再怎么说，幻真我也有不少股份呢，我都没吱声，他敢卖到哪里去？"气势汹汹地吼完这两句，他的声音很快低了下来，"不过如果事情真到了那一步，你决定要卖的话，要不考虑一下卖给悦享之音？他们家那个和你挺好的花孔雀……其实人还行。而且他既懂技术又懂产品，运营上也挺专业的，去他那儿干活，想来不至于太憋屈。"

"看看你这出息！"江宸白了他一眼，转脸看着容眠，"怎么样，你到底怎么打算？"

"五分钟后，召集大家去会议室开个会吧……"容眠站了起来，郑重地看着眼前两位最可靠的伙伴，"幻真卖不卖，卖给谁，以后真到了那一步，咱们可以坐下来仔细想想。至于现在……我想我们可以趁公司还没倒，抓紧时间去做一点更有意义的事情。"

自成立以来，幻真很少像现在这样大规模地召集全公司员工一起开会。

作为一家新兴高科技企业，幻真向来提倡结构扁平，沟通迅速，执行高效。那种耗时耗力、拖沓冗长又效率极低的全员大会，向来为几位高管所摒弃。

对许多非技术部门的基层员工而言，这还是入职以来第一次面对面和自家老板开会做交流。几十号人或站或坐地挤在狭小的会议室里，心怀忐忑地揣测着，这位平日大多数时间都混迹在技术研发部，很少负责行政事宜的年轻掌舵人，在这个风雨飘摇的时候，究竟会给他们带来一个怎样的消息。

好几个平日里偷偷拿容眠照片做手机屏保的年轻妹子，交头接耳地议论着，表情看上去有几分激动。

容眠一直静静地等在自己的办公室里，直到所有人到齐后，才缓步走进了会议室。随着他的到来，满屋子轻微的骚动声很快停止，所有人都抬起了头，有些紧张地等待着即将从他口中宣判的，关于整个幻真科技的命运。

出乎意料的是，站到台前的容眠没有着急说话，而是将目光逐一从他们脸上掠过，像是要把每一个人的样子都记下似的。最后，这个向来不爱说话，气质高冷得让人颇有距离感的年轻CEO，弯下腰，很是郑重地向在场每一个人，深深鞠了一躬。

"这时候能在这里看到这么多人，我很感激。幻真科技从成立到现在，和很多创业公司一样，一直都徘徊在第二天是否能继续存活的生死线上。虽然江总一直努力争取着，给大家一个不低于行业平均值的待遇和福利，但我很清楚，你们当中很多人如果去其他公司，一定能拿到比这里更丰厚的回报。我知道，谈梦想是一件很虚无缥缈的事，你们会选择留下来，大抵是因为怀抱着一颗对人工智能，对机器人满是憧憬的心。"

幻真的员工谁也没有想到，老板会用这么坦白的一段话开场，一时间都有些诧异。在众人面面相觑的目光中，容眠微微笑了笑，稍显严肃拘谨的神情似乎因为坦白而松弛了下来。

"幻真这段时间面临的情况，想必在座各位通过各种渠道也大概了解了。因为我个人的关系，原本很有可能达成的融资计划，很遗憾在短时间内无法再推进。同时，因为我们最大的渠道合作商Toy Town对Cube和Dream的无限期下架，资金方面也出现了很大问题。简而言之，幻真走到今天，可能真的很难再继续向前走了，作为公司创始人，我要向在座的各位说一句……抱歉。"

议论的声音骤然间大了起来，狭小的会议室被不安的气氛填满。

即使容眠所说的这些情况，幻真的员工们通过最近的新闻报道已经大致了解，但几乎没有人真正想过，他们会面临被遣散的一刻。

在他们眼里，这位年轻的CEO虽然不爱说话，缺乏背景，一路走来跌跌撞撞，但身上那股子韧劲和处乱不惊的淡定，始终让追随在他周围的人充满了信任感和安全感。仿佛再大的风浪，只要他原地坚守，一切都会化险为夷。

"容总，您今天找我们来说这些……是准备把大家都遣散了吗？"

许久之后，终于有一位和容眠打交道比较多的技术部员工，大着胆子问了一句。

"倒不是遣散，只是想把事情和大家说清楚。"容眠朝他点了点头，"我和江总那边盘点了一下，按照幻真目前的资金状况，大概还能支撑公司正常运转三个月左右。在这段时间里，如果没有奇迹发生，那公司关门就是最坏的结果。可能有人知道，盛泽投资在和我们接触，试图给予一些资金上的支持，但同样因为个人原因，我拒绝了这次合作。这次约大家开会，除了表示歉意之外，也是想说，为了不耽误各位，希望离职另谋发展的同事，可以去江总那里说一声，我们会以三个月的薪水作为补偿，同时也会尽量帮大家在相熟的企业里作一些推荐。如果有同事还愿意留下陪着幻真一起走完最后这段日子，那么接下来，我们可能有机会一起做一件很有风险，但也很过瘾的事。"

"容总，您能说说是什么事吗？"人群中很快有声音响了起来。

"是这样的。"容眠拿起放在桌面上的几页纸，略微扬了扬，"前几天我收到了悦享之音的言总送来的一个消息，国家正在筹办一个大型的国际高科技交流会，而S城是这次主要承办城市之一。科技创新委员部的韩平部长作为主要负责人，在接到相关任务之后，决定从S城的高科技企业中选出一些代表，参加到开幕式的表演中。"他说到这里，神情变得有些兴奋，"目前，像做无人机的Wings，做VR技术和全息投影技术的唯美幻境，做智能音箱的悦享之音，都已经进入了最终名单。因为言总的推荐以及之前在酒会上的接触，韩部长对幻真科技印象不错，所以我们也进入了备选名单。"

"你的意思是……咱们家的机器人也可以在全世界人民面前露脸了吗？"

这个消息连肖凌也是才知道，原本有些沮丧的脸瞬间激动起来。

"还只是备选而已，毕竟在S城做机器人的公司不是只有幻真，而每家公司的产品都有着自己的优势和特色。我们如果要突围进入最后的名单，方案必须要足够精彩，产品表现也要有突破才行。"

容眠说到这里，打开了桌上的投影仪，一副Dream军团的阵列模拟图，浩浩荡荡地呈现在了所有人的眼前。

"这是我和言总讨论了几天做出来的初步方案。因为开幕式的活动场地设在延江广场，场地空旷，所以必须要有足够数量的Dream集体表演，才能产生震撼的视觉效果。我设计了一个大概有600台机器人的表演矩阵，另外，开幕式上的启动仪式也设计了相应环节，Dream2将利用它的人脸识别技术和语音交互技术，在和领导人进行互动后，递上打开科技之门的钥匙，协助嘉宾进行整个活动的启动……"

"600台？这么多机器人一起运作的话，国内的机器人公司基本都没有相关经验吧。尤其是之前通用的点对点蓝牙传输技术，可能很难支撑……"

"这个应该可以解决，通过升级将信号传输模块变成一对多。就是室外现场信号抗干扰的问题会比较麻烦，得仔细研究一下。"

"而且室外场地地面的水平精度应该不够，还需要大量时间堪场，我估计还要额外控制Dream的平衡度。"

"Dream初代机还好说，毕竟成熟了。最重要的是Dream2现在还在测试期，语音交互功能和视觉识别功能还不是太稳定，风险可能更大……"

议论的声音再次响了起来。

几乎没有人再关注幻真的生死或是人员的去留，他们将所有注意力都聚焦在了这次充满挑战的活动上。

"今天的会就到这里吧。"

容眠站在原地安静地听了一阵，微微抿了抿嘴唇。

眼前这专注讨论的画面，像在他心里灌了一壶暖洋洋的热水，温暖得他的心都要化开。只是他不太擅长在公众面前表达情绪，最终只是简单扼要地交代着："如果大家对未来几个月的安排有什么想法，随时可以找江总谈。"

会议召开后的一个星期，除了必要的日常事务，没有一个员工因为离职踏进过江宸的办公室。相反，各个职能板块之间的交流更加频繁，大家都在为容眠提出的构想而积极讨论着相关细节和可执行方案。

事情交代清楚了，所有人的疑虑和忐忑反而安定了下来。

整个办公室一扫之前的颓势，被昂扬的激情充满，仿佛再无退路的士兵在弹尽粮绝前，拼尽所有力气，热血沸腾地准备着无关权财只关荣耀的最后一战。

"你们幻真的这些人啊……一个个跟《少年JUMP》的热血漫画似的，这时候如果加上一句'教练，我想做机器人'就更应景了！"

某天夜里，言祈叼了个可乐转到幻真的办公室，看着满屋子灯光亮堂、工作繁忙的景象，忍不住啧啧有声。

"你来干什么？"

虽然早已经是合作伙伴，来来往往打了不少交道，肖凌对这个总是一脸轻浮的小言总，却是没什么好脾气。

"来送消夜啊！"言祈笑眯眯的，意识到肖凌的目光落向自己手上的袋子时，赶紧向后藏了藏，满脸都是警惕，"可没你的份，这是给我们家容眠准备的。"

"谁是你们家的？"肖凌的白眼都要翻到天上去了，随即一脸怀疑地严正警告，"容眠他可是有女朋友的……两个人感情好着呢。"

"谁没有女朋友啊？说得多稀罕似的。"言祈扬扬得意地瞥了他一眼，"就算大家都有女朋友，也不妨碍我来探望自己的男……好朋友不是？何况你们花总现在不是不在吗？别那么小气嘛……话说你们小容总在哪儿呢，怎么绕了一圈没见着人？"

肖凌简直第一次遇到这样不仅脸皮厚，还自我感觉良好的品种。放置不理吧，又知道这次国际科技交流会开幕式的活动，幻真能有机会进备选名单，全靠他通风报信牵线搭桥，于是只能狠狠地咬着牙，抬手指了指玻璃窗的位置："楼后面的空地上。"

"谢了啊！"言祈朝他抛了个小媚眼，顺便抓了个汉堡朝他手里一塞，"酬劳，不谢。下次对我的态度再温柔一点，我可以考虑给你多加个鸡腿。"

到了楼底，言祈绕着四周走了一圈，没过多久就在B3栋后方的空地上，看到了排列整齐的几十台Dream，正在动作统一地舞动着。几根黑色的信号传输线接在笔记本电脑上，放在距离矩阵五米开外的位置，容眠正弯腰凑在那儿紧张调试着。

"速度够快的啊！看上去进展顺利。"

言祈慢悠悠地走过去，拍了拍他的肩膀，再把一瓶酸奶递了过去。

容眠直起腰，冲他点头打了个招呼，接过酸奶喝了几口："你怎么这么闲，悦享之音那边的准备工作做完了？"

"差不多吧。"言祈满脸轻描淡写，"我们就在幕后做做支持工作，又不需要露脸，都是些老套路了，也没什么太复杂的技术需要短时间里专项攻克。倒是你啊……搞这么拉风的阵仗，风险是不是太大了点？到时候可是全国直播，只要出一点岔子，老韩那边没面子不说，你的幻真可就真完了。"

"这个问题我考虑过。"容眠捏着酸奶盒子，走到花坛旁坐了下来，"现在进入备选名单的机器人公司都挺有实力的，如果没有突破，幻真只怕占不到太多优势。而且……即使不为这个，有机会检测一下我们究竟能做到哪一步，也挺好的。所以即使有风险，我愿意试一试。"

"我就喜欢你这种看着很淡定，其实不要命的劲。"言祈伸手勾住他的脖子，态度亲热地朝他身边一坐，"不过你别担心，我提前给你保个底，到时候如果你们幻真运气不太好，直播那天出了点啥状况，悦享之音的大门随时向你……还有你的团队打开。"

"闭起你的乌鸦嘴！"容眠肩一抖，把他的手直接扯了下来，沉默了片刻后，还是轻声道了句谢，"肖凌和江宸他们真的都挺不错的，虽然如果幻真真的不在了，他们未必找不到更好的地方，但我还是提前谢谢你了。"

"他们就还马马虎虎啦，江总人还不错，但姓肖的那小子脾气那么臭，我可得多考虑考虑……"言祈像是调戏他上瘾了，依旧不放过之前的话题，"那容总你不过来吗？你们家花总我可是觊觎了好久，顺带一起打包嘛……"

容眠盯着手里的酸奶盒子，低头不说话。

言祈等了一阵，抬手撞了撞他："话说……花裴走了以后你们真的一直没联系？反正你现在拒绝了盛泽的融资，不用理丘苓那边啊！"等了几秒钟没见回答，他像是觉悟到了什么，深深叹了口气，"不过我知道，盛泽那边和政府多多少少有点关系，丘大姐跟着她爹在投资圈混了这么多年，路子算是挺野的。你们幻真现在背水一战，真被她知道花裴还介入其中，难保不从中作梗以泄怨气。所以说啊，女人还是找一个爱自己的男人谈恋爱比较好，像丘大姐这种拿着资源强扭了康郁青这个瓜，现在成天胆战心惊的，也没啥乐趣。"

"言总这是有感而发？"容眠瞥了他一眼，"还有，你这么八卦，你们公司的员工知道吗？"

"我这不是替你操心吗？真是白疼你了。"言祈反正脸皮厚，被他怼了两句依旧面不改色，"来来来，和我说说……你和花裴私下里有联系吗？感觉你们现在搞得跟地下情似的，也够刺激的。"

"没有。"

"哈？不是吧……为什么？"

"不急在这一时。"容眠看着眼前深深的夜色，口气听上去坚定又温柔，"我和她光明正大地谈恋爱，不需要因为避讳任何人而搞得偷偷摸摸。她的想法我清楚，所以等眼下这件事情完成了，我会去找她的。"

"啧啧啧……"言祈的表情看上去有几分嫉妒，"看看你们这觉悟，仔细想想还真是酸爽，就是有点遗憾啊……容总你在这里全力以赴背水一战，这么酷的事中间没有花总参与见证，感觉少了点什么。"

"那也未必啊。"容眠终于把头扭了过来，看着眼前这张十分欠揍的脸，"你今天是下了班直接从公司过来的吗？"

"是啊，怎么了？"

"没什么……还有，你怎么知道我喜欢喝这种口味的酸奶？"

"我对你一直很关注，你都完全没有感受到吗？"言祈做深情款款状。

容眠根本懒得理他："那你知不知道，你带过来的这种酸奶只有几家特定的日本进口超市才有卖？从你们公司附近的便利店和超市都是买不到的。"

"噢……这样啊。"言祈眼睛转了转，"我是从公司冰箱里拿的，说不定是行政妹妹专门采购的。你也知道啦……我这么日理万机的人，不会注意这种小细节啦。"

"是吗？"容眠慢悠悠地说，"之前你和我说，因为时间太紧，我们公司的资质报告是你帮忙整理了给韩部长和组委会那边的。可是据我所知，在此之前，你没和肖凌还有江宸联系过吧，那关于我们公司的一些内部数据，日理万机的小言总是怎么知道的？"

"看破不说破，这是美德好吗？容眠你什么都好，就是这方面太耿直。"

言祈眼看混不过去了，随口打了个哈哈。

容眠看他不再抵赖，也不多加追问，从他带来的消夜里拿了罐啤酒，慢慢喝了起来。

自从花裴在官方发布那条离职信息后，他打了好几个电话却一直无人接听。随后他联系了顾隽，得到了花裴已经出门旅游的消息。

虽然不知这个消息是真是假，但容眠很快放弃了寻找，就此专注于科技交流会的项目。

因为他明白花裴的顾虑和苦心。

在倾尽全力将这次项目完成，让Dream站上大众关注的舞台后，不管最后是成是败，他都会光明正大地和她在一起，不再受任何人事的威胁和左右。她接受了自己的求婚，名义上已经是他的未婚妻，未来会是和他共度一生的爱人，对这一点，他从未有过怀疑。

有关拒绝盛泽投资的决定，以及这次活动的种种进展，他都发布在那个限定只有花裴可以看到的朋友圈里。

虽然从未有过任何互动，但他知道，对方在关注着。

只让他意外的是，随着项目推进，许许多多事件都让他觉察到了有关花裴的痕迹。

她并没有离开，而是在用自己的方式继续和他并肩战斗着。

这样隐秘的默契，让他即使在最艰苦的时候，也充满了斗志和信心。

"喂……这花前月下的大好时光，你这么闷头喝酒也不和我聊两句，实在让人很心碎！我可是连女朋友都没陪，专门跑来看你，你不表示一下？"

一罐啤酒喝完，有些百无聊赖的言祈表示出了很强烈的不满。

"你想聊什么？"

"呃……虽然很想问问你，究竟是怎么解决这么多机器人一起运动时的信号传输问题和动作精度问题……不过好像有点煞风景。算了算了，休息的时候不聊工作，要不你和我聊聊，你和花裳是怎么认识又怎么开始谈恋爱的？"

"你问这个干什么？"

"了解一下嘛……毕竟对花总抛弃了悦享之音跑来和你混，我一直都挺在意的。说到颜值，我怎么说也是个帅哥吧？"

"因为Dream。"

"嗯？别只说关键字啊，细节呢？"

容眠不再出声，抬头看着天空中温柔的月色，微微笑了起来。

因为他心心念念的小机器人和从未放弃过的梦想，他认识并拥有了生命中最重要的女孩。

无论最终事业成败，这大概已经是上天给予他的最大的馈赠和奇迹。

一个月后，前后经历了不下五次的预演和层层筛选，幻真科技提交的Dream军团《舞动奇迹》和Dream2《打开未来之门》的表演方案，最终进入了科技交流会开幕式的表演大名单。

这是一个令人振奋的好消息，但幻真上下并没有因此放松心情。相反，几次预演下来暴露出的种种问题，让他们更加神经紧绷。

为保证活动的最佳拍摄效果，需要增加镜头内的机器人排列密度，这意味着Dream之间需要缩小到保证手足伸展下的最小距离。如最初预见的一样，露天场地的舞台为木板搭建，拼接处的缝隙多次让运动中的Dream产生位移。一旦位移发生，不仅会让整齐划一的阵列变形，甚至会连带周围的机器人发生跌滑。彩排的过程中，好几次因为机器人在激烈的舞蹈过程中忽然倒下，破坏了队列的整体性，导演大蹙眉头。

此外，Dream的表演需要足够的电量做支撑。平日里毫不起眼的单机充电问题，在对象变成几百号机器人时，变得十分让人头疼。为此，导演组专门准备了一个房间给Dream充电，幻真特别拨出了二十几号人，在表演前专门核查Dream的电量情况。

至于信号传输问题，是幻真在研究表演方案时最开始就重点攻克的部分，但是到了实际操作时，同样遇到了一些麻烦。

根据容眠以及技术团队对信号传输方案的改良，最新的信号传输模块已经从最初适用于个人的点对点普通蓝牙传输，升级到了可以一对多的无线传输。然而因为舞台本身的设计，控制台距离最远端的机器人达到了50米以上，这将导致机器人之间因为距离远近的差异而产生同步误差。

虽然这样的误差在普通观众看来或许无伤大雅，但幻真的项目组还是决定对同步处理算法进行优化，将误差控制在毫秒级别。

如果说用于舞蹈表演的Dream初代机的问题，大多是针对硬件算法和精度上的优化，属于幻真经验范围内的工作，那么更大的挑战，则来自于需要在开幕式上展示交互功能的Dream2。

按照容眠的方案，在主持人宣布本次国际科技交流会正式启动之后，Dream2将在接收到语音信号后，走过一截长长的花道，通过人脸识别技术找到目标对象，继而将手中握着的"科技之匙"交到对方手中。

最后，当手握"科技之匙"的嘉宾将钥匙插入"科技之门"，正式开启人类与人工智能类产品的合作之路时，Dream2将会通过自带的摄像摄影功能，将这光辉的一刻记下，并自动上传Facebook和微博等社交媒体，进行最近距离的现场直播。

这套复杂的方案不仅考验人工智能机器人在硬件方面的平衡性、精准性，更是综合了智能语音交互、人脸图像识别、影像记载及传输，以及相应的社交分享等功能。其中的许多模块都处于测试及优化阶段，实施起来具有相当大的风险。

另一方面，为了增加活动的观赏性，Dream2在完成以上动作时，一家名为Wings的公司将动用大量的无人机飞向空中抛撒烟花，让画面更加唯美震撼。而无人机操控时的信号控制，也将对Dream2的信息传输造成相当大的干扰。

虽然通过了审核，但在准备期间所有的彩排过程中，幻真的表演方案却都因为这样那样的原因，没有一次达到理想中的圆满状态。幻真的技术团队都在加班加点地根据出现的状况，进行着相应修正，但失败的风险还是让他们忧心忡忡。

"我说，既然你们都已经拿到表演资格了，要不就把难度系数降低一点吧？反正到时候大多数观众都是通过电视看直播，很多技术未必能直观感受到。意思意思就行了？"

最后一次彩排的时候，言祈跟着韩平以及组委会的一些领导到了现场，察看了正式表演前最后的筹备工作。在大致观看完幻真的小机器人表演后，领导们众口一词地表示出了极高的评价和赞许，但言祈作为业内人，显然还是发现了诸多让人忐忑的小失误。

"你认真的？"

容眠嘴里接着话，目光却一直没离开过电脑屏幕。

临近正式表演的最后几天，幻真的核心人员基本都蹲守在了活动现场，为每一处可能出现问题的细节做着最后优化。9月虽然已经入秋，但地处沿海的S城依旧保持着30度以上的高温，长期暴晒在剧烈的阳光下，每个人看上去都憔悴了不少。

"我也是为你着想嘛……看看你这小脸蛋，又熬夜又暴晒的，颜值起码跌了十个百分点。"言祈叹着气，凑到他身边，"我明白你的心情啦。虽然平时我对悦享之音的员工也要求全力以赴，能做到100分坚决不要99分。但这次毕竟情况特殊，你要知道，这种举国关注甚至在国际上也有巨大影响力的活动，一旦出现问题，不仅幻真就此玩完，如果让政府方面没了面子，只怕以后你想重新再来，也会困难重重。"

"你对我和幻真这么没信心吗？"

容眠终于把腰直了起来，似笑非笑地扫了他一眼。

"这是什么话，我对你的信心日月可鉴！"

这两句听起来有点不太对劲的高声表白，惹得幻真员工纷纷侧目，言祈却像没事人一样继续笑嘻嘻的："你知道的，越是前沿的技术，越存在不确定的风险。且不说你们现在已经遇到的各种乱七八糟的小状况，真到了正式活动那天，鬼知道老天会不会和你开玩笑呢。之前我们悦享之音在美国参加CES展会，一群媒体过来采访，结果原本好好的一台音响忽然出了状况，鬼打墙一样变成了一台智障。我们员工到现在都没明白到底是怎么回事，你说说……这不就是撞运气的活吗？"

"那就赌赌运气呗！"容眠抬手擦了一下额头上的汗水，眯着眼睛看了看房间外即将坠下的落日，声音变得很严肃，"新科技要经历的种种试错在我看来不是耻辱，而是勋章，因为它代表着人类在一往无前地向着更前沿、更高效、更智能的道路发展。何况我的运气一直还不错，而且我对自己和团队有信心。"他说到这里，冲言祈笑了笑，"当然，你的顾虑我明白。所以我会针对这次的表演做一套后备方案，如果到时候临时出现什么问题，也不会让场面太糟糕。"

"你能这样想就对了。"言祈总算松了一口气，颇为欣慰地拍了拍他的肩膀，"对了，还有个关于长青科技的八卦你要不要听，我也才知道，第一手资料来着。"

"噢……"

对这种八卦，容眠显然没什么兴趣，随口应了一声之后，重新把目光对上了眼前的电脑显示屏。

然而言祈依旧满脸神秘："今天早上康郁青回美国了，对中国区的业务正式进行了交接。也就是说，他未来应该会常驻美国，不会再频繁在S城出现。可是他这次离开，丘大姐没跟着一起走。据内部消息透露，他和丘大姐应该是彻底分手了……"

"嗯？"这个消息倒是颇出意料，容眠有些吃惊，"康郁青和丘苓的关系涉及利益捆绑，虽然长青科技现在发展不错，但是一旦和盛泽翻脸，只怕会有问题。他怎么舍得就这么分手？"

"据说是因为你家花总。"言祈的口气终于正经了起来，"丘苓用幻真当筹码，逼得花装辞职然后销声匿迹，这事知道原因的人不多，但多少还是传了一点到康郁青耳朵里。康总那么精明的人，只要脑子转一转自然知道是怎么回事。听说事发后他直接去盛泽找了丘苓，两人为此大吵一架，再后来就传出了两人彻底分手的消息。"

"原来如此……"

虽然曾经因为康郁青的设计而导致幻真和BPG最终无法合作，但对这个人，容眠不想多加评价，听到结局如此，只是淡淡地"哼"了一声。

"我说你够淡定的啊，还以为你听到这消息，至少得开瓶酒庆祝庆祝呢。"言祈说完八卦没换来预期反应，表情看上去有点失望，"不过老康这一走，再加上和盛泽家的千金小姐关系崩裂，国内这边的发展只怕是要被拖后腿。悦享之音本来还仰望着长青科技这个业界龙头好好加把劲，过两年直接PK一下呢，现在看这状况，只怕会寂寞了。"

"没事，智能语音产业问鼎了，你还可以考虑进军传媒行业嘛，装狗仔搞八卦不是你的长项吗？"

"小容总你又淘气了。"

言祈哈哈笑着，拉了张椅子在他身边坐了下来。

屋外夕阳已落，徐徐夜风让空气终于凉爽了起来。

只是这间屋子里，依旧是一副热火朝天的模样。幻真的技术团队还在为即将到来的舞台，做着最后准备。

许久之后，容眠起身走到门口，对着已经暗下来的夜空，拍了一张照片。

"你这是干吗啊？大晚上的拍什么？"

"没什么。"

"别小气，看看嘛……"

言祈有些好奇地把头探了过去。

手机屏幕上，是一条刚刚发布的限定朋友圈。

在言简意赅的"blooming"文字下方，图片里，一簇不知名的小花姿态舒展地在月光中绽放着。

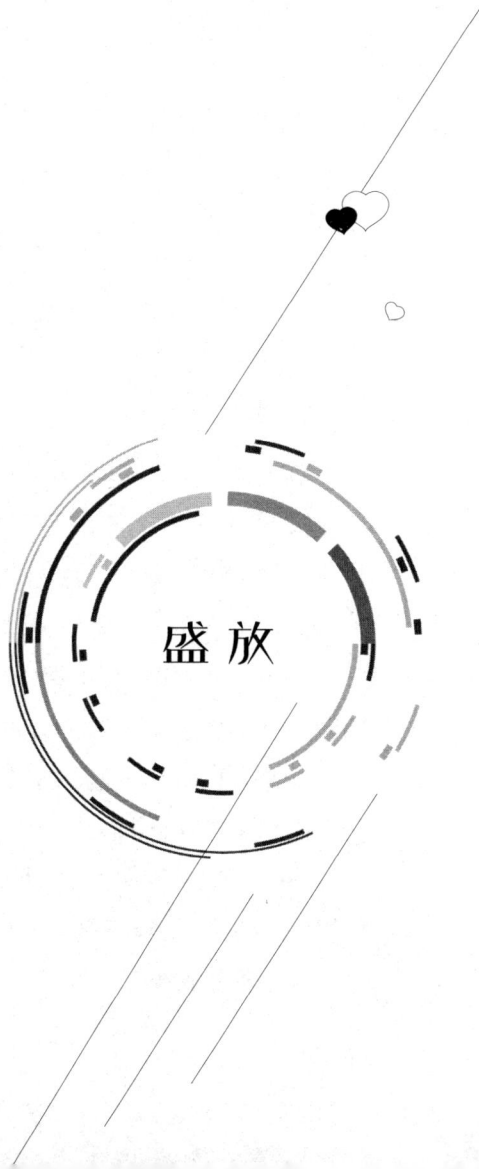

盛放

国际科技交流会开幕式当天早上，天气晴好。

幻真科技技术团队的成员们在一切准备就绪之后，齐齐回家洗了个澡。经历了近半月驻场和日夜不分连轴转的工作，每个人看上去都清瘦了不少，真正的战役到来时，却都是精神奕奕。

"老江，你说我们要不要学那些剧组，开机时先焚个香、祷个告什么的？听他们说好像这套东西挺有用的。"

返回现场以后的肖凌显得有些兴奋过头，为了排遣满心激动，一直拉着江宸喋喋不休。

"可以啊，你现在去菜市场搞头乳猪过来，顺便再把香烛买了。到时候焚香沐浴祈愿祷告一套流程走完，咱们说不定还可以在活动开始前再顺便涮个火锅。"

"不搞就不搞嘛……看看你这态度。"肖凌被他嘲弄了两句，变得有些讪讪的，"你别太紧张，之前彩排时候遇到的问题我们已经全部解决了，想来不该有什么问题的。"

"不怕一万就怕万一，这种事情容不得一点纰漏。"江宸向来做事谨慎，如今即使知道万事俱备，还是强迫症一样不停这里看看那里摸摸地做着检查，"负责充电的人员都到位了吧？场地上每个机器人的定点你们都检查了没有？还有啊，是不是所有Dream2的备用机都已经到了？连接后台APP的服务器还正常吗？"

"老江你饶了我吧！"肖凌犹如被唐僧念了紧箍咒的孙猴子，双手抱头哀声叫着，"全部东西昨天都已经检查过三四遍了，所有人员都已经到岗待命。正式开始前你能不能让大家静静心，再这么念叨下去，怕是没事都要被你搞出点事。"

"好吧……"江宸工作这些年经历过多少大风浪，如今难得不淡定一次，自己也觉得有点不好意思，当即结束了这个话题，迅速转移关注点，"容总呢？他还没回来？"

"估计要在家补上几个小时的觉吧，他都快四十个小时没睡了，怎么着也得休息休息。晚上他是总控，可不能没精神……"

"大家都到了吗？"

话音还没落，房间的门被人推开，随着扑面而来的灿烂阳光，容眠神采奕奕地站在了大家面前。

"哎哟！容眠你今天完全可以出道了啊！这身真够帅的！"

"可惜现场不是体力活就是技术活，支持部门的女同胞都没让她们过来，错过了这么大一个福利。"

"拍照拍照，赶紧拍照发公司微信群！"

"那个……咱能不能求个合影。我家妹子是容总的迷妹

199

来着。"

一片嘻嘻哈哈的起哄中，随着轻微的"咔嚓"声，真有人举起手机对着容眠拍起了照。

"大家看上去都挺精神啊。"容眠因为性格清冷，和员工之间向来有距离感，高压下大家难得造次一次，他也并不介意，点头朝在场的各位打了个招呼后，转头看向肖凌，"Wings那边的人到了吗？共同登台的那段表演，还有几个问题要和他们最后确认一下。"

"他们是轮岗作业，几个主要负责人好像一直都没休息，看上去比我们还要紧张，现在应该是有人的。不然我们过去看看？"

"行。"

经过几次排演外加半个多月的驻场工作，幻真和Wings的高管团队早已经混了个脸熟。看到容眠出现，对方的项目负责人赶紧迎了过来，满是疲惫的脸上似乎有些担忧。

"容总，有个不太好的消息，今天晚上的表演条件似乎不太乐观。我刚收到了天气预报的推送，今天夜里可能会有小雨，这对我们的无人机飞行影响比较大，所以我们刚刚还在讨论预备方案和修改一些飞行参数。你们那边怎么样？"

"哈？不是吧，这个节骨眼上搞什么啊？"

肖凌赶紧掏出手机打开天气预报APP，对着画面上"夜间有小雨"的提示，一时间傻眼了。

进入9月的S城虽然依旧阳光普照，但偶有阵雨。幻真的项目筹备组都没有露天表演的经验，之前随意浏览了一下天气走势，在发现表演当天没有台风和暴雨后，就把准备工作全力聚焦在产品本身的技术难点和场地状况上，全都没有预想天气这事说变就变，简直让人猝不及防。

这突如其来的变故让原本整装待发，只等活动开场大显身手的技术人员们重新忙碌了起来，他们一边进行着参数的调整，一边情绪难免有些紧张。

容眠在迅速做完应急方案后，绕着正在铆劲赶工的员工走了两圈，眼见大家都是一副神经紧绷的样子，轻轻咳了咳："各位，虽然表演条件可能会有一些变化，但我们是来得及做备案的。Dream在设计研发的时候，原本就考虑过在不同环境和条件下的行动模式。今天的表演时间不过十几分钟，所以大家不用担心，正常操作，尽力就行。"

从容的神情和淡定的话语犹如一味抚慰人心的良剂，人群中有人轻吁了一声，原本绷得死紧的肩膀慢慢松弛了下来。

站在一旁的肖凌忍了两分钟没忍住，还是悄声凑了过来："容眠，我知道Dream的初代机研发时间比较长，产品也相对比较成熟，小雨天里应付十几分钟应该还凑合。但是Dream2……你确定你有把握？"

"尽人事，听天命。"容眠耸了耸肩，看着窗外满目的艳阳，"这种时候，估计就真要靠一点运气加持了。"

晚上8点整，备受瞩目的国际高科技交流会开幕仪式在S城延江广场正式拉开帷幕。

作为一场展示人类前沿技术和科技结晶的盛会，又是第一次在中国举办，这次活动受到了举国上下的关注和期待。外加活动开始前的一个月里，诸多媒体都在通过各种花絮和介绍造势，许多平日里几乎不怎么关注时事的小青年，难得地和家人们一起守在电视机前，或是打开了网络直播。

"容总，导演那边提示，现在这场VR秀的节目结束以后，我们这边就可以进行Dream的列队了。"

"OK，大家做好准备。"

舞台侧后方，近30名幻真员工轮番作业，带着已经充电完毕的Dream迅速而准确地奔向即将被点亮的表演舞台。

在过去的半个多月里，这样来回奔走，将600台机器人分毫不差地放在相应定点上，他们已经彩排过数百次。如今即使是在光线不甚明亮的条件下，他们也能够迅速精准地找到相应位置。

不到二十分钟的时间，所有机器人就位，以0.6米×0.6米的间距排成10×15的四个方阵，静静等待着属于它们的时刻来临。

蒙蒙微雨的天气中，随着主持人的再次登场介绍，幻真科技的Logo和"超越梦想，舞动奇迹"几个大字闪现在了LED大屏上。音乐响起，表演舞台上灯光闪亮，眼睛里闪耀着蓝光的小机器人们伴随着激昂的节奏，开始了蹬腿下腰，旋转扭动，看上去花样百出却始终整齐划一的舞蹈。

通过监视器，在不远地方注视着舞台的幻真小青年们，手心全都捏得紧紧的。随着每次镜头的推进，切换到某个行列甚至某台机器的特写时，他们都因为小机器人们在微湿的地板上做剧烈动作而心跳加速。

这个时刻他们等得太久了。

每一个动作的设计，每一次运动重心的调节，每一个位移的反复计算，为的就是保证他们为之骄傲的Dream能够在舞台上拥有最整齐、最统一、最震撼人心的效果。最终，当音乐停止，矩阵中的机器人配合着灯光，毫无差池地拼出了"梦想科技"四个大字时，所有人都忍不住相互击掌，低声欢庆起来。

"有人在看微博吗？随手一刷都是我们的Dream啊！"

"我的朋友圈也被Dream的表演刷屏了，几十条微信都在给我道喜，哈哈哈哈哈！"

"我感觉我快要哭了……站在舞台下面还看不出来，从电视上看航拍效果，实在太酷炫了！"

一片激动的议论声中，处于核心控制岗位的技术人员却保持着满脸严肃。

"容总，第一部分顺利完成。十分钟后，Dream2准备登场。"

"好，大家保持信号监测。"

容眠摁了摁有些发烫的对讲机，眼睛终于从监视器上挪开了一会儿。

因为怕干扰到他，周边激动的欢庆声都尽量压得很低，但多多少少传了一些到他耳朵里。

趁着短暂的喘息时间，容眠掏出了手机，随手刷了一下朋友圈。

和其他人看到的场面几乎无差，整个朋友圈变成了Dream军团舞蹈表演的直播现场，各种角度各种姿势的截图接连不断，占满了一处又一处的图片九宫格。

唯一让他意外的是，夹在其中的一条信息。

信息配图虽然也是Dream，但和今天的表演没什么关系。从细微的外观差别来看，那是属于Dream尚未正式上市前的测试样机。

这台看上去已经有些过时的小机器人，被人凹成了一个手持花束的造型，旁边配着几个歪歪扭扭的字："今天我最帅，就问你服不服？"

容眠盯着那个沉寂了很久，没在朋友圈发过任何动态的ID，微微弯起嘴角。正准备点开头像发点什么，耳机里忽然"吱吱"一阵响，紧接着是一阵急促的呼叫声。

"容总，紧急情况。Dream2和服务器之间的传输网络信号忽然消失了，不知道是因为同步表演的无人机临时调整了飞行方案干扰了信号，还是因为下雨造成的影响。现在离表演还有五分钟，您看是不是换上备选方案，让Dream的初代机登场，再配合工作人员完成递钥匙的环节，取消一切交互动作？"

"别着急，等我看一下。"

容眠心里一紧，立刻放下手机，神情严肃地紧盯着控制系统的后台。

原本呈满格状态的信息传输信号如今跌落至最底部，短时间内丝毫没有再行上扬的意思。

"切换到备选的机器上试试看？"

"已经试过了，同样没有反应。"

"那应该不是Dream2本身出了问题……"

容眠拧着眉，盯着眼前犹如死水般一动不动的信号画面，脑子里飞快地做着判断。

"容总，时间来不及了，要不要现在替换备选方案。OK的话马上让人换机器，我这边切信号。Dream初代机的信号控制是没有问题的！"

"再等一下。"容眠沉默了几秒钟，扭头看了看窗外微微飘起的小雨，声音变得很坚定，"重启一下服务器再进行网络连接，应该没有问题。"

"可是容总……"

"相信我。"容眠从容地说，"Dream2这套信息传输模块，之前我反复检测过了，发送和接受部件都不存在任何问题，发射端的服务器公司也给予了全程信号保证。如果是因为无人机的信号干扰，不会是现在这种反应。我想应该是天气状况让服务器暂时出了点问题，根据之前的经验，重启一下应该能解决。"

"可是如果重启失败的话……"

"两手准备，舞台那边Dream初代机随时就位，我这边做信号控制。你那边继续连接Dream2，不到最后一刻不要放弃。"

"好！"

对讲机里的声音停了下来，后台显示，连接Dream2的服务器正在重启。

主舞台上，面带笑容的主持人已经请出了这场开幕式的重要嘉宾，简单访谈之后，灯光即将沿着台前的玻璃花道一路铺开，最后落在花道最尽头的机器人身上。

身边的庆贺声彻底安静了下来，所有人都盯着容眠身前的监视器和控制台，紧张等待着最后站上花道的身影。

十几秒钟后，犹如平静的水面上被投下了一颗石子，原本波澜不惊的信号线，忽然间微微跳动了一下。紧接着，在众人急促的呼吸声中，信号线跳起的幅度越来越高，最终稳定成了一个饱满的形状。

"连上了！"

"最后一刻！太棒了！"

监视器里，摄像机镜头已经切到了站在花道尽头，蓄势待发的那台红色小机器人身上。

"哔！"

随着几声轻响，十几台无人机凌空而上，以敏捷而优雅的姿势盘旋在花道上空，一边变换着让人眼花缭乱的队形，一边将炫目的烟花向下散落。

红色的Dream2在烟花绽放中，步伐稳健地一路向前迈去。站定在舞台中央后，它微微抬起头，不断闪烁着的目光从众人脸上一一掠过，最终定格在某位嘉宾脸上。

"你好，我是机器人Dream。很高兴能把这把钥匙交给你，打开通向未来的科技之门。"

"谢谢你。"

一直被它注视着的中年男人微笑着弯下腰，从红色的小机器人手里接过一把金色的钥匙。紧接着，他转过身去，神情郑重地打开了那扇以全息投影技术投射在众人眼前的科技之门。

一幅美轮美奂、犹如异世界一般的画面，在科技之门开启后，正式呈现在了整个舞台上。高速奔跑着的无人驾驶汽车，支持单人空中交通的便捷飞行器，可照顾老人和孩子的全智能陪护型机器人……

每一个画面都是那么生动华丽，且栩栩如生。

那是在科学技术的驱动下，整个人类即将迎来的全新世界。

"这东西也是我们S城搞VR、AR和三维虚拟技术的企业搞的吧，看着真带感！"

"是挺酷的……不过还是觉得我们的Dream比较牛。"

"那是，怎么说也是这次开幕仪式上的人气王啊！已经有无数亲友在问我内部员工能拿多少折扣了，指着让我帮他们搞两台呢。"

"哈哈哈，那得看容总怎么说了。不过看他心情不错，说不定能给内部员工打个对折……"

"美得你，做梦去吧！"

"梦想还是要有的，万一实现了呢？"

重新起来的喧嚷声中，容眠划开了微信。

稍微想了想，他在花裴之前发的那条朋友圈下面，留了一条回复：

"今天的确我最帅，不服不行。"

仿佛奇迹一般，因为在国际科技交流大会开幕式上的出色表演，Dream和幻真科技一夜之间成了备受瞩目的明星。无论是在微博、微信还是各视频网站上，铺天盖地都是与之相关的各类话题。公众在对酷炫的小机器人们津津乐道的同时，也开始牵着自家小朋友的手走进商场，询问起了售卖信息。

销售部电话在短短的一周的时间里几乎要被打爆，Toy Town反应迅速地将Dream和Cube重新上架，并在各大门店最显眼的位置，贴出了开幕式当日表演的特写画面作为海报宣传。

整个幻真科技迅速进入了一种紧张繁忙却又激情澎湃的气氛里。

"哇，这订单量太夸张了，之前根本没想到会这样，简直跟做梦一样。就是工厂那边怕搞不定啊！"

生意太火爆有时候也是一种甜蜜的烦恼。中午吃饭的时候，肖凌一边抱怨着，一边止不住龇牙笑。

"控制一下你的口水，快滴到桌上了！"江宸有些无奈地瞪了瞪眼，赶紧把头扭向了容眠，"容总，除了Toy Town那边的供货量需要加大之外，几家电子商务平台因为配合我们做了一些广告和流量推送，现在订单量也是暴涨。另外还有其他一些渠道也有和我

207

们合作的想法，具体合同我看完之后给你。"

"新的渠道合作先放一放吧。"容眠认真考虑了一下，"肖凌说得有道理，我们之前没有预料到参加完这次活动会带来这么多订单，工厂没有提早做准备，一时半会儿怕是应付不来。为了保证质量，还是不要太冒进为好。"

"这个你倒是不用担心，工厂那边我们有准备，备料什么的都挺充分的，只要按照需求下单就行。"

"嗯？"

容眠眼睛一眯，还没来得及说话，肖凌先一步敲了敲碗："老江你这是开挂了？除了财务、行政和人事之外，公司的生产运营你什么时候也开始掺和了？我之前怎么没发现你在这些事上这么有先见之明啊？"他等了几分钟没见人回答，继续追问，"还有啊，电子商务平台那些线上广告上得那么及时，流量资源给得也不错，连广告画面设计也那么牛，这些都是你去谈的？你反应速度够快的啊！"

"还行吧，毕竟我天赋异禀。"

江宸面不改色地接受着他的赞誉，看向容眠的目光里都是笑意。

容眠若有所思地瞥了他一眼，筷子一放，站起身来。

"你不吃了？"肖凌抬手看了看表，"还有四十多分钟才上班呢。这可是梓纯亲自做的菜，你不多吃两口，岂不是很不给老江面子？"

"嗯，吃好了。我下楼走走，顺便买杯咖啡。"

差不多已经过了中午用餐时间，大部分人都抓紧时间在午休。整个智创孵化园显得很是安静。

容眠踩着阳光洒下来的细碎影子，慢悠悠绕着园区走了一阵子，身后跟着的是一台同样脚步悠悠的小机器人。

十几分钟后，他拿着从便利店里买好的咖啡，在公司附近的花坛前坐了下来，然后一边喝着咖啡，一边点开微信。

开幕式活动结束的当天晚上，他给花裳发了条信息，问她这次婚假准备休到什么时候结束。对方用表情包三连发表示了由衷的恭喜后，神秘兮兮地表示，再等她一段时间。

除了言简意赅的一个"好"，容眠没有再继续追问她还要去哪里，那个所谓的一段时间究竟是多久。花裳要做什么事总有自己的理由，既然她表示了会回归，那他只要在幻真等着她回来就行。

无论如何，幻真最大的危机已经过去，不仅Dream2即将正式上市，销售上的问题得以解决，连诸多投资商也再次抛来了橄榄枝。照现在的状况看，一切只会越来越好，而未来，还有更多的梦想等着他们去挑战，去实现。

暖洋洋的阳光晒在头顶，让人感觉有些困乏。容眠扭了扭有些发酸的脖子，低头和眼前那个一脸呆萌的小机器人怔怔对视着。

"Dream……你说裳裳走了这么久，什么时候会回来啊？"

恍惚之中，他下意识冲对方抛了个问题，在Dream满是茫然的反应中，自己也觉得有点好笑。

"一个有趣的问题……"经历了一轮大数据检索处理后，小机器人很是无奈地开口了，"关于这个问题，我为你检索了相关网站，推荐答案是，离别是为了更好地相守。"

这种答案真是让人牙酸。看来还得拉着悦享之音那边，优化一下私人情感类话题的数据库才行。

容眠轻轻叹了口气，正准备站起来，一道影子悄无声息地落在了他的眼前。

"这位先生，我想请问一下，你们公司的这款机器人，现在哪里可以买到？我刚才听你问的这些问题，又听到这么靠谱的答案，觉得实在太酷了，所以想要买一台。"

容眠几乎惊慌失措地把头扬起。

逆着阳光的方向，一身黑裙的女孩笑意盈盈地站在他面前。

两个月后。

国际科技交流会早已落下帷幕，但幻真科技制造的小机器人在市场上的销售热度依旧丝毫未减。

由于开幕式活动前，花裴已经做好了充分的生产及市场预案，活动结束后的第二天，又借着热度马不停蹄地飞往杭州、北京和上海，与几大电商巨头以及Toy Town总部重新协商了针对几款爆品的合作方案，因此在巨大的订单压力下，整个幻真的运营依旧维持着忙而不乱的节奏。

然而好消息不仅仅只有这些。

因为Dream的出色表现，在韩平的大力推荐下，幻真进入了S城的重点扶植科技企业大名单。这意味着未来五年之内，政府每一年都会拨出一部分专款对幻真的研发进行支持。而Dream2的成功上市，也让幻真从玩具和教育市场正式走向了科技和智能硬件市场，其开源平台更是为它迎来了更多优秀的高科技合作伙伴。

在这样一片如火如荼的盛况中，幻真与启翎创投的合作计划正式推上了日程。

"小容总的颜值恢复得很快嘛，这才多久没见，居然又帅出了新高度，看来是人逢喜事精神爽……不行，我得趁着活动还没开始，回家换套衣服，不能就这么被你比下去了。"

"我说言祈你够了啊！"肖凌每次和言祈见面，不掐上两句总是浑身不舒服，"今天是我们幻真的新闻发布会，你在这儿抢什么风头？"

"这叫什么话？"言祈看上去不高兴了，"你也不想想你们幻真要死不死的时候，是谁帮着你们到处拉关系找资源，抚慰你们家容总受伤的心？更何况你们马上要推的新产品，还用得着我们悦享之音呢，这就翻脸不认人了？容眠你看看，你们家这些员工也太不可爱了。"

"噢……"容眠像是根本没在听他抱怨什么，只是抬眼睛四下看了看，"你女朋友呢，她没来吗？"

"来了来了。"言祈嘴角瞬间弯了起来，朝着前方指了指，"她也是做企宣的嘛，所以很崇拜你们家花总。之前知道了我没本事把花总拐到悦享之音做她老大，还郁闷了好一阵。刚好这次你们做新闻发布会，就过来跟着学习学习。刚才我过去打过招呼了，她现在正给你们幻真的员工打下手呢。"

"你也真舍得啊。"

容眠难得见他一脸宠溺的模样，轻声笑了笑。

"能有机会给花总打下手，她高兴还来不及呢，有什么不舍得的？"言祈哈哈笑着，"对了，刚才我看到你未来的小舅子了，就是宸风网络的小顾总顾隽，身边还跟着好几个长辈来着……你搞个新闻发布会，把未来岳父岳母和一大家子亲戚都叫来了？"

"嗯。"容眠点了点头，"发布会是一回事，另外还有一件很重要的事会在今天完成。"

"什么呀？"

"一会儿你就知道了。"

下午2点半，幻真科技与启翎创投融资合作的新闻发布会，在创新产业园的W咖啡馆正式举行。

以幻真如今的财务状况，要租用一家五星级酒店的大宴会厅，风风光光搞排场，已经不再是需要精打细算的难事。但考虑到W咖啡馆对容眠乃至幻真而言都具有特殊意义，几经商讨后，大家最终还是决定把发布会的场地定在这里。

自从创业者沙龙开办以来，从W咖啡馆走出去的成功企业不在少数，像幻真这样大张旗鼓过来开新闻发布会的还是头一遭。老板听闻消息，喜笑颜开地表示免费提供一切软硬件支持，全力配合。而今场地内经过一番布置后，伴着馥郁的咖啡香，倒也别有一番景致。

在主持人的邀请下，容眠首先登台，先是简短回顾了一下幻真科技自成立以来的一路发展，继而向媒体披露了下个阶段公司将全力研发的新款机器人产品Intimate。

区别于用以家庭娱乐的Dream和Cube，Intimate将聚焦在商用市场，配合医院、商场、机场及养老院等地进行安保陪护、环境监测、快速答疑和引路导航等服务。从概念展示的PPT上看，这款体量足有半人高的大型机器人在外观上更具设计感，而各种功能的控制系统也更为复杂精巧。因此画面一出，立刻引来了媒体区内一片"咔嚓"的拍照声。

作为启翎创投的代表，在容眠的介绍结束后，徐朗笑容满面地登台进行了简短发言。虽然大部分台词都是方便媒体采写的官方口径，但他还是用了一点时间，回顾了作为一个旁观者看到的，幻真科技一路走来的不易和艰辛，并对其未来的发展给予了最诚挚的祝福。

最终，在双方签字握手的画面里，幻真科技和启翎创投的融资合作正式达成。

"感谢现场所有的媒体朋友们，今天的新闻发布会就此结束。如果各位还有什么需要深入了解的地方，明天幻真科技会开放媒体采访，欢迎各位届时到公司进行参观。另外，W咖啡馆门口已经安排了大巴，请各位一起在附近的酒店吃个饭，至于这边……我们还安排了一个小节目，只对内部人士和相关亲友开放，就不方便留大家了。"

掌声结束后，江宸站了起来，十分客气地将媒体请离现场，并一一送上了车。花裴原本计划着活动结束以后，和启翎创投的员工们一起吃个饭，正低头和徐朗低声商量着，没想到居然还有所谓的"彩蛋"，一时间满脸愕然。

"你安排的？还有什么惊喜啊？"

徐朗看上去满脸兴味盎然。

"这个我还真不清楚，就知道江总和肖凌他们前几天朝这边跑了好几次，抢了不少公关部小朋友的活。本来我还说他们怎么紧张兮兮的，搞了半天居然是把我也瞒进去了。"

说话间，咖啡馆四周的遮光布被迅速拉起，原本敞亮的灯光暗了下来。昏暗的环境里，众人正一脸疑惑地窃窃私语，伴随着悠扬的音乐，几台红色小机器人摇摇摆摆地走到咖啡馆的不同位置，随着它们仰头的动作，眼睛里有光芒闪过，紧接着，一帧接一帧的画面被投影在了空中。

"全息投影技术？够酷的啊……容眠什么时候和唯美幻境也勾

213

搭上了，还这么快打通了接口，可以在Dream身上直接实现全息投影功能？”

坐在台下的言祈第一个反应了过来，忍不住轻声赞叹着。

而容眠的声音在这个时候响了起来：

“从小到大我一直有一个梦想，是关于机器人的。为了这个梦想，我和我的伙伴们在未知的道路上跋涉了很长时间。所以，当幻真科技第一次做出我们想象中的机器人成品时，我给它取名叫Dream。那个时候，我并不确定这台功能说不上复杂，设计也谈不上精妙的小机器人，能在现实世界里留存多长时间，是不是有机会能够变得更好更优秀。”

空中的画面开始切换，从幻真科技那栋破旧的写字楼，变成W咖啡馆前的小广场上，一个女孩抱着Dream低头微笑的模样。

“为了让Dream不至于还没有进入公众视野就默默消失，中间我做过很多努力和尝试。和许多刚刚起步的创业者一样，失败和打击接踵而来。就在我几乎快要失去信心的时候，我遇到了一个女孩。她主动从我手里买下了一台Dream，并对它表示了由衷的喜爱。因为这个意外的赞赏，我很不礼貌地偷偷拍下了她的照片，在每次遭遇挫折的时候都会拿出来看看，然后告诉自己，我们的机器人是有人喜欢，并愿意为它埋单的。”

花裳浑身僵直地坐在那里，胸腔重重起伏着。

她以为自己和容眠之间真正的缘分，是从她去悦享之音的那次面试开始，却根本不知道，更早时，对方的手机里就这么珍而重之地存下了一张自己的照片。

空中的画面再次切换，这一次，变成了一张张微信聊天截图。

“因为这个女孩的建议，幻真及时调整了市场方向，并开始了和Toy Town的合作。那个时候，我们还只是刚刚相识的朋友，但她毫无保留地一次次帮着幻真闯过各种难关。当时我就在想，这个女孩对Dream是发自内心喜欢着的。

"机器人大赛的时候，我们在S大的校园里第一次牵手。从那个时候开始，我就决定要一辈子好好照顾她。不仅是出于对她专业能力的欣赏，也不只是因为有共同的兴趣产生的知遇之感，而是从牵着她手的那一刻起，我忽然意识到，除了机器人外，我又多了一个愿望，盼望着和她携手共度一生。"

画面至此，轻微停顿了一下，随后迅速地翻飞起来，犹如那些消逝的时光，在这一刻再度凝结。

"很幸运的是，她接受了我。虽然我们在一起以后，面对过许多困难和挫折。她的笑容和眼泪都是我想要永远守护的珍宝，所以为了争取机会，在一个不那么合适的时候……我用一个易拉罐环扣向她求了婚。"

低低的笑声从人群中响了起来，很多女孩子都扭头去看画面中的女主角。

花裳依旧沉浸在巨大的震惊里，连脸上的表情都是僵硬的。

她从来没有想过，看似什么都云淡风轻的容眠，会在手机里偷偷存下她那么多照片。吃饭的、工作的、做家务的，甚至是睡眼蒙眬刚刚从休息状态里苏醒的……都是在她不知情的情况下记录的。每张照片上甚至还配着简单的时间和事件记录，看上去是那么用心。

照片上的她认真、灿烂、坚定、温暖，代表着容眠对她最鲜明的印象。而这些印象都因为深刻的爱被记录下来，变成了他小心翼翼的珍藏。

站在台上的容眠跟着笑了起来，然后低头拨弄了一下作为操控平台的手机。

小机器人眼睛中的灯再次闪了一下，空中的投影被最后定格——之前花裴笨手笨脚用Cube拼接出的那朵"花"，如今姿态盎然地出现在所有人眼前。

又一台小机器人摇摇晃晃地在人群中穿梭而过，经历一番寻觅之后，最终在花裴的脚下站定了。

"这位小姐，请问你愿意用你的易拉罐扣环，来换我这里的钻石戒指吗？很合算的！"

"换换换，赶紧换！"

越来越响的起哄声中，容眠走下舞台单膝跪地，拿起Dream手中的钻戒，戴在了她的无名指上，轻轻吻了吻。

"款式和大小都正合适，简直想给自己满分。"

"可还是不行啊……"

"嗯？怎么了？"

花裴眼睛红红的，在熟人们的起哄声中，满脸想笑又不好意思笑的样子，最后只能求援似的扭头，看了看站在一旁的顾婷和花柏川。在两位长辈鼓励性的笑容里，她终于咬了咬牙，低低地哼了个声音出来："人家说，女人怀了小孩以后很容易浮肿，手指也会变粗，所以……这枚戒指可能戴不了太久，就得摘下来了。"

"哎哟，容眠你赢了。在下甘拜下风。"

站在一旁的言祈耳朵尖，听到这爆炸性的新闻，立刻大呼小叫得满脸都是羡慕。

"你说什么？"

容眠难以置信地伸手圈住了她的腰。虽然花裴的身材看上去依旧苗条纤细，但不再那么平坦的小腹里，显然已经有新的小生命开始孕育其中。

"你有彩蛋，我也有彩蛋啊……制造新闻博人眼球这种事，毕竟我是专业的，怎么可能输？"

最大的秘密交代完毕，花裴迅速恢复了幻真一姐的干练风范，眼睛弯弯地笑得一脸得意。

"老江，要不我们以后专门找个厨师来做工作餐？孕妇可不能总是吃外卖！"

"明天把小会议室的地方收拾一下，给花总弄个能午休的床！"

"还有啊，研发部那几个爱抽烟的朋友，咱们以后抽烟请下楼，露台留给花总养胎散步……"

热热闹闹的嬉笑声中，容眠把花裴紧紧抱在了怀里，惊喜之余还是忍不住小声抱怨了两句："知道自己怀孕怎么不早说？还有，前段时间一个星期飞了三个城市，你胆子也是够大的。"

"那个时候我也不知道，毕竟没经验嘛，后来还是我妈发现了异常，才带着我去检查的……"花裴靠在他胸前，一脸心满意足，"不过有了经验，下次就知道了。"

"现在已经做好了下次的准备？这个觉悟值得表扬。"

花裴懒得再他和斗嘴，只是微微笑着静静靠在他的怀里。

其实一直以来，她也有一个梦想。

她梦想着能和自己深爱的男人一起，为了同一个事业上的目标携手与共，并肩前行。

这个梦想一度被击碎——那个时候康郁青告诉他，事业和爱情往往是人生道路上两难的选择，如果要成就其中一个，就必须要有所牺牲。

作为一个被舍弃掉的牺牲品，她意兴阑珊地回了国。

没有想到的是，从在这间咖啡馆和容眠相遇开始，梦想的种子已经抽枝发芽，悄然盛放，在他们以忠诚、坚定、信任和以爱为名的灌溉下，最终开出最灿烂，也最让人欣慰的花朵。

【全文完】

图书在版编目（CIP）数据

极客先生攻略：全 2 册 / 拂衣著 . —— 南京：江苏
凤凰文艺出版社 , 2019.5
ISBN 978-7-5594-3141-7

Ⅰ . ①极… Ⅱ . ①拂… Ⅲ . ①长篇小说 – 中国 – 当代
Ⅳ . ① I247.5

中国版本图书馆 CIP 数据核字 (2018) 第 295643 号

极客先生攻略

拂衣 著

选题策划	北京记忆坊文化	
责任编辑	白涵　刘洲原	
特约策划	朱雀	
特约编辑	诗杰　朱雀	
封面绘图	CaringWong	
封面设计	80 零·小贾	
版式设计	段文婷	
责任印制	刘巍	
出版发行	江苏凤凰文艺出版社	
	南京市中央路 165 号，邮编：210009	
网　址	http://www.jswenyi.com	
印　刷	三河市国新印装有限公司	
开　本	880×1230 毫米 1/32	
印　张	13.5	
字　数	334 千字	
版　次	2019 年 5 月第 1 版　2019 年 5 月第 1 次印刷	
书　号	ISBN 978 - 7 - 5594 - 3141 - 7	
定　价	56.00 元（全二册）	

江苏凤凰文艺版图书凡印刷、装订错误可随时向承印厂调换

MEMORY
HOUSE.